임화문학예술전집

1

지은이 임화는 1908년 서울 낙산(駱山)에서 태어났으며, 본명은 인식(仁植)이다. 이후 필명으로 성아(星兒), 임화(林華), 임(林)다다, 쌍수대인(雙樹臺人) 등을 사용하였다. 시인, 문학평론가, 문학사가, 영화배우 등으로 활동했던 임화는 한국 근대문학 100년사의 질곡을 온몸으로 겪으며 살았던 문인 중 한 명이다. 특히 그는 카프의 서기장을 역임하고, 해방 이후 조선문학가동맹을 실질적으로 주도하는 등 프로문예운동사에서 독보적인 이론가·실천가였다. 김남천과 함께 월북하여 남로당 계열의 입장에서 활동하였고, 한국전쟁 중에는 종군체험을 담은 시 「서울」 「너 어디에 있느냐」 등을 발표하였다. 이후 북에서 숙청·총살당하는 비운으로 삶을 마감했다.

임화문학예술전집 편찬위원

김재용 원광대 교수
임규찬 성공회대 교수
신두원 문학평론가
하정일 원광대 교수
류보선 군산대 교수

임화문학예술전집 1—시

초판인쇄 2009년 5월 23일 **초판발행** 2009년 5월 29일
지은이 임화 **엮은이** 임화문학예술전집 편찬위원회 **펴낸이** 박성모 **펴낸곳** 소명출판 **출판등록** 제13-522호
주소 서울시 서초구 서초동 1621-18 란빌딩 1층
전화 02-585-7840 **팩스** 02-585-7848 **전자우편** somyong@korea.com

값 33,000원

ⓒ 2009, 임화문학예술전집 편찬위원회

ISBN 978-89-5626-392-2 93810
ISBN 978-89-5626-391-5 (세트)

임화문학예술전집

1

시

책 임 편 집
김재용

소명출판

◉ **일 러 두 기**

1. 발표 당시의 표기 방식을 따르지 않고 오늘날의 표기 방식으로 수정하되, 원 텍스트의 모습에 훼손이 가해지지 않는 선에서 수정하였다.
   ⑩ 띄인 → 띤, ㄲ으렀다 → 끌었다, 도웁지 → 돕지, 난호이는 → 나뉘는, 廿年 → 20년, 卅年 → 30년
   - '푸로'와 '뿌르'는 각각 '프롤레타리아' '부르주아'의 준말로서 '프로', '부르'로 표기한다.
   - 及, 그實, 그他 등과 같은 표현은 한자는 병기하되 수정하지 않고 살린다.
2. 한자 표기는 한글화하되, 한글만으로 의미가 모호해질 경우 한자를 병기한다.
   - 특수 사례 : 『林巨正』의 경우는, 『임껵정林巨正』
3. 외국어 표기는 전부 현대식으로 전환한다. 외국어 고유명사의 경우 초출 시 외국어를 병기한다. 일본어 고유명사 역시 원문에 주로 한자로 표기되어 있으나 모두 일본어 발음대로 한글로 표기하며, 역시 초출 시 한자를 병기한다.
   ⑩ 골키 → 고리키M. Gorki, 甘粕石介 → 아마카스 세키스케甘粕石介
   - 단, 東京, 大坂, 明治, 大正, 昭和의 경우는 동경東京, 대판大坂, 명치明治, 대정大正, 소화昭和와 같이 한글 식으로 읽는다. 초출 시 한자 병기하고, 이후는 그냥 한글만으로 쓴다.
4. 외국어 표기에서 따옴표는 없앤다. ⑩ 「코스모폴리탄」 → 코스모폴리탄
5. 숫자의 한자 표기 중 아라비아 숫자로 교체하여 자연스러운 것은 교체하였다.
   ⑩ 三人 → 3인, 二三의 → 2, 3의
6. 원문의 복자는 복원할 수 있을 경우 복원하며, 복원하기 어려운 경우는 복자의 모양(×, ○ 등)은 그대로 둔다. 복자를 복원할 경우에는 복자 다음에 [ ]를 두어 복원한다. 아울러 한두 글자의 탈자를 복원할 경우에도 [ ]를 사용한다.
   ⑩ ××적 계급 → ××[혁명]적 계급
7. 판독불능인 글자는 □로 처리한다.
8. 복자의 복원 이외에 원문을 수정할 경우에는 모두 각주에서 수정이 어떻게 이루어졌는지 밝혀준다. 단 조사의 경우 명백한 오류인 경우는 주석 없이 수정한다.
9. 모든 주석은 각주로 처리하며, 임화 자신의 주는 주석 말미에 (원주)라고 밝힌다.
10. 인용문은 5행 미만일 때는 본문 내에서 따옴표 처리하고, 5행 이상일 때는 가능한 본문으로부터 한 행씩 띄어 인용문임을 쉽게 구별할 수 있도록 한다.
11. 방점에 의한 강조는 의미에 따라 고딕체에 의한 강조로 교체하기도 하였다.
12. 이해를 돕기 위해 인용부호를 첨가할 수 있다.
   ⑩ 思想을 가지고 作品가운데 드러가지 못한다 할지라도 常識으론 이러한것임에 不拘하고 眞狀은 어떠한것이냐 하는 常識에 對한 懷疑에서 시작하는게 언제나 文學의 出發點이고 思考의 始初다. → 사상을 가지고 작품 가운데 들어가지 못한다 할지라도 '상식으론 이러한 것임에 불구하고 진상(眞狀)은 어떠한 것이냐' 하는 상식에 대한 회의에서 시작하는 게 언제나 문학의 출발점이고 사고의 시초다.

시간이야말로 인간을 지배하는 자라고 셰익스피어는 말한 바 있다. 무엇보다 역사 속의 인물들을 생각할 때 그런 시간의 진정한 무게는 더욱 막중해지는 듯하다. 한때 한 시절을 풍미한 인물이 언제인지도 모르게 자취를 감추고, 전혀 이름없던 어떤 인물이 순식간에 역사의 전면에 내세워지기도 하는 것을 우리는 곧잘 목도한다. 실제로 임화란 한 문제적 인물을 떠올릴 때도 시간의 결이 펼쳐내는 시대의 풍속화는 참으로 달랐다. 1980년대 말엽에 보여준 임화의 화려한 부활과 지금의 적막은 너무도 대비된다. 물론 역사는 아무렇게나 되풀이되는 게 아니라는 사실을 유념할 때 이 적막의 역사적 간지奸智 또한 예사롭지 않을 것이다. 그러나 새로운 21세기적 전환을 위해서라도 식민지와 분단으로 점철된 우리는 상처투성이 20세기를 먼저 생각하지 않을 수 없다. 20세기의 '청승'과 '궁상'이 싫어 하루라도 빨리 벗어나고 싶은 오늘이기도 하지만 조상들이 익지 않은 포도를 먹었기 때문에 자손들의 이빨이 아프다는 말처럼 전前 세대의 빛과 그늘을 우리는 지워버릴 수는 없다.

오히려 오늘의 우리는 난장이이지만 '과거'라는 거인의 어깨 위에 올라타고 있어서 그만큼 위대해진다고 하는 만큼, 지금 우리가 소유하고 있는 과거는 어느 만큼 풍부하며, 그리하여 우리 자신의 현재는 과연 풍요로운 것인지 자문할 일이로다. 새삼 그렇게 역사의 발치를 들여다보면 다른 어느 시대보다도 새로운 것에의 질주와 과거로부터의 탈주가 왕성한 지금이야말로 참된 과거와 대면하는 일이 절실하며, 무엇보다 잠들 수 없는 과거의 거인들과 만나는 일이 중요함을 깨닫게 된다.

우리는 그렇게 역사의 무덤에 그냥 잠들게 할 수 없는 지상의 별 하나로 임화를 선택했다. 무엇보다 당대의 시간 속에서 가장 설득력 있고 영향력이 가장 큰 목소리를 냈을 뿐만 아니라, 이후의 역사에서도 항상 살아있는 문학사적 인물로 우리와 미래를 놓고 이야기를 나눌 수 있는 가장 대표적인 문학인이라는 판단 때문이다. 불과 20세의 젊은 나이에 카프KAPF의 지도적 인물로 부상한 그의 활동은 일제하 프로문학운동과 해방직후 민족문학운동의 전개과정과 그 성과, 모든 면에서 결코 뗄 수 없는 깊은 연관을 가지고 있다. 또한 시인으로서, 비평가로서, 조직운동가로서, 그리고 한때는 영화배우가 되기도 했던 그의 다방면에 걸친 정력적인 활동은 참으로 눈부시다. 가히 그 자체가 하나의 문학사라 할 만하다.

실제로 많은 연구자들이 임화를 '넘어서야 할 벽'으로 생각하고 그에 대한 암묵적 겨냥 속에서 자신의 논리를 펴고 있을 만큼 임화는 근대문학사에서 가장 문제적인 인물이기도 하다. 임화는 짧지만 강렬한 삶을 살았다. 그는 자기 조국의 문학과 사회의 진보를 향해 비장할 정도로 헌신을 투여했다. 임화의 글에는 언제 어느 때나 열기가, 심장의 피로써 키운 언어의 박동이 느껴진다. 그래서 항상 역사의 바람소리가 있고, 방향을 다투는 화살의 속도가 있다. 임화는 식민지 조국에서 언어의 임시정부를 지켜낸 선각자 중의 한사람이다. 문학의 자유뿐만 아니라 문학의 방법까지 고민한 실천적 문학인이었다. 그는 비평의 정신에 현실의 육체를, 문학의 육체에 혁명의 입을 부여했다. 현실과 민중이야말로 가장 견실한 문학의 친구이며 그런 관계적 삶의 연대감이 문학의 원천임을 입증해주었다. 물론 이 모든 것을 그 혼자 다 했다는 것은 아니다. 오히려 그는 성공과 실패로서 이것이 한 사람의 힘으로 충분하지 않다는 것을 보여준 좌절의 인물이기도 하였다.

그런 임화의 목소리를 이제야 비로소 견고한 하나의 성채로 모아냈다. 이 작업을 하면서 우리 편자들은 예술의 역사란 걸작의 역사이며, 결코 실패작과 범작凡作의 역사가 아니라는 에즈라 파운드의 말을 절실히 깨달았다. 벌써 그 성채로부터 때로 고독한 독창이, 때로 폭풍과도 같은 합창이 여기저기서 울려퍼져 나올 듯하다. 그래서일까, 좋은 책이란 것도 마음대로 출간되는 것이 아니라 사람처럼 감당할 만한 고통과 인고의 세월을 통과해서야만 가치있는 '역사의 장부丈夫'로 태어날 수 있음을 깨달았다. 예정보다 훨씬 늦게 책이 나오게 되었지만 그만큼 전집의 완성을 위해 편자들이 최선을 다한 결과라는 사실을 변명삼아 덧붙여둔다.

본 전집은 무엇보다 지금까지 알려지지 않은 많은 자료들을 수합하여 '전집'이란 말에 진정으로 부합할 만큼의 성과를 담아냈다. 또한 전공자뿐만 아니라 누구나 읽을 수 있게끔 현대어로 고치고, 거기에 주해작업을 철저히 하여 현재화된 정전으로 바람직한 모델이 될 수 있게끔 편집에도 혼신의 노력을 기울였다. 하여 지금까지 말없이 기다려준 소명출판 식구들이나 말 그대로 거인 '임화'의 출현을 손꼽아 기다린 독자 모두에게 다시금 감사드리며, 무엇보다 임화 탄생 100주년을 기념해 전집 출간의 기쁨을 모두와 함께 하고자 하는 바이다.

2009년 3월
편자 일동

제1부_ 시 — 해방 이전

제2부_ 시 —해방 이후

제3부_ 시 원문

부록

부록 ① 가사

부록 ② 시집 서발문 및 목차

제1부

시

해방 이전

연주대戀主臺

야주개 군밤장사
설설히 끓소
애오개 만두장사
호이야호야
이내 몸은 과천 관악
연주대戀主臺에서
가슴을 파헤치고
호이야호야

부들밭 오리새끼
깨우억깨웍
잔솔밭 까투리는
깨깨푸드덕
이내 몸은 관음보살
연주대戀主臺에서
손톱을 툭이면서
깨깨푸드덕

해녀가 ^{海女歌}

갈밭에 불던 바람
오늘 와서 갈바람
내일은 바닷가에
회오리 바람

어제밤 보던 꿈들
보리밭에 총각꿈
내일은 개벌 간다
일찍 자거라

낙수

무너진 용두각龍頭閣에
버들꽃이 날을 때
목에는 물소리는
잦은 밤에도

깨여진 나의 맘에
소나기가 퍼불 제
초마 끝 낙수물은
설은 꿈에도

소녀가 小女歌

눈길을 잣밟으며
등을 넘어 갈 때에
망보던 벌바람은
내 뺨을 때려

젊은이 풋마음이
잔디밭을 나갈 때
엿보던 도령네는
공연히 웃어

실연失戀 1

서장대西將臺 늙은 솔에
목을 맸다 풀으고
용두각龍頭閣 칠간수七間水에
혼자 울더니
서둔西屯말 선술집에
막걸리를 마시고
서호수西湖水 남비울에
풍덩덩풍덩

실연失戀 2

달 밝은 노들강에
철교 다리 붙잡고
야속한 님 얼굴을
그려보더니
아서라 그만둬라
막걸리를 마시고
자정 때 문안차車에
코를 드르렁

밤이면

굳세던 해도 숨을 지우고
이 봄에 저녁 하늘도 시커멓게 졌는데—
뭇 별이 총총한 말없는 하늘을 보고
벌레 무리 와글와글 울면—
내일이 오리라는 서쪽에 기운 희미한 달
이 마음이라도 아프게 하노라
벌레 소리 요란한 여름밤 묵묵한 하늘에
졸고 있는 저 달아
내가 살아 있는 그 동안에 오늘이나 내일이나
언제나 밤이 온다면 말없이
고요히 빛나련만
어이하여 사람인 너의 마음은
어찌 그리 얼른 변할까

무엇 찾니

죽은 듯한 밤은 땅과 하늘에
가만히 덮였고
음울한 대기는 갈수록 컴컴한
저 하늘 끝에서 땅 위를 헤매는데
소리 없이 자취를 감추고 나리는 가는 비는
고요히 졸고 있는 나무 잎에
구슬 같은 눈물을 지워
어둔 밤에 헤매면서 우는
두견의 슬픈 눈물같이 굴러 떨어진다
남모르게 홀로 뛰는 혼령아
이 어둔 비 오는 밤에도 쉬지 않고 날뛰며
무엇을 너는 찾느냐?

밤비(민요)

오는 비 올 대로 오고
저 갈 대로 가거만은
밤이 늦어 저 냇물을
건너야만 오실 그 님
치마 자락 얼룩지면
어머님의 하실 꾸중
그 누구가 들어주나

밤마다 우는 벌레의 울음은
내일의 하늘에 별이 빛나면
또 다시 듣자고 바라기나 해도

한번 가신 그 님의 그림자는
달이 몇 번이나 떴다 넘어도
또 다시 오실 줄은 모르십니다

서정소시 抒情小詩

눈물은 흐르는 냇물과 함께
멀리로 흘러져 내려가 버려도
이 가슴에 깃들인 서른 생각은
가을 싸늘한 바람결에 떠는
갈대와 함께 탄식을 하노이다

'에데두카'여 만일 그대가 지금
끝없는 바다 우를 떠난다고 하면
탄식과 그리움에 파리해진
이 얼골의 한쪽을 싣고 달아난
물결에
그대는 부딪쳐 볼 때가 있으리로다

* '에데두카'는 헝가리 시인 '페테리'의 젊었을 시절의 연인에게 준 아름다운 이름이었다. 이
  시의 작자도 '에데두카'를 가졌을지도 모를 것이다.

가을의 탄식

세월은 흘러가는 줄도 모르고
이 마음은 철을 기다렸더니
올 철은 왔는지 지나갔는지
이네 몸은 가을을 맞이하고서
하늘은 가벼운 구름과 더불어
높이로 걸어 올라를 갔더니라

서늘한 여름에 저녁이 와서
숲새에 벌레가 노래를 부르면
어김이 없이 오시리라던 벗님네도
아직도 오시지를 않으셨는데
가을이 벌써 온다고 하면은
어린 마음은 어디다 부접을 하오리까
속인의 탄식에서

향수鄕愁

근심도 먼지라면
바람에 나불리듯
북풍에 휘몰리어
다날아 가고지고
알뜰한 님께서나
이곁에 계셨던들
이가슴 덮고눌러
고요히 지켰을걸
객창의 외로운몸
쓸쓸히 뒹구노니
아무리 생각해도
언제나 돌아갈까
부모동생 생각나
앉지를 못하느니
행여나 한번만나
얼싸안고 울어지고
어린누이 생각이
불현듯 이가슴에
북돋아 일어나니
부평초에 빗길이몸
정들은 땅을밟을
기쁨에 올그날을
내일이라 모레라

기약을 맺으리까
오로지 먼하늘을
우러러 바라보며
소리쳐 불러보나
바람만 불어가고
먼나라 내고향엔
간다는 새한마리
남지않고 날저물어
갈길이 바쁘도다

— 방랑의 노래에서

설

태양은
영원히 도망을 가고
거리에는 눈보라―
　　　　　폭풍―
신의 이름이 적힌 표목標木은
순식간에 파묻혀져서
두 번 다시 볼 수는 없다
아― 눈보라다
　　　폭풍이다
달은 중량을 잃고
천애天涯를 표랑漂浪하며
고요하던 나무그림자는
급격한 동요를 일으켰다
―암흑
―요란
―폭풍
compasses의 바늘은
방향을 손질하지 못하고
　―니다
이때에―
얼어터진 연못에
얼음틈바구니에서
눈이 눈이 목目 ……

반짝한다
어류魚類의
미래를 위협하는
눈알이 ―

　　　　―(겨울)

혁토赫土

뭇 사람놈들의 잇샅에 올라
이미 낡은 지가 오래인 시뻘건 나토裸土일지라도
그것은 조상의 해골을 파묻어 가지고
대대로 물려나려왔던 거룩한 땅이며
한없이 거칠어진 부지腐地일망정
여기는 가장 신성한 숨소리 벌덕이며
이 땅의 젊은 사람들에게 끊임없이
귀 넘겨 속삭여주는 우리의 움이어라
분명코 그것은 무엇이라 중얼대는 것이다
침묵한 무언중에서 쉬일 새 없도록
그러나— 그것을 짐작이나마 할 사람은
오직 못나고 어리석으며
말 한마디도 변변히 못 내는 백랍白蠟 같은 입 가지고 구지레한
백포白布를 두른 그리운 나의 나라의
비척어리는 사람의 무리가 있을 따름이다
오오! 그러나
비록 그렇게 못생기고 빈충맞인 친구일지라도
그것은 나의 동국인同國人이요 피와 고기를 나눈 혁토赫土의 낡은 주인
主人이며—
나의 조선의 민중인 것이다

초상肖像

우리들은
지금에 알지 못할 생각을
가슴에다 두고
언 땅 위에다 괭이를 둘러
단조單調한 그림을 그립니다

어여쁘게도 아름답게도
그대의 얼굴 위에다
칠하려지 않습니다
오로지
이 나라 백성의 이마를 지나간
심줄같이
그렇게 굵은 줄로서
우리는 당신의 얼굴을 그립니다

별이 까막이는 밤중이나
햇득이는 닭소리
고요히 울어나는 새벽이나
젊은 이 땅의 화장畫匠은
괭이를 놓은 적이 없이
알지도 못할 거룩한 당신의
커다란 초상을
우리는

언 천지^{天地} 위에다 새깁니다
―(날은 추운데)

선시宣詩

어둠은 밀물같이
가냘픈 빛깔을 바르고
위협은— 그 속에서
온— 천지를 가만히
눈흘겨 노리도다

이런 듯 수선한 동안에서
온돌에 —
따스한 바닥을 끼어안고
미리 승천昇天한 모지른 추움과
목숨을 흘기는 주림은
부질없는 내 신령 앞에서
활개를 날려 칼춤을 추도다

아아 그러나 아직도 나의 마음엔
거룩함이 남아 있었으며
죄로운 생각과 간악한 마음은
나의 가슴을 밟지 못하였도다

아아 그러나 —
이미 기리는 나의 거룩한 목숨을
겨누고 달려오던 간악한 그 고기[魚]는
또 다시 나의 눈동자 속에서

두 번째 헤엄질 치고 있도다

나는 이같이 간악한 동안에서
더 오래 살고자 하지 않노라

그리하여 나는 떠나가리라
지나간 모든 거룩한 꿈이나
기리든 거룩한 동안이나
광명을 싸간 어둠 속에다
한가지 아울러 파묻어 두고
―(증오와 싸움이 나의 고단한 몸을 파악하는 나라로)
나는 길떠날 차림을 하노라

―(겨울)

혼광昏光의 아들

일몰!
높다란 연돌煙突 위에서부터
어둠은 매연煤煙과 함께
소란한 도회를
외짝 손으로 지긋이 누른다

시뻘겋구나 —
진홍眞紅! 대공大空의 연소燃燒
이것은 어둠에다 한 팔을 얹은
불타는 태양이
장래할 아침의 약속 남긴
생명의 낙인이리라

오오 젊은 시악시야!
유방에 매어달린 아기는
아직도 잔단 말이냐

그러나 —
쉬 — 까딱두 마라
아기는
—어머니 것이다
—인류의 것이다
그는 이 날의 나머지

태양의 숨결을 보내려고
아직도 잠자고 있느니라

저것은 또 무엇이겠니!
저기! 동구 밖에서
궐연의 연기의 구슬을 토하고
왔다 갔다 하는
―윤택있는 오―바
―'에나멜'의 구두
젊은 야차夜叉를 맞이하고 섰는
한산한 '부르주아'의
순진한? 청년학도이리라

그러나 시악시야!
그것이 다― 무슨 상관이 있니
자아 그저 좀더 나가나 보자
(가로의 전등을 구경할 때가 오면)
너의 충실한 젊은 남편은
야업夜業을 마치고 돌아오리니 ―

그리고 잠자던 아기는
눈을 부비고
너의 가슴을 노리는 동자 속에서
미미히 흘러나오는 이상한 빛깔에
너의 몸과 마음자리는 알지 못할 감각에서
조금씩 흔들리기 비롯하리라
아아 대지의 최후의 경련痙攣이다

— 박모^{薄暮}의 시

화가의 시

파열된 유리창 틈바구니엔
목떨어진 노동자의 피비린내가 나고
은행소 벽돌담에는 처와 자식들의
말라붙었던 껍질 춘절春節의 미풍으로
구렁이탈 같이 흐느적거린다.

춘절春節의 풍경화는 나의 '캔버스' 위에서
이렇게 화려하고 양기陽氣있게 되어간다
유위有爲한 청년 화가의 고린내나는 권태와
육취肉臭가 코를 찌르는 '아트리에' 속에서
인간의 낡은 피와 다 삭은 뼈를 가지고
이 천재 예술가는 풍경화를 새긴다

그러나 '싸로'의 품작品作으로는
나의 생각은 너무나 상등上等인 것 같다
인형과 전차표 병정 구두로 그린 그림이
암만해도 나는 화가 이상이다

춘야를 걸어가는 장신의 청년
실연한 사나이 아니면 소매치기로 출세한 —
그는 별안간 돌아서 나의 이마를 후렸다
나의 화중畫中에 출장시킨 충실한 인형이 —

그러고 그는 도망을 하였기 때문에 화판畵板엔 큰 구멍이 뚫어져버리었다
복수 ― 나는 불공대천不共戴天을 맹서하고 이 그림을 그린다
이것은 나의 출세할 그림 역사의 '스토리'이다

암만해도 나는 회화에서 도망한 예술가이다
미래파 ― 공적功的이고 난조미亂調美의 추구
그것도 아니다 결코 나의 그림은 미술이 못되니까 ―
하마트면 또는 1917년 10월에 일어난 병정의 행렬과 동궁冬宮 오후 3
시와 9시 사이를 부조浮彫하고 있을지도 모를 것이다
사랑할만한 '아카데믹'의 유위한 청년의 작품이 ―
오오 나의 그림은 분명히 나를 반역했다
그러고 새로운 나를 강요하는 것이다
뺑기 ― 냄새를 피우고 핏냄새를 달랜다
그리할 것이다 나는 이후부터는 총銃과 마차馬車로 그림을 그리리라

　　―조형예술가의 침언寢言

지구와 '박테리아'

기압이 저하하였다고 돌아가는 철필을
도수가 틀린 안경을 쓴 관측소원은
깃대에다 쾌청快晴이란 백색기를 내걸었다

그러나 제 눈을 가진 급사란 놈은
이삼분이 지낸 뒤 비가 쏟아지면 바꾸어 달 붉은 기를 찾느라고 비행
기가 되어 날아다닌다
　　　　▶

아까— 그 사무원이 페쓰트로 즉사하였다는 소식은 벌써
관측소를 새어나가
　　　　—거리로
　　　　　　　　　　▶ 우주로 뚫고
　　　—산야山野로
질주한다— 확대된다
그러나 아직도 급사란 놈은 기旗에다 목을 걸고 귓짝 속에서 난무한다
　　비　　●　　바람
　　　쏴—
그것은 여지없이 급사를 사무실로 갖다 붙였다.
페쓰트— 그것은 위대한 것인 줄 급사는 알았다
　　　　▶

저기압과 페쓰트—
충실한 자 사무원은 창백한 관棺 속에서도 ……를
반듯이 생각뿐만 아니라 반듯이 찾을 것이다

그럼 그는 기를 달지 않을 수가 없었다.

대신 그는 백색기를 관棺 속에 누운 그의 가슴에다 놓아주었다

—가는 자에게 한줄기 안위를 주기 위하여

　　○

하아! 사십년 동안에 최초로 한 실수는

저기압과 '페쓰트'라고 급사란 놈은 창 밖에서 웃었다

박테리아 박테리아

—그 힘은 위대하다

—그 힘은 위대하다

　　○

일분간에 한 마리씩 잡아 삼키니

십육억분이면—시간 환산은 성가시다

＝지구는한寒이다

＝지구는한寒이다

'박테리아'는 지구를 포옹하고 홍소哄笑한다

　　크게 —

　　크게 —

　　(그 웃음은 흑색黑色 사변형四邊形에 배류倍類로 증대한다) —

탱크의 출발

수를 셀 수 없을 정도로 많은 20세기 기계가
끝도없이 사라지고 있다.
공장 안에서 농장에서 감방에서
—소작권은 그들을 운전하는 기능을 잃었다
—여공을 사기 위한 공장주의 수단은 구식이다
지구상의 모든 기계는 실로 끝도없이 사라지고 있다

사라졌던 기계는 심야 차고車庫 속에서
새로운 기관차를 만들고 있다
—얼굴의 노란
—얼굴의 흰
—얼굴의 검은

　　　　등
　　　　　등
　　　　　　등
인터내셔날의 탱크는 어느 날 차고의 문을 열고
괴물처럼
비상한 속력으로 크레믈린을 나섰다
—세기世紀 중에 산재散在한 수많은 기계를 싣고

아아, 이미 기계는, 세기의 기계는
지구의 중심을 선회하기 시작하였다
—기계는 사라지고

─지구의 중심은 드러나고
─인터내셜날의 붉은 탱크는 움직이고 있다
서서히 급속히 ─
서서히 급속히 ─

담墻 — 1927
작코, 반젯틔의 명일(命日)에

뿌르죠아지의 ××—

1918

이백만의 프롤레타리아를 '웰탄' 요새에서 ××한

그놈들의 ××행위는 악학惡虐한 수단은

'스파르타키스트'의 용감한 투사

우리들의 '칼', '로자'를 빼앗었다.

세계의 가장 위대한 프롤레타리아의 동무를

혁명가의 묘지로 몰아넣었다.

그러나 강철같은 우리의 전열戰列은

×인자ㅅ者—그들의 폭학暴虐도 궤멸케 하지를 못하였다

그러나 아즉도 그놈들은 완강하다

그놈들의 허구虛構 수단手段과

××행위는 아직도 지구의 도처에서 범행되어간다

1917 — 태양이 도망간 해

세계의 우리들은 8월 20일 지구발地球發 전보電報를 작성하였다

　제1의 동지는 뉴욕 사크라멘트 등등지에서 수십층 사탑死塔에 폭탄세례를 주었으며

　제2의 동지는 핀란드에서 살인자 미국의 상품에 대한 비매동맹非買同盟을 조직하였고

　제3의 동지는 코펜하겐에 아메리카 범죄자의 대사관을 습격하였으며

제4의 동지는 암스텔담 궁전을 파괴하고 군대의 총 끝에 목숨을 던
졌고
　제5의 동지는 파리에서 수백명 경관을 ××하고 다 달아났으며
　제6의 동지는 모스크바에서 치열한 제3인터내셔날의 명령하에서 대
시위운동을 일으키었고
　제7의 동지는 도쿄에서 ××자의 대사관에 협박장을 던지고 갔으며
　제8의 동지는 스위스에서 지구의 강도 국제연맹본부를 습격하였다
　(그때의 그놈들은 한 장의 200냥짜리 유리창이 깨여진 것을 탄식하였다 ― 눈물은
염가다)
　오오 지금 세계의 도처에서 우리들의 동지는 그놈들의 폭압과 ××
에 얼마나 장렬히 싸워가고 있는가

　그러나
　인류의 범죄자
　역사의 도살자인
　아메리카 ― 부르죠아의 정부는
　사랑하는 우리의 동지
　세계 무산자의 최대의 동무
　작코, 반젯틔의 목숨을 빼앗었다
　전기로 ―
　(프롤레타리아트의 발전하는 전기로)

　그러나
　제2인터내셔날은
　드디어 양 동지 구명 아메리카위원회의 전세계 노동자의 제너랄 스
트라이크의 요망을 모반謀叛하였다.
　그들은 이미 우리의 힘이 아니다

프롤레타리아의 조직이 아니다
룸펜 인테리켄차—의 허울 좋은 도피굴이다

우리들은 새로운 힘과 계획을 가지고 전장에로 가자
우리는 작코, 반젯틔를 죽인 전기의 발전자가 아니냐
우리들은
　세계의 일체를 파괴하고
　세계의 일체를 건설한다
그놈들은 우리들에게 ××을 교사教唆하였다
　가장 미운 ××의 교사자教唆者
그놈들을 재판하여라
　지구의 강도 인류의 범죄자에게 사형을 주어라

그러고 우리들은 발전을 하자
우리의 전열戰列의 새로운 힘을 보내기 위하여
동무여 그놈들에게 생명을 도적맞은 우리들의 사랑하는 전위前衛여
조금도 염려는 말아라
뒤에는 무수한 우리가 있지 않느냐
가장 위대한 세계 프롤레타리아트의 조직이

오오 우리는 안다
작코, 반젯틔군 등이 죽지 않은 것을
거리마다 가득한 그대들의 시체를
태양을 물들인 그대들의 핏방울을

폭풍우다 ××이다
우리들의 진격하는 전열을 향하여 두 동지는 외치지 않느냐

세계의 동지야 ─
1927 ─ 리아
××에 대하기를 ××으로
우리들은 동무와 같이 용감하게 전장^{戰場}에로 가자

젊은 순라巡邏의 편지

사랑하는 형님!

어저께 우리는 월력月曆에다 ××을 싸서 버리고 진進×을 시작했소.

그리하여 삽과 삼태기를 들고 우리는 ××에로 나아가우.

용감하지 않소 벌서 지구의 반은 ××의 행렬이 점령하고 있소 지구는 밤이요.

얼마나 많은 동지가 어둠 속에서 죽어가겠소 아직도 봄은 춥구려 한 겹 옷으로는 견디기가 어렵구려

허지만 형님 다시 한번 우리들의 그림자를 보아주구려.

×체體를 넘고 ×하河를 건너는 우리들의 벽壁을 보아요!

요전에 우리는 백림伯林 교외를 지내다 봄풀이 싹이 돋기도 전 가난한 그들의 주머니를 털어 가여운 계집애 ××의 무덤에다 꽃뭉치를 안겨주고 마음을 다하야 눈물을 흘리는 독일의 푸로레타리아의 얼굴을 보고 왔소.

그때 나는 나의 옆에 동同×를 ×이러 중국을 갔었다는 늙은 동同×의 슬피 우는 얼굴을 보고 왔소 나는 가만히 눈물을 내 눈에서 집에버렸고 참기가 어려웁디다.

그러나 형님! 우리는 다시 우리들의 앞을 걸어가는 북방北方×××의 발소리를 역력히 들었고 일리치는 무어이라고인지 한참 떠듭디다 그러더니 한참 있다 우리의 ×렬烈엔 새 지령이 내리었고 그것은 우리들의 새 ×× ××이의서 벌어지려고 하는 것이었소.

그리하여 확대된 우리의 ××는 새로운 ×人발의 도쿄에게 보내었소.

여기는 조선의 서울이요 지금은 ××의 비가 오는 중이요.

이것이 아마 우리의 봄을 장식하는 실비인가보 비단같은 빗발이요 형님!

끝이 없이 길게 늘어진 ××의 ××의 벽壁을 보!

무엇이 감히 이것을 깨트릴 힘을 가졌는지 삼백 마력의 수상비행기 고속도의 운용運用탱크 위력의 기중기 ― 그것은 ××에 벽壁에서 한 개의 돌을 끌어낼 힘이 없소.

××의 벽壁은 지구의 생명과 연락聯絡하리다 그리고 빛나는 진홍의 깃발을 보오 우리 ××의 우에서 춤을 추는

봄 하늘은 ×× 춤을 추고 있구려

아― 내 가슴은 터질 것 같소 ××의 ××× 나아가는 기쁨에 깨어지고 말리다.

형님!

오늘 우리는 아폴로의 장식葬式에로 나아가우 로만쓰와 신비神秘를 여러 천년 지중해 맑은 물에 뿌렸다던 지중해의 수호신인 아폴로의 장식葬式에로 나아가우 그것은 ××의 발發×한 ××의 위력이 대중에 마음속으로 무서웁게 스며들어가고 있는 까닭이요.

아폴로는 완전히 죽었소 구라파의 백성은 가슴에 열십자를 긋지 않고 무릎을 꿇지 않소.

형님! ×××××크리스마쓰 소식을 들었소 윈나의 폭발된 가伽람의 사실寫實을 보았소.

벌써 아폴로는 완전히 죽었소.

우리는 아폴로의 ××를 밟고 그것을 운전하고 있는 건너 나라로 열대熱帶의 얼굴 검은 1억의 ××같이 진進××하고 있소.

××은 정제正制하고

행렬은 엄숙하오

××는 지구에서 ×××××고야 맙니다 ×× 힘은 굳세고 우리에 ××는 지구와 같이 있소.

여보 형님! 그런데

나종은 어떤 젊은 ××가 그러는데 내어버린 ××× 달력에 ××월
일이라고 씌어 있더라구—

하하 우리는 점심을 먹다가 모두가 웃으며 젊은 ××의 땀을 씻어주
었소.

거리의 봄은 계집을 ××굴窟에 끌어내는 이외에 아무 효력이 없소

우리는 봄을 부서진 파라솔 속에 넣어 지하실에다 버립시다.

형님! 순라는 그만하지만 기쁨은 가슴에 찼소—

네거리의 순이

네가 지금 간다면, 어디를 간단 말이냐?
그러면, 내 사랑하는 젊은 동무,
너, 내 사랑하는 오직 하나뿐인 누이동생 순이,
너의 사랑하는 그 귀중한 사내,
근로하는 모든 여자의 연인 ······
그 청년인 용감한 사내가 어디서 온단 말이냐?

눈바람 찬 불쌍한 도시 종로 복판에 순이야!
너와 나는 지나간 꽃 피는 봄에 사랑하는 한 어머니를
눈물나는 가난 속에서 여의었지!
그리하여 너는 이 믿지 못할 얼굴 하얀 오빠를 염려하고,
오빠는 가냘핀 너를 근심하는,
서글프고 가난한 그날 속에서도,
순이야, 너는 마음을 맡길 믿음성 있는 이곳 청년을 가졌었고,
내 사랑하는 동무는 ······
청년의 연인 근로하는 여자 너를 가졌었다.

겨울날 찬 눈보라가 유리창에 우는 아픈 그 시절,
기계 소리에 말려 흩어지는 우리들의 참새 너희들의 콧노래와
언 눈길을 걷는 발자국 소리와 더불어 가슴속으로 스며드는
청년과 너의 따듯한 귓속 다정한 웃음으로
우리들의 청춘은 참말로 꽃다왔고,
언 밥이 주림보다도 쓰리게

가난한 청춘을 울리는 날,
어머니가 되어 우리를 따뜻한 품속에 안아주던 것은
오직 하나 거리에서 만나 거리에서 헤어지며,
골목 뒤에서 중얼대고 일터에서 충성되던
꺼질 줄 모르는 청춘의 정열 그것이었다.
비할 데 없는 괴로움 가운데서도
얼마나 큰 즐거움이 우리의 머리 위에 빛났더냐?

그러나 이 가장 귀중한 너 나의 사이에서
한 청년은 대체 어디로 갔느냐?
어찌된 일이냐?
순이야, 이것은……
너도 잘 알고 나도 잘 아는 멀쩡한 사실이 아니냐?
보아라! 어느 누가 참말로 도적놈이냐?
이 눈물 나는 가난한 젊은 날이 가진
불상한 즐거움을 노리는 마음 하고,
그 조그만 참말로 풍선보다 엷은 숨을 안 깨치려는 간지런 마음하고,
말하여보아라, 이곳에 가득 찬 고마운 젊은이들아!

순이야, 누이야!
근로하는 청년, 용감한 사내의 연인아!
생각해보아라, 오늘은 네 귀중한 청년인 용감한 사내가
젊은 날을 부지런할 일에 보내던 그 여윈 손가락으로
지금은 굳은 벽돌담에다 달력을 그리겠구나!
또 이거 봐라, 어서.
이 사내도 네 커다란 오빠를……
남은 것이라고는 때 묻은 넥타이 하나뿐이 아니냐!

오오, 눈보라는 '트럭'처럼 길거리를 휘몰아간다.

자 좋다, 바로 종로 네거리가 예 아니냐!
어서 너와 나는 번개처럼 두 손을 잡고,
내일을 위하여 저 골목으로 들어가자,
네 사내를 위하여,
또 근로하는 모든 여자의 연인을 위하여 ……

이것이 너와 나의 행복된 청춘이 아니냐?

우리 오빠와 화로

사랑하는 우리 오빠 어저께 그만 그렇게 위하시던 오빠의 거북무늬
질화로가 깨어졌어요
언제나 오빠가 우리들의 '피오닐' 조그만 기수라 부르는 영남永男이가
지구에 해가 비친 하루의 모든 시간을 담배의 독기 속에다
어린 몸을 잠그고 사온 그 거북무늬 화로가 깨어졌어요

그리하여 지금은 회젓가락만이 불쌍한 영남이하구 저하구처럼
똑 우리 사랑하는 오빠를 잃은 남매와 같이 외롭게 벽에 가 나란히
걸렸어요

오빠……
저는요 저는요 잘 알았어요
왜 그날 오빠가 우리 두 동생을 떠나 그리로 들어가실 그 날 밤에
연거푸 말는 권연卷煙을 세 개씩이나 피우시고 계셨는지
저는요 잘 알았어요 오빠

언제나 철없는 제가 오빠가 공장에서 돌아와서 고단한 저녁을 잡수
실 때 오빠 몸에서 신문지 냄새가 난다고 하면
오빠는 파란 얼굴에 피곤한 웃음을 웃으시며
…… 네 몸에선 누에 똥내가 나지 않니 — 하시던 세상에 위대하고 용
감한 우리 오빠가 왜 그날만
말 한마디 없이 담배 연기로 방 속을 메워버리시는 우리 우리 용감한
오빠의 마음을 저는 잘 알았어요

천정을 향하야 기어 올라가던 외줄기 담배 연기 속에서 — 오빠의 강
철 가슴 속에 박힌 위대한 결정과 성스러운 각오를 저는 분명히 보았
어요
그리하여 제가 영남이의 버선 하나도 채 못 기웠을 동안에
문지방을 때리는 쇳소리 바루르 밟는 거치른 구두소리와 함께 — 가
버리지 않으셨어요

그러면서도 사랑하는 우리 위대한 오빠는 불쌍한 저의 남매의 근심
을 담배 연기에 싸두고 가지 않으셨어요
오빠 — 그래서 저도 영남이도
오빠와 또 가장 위대한 용감한 오빠 친구들의 이야기가 세상을 뒤집
을 때
저는 제사기製糸機를 떠나서 백장의 일전짜리 봉투에 손톱을 뚫어트
리고
영남이도 담배 냄새 구렁을 내쫓겨 봉투 꽁무니를 뭅니다
지금 — 만국지도 같은 누더기 밑에서 코를 고을고 있습니다

오빠 — 그러나 염려는 마세요
저는 용감한 이 나라 청년인 우리 오빠와 핏줄을 같이한 계집애이고
영남永男이도 오빠도 늘 칭찬하든 쇠같은 거북무늬 화로를 사온 오빠
의 동생이 아니에요
그리고 참 오빠 아까 그 젊은 나머지 오빠의 친구들이 왔다갔습니다
눈물 나는 우리 오빠 동무의 소식을 전해주고 갔어요
　사랑스런 용감한 청년들이었습니다
　세상에 가장 위대한 청년들이었습니다
화로는 깨어져도 화젓갈은 깃대처럼 남지 않았어요
우리 오빠는 가셨어도 귀여운 '피오닐' 영남이가 있고

그리고 모든 어린 '피오닐'의 따듯한 누이 품 제 가슴이 아직도 더웁습
니다

그리고 오빠……
저뿐이 사랑하는 오빠를 잃고 영남이뿐이 굳세인 형님을 보낸 것이겠습
니까
슬지도 않고 외롭지도 않습니다
세상에 고마운 청년 오빠의 무수한 위대한 친구가 있고 오빠와 형님
을 잃은 수 없는 계집아이와 동생
저희들의 귀한 동무가 있습니다

그리하여 이 다음 일은 지금 섭섭한 분한 사건을 안고 있는 우리 동
무 손에서 싸워질 것입니다

오빠 오늘 밤을 새어 이만장을 붙이면 사흘 뒤엔 새 솜옷이 오빠의
떨리는 몸에 입혀질 것입니다

이렇게 세상의 누이동생과 아우는 건강히 오늘 날마다를 싸움에서
보냅니다

영남이는 여태 잡니다 밤이 늦었어요

― 누이동생

어머니

어머니! 지금은 어머니가 노 설운 이야기로 밝혀 주던 봄밤도 어둡게 이슥하여졌수

지금 어머니가 살았을 때 그렇게 귀여하든 이 아들은 어머니의 굳은 몸이 누워가던
이 파란 이슬길을 걸어오고 있수
그런데 어머니!
왜 나는 이 길을 언제나 관棺 뒤에만 따라갔다 와야 하게 되었는지 모르겠어
이 키가 홀쭉한 응석백이가 지금은 터지는 가마 같은 가슴을 누르며
동무도 누워가고 어머니도 누워 간 이 길을 가만가만히 어른같이 걸어 가우

어머니!
언제나까지 언제까지 이따위 놈의 일이 계속될가
오늘은—
그렇게 째지게 가난하면서도 귀여운 큰 자식 때문에 노 웃고 살어가던
순봉이 어머니가 그 아들을 몹쓸 그 병에 잃어버린 그 날이라우

어머니가 그 해 봄에 우리가 그렇게 서러워하는 데두 돌아가구
이 거미같은 오빠만을 어른같이 믿고 살아가는 불쌍하고 외로운 옥순玉順이가

처음으로 세상에서 마음을 맡기며 믿고 사랑하던

잘 웃구 용감하던 생대 같은 그 순봉이가 들것에서 누워 나온 지 꼭
열 하루만에 옥순玉順이가 그렇게 서러하는 줄도 알고 어머니가 불쌍한
줄도 알면서도

사랑하는 옥순玉順이의 무릎에 누워 분하구 분한 눈물을 목에다 채 넘
기지도 못 하구 죽어간 그 길을 나는 울고 있는 그 어머니와 옥순이 때
문에

아주 어른 같은 생각을 하구 또 길을 걷고 있구료

그런데 참 어머니!

오늘이 또 바다 ×××의 우리들의 용감한 쇠같은 사나이 녀석도

세상에 ×××××××× 낯설은 땅에를 돌아다니다 그만 목숨을 던
진 날이야

우리 사랑하는 큰 '그 녀석'도 사랑하는 늙은 어머니의 설움과 원한
속에서 죽어갔다우

그리하여 바로 이 날이 그 귀여운 우리들의 '그 녀석'의 시체가 '그
녀석'이 살아서 목숨을 바쳐서 사랑하던 온 ×× '××××들'과 '××
××들'의 손으로 이 세상을 아주 떠나가는 날이라우

늙고 외롭고 가난한 ' 그 녀석'의 어머니 어떻게 설워하였을 것이며
분하였을 것이겠수

그런데 이 조선의 땅에도 '××'의 용감한 자식을 ×× '우리들의 어
머니'가 울었고

두 번 다시 함께 이 한울 알에 살지 못할 그것을 향하여 ×× 한울
맹서하였다우

이것은 사랑하는 우리 어머니도 잘 아는 것이 아니우

그렇지! 어머니!
어머니는 이 불효의 자식이 무엇을 위하여 누구를 위하여
밤과 낮을 가리지 않고 옥순이의 순봉이하구 수군거리고 돌아다니었
는지
어머니는 자식을 염려하는 사랑 속에도 잘 알은 것이 아니었수!

그런데 그 사나이가 죽었어!
늙은 어머니의 수고를 생각하고 노 검정사쓰만 입고 다니는
그 마음 착한 사나이가 어머니가 잘 알던 ×워하든 ××× 넘어 졌
구료
어머니!
옥순玉順이는 이틀이나 ××× 쉬구 밥도 안 먹고 울고 울고 울었다우
그러다가!
그만 그 사나이를 위하얀 목숨을 버리고 '그 손'을 잘느리고 하늘에
외칩니다.

그런데 어머니!
지금 옥순玉順이는 어떻게 하구 있으까?
그리구 순봉이 어머니는
언제나 언제나 좋아하고 위하던 그 아들을 따라가려고 원통한 목숨
을 버리지나 않겠수

그러나 어머니!
우리들의 사랑하는 세상의 어머니!
그렇게 자식을 염려하고 조심하는 그 속에서
사랑하는 젊은 자식들은 또 다시 이런 서러운 어머니와 아들을
두 번 또 뒤 세상에 안 남기기 위하여

귀중한 늙은 어머니의 사랑도 근심을 만들며 청춘의 날을 불나는 ×
×에서 보내고 있는 것이라우
    그리하여 이 세상의 가장 거룩하고 위대한 즐거움을 어머니 가슴에
안겨 드리리다

    어머니! 참 나는 빨리 가리다
    어머니가 생전에 그렇게 귀여워하던 옥순이가
    인제는 불쌍하게도 혼자서 울고만 있을 집으로 가겠수
    그렇지만 어머니! 나는 그 대신
    있는 집 계집애같이 고운 옷 한 벌 못 입어본 그 불쌍한 옥순의 사나
이를 죽이고
    금이나 옥같이 여기는 젊은 귀한 아들 내 동무를 없앤
    이 원통하고 분한 사실을 내 코에서 김이 날 때까지 잊지를 않겠어

    어머니! 걱정말우 나는 안 잊어버릴테야!
    그러구 어머니!
    내일부터는 불쌍한 옥순이 하구 내가
    혼자 남은 순봉이 어머니의 아들과 딸이 되어 이 목숨을 ×××××
××리리다
    어머니! 나는 가우 잘 있수.

봄이 오는구나
사랑하는 동무야

너가 지극히 사랑하고 너가 꿈에도 못 잊던
푸른 하늘 고운 나라 산과 들에 봄이 와서
천만가지 꽃이 피면은—
언제랴 간 네가 오리냐만은 이 해 이 땅에도 봄은 오는구나

봄이란 이 시절이 올 적마다 푸른 빛 양철통을 안고서라도
너는 네 목숨을 내놓고라도 사랑하던 어둠 속에서 사는 사람들과
거머리에 발을 뜯기는 맨발 벗은 아버지 아우들에게
이 시절을 아름다운 이때를 주고 싶어 한늘을 우러러 울든 네가 아
니냐

허지만 지금은 그 네모진 ××××× 흘러들어오는
마음없는 가느다란 피리소리가 검은 벽 밑에 쭈그리고 앉은 네 귀를
울릴 제
오오 위대한 사나이의 가슴이 어떻겠는가—

어느 해이고 어느 해이고 푸른 이 시절이란 너와 나의 편지하는 시절
이 아니었느냐—
그렇지만 인젠 나는 너를 못 보고 너는 나를 못 만나고 있지 않으냐
—한 서울 장안의 흙을 밟고 한 푸른 하늘에서 숨을 쉬어도.
그립은 사랑하는 동무야—
나는 지금 이 봄의 저녁이 모자 위로 가만히 나려앉을 때
너와 내가 젊은 기운이 타오른 ××에로 발길을 날리던

종로 이 길 이 거리를 걸어가며 간 네가 주는 눈물을 먹고 있다

용감한 너의 구리빛 얼굴을 어린 내가 이 가슴에 안기던 계집의 얼굴
로 그릴 제
내 마음을 꾸짖던 것도 그 부드러운 네 눈의 웃음이 아니었더냐

동무야— 사랑하는 위대한 사나이야—
지금도 나는 이 길거리를 걸어간다 네 발자죽 내 발자죽이 어우러져
서 ××에 빛나든 그 길을 걸어가던
이 도시 이 길 거리 이 봄을 가고 있다
그러나 이것 봐라 지금 내 옆엔 네가 없구나 네가 없구나
어린 내 마음이 조그만 모험에 취하였을 때 묵묵히 천백 배 어려운
일을 해던지던
강철벽같은 내 용감한 네가 없구나
그러나 철없는 내 마음이 가만히 이 세상 재미에 기울어지다가도
나는 너를 생각한다
지나간 날에 내 마음을 꾸짖던 네 눈을 나는 잊지를 않는다.

이거 봐라 그러구 싸움판에서 달리던 용감한 너의 잔등이가 새집 같
은 그 초롱을 헐기 전에는 나는 가지 않으리라 나는 이 세상 봄을 가지
는 않으리라
그렇지
이 세상의 모두가 다 망해버리고 내 몸이 천만 가래 난대보아라
어떻게 어떻게 내가 너를 두고 이 세상 봄을 따르겠는가
사랑하는 동무야—
지금 세상에는 죽었던 풀도 싹이 나서
네가 사랑하던 푸른 들 푸른 하늘에 젊은 노래가 높다란 붉은 빛 담

을 넘어 새장 속에 네 마음을 흔들면은
　몇 십 년 몇 십 년 묵은 네 가슴 젊은 이끼를 긁으리라
　그렇지만 연한 봄바람이 내 볼을 스칠 때면
　나는 오직 네가 내 귀에 말하던 불같은 그 말이 내 가슴을 누르고
있다

　오오! 그리운 사랑하는 동무야!

　따뜻한 이 봄이 와두 부드러운 햇발을 못 갖겠구나
　동무야 동무야 나는 이것이 원통하다 나는 이것이 서러웁다
　어째서 나는 태양을 독점할 권력이 없고 달을 소유할 힘이 없었는가
　만일 내 목숨을 주어 바꿀 수가 있다면 나는 곧 달아나는 전차에 이
마를 깨트리리라
　그러면 그러면
　나는 너에게 이 고운 봄 태양을 주리라 아름다운 달을 주리라
　오오 그러나 나는 서러워지는구나 쓸쓸해지는구나
　그러나 ××에 패하야서 너를 잃어서 서러운 것이 아니다
　나는 그냥 이 봄 이 푸른 세상이 네가 가고 너희들이 없는 이 해 이
땅에도 오는 것이 서러웁다
　그러나 나는 하리라 나는 하리라
　하늘을 가로 가는 태양과 청춘에 등에 백인 달을 나는 가지리라
　그리하야 네가 다시 파란 세상에 봄 해 봄 달을 안고 '올야'의 사랑에
누었을 때면 나는 즐거이 이 목숨을 던지리라

　사랑하는 동무야! 열 해지만 열 해지만 잘 있거라
　나는 내 혀의 ×를 먹고라도 살아가리라
　그 때 그 날까지 —

다 없어졌는가

몇 번째 ×××××!에 패하고
몇 번째 젊은 장정壯丁을 ××기고
몇 번째 흙발에 채우던 우리들의 집이여

지금은 아무것도 없어지고 말았는가
맨 처음 ××날의 밤을 당하는 어린 동무의 가슴이 뛰고
그것을 근심하는 어머니 형들의 발길이 오고가는 그 집 ……
동모들에게 보내는 '레포ー트'를 쓰느라고 철필鐵筆이 날으고
깨어진 '테불' 앞에 주먹을 쥐고 앉어 오래든 경험을 이야기하며
이 사람들의 선두에서 빛나던 그 사나이가 앉었던
그 집이
인제는 간판만 ……
오랫 동안 바람과 비에 씻겨 우리들의 역사를 말하는 듯한 이 헌 간
판만이 남아 있는가!

그러면 인제는 다 아무것 없어지고
벌건 잉크로 씨인 'ㅅ'자표와 '××'의 표가 붙은 옛날의 명부만이
책상 설합 속에서 잠을 자고 있는가

오오— 그러나 우리는 알고 있다 잘 알고 있다
아무리 일년을 두고 이태를 두고 만나지를 못한대도
우리들은 어디서이고 숨을 쉬고 있으리라
그렇지들 않으냐! 형제야!

무엇으로 우리는 즐기어 살았으며
무엇으로 우리는 행복되었는가
그것은 우리가 ×하는 까닭이었으며
그것은 우리가 ×을 쉬이고 있었던 때문이었다

오늘도 형제의 몇은 벽 둔 담을 노리고 있겠고
오늘도 형제의 몇은 이름 모를 땅에서 헤매이리라
그러나 아직도 우리는 숨을 쉬이고 있으며
그 사람들은 공장에 가득 차 있다
그래도 누구가 감히 인제는 다 없어졌다구 말하겠는가
지구만이 남아 있다면은……
간판에 묵▒은 백번 천번 칠할 것이고
청년은!
건강한 노래 속에서 —
잊을 수 없는 ×× 속에서
××자 ×민의 ××를
정말 정말 높이 들려고

말없이 먼지 묻은 명부를 몇 번씩 들쳐보고는 가는 것이다

병감에서 죽은 녀석

×의 6월 10일에

긴 젊은 날을 너와 나는 ××을 의논하여왔고 꿈같은 엷은 생각이 우리 앞을 막을 때면 '일리치 레닌'의 쇠 같은 얼굴을 바라며
밑빠진 주머니의 두 손을 곳처 찌르고 또 다시 나가지를 않았던가—
그 날도—
그 날도 너는 첫 여름의 밤이 아직도 안 새었을 때
오는 날에 계획의 실행 앞에서 우리는 지낸 그때를 이야기 하였었다

일찍이 해가 1920년이었을 때 3월
우리들의 사랑하는 용감한 내 나라의 백성들이
××한 제국주의 ××과 자유를 싸웠을 때
어떻게 꿈에도 못 잊을 사랑하는 동포가 ×들의 독수에 넘어졌던가를 말하지 않았던가—
그렇다—
평화하여야 할 녹색의 고운 도읍都邑 수원水原에서 한꺼번의 사랑하는 동포 팔백 구백을 ×에 살여 ×인 놈도
오! 미운! 그놈! 그놈들이었고
수도首都 경성京城에서 대도상大道上에 귀여운 젊은 여자의 하얀 가슴에다 ×을 박은 놈도!
근로하는 노동자 농민을 예속과 착취에서 해방하려는 우리들의 전위 ×× 젊은 ××을 모든 ××한 야수적 방법으로 ×이고 ×문問한 놈도
그놈! 그놈들이었다

그러므로!

너와 나는 쌓이고 쌓인 그 분한慎恨의 보복을 위하여 그날의 실행될
계획을 가졌던 것이 아니었더냐?

그러나! 지금은
이러던 너도 병감病監에서 죽었구나! 사랑하는 네가 병감에서 죽었어
―

오! 내 나라의 용감한 사나이야! 번개같은 사나이야 ―
그 날 놈들은 말굽 밑에다 알 수 없는 슬픔과 분한에 조그만 가슴을
덜렁대고 있던 학교의 계집애들을 짓밟고
번개같이 삐라를 뿌리고 지나가는 청년 용감한 우리들의 학생들을
×대구리로 거꾸러트리지를 않았드냐
놈들은 무서워 떨었다.
그리고 조그만 너 하나를 잡으러 몇 놈이 몇십 놈이 왔었던 것이냐
그만큼 놈들은 너를 무서워하였고
우리들을 무서워하였던 것이다

오! 귀여운 이 녀석아!
네가 사람을 죽이었기 때문에 놈들은 너를 ×인 것이 아니다.
놈들은 너를 미워하였고 놈들은 너를 없애려는 데 모든 세력勢力을 다
한 것이다.
그러므로 너는 병감에서 ×었다.

그러나
용감한 너와 또 젊은 용감한 청년 학생인 동무들이 흘린 ×에 젖인
6월 10일은 우리들 조선의 프롤레타리아의 가슴에서 영구히 스러지
지는 않으리라

봄이 엷은 삼월에 우리들의 '산선山宣'이 ×었고
똑같은 이 달에 '도정渡政'도 일본 노동자 농민의 원한 속에 갔는데
오! 또 이 녀석아!
병감에서 네가 ×다니―

그러나―
귀여운 이 녀석아! 잘 가거라
우리들의 ×××은 미친개처럼 싸지르는 백색白色 테러들의 독수毒手
를 짓밟고
더 멀리 더 굳세이 앞으로 나가리라
더 무서웁게 더 무서웁게 죽음을 안고 싸우리얀다고!

우산 받은 요꼬하마의 부두

항구의 계집애야! 이국의 계집애야!
‘독크’를 뛰어오지 말어라 ‘독크’는 비에 젖었고
내 가슴은 떠나가는 서러움과 내어 쫓기는 분함에 불이 타는데
오오 사랑하는 항구 ‘요꼬하마’의 계집애야!
‘독크’를 뛰어오지 말어라 난간은 비에 젖어 있다

“그나마도 천기天氣가 좋은 날이었더라면?” ……
아니다 아니다 그것은 소용없는 너만의 불쌍한 말이다
네의 나라는 비가 와서 이 ‘독크’가 떠나가거나
불상한 네가 울고 울어서 좁다란 목이 미여지거나
이국의 반역 청년인 나를 머물러두지 않으리라
불쌍한 항구의 계집애야— 울지도 말아라

추방이란 표를 등에다 지고 크나큰 이 부두를 나오는 네의 사나이도
모르지는 않는다
네가 지금 이 길로 돌아가면
용감한 사나이들의 웃음과 알지 못할 정열 속에서 그 날마다를 보내
이던 조그만 그 집이
인제는 구두발이 들어나간 흙자죽밖에는 아무것도 너를 맞을 것이
없는 것을
나는 누구보다도 잘 알고 생각하고 있다
그러나 항구의 계집애야!— 너 모르진 않으리라
지금은 ‘새장 속’에 자는 그 사람들이 다— 네의 나라의 사랑 속에

살았던 것도 아니었으며
　귀여운 네의 마음 속에 살았던 것도 아니었었다.

　그렇지만 ―
　나는 너를 위하고 너는 나를 위하여
　그리고 그 사람들은 너를 위하고 너는 그 사람들을 위하여
　어째서 목숨을 맹서하였으며
　어째서 눈 오는 밤을 몇 번이나 거리에 새었던가

　거긔에는 아무 까닭도 없었으며
　우리는 아무 인연도 없었다
　더구나 너는 이국의 계집애 나는 식민지의 사나이
　그러나 ― 오직 한 가지 이유는
　너와나 ― 우리들은 한낱 근로하는 형제이었던 때문이다
　그리하야 우리는 다만 한 일을 위하여
　두 개 다른 나라의 목숨이 한 가지 밥을 먹었던 것이며
　너와 나는 사랑에 살아왔던 것이다

　오오 사랑하는 '요꼬하마'의 계집애야
　비는 바다 위에 내리며 물결은 바람에 이는데
　나는 지금 이 땅에 남은 것을 다 두고
　나의 어머니 아버지 나라로 돌아갈려고
　태평양 바다 위에 떠서 있다
　바다에는 긴 날개의 갈매기도 올은 볼 수가 없으며
　내 가슴에 날든 '요꼬하마'의 너도 오늘로 없어진다

　그러나 '요꼬하마'의 새야 ―

너는 쓸쓸하여서는 아니 된다 바람이 불지를 않느냐
하나뿐인 너의 종이우산이 부서지면 어쩌느냐
어서 들어가거라
인제는 네의 '게다' 소리도 빗소리 파도소리에 묻혀 사라졌다
가보아라 가보아라
나야 쫓기어나가지만은 그 젊은 용감한 녀석들은
땀에 젖은 옷을 입고 쇠창살 밑에 앉어 있지를 않을 게며
네가 있는 공장엔 어머니 누나가 그리워 우는 북륙北陸의 유년공이 있
지 않으냐
너는 그 녀석들의 옷을 빨아야 하고
너는 그 어린 것들을 네 가슴에 안어 주어야 하지를 않겠느냐—
'가요'야! '가요'야! 너는 들어가야 한다
벌서 '싸이렌'은 세 번이나 울고
검정 옷은 내 손을 몇 번이나 잡아 당겼다
인제는 가야한다 너도 가야하고 나도 가야한다

이국의 계집애야!
눈물은 흘리지 말아라
거리를 흘러가는 '데모' 속에 내가 없고 그 녀석들이 빠졌다고—
섭섭해 하지도 말아라
네가 공장을 나왔을 때 전주電柱 뒤에 기다리던 내가 없다고—
거기엔 또 다시 젊은 노동자들의 물결로 네 마음을 굳세게 할 것이
있을 것이며
사랑의 주린 유년공들의 손이 너를 기다릴 것이다—

그러고 다시 젊은 사람들의 입으로 하는 연설은
근로하는 사람들의 머리에 불같이 쏟아질 것이다

들어가거라! 어서 들어가거라
비는 ‘독크’에 나리우고 바람은 ‘덱기’에 부딪친다
우산이 부서질라—
오늘— 쫓겨나는 이국의 청년을 보내주던 그 우산으로 내일은 내일
은 나오는 그 녀석들을 맞으러
‘게다’ 소리 높게 경빈거리[京濱街道]를 걸어야 하지 않겠느냐

오오 그러면 사랑하는 항구의 계집애야
너는 그냥 나를 떠내 보내는 서러움
사랑하는 사나이를 이별하는 작은 생각에 주저앉을 네가 아니다
네 사랑하는 나는 이 땅에서 쫓겨나지를 않는가
그 녀석들은 그것도 모르고 갇혀 있지를 않은가 이 생각으로 이 분한
사실로
비둘기 같은 네 가슴에 발갛게 물들어라
그리하야 하얀 네 살이 뜨거서 못 견딜 때
그것을 그대로 그 얼굴에다 그 대가리에다 마음껏 메다 쳐버리어라

그러면 그때면 지금은 가는 나도 벌써 부산, 동경을 거쳐 동무와 같
이 ‘요꼬하마’를 왔을 때다
그리하여 오랫동안 서러웁던 생각 분한 생각에
피곤한 네 귀여운 머리를
내 가슴에 파묻고 울어도 보아라 웃어도 보아라
항구의 내의 계집애야!
그만 ‘독크’를 뛰어오지 말어라
비는 연한 네 등에 나리우고 바람은 네 우산에 불고 있다

양말 속의 편지

1930.1.15. 남쪽 항구의 일

눈보라는 하루 종일 북쪽 철창을 때리고 갔다
우리들이 그 날 — 회사 뒷문에서 '피케'를 모든 그 밤같이……

몇 번, 몇 번 그것은 왔다 팔 다리 코구녕 손구락에 —
그러나 나는 그것이 아프고 쓰린 것보다도 그 뒤의 일이 알고 싶어
정말 견딜 수가 없었다

늙은 어머니들 굶은 아내들이
우리들의 마음을 풀리게 하지나 않았는가 하고

그러나 모두들 다 — 사나이 자식들이다
언제나 우리는 말하지 않았니
너만이 늙은 어매나 아배를 가진 게 아니고
나만이 사랑하는 계집을 가진 게 아니라고

어매 아배가 다 무어냐 계집 자식이 다 무어냐
세상의 사나이 자식이 어떻게 ××이 보기 좋게 패배하는 것을 눈깔
로 보느냐

올해같이 몹시 오는 눈도 없었고 올해같이 추운 겨울도 없었다
그래도 우리들은 — 계집애 어린애까지가
다 — 기계틀을 내던지고 일어나지 않았니

동해 바다를 거쳐오는 모질은 바람 회사의 펌프, 징박은 구두발 휘몰
아치는 눈보라—
그 속에서도 우리는 이십 일이나 꿋꿋히 뻗대오지를 않았니

해고가 다 무어냐 끌려가는 게 다 무어냐 그냥 그대로 황소같이 뻗대
이고 나가자
보아라! 이 추운 날 이 바람 부는 날— 비누 궤짝 짚신짝을 싣고
우리들의 이것을 이기기 위하여
구루마를 끌고 나아가는 저— 어린 행상대의 소년을……
그리고 기숙사관 문 잠근 방에서 밥도 안 먹고 이불도 못 덮고
이것을 이것을 이기려고 울고 부르짖는 저— 귀여운 너희들의 계집
애들을……

감방은 차다 바람과 함께 눈이 들이친다
그러나 감방이 찬 것이 지금 새삼스럽게 시작된 것이 아니다
그래도 우리들의 선수들은 몇 번째나 몇 번째나 이 추운 이 어두운
속에서
다— 그들의 쇠의 뜻을 달구었다

참자! 눈보라야 마음대로 미쳐라 나는 나대로 뻗대리라
기쁘다 ××도 ×××군도 아직 다 무사하다고?
그렇다 깊이 깊이 다— 땅 속에 들어들 박혀라

응 아무런 때 아무런 놈의 것이 와도 뻗대자—
나도 이냥 이대로 돌멩이 부처같이 뻗대리라

제비

삼월이 지나 유월이 돼두
제비소리커녕 빗소리두 안 들리는구나

지지난 해 '서대문' 감옥 남쪽 방에서 듣던
그 소리도 '유치장' 살림에는 없어젓구나

마루청을 밟는 간수의 구두소리
절그럭대는 칼소리로 유월이 되리로구나

허지만 동무들아 너희들은 눈오는 겨울에도
'노동자의 봄'을 물고 나라를 찾아드는 젊은 제비라

X에도 X에도 꼼짝도 않는 불사조
X음으로써 '노동자의 봄'을 짓고 있느니

제비는 삼월에 남쪽에서 북으로 날아오건만
우리는 겨울에도 X를 들고 공장에서 X와야 한다.

자장자장

동경의 복판으로 흐르는 우전천隅田川 물결 위에는 배에서 나서 배에서 자라나는 소년소녀들이 있습니다.

그들은 자기들의 부모가 새벽부터 밤중까지 돛대와 노에 매달려서 겨우 먹고사는 그 사이에 어린 동생들을 보아줍니다.

강 언덕 푸른 풀 난 조붓한 길로 고운 옷 입고 학교 가는 아이들의 뒷모양을 보면서 쓸쓸한 목소리로 자장가를 부릅니다.

자장자장 우리 아기 자장

무럭무럭 자라서 힘세게 되라

기운차게 무섭게 자꾸 자라라

오늘밤 아버지는 퍼렁이불을 덮고

오늘밤 아버지는 퍼렁이불을 덮고
노들강 건너편 그 조그만 오막살이 속에 잠자는 네 등을 두드리고
있다.
그리고 지금 나는 네가 일에 충성된 것을 생각하며 대님을 묶은 길다
란 바지가 툭 터지는 줄도 모르고
첩첩히 닫힌 창살문 밖에 밝아가는 하늘을 바라보며 두 다리를 쭉 뻗
고 있다.
아직도 내가 동무들과 같이
오토바이에 실려 '불'로 '××ׇ'로 끌려 다녔을 때 너는 어린 개미
처름 '사시이레' 보통이 끼고 귀를 에이는 바람이 노들강 위를 불어나
리고
있는 집 자식들이 털에 묻혀 스케트 타는 얼음판을 건너
하루같이 영등포에서 서울로 아버지를 찾아왔다.
나는 네가 착한 아이라고 칭찬한다.
그러나 만일 네가 그것 때문에 조금치라도 일을 게을렀다면은
네가 정성을 다하여 빨아오는 그 양말짝이나마
어떻게 아버지는 마음 놓고 발에 신을 수가 있었겠느냐
벌써 섣달!
동무들과 같이 아버지가 한데 묶여 ×무소로 넘어올 때
그때도 너는 울지 않고 너는 손을 흔들며 자동차를 따라왔다.
그러나 만일 네가 만일 네가
아버지 자식의 사이를 잡아 제친 온 동무들과 우리들 사이를 잡아
제친

이 일을 네가 새로운 사업을 위하야 생각하지 않았다면은
너를 잊어버리지 않고 너를 한껏 사랑하는 아버지는 마음 놓고 ×밥
을 입에다 넣지를 못하였을 것이다.
그러나 아버지는 안다.
너는 언제나 일에 충실하고 지금도 또한 충실한 것을
오늘도 그 전에 아버지가 건너다니든 노들강 얼음판 위를
영등포에서 용산으로 용산에서 영등포로
이어지는 귀중한 명맥을 버선목 깊이 숨기고
너는 혼자서 탕탕 얼음을 구르며 건넜으리라
그리고 또 밝는 새벽일을 잊지 않고
풋솜같이 깊이 자는 네 등을 두드리며 아버지는 조그만 네 가슴에 손
을 얹어보고
네 가슴이 시계처름 똑똑이 맥치는 것을 한껏 칭찬한다.
빠르지도 않게 느리지도 않게 언제나 틀림없지
아버지나 너는 언제나 일에 한결같아야 한다
그것 하나만을 가슴속 깊이 가지고 있어야 한다.
한번 폭풍에 짓밟힌 우리들의 사업은 언제 또 어그러질지도 모를 것
이다.
그러나 언제이고나 우리들이 맘이 한결 같으면은 언제나 틀림없이
맥차는 염통이 가슴 속에서 움직이면
우리들 모두다 가슴에 파묻힌 염통을 괭이로 한목에 푹 파내이기 전
에는
아무 때이고 아무 ×에게이고 우리들의 가슴을 만져보라고 내밀어
보자
무엇이 감히 우리들의 자라는 나무를 뿌리 채 뽑을 수가 있겠는가
영리하고 귀여웁고 사랑스러운 아들아 아버지는 요전에도 네 연필로
쓴 편지를 생각하고

네 가슴이 똑똑이 뛰고 있는 것을 칭찬하고
퍼렁이불 자락을 끌어 어깨를 덮고 있다 일에 충실한 착한 너를 생각
하며

한톨의 벼알도

고웁고 아름답게 누런 머리를 숙이고 있는 논두렁 위를
바람은 왜 심술궂게 짓밟고 달아나는가?
오오 사랑하는 들판 귀여운 나락
한톨의 벼알도 새에게 먹이지 않으려던 이내 심정
이 위에 쭉 들어선 뗏목을 나는 두 손을 붙잡고 물끄러미 들여다보고
있다

드높은 하늘도 오고가는 새들도 오늘은 잠잠하고
고개 넘어 개울 건너 언놈네 돌이네 논에도 뗏목은 늘어가며
우리들은 미친 듯이 논두렁 위를 밤새도록 오고 간다.
늙은 기침 소리에 벌레들은 놀래이며 누구 하나 말하는 사람이 없이

지난 해 이 때 한 떼의 젊은 장정들이
시퍼렇게 두 손을 묶이어 아카시아나무 늘어선 동구 밖으로 끌려 나
간 뒤
야학교도 없어지고 아이들은 밥 달라고 졸르기만 하며
지금 이 가을에 또 다시 이 눈에서 불이 날 광경이 들판을 뒤덮어도
나으리들이 탄 자전거 요령 소리만이 호기있게 뜨르렁거리고
들판에는 늙은 농군들이 가는 허리를 두드리며
홍수에 밀려간 논두렁에 앉아 하늘을 탄식한다.

그러나 늙은 애비 젊은 계집 어린 자식들의 가슴에다 물어보아라
누구가 한 톨의 벼알에 심신心身을 바치지 않았으며 누구가 황금빛 물

결 이는 이 들판을 즐기어 송두리 채 내어놓을 것이며
  누구가 눈보라치는 긴 겨울에 나무뿌리를 캐러 산에 오르기를 즐기
겠는가

  오장이 썩어빠진 세상에 드문 천치놈이 아니어든
  쇠털같이 숱한 삼백예순 날 뼈골을 빼서 지은
  참새나 벌레에게도 한 톨 한 이삭을 안 먹이었던
  이 사랑하는 들판에 물결치는 황금빛 양식을
  뻘건 두 손을 붙잡고 허수애비같이 논두렁 채 내놓고 말 것인가
  (이하 이십오행 생략)

만경벌

산 그림자 멀리서 잠자는 만경 평야
푸른 물결 누런 파도가 하늘을 치받치고 용솟음치는
한가운데를 관류하는 백마강 가 그 곳의
포플러나무 늘어진 둑 밑이 네 집이라 그랬다

북해의 열풍과 함께 시베리아 해안을 씻어 내리는
저 차디찬 '리망' 해류가 정들은 흙의 한 쪽을 치고 가는
현해탄 — 대마해협 — 을 건너면

동무야 너는 그 곳이 잊지 못할 그리운 고향이라고 그랬었다 ……
목숨이 마지막으로 너를 두고 한 알로 스러지던 지난간 4월
아직도 바람이 차고 상야의 꽃봉오리 떨던 잊을 수 없는 그 때
너는 독수리와 같은 장정으로부터 죽어가는 병신이 되어
우리들의 차디찬 품으로 돌아왔다.

1925년 그 때로부터 전통에 빛나던 동경 …… 지구 …… 그 축복된 요
람으로부터 자라나서 너는
고향을 쫓겨나 전신으로 격로에 갈리었던 …… 들의 앞길의 ……
재동경 …… 의 대부대를 이끌고
전X의 깃발 밑으로 …… 들어갔다.
너는 보다 더 강한 '1의 연태'의 대표주를 뚜렷히 하기 위하여
너는 하루가 백날같이 열화를 날리던 영웅의 길 강철의 대오 가운
데서

절망과 비탄의 냄새 나는 진흙 구렁으로 우리들을 유혹할 때
흥분과 초조가 단애에 위험으로 우리들을 밀칠 때
너는 언제나
그르침이 없는 ××의 전선으로 우리들을 이끌었던 '코밋쌀'의 한
사람
어느 때나 우리의 …… 이었던
어느 때나 우리의 플래카드이었던

너는 똑 같이 그들의 증오의 표적이었다
네가 추포의 그물을 찢고 동경의 넓은 천지를
또 가슴을 찢기지 않고는 건너지 못할 현해탄의 이 쪽 저 쪽을
네의 집 마당같이 오고 갔을 때
무엇이 너를 기다리고 따랐는지
어찌 이것을 잊겠는가

그리하여 네가 우리들 가운데로부터 자취를 감추던 지나간 정월
저 '재×××'의 ― 역사적 회의가 있던 ― 그때에
1년하고 댓달이 못되어
너는 너무나 일찍이 죽어 버리었다.

누구나 이 아픈 상처를 몸서리를 치지 않았는가
누구가 이 ×함에 가슴의 물결을 높이지 않겠는가
모자를 벗고 머리를 숙이고
우리들의 형제 우리들의 ××의 모든 대원은 비할 수 없는 감정의 명
예로 가슴을 눌리우면서
열풍 지둥치는
전진의 결의를 굳게 할 것이다.

오오—강철의 영웅주의여!

해마다 푸른 옷 갈아입는 반도에 봄이 찾아들 제
해마다 누런 물결 파도치는 만경벌의 가을이 짓히올 때
그리고 현해탄 건너 눈물 나는 그들의 살림이 어려울 그 때마다 물길
은 이어지고 유산은 집행될 것이다.

산 그림자 멀리 잠자는 만경 평야
맑은 내 새로가로 흐르는 그 곳이
너의 고향이라고 그랬다.

세월

시퍼렇게 흘러내리는 노들강,

나무가지를 후려 꺾는 눈보라와 함께
얼어붙어 삼동 긴 겨울에 그것은
살결 센 손등처럼 몇 번 터지고 갈라지며,
또 그 위에 밀물이 넘쳐
얼음은 두자 석자 두터워졌다.

봄!
부드러운 바람결 옷깃으로 기어들 제,
얼음판은 풀리고 녹아서,
돈짝 구들장 같은 조각이 되어 황해바다로 흘러간다.

이렇게 때는 흐르고 흘러서, 넓은 산 모서리를 스쳐 내리고, 굳은 바
위를 깎아,
천리 길 노들강의 하상을 깔아놓았나니,
세월이여! 흐르는 영원의 것이여!
모든 것을 쌓아 올리고, 모든 것을 허물어 내리는,
오오 흐르는 시간이여, 과거이고 미래인 것이여!
우리들은 이 붉은 산을, 시커먼 바위를,
그리고 흐르는 세월을, 닥쳐오는 미래를,
존엄보다도 그것을 사랑한다.
몸과 마음, 그밖에 있는 모든 것을 다하여 ……

세월이여, 너는 꿈에도 한번
사멸하는 것이 그 길에서 돌아서는 것을 허락한 일이 없고,
과거의 망령이 생탄하는 어린 것의 울음 우는 목을 누르게 한 일은 없었다.
너는 언제나 얼음장같이 냉혹한 품안에
이 모든 것의 차례를 바꿈 없이
담뿍 기르며 흘러왔다.

우리들은
타는 가슴을 흥분에 두근거리면서 젊은 시대의 대오는
뜨거운 맥이 높이 뛰는 두 손을 쩍 벌리고,
모든 것을 그 아름에 끼고 닥쳐오는 세월! 미래!
그대를 이 지상에 굳건히 부여잡는다.
우리는 역사의 현실이 물결치는 대하 가운데서
썩어지며 무너져 가는 그것을 물리칠 확고한 계획과
그것을 향해 갈 독수리와 같이 돌진할 만신의 용기를 가지고,
이 너른 지상의 모든 곳에서 너의 품안으로 다가선다.

오오, 사랑하는 영원한 청춘 세월이여.
너의 그 아름다운 커다란 푸른빛 눈을 크게 뜨고,
오오, 대지의 세계를 둘러보라!
누구가 정말 너의 계획의 계획자이며!
누구가 정말 너의 의지의 실행자인가!

오오, 한 초 한 분
온 세계 위에 긴 날개를 펼치고 날아드는 한 해여!
우리는 너에게 온 세계를 요구한다.
낡은 것과 새로운 것의 불닿는 말썽 가운데서

우리는 요구한다.
좋은 것을, 더 좋은 것을.
················
················
················

오오! 감히 어떤 바람이 있어, 어떤 힘이 있어,
물결이여, 돌아서라! 하상이여, 일어나라! 고 손질할 것이며,
세월이여, 퇴거하라! 미래여, 물러가거라! 고 소리치겠는가?

미래여! 사랑하는 영원이여!
세계의 모든 것과 함께 너는 영원히 젊은 우리들의 것이다.

암흑의 정신

대양과 같이 푸른 잎새를,
그 젊은 수호졸守護卒 만산滿山의 초화草化를,
돌바위 굳은 땅 속에 파묻은 바람은,
이제 고아인 벌거벗은 가지 위에 소리치고 있다.

청춘에 빛나던 저 여름 저녁 하늘의 금빛 별들도
유명幽冥의 하늘 저쪽에 흩어지고,
손톱같이 여윈 단 한 개의 초생달,
그것조차 지금은 '레테'˙의 물속에서 신음하고 있는가?

동 서 남 북 네 곳에 어디를 둘러보아도,
두 활개를 쩍 벌려 대공을 휘저어보아도,
목청을 돋워 소리 높이 외쳐보아도,

오오, 오오,
암흑의 끝없는 동혈,
추위에 떠는 나무가지의 호읍號泣,
뇌명雷鳴과 같은 폭풍, 거암巨巖을 뒤흔드는 노호怒呼,

오오, 이제는 없는가? 암흑의 이외에!
오오, 드디어 폭풍이 우주의 지배자인가?

생명의 즐거움인 삼월의 꽃들이여,

청년의 정신인 무성한 풀숲이여,
진리의 의지인 아름드리 교목喬木이여,
그리고 거인인 삼림의 혼이여?

새 싹 위에 나부끼던 부드러운 바람,
풍족한 샘泉, 빛나는 태양,
그리고 불멸의 정신인 산악 창공은,
하늘에 떠도는 한조각 시의猜疑의 구름과
사死의 암흑 멸망의 바람만을 남기고,
자취도 없이 터울도 없이 스러졌는가?

깊은 낙엽송의 밀림과 두터운 안개에 쌓인
저 험한 계곡 아래,
지금 이 여윈 창백한 새는 날개를 퍼덕이며,
숨소리조차 죽은 미지근한 가슴 위에 두 손을 얹고,
어둠의 공포 절망의 탄식에 떨고 있다.
—아무 곳으로도 길이 열리지 않는 암흑한 계곡에서.

우수수! 딱! 꽝! 우르르!
암벽이 무너지는 소리, 천세의 거수巨樹가 허리를 꺾고 넘어지는 소
리,
사멸의 하늘에 야수가 전율하는 소리,
끝없는 어둠 침묵한 암흑,
오오! 만유萬有로부터 질서는 물러가는가!

이 무변無邊의 대공大空을 흐르는 운명의 강 두 짝 기슭
생과 사, 전진과 퇴각, 패배와 승리,

화해할 수 없는 양 언덕에 너는 두 다리를 걸치고,
회의의 흐득이는 심장으로 말미암아 전신을 떨고 있지 않으냐

그러나 빈사의 새여! 낡은 심장이여! 떨리는 사지여!
안 보이는가 안 들리는가
그렇지 않으면 이젠 아무것도 모르는가

불길은 바람의 멱살을 잡고
암흑인 하늘의 가슴을 한껏 두드리고 있지 않는가?

교목들은 어깨를 비비며 불길을 일으키고,
시들은 풀숲은 불길에 그 몸을 던지며,
나무 가지는 하늘 높이 오색의 불꽃을 내뿜지 않는가
그리고 삼림은!
커다란 불길의 날개로 거인인 산악을 그 품에 덥석 끼고,
믿음직한 근육인 토양과 철의 골격인 암석을 시뻘겋게 달구면서
백척百尺의 장검인 화주火柱를 두르며, 고원高遠한 정신의 뇌명雷鳴과 함
께 암흑의 세계와 격투하고 있다.
진실로 영웅인 작열한 전산全山을 그 가운데 태우면서 ……

오오! 새여! 그대 창백한 새여!
노래를 잊은 피리여!
너는 '햄릿'이냐? '파우스트'냐? '오네긴'이냐?
그렇지 않으면 유리제製의 양심이냐?

오오 이 미친 무질서의 광란 가운데서
주검의 운명을 우리들의 얼골에 메다치는 암흑 가운데서

너는 보는가? 못 보는가?

이 불길이 가저오는 생명의 향기를
이 장렬한 격투가 전하는 봄의 아름다움을
만산滿山의 초화와 우거진 녹음, 그리고 황금색 실과의 단 그 맛味을

이 암흑, 폭풍, 뇌명雷鳴의 거대한 고통이
밀집한 교목의 대오와 그 한개 한개의 영웅인 청년, 수목의 육체 가
운데
굵고 검은 한테의 연륜을 더 둘러주고 가는 것을!

너는 두려워하느냐?
사는 것을……
너는 아파하느냐?
청년인 우리들이 생존하고 성장하는 도표道標인 ‘나이’가 하나 둘 늘
어가는 것을!

영리한 새여 — 아직도 양심의 불씨가 꺼지지 않은 조그만 심장이여!
불룩 내민 그 귀여운 가슴을 두드리면서
이렇게 소리쳐라!

“오라! 어둠이여! 울어라! 폭풍이여!
노호하라! 사와 암흑의 ‘마르세이유’여!”

그렇지 않은가!
누구가 대지로부터 스며오르는 생명인 봄의 수액을
누구가 청년의 가슴 속에 자라나는 영웅의 정신을 죽엄으로써 막겠

는가

암흑인가? 폭풍인가? 뇌명雷鳴인가?

* '단테-'의 『신곡』 중의 한 구(句)로 "영구히 희망을 버리라"고 쓴 지옥의 문을 들어서면
  곧 내(河)가 있어 이 강을 '망각의 강'이라고 하여 모든 것을 망각 속에 묻어버린다는 뜻.

주리라 네 탐내는 모든 것을

젊었을 그 때엔 저렇듯 아름다운 꽃 이파리도,
이 곳엔 꿈인 듯 흩어져 버리고
천 년의 긴 목숨을 하늘 높이 자랑하던
저 아름드리 솔 잣나무의 높고 큰 줄기도
역시 이 곳에는 허리를 꺾고 넘어지나니,
이 모든 것의 위에를 마음대로 오르고 내리는
온갖 새의 임금인 독수리여!
너도 역시 마지막엔 그 크고 넓은
두 날갯죽지를 흐늘어뜨리고,
저무는 가을 날 초라한 나무 잎새 바람에 나부껴 흩날리듯
옛 그 날이 있는 듯 만 듯 덧없이
한 줌 흙으로 돌아가고 마는가?

노한 구름이 비바람 뿌리며 소리치던
그 험한 날 천리 먼 길에도,
일찍이 날개를 접어 굴욕의 숲 속에서
부끄러운 눈알을 한 번도
두려움에 굴려 본 기억이 없는
오오! 하늘의 영웅이여! 너도
죽음이 한 번 네 큰 몸을 번쩍 들어 땅 위에 메다치면
비록 어지러운 가슴을
누를 수 없는 노함과 원한에 깨칠지언정,
날개를 펼쳐 다시 한 번

이 곳에서 하늘을 향하여
화살처럼 내닫지는 못했는가?

오오! 말 없는 악령이여!
모든 것의 무덤인 대지여!
너는 말하지 못하겠는가?
정말로 너는 목숨 있는 모든 것을
죽음으로 거두는,
살아있고 살아가는 모든 것의 최후의 원수인지 ……
너는 대답지 못하겠는가?
천고의 옛날과 같이 지금도
또 끝없을 먼 미래에까지
너는 역시 말 없는 짐승이 되어
이 곳에 엎더져 있겠는가?

높은 산악이여! 굳은 암석이여!
끝없는 바다까지도 네 품에 안고 있는
무한한 침묵과 암흑의 군주여!
만일 네 넓고 푸른 대양이나 호수의 눈과 같이
언제나 뜨고서도 보지를 못한다면,
이 한 몸 둥그런 돌멩이 만들어
영원히 감지 않는 네 속에 풍덩 뛰어들리라.
만일 네 누르고 푸른 가죽이나 검고 굳은 바위처럼
아무 것도 감지할 수 없다면은,
사랑하는 어머님 젖가슴 뜯으며 어리광부리던,
이 두 손으로 네 위에 더운 피 흐르도록 두드리리라.
만일 네 아늑한 산맥의 귓전이

하늘을 찢는 우레 소리조차 들을 수 없다면,
못 잊을 임 볼 밑에서 뜨거운 마음을 하소연하던,
이 다문 입을 열어
입술이 불 되도록 절규하리라.
만일 네 깊은 심장이
어둠과 침묵밖에는
아무 것도 알기를 싫어한다면,
두 손과 다리를 가슴에 한데 모아
운석隕石이 되어
네 위에 떨어지리라.

그래도 만일
네 영원히 침묵의 제왕으로
죽음밖에 아무 것도 알지를 못한다면,
주리라! 오오, 네 탐내는 모든 것을……
너의 멀고 넓은 태평양 바다의 한 옆
아늑한 내해內海 가운데
한 오리 내어민 반도 동쪽 가,
성천강 물줄기 맑게 흐르는 남쪽 기슭인
네 한 길 품 속에 영원히 잠든
내 사랑하는 벗 그가
네게 심어준 그것과 같이
심장 두 팔 두 다리,
또 그 위를 뛰고 달리며
일찍이 어떠한 두려움에도
허리를 굽히지 않았던
청년의 이 온 몸을……

너는 탐내는가? 말해 보라!
그렇지 않으며 그것으로도 아직
네 탐욕에 목마름은 나을 수가 없겠는가?

오오! 주리라!
그러면 살아 있는 이 위의 모든 것을,
사랑하고 미워하며 울고 웃는 모든 것과,
흐르는 세월의 물결 이외의
아무런 권위 앞에서도
일찍이 머리를 숙여 보지 않았던,
불타는 정열과 살아 있는 생각의 모두를……
암흑의 심장이여! 죽음의 악령이여!
네 이 가운데 하나도 남김없이
모두를 탐낸다면,
소리 높여 대답하라.

그러나 만일,
오오! 그래도 만일,
네 악마의 검은 배가
그것으로도 아직 찰 수가 없다면,
주리라! 그의 벗 되는 이 몸과 나머지 모든 것을……
그리고 ─
그가 안고 울고 웃고 즐기고 노하며
마지막 그의 목숨을 내놓으면서도,
오히려 무서운 매 발톱이
어린 목숨을 탐내어 하늘을 감돌 제,
철모르는 어린 것을 두 깃으로 얼싸안는

어미새의 가슴처럼,
그것을 그것을 지키려고
온 몸을 흥분에 떨던,
그의 평생의 요람이었고
그의 모든 벗의 성곽이었던
청년의 정열과 진리의 무대까지도……

그러나 또 만일, 또, 또 만일,
탐욕의 열병에 썩어가는 네 오장이
그것으로도 아직 찰 수가 없다면,
그의 자라나던 성곽과 노래의 대오
살림의 진실과 진리의 길을
꽃 위에 수놓던 이 군대의 모두가,
열 몇 해 오랜 동안 그 배 위에서,
산 같은 풍랑의 두려움에도
신기루의 달콤한 유혹에도,
오직 검은 하늘 저 쪽
밝은 별 이끄는 만 리 뱃길에
킷자루를 어지럽히지 않았던,
이 검은 쇠로 굳게 무장한
전함 돛대 끝 높이 빛나는 우리들
'××××'의 깃발까지도,
네 그칠 바 모르는 오장의 밑바닥을 메우려고
검은 두 손을 벌린다면,
벌레의 꾸물대는 그 위에
내놓기를 아끼지 않으리라!

그러나 네 높고 큰 산악의 귓전을 기울여 보라!
네 잠잠히 넓은 대양과 호수의 푸른 눈알을 굴려 보아라!
벗 '김'이 누워 있는 불룩한 무덤 위에
조으는 듯 피어 있는 머리 숙인 할미꽃이라든가,
아침 햇빛에 잠자던 머리를 들어
아득히 먼 저 끝까지
날마다 푸른 물결 밀려가는
이 아름다운 봄철의 들판이라든가,
그 위에 우뚝 허리를 펴
지나간 시절에게 패전한 흉터가 메일랑 말등 한
움 터오는 나무 가지들의 누런 새순이라든가,
저 버들가지 흩날리는 언덕 아래
텀벙 엎더져 눈을 털고
동해 바다 넓은 어구로 흘러내리는
성천강의 얼음 조각이라든가를……
오오, 유수流水이다!
보는가! 저 얼음장 뒹구는 위대한 물결을!
진실로 미운 것이여!
다시 두 번 어깨를 겨누어 하늘 아래 설 수 없는
정말로 정말로 미운 것이여!
아는가?
세월은 네 품이 아닌
먼 저 쪽에서 흐르면서
죽어가는 것 대신에 영구히 새로운 것을 낳고 있다.
어제도, 지난 해에도, 태고의 옛날에도,
그리고 끝 모를 먼 미래에까지도……

정말로
가을에 아프고 쓰라린 기억은 한 번도
누런 풀숲에서,
가만히 머리를 숙이고 얼굴을 붉히는
할미꽃의 용기를 꺾지는 못했었고,
거센 동해의 산 같은 격랑도
삼동 긴 겨울
길 넘게 얼어붙은 빙하를 녹여
하구로 내려미는
한 오리 성천강의 가냘픈 힘을
막아본 적은 없었다.

하물며 이른 봄의 엷은 바람으로
어찌 새싹 푸르러
손벽 같은 큰 잎새 피어,
태양과 함께 청공靑空 아래 허덕이는
여름철의 기름진 성장의 힘을
누를 수 있겠는가?
모진 바람 지둥치는 암흑한 언덕 위에
묵은 듯 엎더진 살아 있는 모든 것의
수없는 슬픔을
영구히 벗지 못할 깃옷 속에
장사지내려던 눈 덮인 들
너와 함께 태초로부터
불타던 태양까지가 그의 힘을 잃고
헛되이 긴 동안을 굴러가던
그 끝없이 차고 흰 벌판 위에

무참히 쓰러진 모든 목숨을
일제히 생탄의 마당으로 잡아 일으킬
이 세월의 영원한 흐름을,
철수의 위대한 힘을,
닥쳐오는 봄을!
살아 있는 모든 것의 원수여! 말해 보라!
막을 수 있겠는가?

주리라! 죽음의 악령이여! 네 탐내는 모든 것을……
가을의 산야가 네 위에 살아 있는 모든 것을
눈 속 깊이 내어맡기듯……

그러나 종달새 우는 오월
푸른 하늘 아래 나팔을 불며
군호 소리 높이 두 발을 구르고
잠자는 모든 것을 일으키고,
침묵한 온갖 것의 입을 열어
절규의 들로 불러 내이며,
죽어진 그 시절의 모든 목숨을
무덤으로부터 두 손을 잡아 일으킬,
저 열 길 얼음 속에서도 아직
산 것을 자랑하는 어린 물고기의 마음이,
한 줄기 빛깔도 엿볼 수 없는
이 어두운 땅 속에서,
두 주먹을 고쳐 쥐며 높이고 있는
'한니발'의 굳은 맹서를……
암흑이여! 죽음의 어머니인 대지여!

말해 보라! 꽉 그 목을 눌러
영구히 숨줄을 끊을 수 있겠는가?

자거라!
이제는 두 번 살아 우리 앞에 나서지 못할
사랑하는 옛 벗 'XX'아! 고이 자거라!
지금 살아서 죽는 우리들과 함께.
누가 감히 네가
영구히 죽었다고 말하겠는가?

불길은 타서 숯등걸 되고
그것은 일어날 새 불의 어머니 되나니,
벗어, 저 컴컴한 골짝 속에서도
오히려 멀지 않아 닥쳐올 대양의 큰 파도 소리를 자랑하며,
묵묵히 흐르는 실낱 냇물이 속삭이는
옅은 콧노래 가운데,
오는 날의 모든 것을 들으면서
고이 두 손을 가슴에 얹어라!

이 아래 한 길 되는 어둔 땅 속에
지금 대양의 절규 대신에 잠잠한 침묵에 내가 잠자고 있노라!

나는 못 믿겠노라

지금 나는 멀리 남쪽 시골서 온 자네의 봉함 편지를 접어 머리맡에 놓고,
눈을 감아 생각하려 잠을 멈추고 자리에 누웠다.
풋내의 밀물이
짙어가는 여름 드높은 하늘의 깊은 어둠을 헤여,
고기떼처럼 춤출 듯 꼬리를 접어 이슬발을 끊어 던지고,
내 마음의 적은 배가 어젯날의 거칠은 바다 항로에서
풍파가 준 깊다란 상처를 다스리려,
헌 뱃등을 비스듬히 언덕에 누이고 있는 내 아늑한 굴강인 좁은 방으로
얼싸안는 듯 덮치는 듯 듬뿍이 스며든다.

밤
지나간 황혼의 포구와의 별리別離가 오래되어 낡아갈수록
산악의 푸른 눈썹은 기억의 쓰라림에 젖어,
하늘을 나는 새들도 날개를 접고,
젊은 식물들이 네 활개 저으며 가쁘게 호흡하는 저 위
눈동자 맑은 밤하늘이 호울로 어둠에 슬픈 옷자락을 길게 끄을면서,
정강이 허리가 묻혀 곧 머리까지도 보이지 않을
시키면 수렁으로 비척비척 걸어간다.

어둠
오랜 사공인 별들조차 갈 길을 잃어 구름 속에 헤매는 어둠,

돌 바위의 굳은 마음이나 산악의 큰 정신도
이 속에서는 넋을 잃고 쓰러질 무겁고 진한 풋내
아무리 길고 억센 생명도 재 되어 쓰러질 흙의 독한 냄새,
영원히 건강한 태양도 지금엔 다리를 절어 멀리 산 뒤에 숨은
이 두렵고 미운 모든 것이 한 데 어우러진 구렁 속에서,
밤의 몸집은 한없이 크고 넓게 성장하며,
나는 새벽 항구를 멀리 남긴 채 나이 먹고 늙어서 죽어갈 것일까?

우레의 큰 소리로 부름도 아니련만,
썰물의 굳세 손이 이끌음도 아니련만,
무엇이 부르는 듯, 이끄는 듯,
내 몸과 마음은 밤의 깊은 바다 속으로 가라앉고 있다.
아마도 밤은
이 두텁고 무거운 이불을 덮어
죽음의 검은 자리 위에 나를 누이지 않고는
이 곳으로부터 내내 물러가지 않으려나 보다.

마치 내 즐기는 산이나 들의 고운 색날을 걷지 않고는
이 놈의 여름철이 달아올 수 없는 것처럼, 정말로 밤은
외상없는 심술 사나운 악령인가 보다.
그러나 밤
이 두렵고 고단한 오늘날의 긴 밤을 헛되이 달려 보고,
허위대는 어리석음이라든가
내일을 옳게 살으려 고요히 잠자는 것의 중요함이라든가를,
이 사람, 낸들 어찌 분간하지 못하고 알지 못하겠는가?

말 없이 움직임 없이 오직

죽은 듯 하룻밤을 꿀꺽 참아
선뜻 개는 아침,
두 팔을 걷어 어지러운 들길을 열어나갈 오늘날의 용사일 나는,
대망의 아득한 잠자리의 값을
나는 허덕이는 가슴 위에 두 손길을 얹고 눈을 감아 금쳐 본다.

'밤의 굳은 손이 우리의 몸과 마음을 사로잡아 누일 때,
그저 운명에 종용從容함이 오는 아침을 위하여 가장 현명할 것이다.'
어째 자네뿐이겠는가!
일찍이 선배인 어느 비평가의 논문도
이 '냉정한 이성의 지혜로운 길'을
우리들이 걸어갈 유일의 길이라고 지시했음을,
나는 다시 한 번 새롭게 기억한다.

정말로 가시덤불은 무성하여 좁은 앞길을 덮고,
깊은 밤 날씨는 언짢아, 두터운 암흑이
그 위에 자욱 누르고 있다.
이미
자네는 부상한 채 사로잡히고, 나는 병들어 누워,
벌써 몇 사람의 진실로 존귀한 목숨이
고난에 찬 그 험한 길 위에 넘어졌는가?
이제 우리들의 긴 대오는 허물어지고 '전선'은 어지럽다.

그러나 이 사람!
이 괴로운 밤이 다시 우리들을 찬란한 들판으로 나르는 대신
이름도 없는 세월의 헛된 제물로
번쩍 잡초 우거진 엉구렁 아래 메어치고 달아나지나 않을지?

나는 벌레 먹어 무너져가는 내 가슴이 맞이할 운명과 더불어
몇 번 고단한 몸을 뒤척이고,
몇 번 괘종의 우는 소리를 들으면서,
이 시커먼 파도 가운데서 대답을 찾으며 생각하였을까?
내 수척한 육신은 기름 땀내 잠기고,
돌멩이처럼 머리는 침묵의 괴로운 바다 속으로 가라앉는다.

순간
나는 주위를 둘러싼 두터운 침묵이 무너지는 날카로운 소리에,
비로소 보이지도 않게 방 안 가득 진친 셀 수도 없는 모기떼의
무수한 입추리 가운데
참담히 누워 있는 내 육신의 전모를
나는 모진 아픔과 몸서리를 같이 발견했다.

오오, 이 밤의 어두운 꿀이
그들의 온갖 활동에 얼마나 크고 넓은 자유를 주는 것일까?
암석까지도 진땀을 내뿜는 이 계절의 진한 입김이
그들의 엷은 두 날개를 얼마나 가볍고 굳세게 만들어 주는 것일까?
그러나 우리는
이 가운데서 보고 아는 모든 자유를 죽여 가고,
'습격자'를 향하여 몸을 일으킬 육신의 적은 힘까지도 잃어 간다.

엥! 아우성 소리 치며 눈 위를 감돌고,
소리개처럼 탁 귓전을 후려,
이 밤의 아픔의 가장 혹독한 전초前哨들은 꽉 뒷다리를 버티고,
우리들의 몸에 입추리를 꽂아,
밤이 주고 그들이 탐내는 모든 것을

우리들의 전신全身에서 약탈한 참혹한 자유를 향락하고 있다.

오, 지금은 육촉 전등 흐릿한 좁다란 마루 판자,
굵은 창살이 네모진 하늘을 두부같이 저며 놓은 높다란 들창 아래,
내 자네의 여윈 몸은
고된 일에 넘어진 마소처럼 쓰러져 있지 않은가?
얼마나 이 밤의 죄악의 통렬한 집행자들은
무참하고 아프게 그 입추리를 박았을까?
비비여 죽여도, 눌러 죽여도,
벗아, 내 분함이 어찌 풀리겠는가?

자네, 이 모진 아픔에 잠들 수 있겠는가?
자네, 이 무거운 더위에 숨쉴 수 있겠는가? 그리고 아직도
오는 아침 우리는 정말 건전할 수 있겠는가?

오오, 몸을 일으키어 두 팔을 걷어라.
그리하여 네 손에 닿는 모든 것을 잡아,
이 졸음과 생각을 다 한데 깨치고,
바로 우리 병들고 수척한 육신을 쥐어뜯는
밤의 미운 초병단哨兵團을 향하여,
죽음으로써 야격夜擊에 일어서라.

만일 우리가
자네와 그 아류들이 말하는 거룩한 철리哲理를 좇는다면,
닭이 홰를 치고 바자 밑에 울며
이 놈의 일족一族이 밤과 더불어 숲 속에 물러갈 그 때,
우리들은 두엄이 되어 굴욕의 들판에 넘어졌을 것이다.

나는
우리들의 육신을 뜯기지도 않고
우리들을 헛되이 늙히지도 않는
그렇게 착한 여름밤이 있다는 신화와 함께
내일을 위하여 맘의 아픔에 종용從容하라는
그 거룩한 철리哲理를 믿을 수는 없다.

옛 책

무더운 여름 한밤의 깊은 어둠이
모색의 힘든 노동에 오래 시달린
내 노력의 전신을 지긋이 누른다.

꺼칠한 눈섭 아래 푹 꺼진 두 눈,
한 끝이 먼 희망의 항구로 닿아 있어,
아이 때 쫓던 범나비 자취처럼
잡힐 듯 말 듯 젊은 날의 긴 동안을 고달피던
꿈길 아득한 옛 기억의 맵고 쓴 나머지를
다시 긁어모아 마음의 헌 누각樓閣을 중수하려
몇 번 힘을 내고 눈알을 굴려 방안에 좁은 하늘을 헤매었는가?

그러나
검은 눈썹은 또 다시 피로에 떨면서,
길게 눈알을 덮고,
죽음의 억센 품안에서 몸을 떨쳐 휘어내려
오늘도 어제와 같이 고된 격투에 시달린 육신은
푸근히 식은땀의 샘을 터치며
쭉 자리 위에 네 활개를 내어던진다.

그러면 벌써 나의 배는 파선하고 마는 것일가?
한 조각의 썩은 널조차 나를 돌보지 않고,
그것 없이는, 정말로 그것 없이는,

평탄한 뭍에서도 온전히 그 길을 찾을 수 없는
진리에로 향한 한 오리 가는 생명의 줄까지도
인제는 정말로 끊어져,
손을 들어 최후의 인사를 고하려는가?
오오, 한줌의 초라한 내 머리를 실어 오랜 동안,
한마디 군소리도 없이 오직 나를 위하여 충실하던 내 조그만 베개
반딧불만한 희망의 빛깔에도 불길처럼 타오르고,
풀잎 하나 그 앞을 가리어도 천干 오리 머리털이 활줄같이 울던
청년의 마음을 실은 내 탐탁한 거루인 네가
이제는 저무는 가을의 지는 잎 되어 거친 파도 가운데 엎드러지면서,
그 최후의 인사에 공손히 대답하려는가?

나는 다시 한번 온몸의 격렬한 전율을 느끼며,
춥고 바람 부는 삼동의 긴 겨울밤,
그렇게도 잘 새벽 나루로 나를 나르던,
내 착하고 충성된 거루의 긴 항행을 회상한다.
굴욕의 분함이 나를 땅바닥에 메다쳤을 제도,
너는 보복의 뜨거운 불길을 가지고 나를 일으키었고,
패퇴의 매운 바람결이
내 마음의 엷은 피부를 찢어,
절망의 깊은 골짝 아래 풀잎같이 쓰러뜨렸을 그 때에도,
너는 어머니와 같이 나를 달래어 용기의 귀한 젖꼭지를 빨리면서,
아침 해가 동쪽 산머리에 벙긋이 웃을 때,
이르지도 않게 늦지도 않게 새벽 항구로 나를 날랐었다.

지금
우리들 청년의 세대의 괴롭고 긴 역사의 밤,

검은 구름이 비바람 몰고 노한 물결은 산더미 되어,
비극의 검은 바다 위를 달리는 오늘
그 미덥던 너도 돛을 버리고 닻줄을 끊어,
오직 하늘과 땅으로 소리도 없는 절망의 슬픈 노래를 뜯어,
가만히 내 귓전을 울린다.

오오, 이것이 청년인 내 죽음의 자장가인가?

나는 참을 수 없는 침묵에서 몸을 빼어 뒤척일 때,
거칫 손에 닿는 조그만 옛 책자를 머리맡에서 집었다.

책장은 예와 같이 활자의 종대縱隊를 이끌고,
비스듬히 내 손에서 땅을 향하여 넘어간다.

이곳 저곳에 굵게 내리그은 붉은 줄,
틈틈이 빈 곳을 메운 낯익은 내 서투른 글씨,
나는 방안 그득히 나를 사로잡은 침묵의 성城돌을 빼는,
그 귀여운 옛 책의 날개 소리에 가만히 감사하면서,
프르륵 최후의 한 장을 헛되이 닫칠 때,
나는 천지를 흔드는 포성에 귓전을 맞은 듯,
꽉 가슴에 놓인 빙낭氷囊을 부여잡고 베개의 깊은 가슴에 머리를 파묻
었다.

　　И. 레닌 著 『1905년의 의의』

1905년!
1905년!

베개는 노래의 속삭임이 아니라, 위대한 진군의 발자국 소리를,
어둠은 별빛의 실이 아니라, 태양의 타는 열과 눈부신 광채를,
고요한 내 병실에 허덕이는 내 가슴속에 들어붓고 있다.

저 긴, 긴 북국의 어두운 밤,
얼마나 더럽고 편하게 그 자들은 살고,
얼마나 깨끗하고 괴롭게 그들은 죽었는가?
밝은 것까지도 밤의 질서로 운행되어 가는
이 괴롭고 긴 밤,
죽음까지도 사는 즐거움으로 부둥켜안은 청년의 아픈 행복을,
나는 두 눈을 감아 아직도 손바닥 밑에 고요히 뛰고 있는,
내 정열의 옛 집에서 똑똑히 엿들었다.

골프장

까만 발들이 바쁘게 지나간다.
이슬방울이 우수수 떨어지며,
흙 새에 끼었던 흰 모래알이
의붓자식처럼 한 귀퉁이에 밀려난다.
그러면 어린 풀잎들이 느껴 운다.

뭐, 인젠 그 연한 풀잎이
알몸으로 뙤약볕을 쏘여야 하니까……
정말 가는 이파리들은 아직 나이 어려도,
염천 아래서 찌는 듯한 폭양을 온 종일 받아야 할 쓰라림을 잘 알고
있다.

외국말을 쓴 세모난 다홍 기가
승리자처럼 흰 깃대 위에 너울거린다.
흘러가는 흰 구름이나 엷은 바람,
모두가 그에겐 행복스런 음악 같다.

딱! 모진 소리가 까만 저 끝에서,
푸른 하늘의 파문을 일으키며 울려온다.
길다란 커브가 끝나자
패랭이의 분홍꽃, 클로버의 긴 줄기,
모두다 사태에 밀리듯 쓰러지며,
너희들은 사냥개처럼 풀밭 위를 뛰어간다.

뒤이어 짜그르르 끓는 손뼉 소리에 섞여,
신여성의 외국말이 고양이 소리처럼 날카롭다.
참말 등나무 시렁 밑이란 무척 시원하렸다.

해는 벌써 버드나무 위에 이글이글하다.
그 위에를 달리고 있는 까만 머리 아래 가는 목덜미 마른 장등이가
가죽처럼 탔구나!
잠방이만 입고, 아이들아! 너희는 저고리를 잊었니?
아하! 궁둥이가 뚫어졌구나.
그럼 필연코 너희들은 해진 잠방이밖엔 없던 게구나.

바가지 모자를 쓴 신사 어른들도 잠방이를 입었다.
허나 누런 빛 월천군이 바지는
몹시 값진 옷감이다.
그이들이 아까 공채를 둘러메고 자동차로 왔다.
물론 신여성이 어깨에 메어달려 달게 웃고,
너희를 욕하던 보이놈이 날아갈 듯 인사를 했다.

월천군이가 도랭이 먹은 개처럼 몸을 비틀면,
'어쩌면 저렇게 스타일이?' ……
보이놈은 아가리를 벌리고, 신여성은 고양이 소릴 치며 술잔을 든다.
이래서 담뱃대 같은 공채가 땅만 긁다가 비뚜로라도 공을 맞히면,
만세! 소리 박수 소리 찢어지는 여자의 목소리 똑 가축 시장 같다.

별로 공이 가본 일도 없는 싱거운 '삼백 야드' 말뚝이.
어제 정신을 잃고 집으로 엎혀간,
그 애의 이마를 깠구나.

죄 없는 풀 이파리가 함부로 짓밟히고,
네들은 홧김에 말뚝을 걸어찼다.
그 때도 이 놈의 손뼉과 웃음은 멎지 않았다.
아마 그들은 이런 유별난 병에 걸렸나 보다.

아이들아, 너희들은 공을 물어오는 사냥개!
월천군들은 눈먼 포수!
그러나 사냥개란 집에서 놀릴 때도 고기를 주지만,
그렇게 너희들은 온 종일 마당의 풀만 뜯다
비를 맞으며 강아지처럼 달달 떨고,
둑을 넘어서 집으로 가 내놀 것이란 빈 손 뿐이니, 들앉았던 아버지
는 화를 내실 밖에?
그럼 너희들은 이 곳에 놀러 온 것은 아니로구나.

이 곳은 어른들이 장난하는 곳,
공이란 놈은 너희들의 설운 속도 모르고,
제 갈 데로 떴다 굴렀다 달아만 난다.
누구가 알까? 넘어지는 풀잎의 아픔이나 네들의 설움을!
멀리 가면 멀리 갈수록 좋아라 즐겨하는 월천군이 신여성의 마음은
공보다 더하다.
아이들아! 네들의 운명은 공보다도 천하구나?
왜 이렇게 넓은 곳에 곡식을 심지 않았을까? 고개를 갸웃거리며 물어
보던 네 아우에게
착한 아이들아! 네들은 무어라 대답했니?
이 곳은 우리들의 미움을 심는 곳!
그리고 …… 가만히 귓속해 줄 제 고운 풀잎들은 즐거움에 떨었다.
네 귀여운 동생은 네 가슴에 안기며 머리를 꼭 박고 언니,

우리 한 푼도 쓰지 말고 아빠 갖다가 줍시다……
네 불쌍한 동생은 눈깔사탕을 단념했다.

아이들아! 내 아이들아!
만일 우리로 할 수 있는 무엇이 있다면,
대체 무엇을 아끼겠는가? 네들의 행복을 위하여……

햇님까지도 그 큰 입을 벌리어 말하지 않니?
이 따위 일은 두 번 다시 있어서는 안 된다고.

다시 네거리에서

지금도 거리는
수많은 사람들을 맞고 보내며,
전차도 자동차도
이루 어디를 가고 어디서 오는지,
심히 분주하다.

네거리 복판엔 문명의 신식 기계가
붉고 푸른 예전 깃발 대신에
이리 저리 고개를 돌린다.
스톱―주의―고―
사람, 차, 동물이 똑 기예教練 배우듯 한다.
거리엔 이것밖에 변함이 없는가?

낯선 건물들이 보신각을 저 위에서 굽어본다.
옛날의 점잖은 간판들은 다 어디로 갔는지?
그다지도 몹시 바람은 거리를 씻어갔는가?
붉고 푸른 '네온'이 지렁이처럼,
지붕 위 벽돌담에 기고 있구나.

오오, 그리운 내 고향의 거리여! 여기는 종로 네거리,
나는 왔다, 멀리 낙산駱山 밑 오막사리를 나와 오직
네가 네가 보고 싶은 마음에 ……
넓은 길이여, 단정한 집들이여!

높은 하늘 그 밑을 오고가는 허구한 내 행인들이여!

다 잘 있었는가?

오, 나는 이 가슴 그득 찬 반가움을 어찌 다 내토를 할가?

나는 손을 들어 몇 번을 인사했고 모든 것에게 웃어보였다.

번화로운 거리여! 내 고향의 종로여!

웬일인가? 너는 죽었는가, 모르는 사람에게 팔렸는가?

그렇지 않으면 다 잊었는가?

나를! 일찍이 뛰는 가슴으로 너를 노래하던 사내를,

그리고 네 가슴이 메어지도록 이 길을 흘러간 청년들의 거센 물결을,

그 때 내 불상한 순이順伊는 이곳에 엎더져 울었었다.

그리운 거리여! 그 뒤로는 누구 하나 네 위에서

청년을 빼앗긴 원한에 울지도 않고,

낯익은 행인은 하나도 지내지 않던가?

오늘밤에도 예전같이 네 섬돌 위엔 인생의 비극이 잠자겠지!

내일 그들은 네 바닥 위에 티끌을 주으며……

그리고 갈 곳도 일할 곳도 모르는 무거운 발들이

고개를 숙이고 타박타박 네 위를 걷겠지.

그러나 너는 이제 모두를 잊고,

단지 피로와 슬픔과 검은 절망만을 그들에게 안겨 보내지는 설마 않

으리라.

비록 잠잠하고 희미하나마 내일에의 커다란 노래를

그들은 가만히 듣고 멀리 문 밖으로 돌아가겠지.

간판이 쭉 매어 달렸던 낯익은 저 이계二階

지금은 신문사의 흰 기旗가 죽지를 늘인 너른 마당에,

장꾼같이 웅성대며, 확 불처럼 흩어지던 네 옛 친구들도

아마 대부분은 멀리 가버렸을지도 모를 것이다.

그리고 순이順伊의 어린 딸이 죽어간 것처럼 쓰러져 갔을지도 모를 것
이다.

허나, 일찍이 우리가 안 몇 사람의 위대한 청년들과 같이,

진실로 용감한 영웅의 단熱한 발자국이 네 위에 끊인 적이 있었는가?

나는 이들 모든 새 세대의 얼굴을 하나도 모른다.

그러나 "정말 건재하라! 그대들의 쓰린 앞길에 광영이 있으라"고.

원컨대 거리여! 그들 모두에게 전하여다오!

잘 있거라! 고향의 거리여!

그리고 그들 청년들에게 은혜로우라.

지금 돌아가 내 다시 일어나지를 못한 채 죽어가도

불상한 도시! 종로 네거리여! 사랑하는 내 순이야!

나는 뉘우침도 부탁도 아무것도 유언장 위에 적지 않으리라.

낮

내가 자동차에 실려 유리창으로 내다보던 저 건너 동산도
벌써 분홍빛 저고리를 벗어던지고,
넓다란 푸른 이파리가 물고기처럼 흰 뱃바디를 보이면서,
제법 살았소 하는 듯이 너울거린다.
어느새 여름도 짙었는가보다.

그러기에 내가 이 절에 올 때엔,
겨우 터를 닦고 재목을 깎던 집들이
벌써 기둥이 서고 지붕이 덮이어,
영을 깔고 용마름을 펴는 일꾼이 밀짚모자를 썼지.

두드러지게 잘된 장다리밭 머리를
곱게 다린 황라적삼을 떨쳐입고,
꽁지가 빨간 잠자리란 놈이 의젓이 날고 있다.

밭 머리에 서 있는 싱거운 포플러 나무가
헙수룩한 제 그림자를 동그란히 접어 안고,
산 넘어 방적 회사의 목멘 고동이
서울 온 촌 아기들을 식당으로 부를 때,
아주 소리개 모양으로 떠돌아도 보고,
물을 차는 제비나 된 듯 내달으며 넘놀아도 보던,
잠자리 녀석들도 꼬리를 오그리고 죽지를 끌며,
장다리가 세로 가로 쓰러져 있는 밭 가운데로,

졸리는 듯 내려앉는다.
정말 요새 뙤약볕이란 돌도 녹일까 보다.

후끈한 바람이 진한 거름 내를 풍기며.
나무 끝을 건드리고 밭 위를 지나간다.
벌 떼가 몇 개 안 남은 무색한 보랏빛 꽃 수염을
물었다 놓고, 놓았다 물며,
왕 왕 날개를 울리면서 해갈을 한다.
호랑나비는 들어가면 눈이 먼다는 독한 가루를 잔뜩 실고 아롱거린다.

꼬리를 건드리고 머리를 만져도
저 잠자리란 녀석은 다시 일지를 않으니,
졸고 있나, 그렇지 않으면 인제 벌써 죽었나?

거미줄 채를 손에 든 선머슴 아이들이
신발을 벗어들고 성큼 발소리를 죽여가며,
한 걸음 두 걸음 곧 손이 그 곳에 미칠 텐데,
오, 저런 망한 녀석들의 심술궂은 눈 좀 보게.

어쩌면 ……
고렇게 꼿꼿하고 고운 두 날개,
빨간 빛깔이 기름칠한 것처럼 윤택 나는 날씬한 체구가 어찌될지!
어째 맵기 당추같은 고추 짱아의 마음도 모르고 있을까?
앵두꽃 진 지가 얼마나 된다고 요만한 뙤약볕에,
쨍이야, 벌써 '호박'처럼 맑던 네 눈도 어두워졌니?

녹음의 짙은 물결이 들 가득 밀려오고 밀려간다

동산은 어른처럼 말없이 잠잠하다
아마 연연한 봄의 고운 배는 벌써 엎어졌나 보다.
정말 이 따가운 뙤약볕의 소나기 통에
굳은 날개도 두터운 비름 이파리도 다 또 일 수 없이 풀이 죽고 말았
을까?

골짜기 속에서 낮잠을 자던 게으른 풀숲에,
젊은 꾀꼬리가 한 마리 푸드득 나뭇잎을 걷어차고,
고요한 침묵의 망사를 찢고 하늘로 날아갔다.

오오 고마워라, 얼마나 고마울까!
문득 나는 이 조그만 괴로운 꿈을 깨어,
단장을 의지하여 허리를 펴서 뒷산을 보았다.

숲 사이에 원추리가 한 떨기 재나 넘은 보름달처럼,
음전히 머리를 쳐들고,
꾀꼬리가 남긴 노랫 곡조의 여음을 듣고 있지 않은가!

나는 무거운 다리를 이끌어 산비탈을 올라가면서,
‘꿈꾸지 말고 시대의 한 가운데로 들어오라’는 식물들의 흔드는 손을
보았다.
‘너는 아직도 죽지 않았구나’ 하고,
원추리가 다정스러이 웃는 얼굴을 보았다.
나는 잠깐 얼굴을 붉히고 머리를 숙였다가
다시 고운 나비와 무성한 식물들의 겨우살이를 생각하며 고개를 들
었다.

그때 나는 아직 살아 있는 행복이 물결처럼 가슴에 복받침을 느끼
었다.

강가로 가자

얼음이 다 녹고 진달래 잎이 푸르러도,
강물은 그 모양은커녕 숨소리도 안 들려준다.

제법 어른답게 왜버들 가지가 장마철을 가리키는데,
빗발은 오락가락 실없게만 구니 언제 대하大河를 만나볼까?

그러나 어느덧 창 밖에 용구새가 골창이 난 지 십여 일,
함석 홈통이 병사病舍 앞 좁은 마당에 딩구는 소리가 요란하다.

나는 침대를 일어나 발돋움을 하고 들창을 열었다.
답답어라, 고성古城같은 백씨기념관白氏紀念舘만이 비에 젖어 묵묵하다.

오늘도 파도를 이루고 거품을 내뿜으며 대동강은 흐르겠지?
일찍이 고무의 아이들이 낡은 것을 향하여 내닫던 그때와 같이

흐르는 강물이여! 나는 너를 부富보다 사랑한다.
‘우리들의 슬픔’을 싣고 대해大海로 달음질하는 네 위대한 범람을!

얼마나 나는 너를 보고 싶었고 그리웠는가?
그러나 오늘도 너는 모르는 척 저 뒤에 숨어 있다, 누운 나를 비웃으
며,

정말 나는 다시 이곳에서 일지를 못할 것인가?

무거운 생각과 깊은 병의 아픔이 너무나 무겁다.

오오, 만일 내가 눈을 비비고 저 문을 박차지 않으면,
정말 강물은 책 속의 진리와 같이 영원히 우리들의 생활로부터
인연 없이 흐를지도 모르리라.

누구나 역사의 거센 물가로 다가서지 않으면,
영원히 진리의 방랑자로 죽어버릴지 누가 알 것일가?
청년의 누가 과연 이것을 참겠는가? 두말 말고 강가로 가자.
넓고 자유로운 바다로 소리쳐 흘러가는 저 강가로!

들

눈알을 굴려 하늘을 쳐다보니,
참 높구나, 가을 하늘은
멀리서 둥그런 해가 네 까만 얼굴에 번쩍인다.

네가 손등을 대어 부신 눈을 문지를 새,
어느 틈에 재바른 참새놈들이
푸르르 깃을 치면서 먹을 콩이나 난 듯,
함빡 논 위로 내려앉는다.

휘어! 손벽을 치고 네가 줄을 흔들면,
벙거지를 쓴 검은 허수아비 착하기도 하지,
언제 눈치를 챘는지, 으쓱 어깨짓을 하며 손을 젓는다.

우— 우— 건넛말 네 동무들이 풋콩을 구워놓고,
산모퉁이 모닥불 연기 속에 두 손을 벌려 너를 부르는구나!

얼싸안고 나는 네 볼에 입 맞추고 싶다.
한 손을 젓고 말없이 웃어 대답하는
오오, 착한 네 얼굴.

들로 불어오는 바람이라고 어찌 마음이 없겠니?
덥고 긴 여름 동안 여위어온 네 두 볼을 어루만지고 지나간다.
철뚝에 선 나뭇잎들마저 흐드러져 웃는구나!

지금 네 눈앞에 허리를 굽혀 인사하는,
오지게 찬 벼 이삭이 누렇게 여물어가듯,
푸르고 넓은 하늘 아래 자유롭게 너희들은 자라겠지 ……

자라거라! 자라거라, 초목보다도 더 길길이.
오오! 그렇지만 내 목이 메인다.

바람이 불어온다.
수수밭 콩밭을 지나 네 논두둑 위에로,
참새를 미워하는 네 마음아,
한톨의 벼알을 뉘 때문에 아끼는고?

가을 바람

나뭇잎 하나가 떨어지는데,
무에라고 네 마음은 종이풍지처럼 떨고 있니?
나는 서글프구나 해맑은 유리창아!
그렇게 단단하고 차디찬 네 몸,
어느 구석에 우리 누나처럼 슬픈 마음이 들어 있니?

참말로 누가 오라고나 했나?
기다리기나 한 것처럼 달아와서,
그리 마다는 나무 잎새를 훑어 놓고,
내 아끼는 유리창을 울리며 인사를 하게.

너는 그렇게 정말 매몰하냐?
그렇지만 나는,
영리한 바람아, 네가 정답다.
재작년, 그리고 더 그 전해에도, 가을이 올 적마다,
곁눈 하나 안 떠보고, 내가 청년의 길에 충성忠誠되었을 때,
내 머리칼을 날리던 너는, 우렁찬 전진前進의 음악이었다.
앞으로! 앞으로! 누구가 퇴각이란 것을 꿈에나 생각했던가?
눈보라가 하늘에 닿은 거칠은 벌판도 승리에의 꽃밭이었다.

오늘 ……
오래된 집은 허물어져 옛 동간들은 찬 마루판 위에 얽매어 있고,
비열한들은 이상과 진리를 죽그릇과 바꾸어,

가을 비가 낙엽 위에 찬데,
부지런한 너는 다시 그때와 같이 내게로 왔구나!

정답고 영리한 바람아!
너는 내 마음이 속삭이는 말귀를 들을 줄 아니, 왜 말이 없느냐?
필연코 길가에서 비열한들의 군색한 푸념을 듣고 온 게로구나!
입이 없는 유리창이라도 두드리니깐 울지 않니?
마음 없는 낙엽조차 떨어지면서, 제 슬픔을 속이지는 않는다.

짓밟히고 걷어 채이면서도, 웃으며 아첨할 것을 잊지 않는 비열한들
을,
보아라! 영리한 바람아, 저 참말로 미운 인간들이,
땅에 내던지는 한 그릇 죽을 주린 개처럼 좋지 않니?

불어라, 바람아! 모질고 싸늘한 서릿바람아, 무엇을 거리끼고 생각할
까?
너는 내 가슴에 괴어 있는 슬픈 생각에도 대답지 말아라.
곧장 이 평양성平壤城의 자욱한 집들의 용마루를 넘어,
숲들이 흐득이고 강물이 추위에 우鳴는 겨울 벌판으로 ……
겨울이 오면 봄은 멀지 않았으니까 ……

벌레

사람들이 말하기를,
벌레는 하등동물이다.
참말로 이것을 의심할 수야 없는 것이다.

하룻날
가을 바람과 함께 오지게 익어가는 논배미 좁은 길을,
이슬진 풀잎을 걷어차며 바닷가에 나아가니,
벌써 제 철을 보내 늙은 벌레가 하나,
새로 쌓아올린 매축지 시멘트벽을 기어가다,
나를 보고 놀래기나 한 듯,
소스라쳐 물 속으로 뒹굴어 떨어진다.

텀벙 …… 지극히 조그만 소리가 나면서 엷은 파문이
마치 못 이기어 인사치레나 하듯 스르르 퍼진다.

그러나 물결이 한번 돌을 치고 물러갈 때
바다는 아까와 다름없이 아침 햇발을 눈부시게 반사한다.
아직 아무도 밟아본 듯싶지 않은 정한 돈대 위에,
좁쌀 같은 새까만 똥알이 여나문 나란히 벌려 있었다.

이것은 충분히 늙은 벌레가 죽음으로 가던 길이면서,
그가 아직도 살았었노라 하던,
최후의 유물임을 누구가 의심할까.

네가 한 마리 이름 없는 벌레와 다른 게 무엇이냐.
고지식한 마음이 제출하는 질문의 대답을 찾으려고,
한참을 머뭇거리다 하늘을 향하여 고개를 들었을 제,
심히 노한 태양의 표정에
두 손으로 나는 얼굴을 가리었다.

이때 물결이 어머니처럼 이르기를,
사람은 봄에 났다 가을에 죽는 벌레는 아니니라.

벌레도
밟으면 꿈틀한다는 속담도 이젠 소용이 없는가?
포구 저쪽으로 물결은 돌아갔다.

안개 속

하늘 땅 속속들이
먹 위에 먹을 갈아 부었다.
발뿌리조차 안 뵌다만,
나는 아직 외롭지 않다.

비가 흩뿌리더니,
우레가 요란하고,
번개가 날카롭고,
드디어 내 잠자는 마을,
뭇 집 들창이 캄캄하다.
길 가 불들도 꺼졌다.
별도, 달도…….

밀물처럼 네가 쓸어와,
다시는 불도
내일 낮도 없을 듯 하더라만,
나의 마을 사람들은 대견하더라!
앞을 다투어 깜북깜북

여러 들창이 환하니
흐득임을 보아,
오무러졌다 펴는 불촉이 분명타.
길 가는 나그네들이

나비떼처럼 불 가로 찾아든다.
볼이 패이고 뱃골이 드러났다.
별빛보다 희미한 들창이
그들의 역력한 고난을 비친다.
정녕 몇 사람을
너는 험한 길 위에 죽였을 게다.

네 손은 아귀가 세고 끈끈하다.
붓석 힘을 주어 움키면,
아무것이고 다 부여잡히리라만,
모래알처럼
손가락 틈을 새는 것이 있으리라.
꼭 쥐면 쥘수록 틈이 번다.
안개 끼인 밤에는
호롱불이 보름달 같으니라.

물론 나그네들이야 집도 없고 길도 멀다.
그 대신 희망이 꽉 찼더라.
눈동자는 굴속 같아야,
한 점 불이 별 같고,
가슴은 한층 밝아,
밤새도록 환히 아름답더라.
내야 눈마저 흐리다만,
아직 외롭지 않다.

일년

나는 아끼지 않으련다.
낙엽이 저 눈발이 덮인
시골 능금나무의 청춘과 장년을……
언제나 너는 가고 오지 않는 것.

오늘도 들창에는 흰 구름이 지나가고,
참새들이 꾀꼬리처럼 지저귄다.
모란꽃이 붉던 작년 오월,
지금은 기억마저 구금되었는가?

나의 일년이여, 짧고 긴 세월이여!
노도怒濤에도, 달큼한 봄바람에도,
한결같이 묵묵하던 네 표정을 나는 안다,
허나 그렇게도 일년은 정말 평화로왔는가?

'피녀彼女'는 단지 희망하는 마음까지
범죄 그 사나운 눈알로 흘겨본다.
나의 삶이여! 너는 한바탕의 꿈이려느냐?
한 간 방은 오늘도 납처럼 무겁다.

재바른 가을 바람은 멀지 않아,
버들잎을 한웅큼 저 창 틈으로,
지난해처럼 훑어 넣고 달아나겠지,

마치 올해도 세계는 이렇다는 듯이.

그러나 한개 여윈 청년은 아직 살았고,
또 다시 우리 집 능금이 익어 가을이 되리라.
눈 속을 스미는 가는 샘이 대해大海에 나가 노도를 이룰 때,
일년이여, 너는 그들을 위하여 군호를 불러라.

나는 아끼지 않으련다, 잊어진 시절을.
일년 평온무사한 바위 아래 생명은 끊임없이 흘러간다.
넓고 큰 대양의 앞날을 향하여,
지금 적막한 여로를 지키는 너에게 나는 정성껏 인사한다.

하늘

감이 붉은 시골 가을이
아득히 푸른 하늘에 놀 같은
미결사의 가을 해가 밤보다도 길다.

갔다가 오고 왔다가 가고
한 간 좁은 방 벽은 두터워
높은 들창 가에
하늘은 어린애처럼 찰락어리는 바다.
나의 생각과 궁리하던 이것 저것을
다 너의 물결 위에 실어
구름이 흐르는 곳으로 띄워볼가!

동해바다 가에 적은 촌은
어머니가 있는 내 고향이고
한강 물이 숭얼대는
영등포 붉은 언덕은
목숨을 바쳤던 나의 전장

오늘도 연기는
구름보다 높고
누구이고 청년이 몇
너무나 좁은 하늘을
넓은 희망의 눈동자 속 깊이

호수처럼 담으리라.

벌리는 팔이 아무리 좁아도,
오오! 하늘보다 너른 나의 바다.

최후의 염원

얼마나 크고,
얼마나 두려운 힘이기에,
세월이여! 너는
나를 이곳으로 이끌어왔느냐?

밀치고, 또
박차고 하면,
급기야 나는
최후의 항구로 외로이
돌아오지 않는 손이 되리라만,
낙일落日이여! 나에겐,
아직 한마디 말이 있다.

참말 머리 위엔
별 하나이 없고,
어둔 하늘이
홍수처럼
산하를 덮어,
한자욱 발길조차
나의 고향을
밟을 수가 없다면,
아아, 꺼지려는 눈아!
네 빛이 흐리기 전에,

차라리 나는
호화로이 밤 하늘에 흩어지는
오색 불꽃에,
아름다운 운명을
배우런다.

최후의 염원이여!
너는 나의
즐거움이냐? 슬픔이냐?

주유侏儒의 노래

나의 마음은 괴롭노라 ……
제군은 나의 이런 탄식을 좋아한다.

어쩌다 나의 노래가 울음이 될 양이면,
제군은 한층 더 나를 사랑한다.

오! 하고 외마디 소리를 지르면,
제군은 벌써 열광하고 있다.

물론 나는 잘 안다.
제군들이 비극을 사랑하는 높은 취미를 ……

막 끝이 되면 주인공은 병아리처럼 쓰러지고,
제군은 고조된 비극미에 취할 듯하다.

하물며 비극의 종말이 가져오는 일장의 희극,
제군, 요컨대 나의 말로를 보고 싶다는 게지!

경애하는 제군, 만일 씨이저가, 결코 제군이 아니라, 씨이저가,
성병聖餠의 맛을 경계했다면, 파탄은 좀더 연기되었을지도 모른다.

또 한번, 아니, 얼마든지 말해줄까?
제군, 실로 나의 마음은 괴롭노라.

적

1

너희들의 적을 사랑하라 —
나는 이때 예수교도임을 자랑한다.

적이 나를 죽도록 미워했을 때,
나는 적에 대한 어찌할 수 없는 미움을 배웠다.
적이 내 벗을 죽음으로써 괴롭혔을 때,
나는 우정을 적에 대한 잔인으로 고치었다.
적이 드디어 내 벗의 한 사람을 죽였을 때,
나는 복수의 비싼 진리를 배웠다.
적이 우리들의 모두를 노리었을 때,
나는 곧 섬멸의 수학을 배웠다.

적이여! 너는 내 최대의 교사,
사랑스런 것! 너의 이름은 나의 적이다.

2

때로 내가 이 수학 공부에 게을렀을 때,
적이여! 너는 칼날을 가지고 나에게 근면을 가르치었다.
때로 내가 무모한 돌격을 시험했을 때,
적이여! 너는 아픈 타격으로 전진을 위한 퇴각을 가르치었다.

때로 내가 비겁하게도 진격을 주저했을 때,
적이여! 너는 뜻하지 않은 공격으로 나에게 전진을 가르치었다.
만일 네가 없으면 참말로 사측법四則法도 모를 우리에게,
적이여! 너는 전진과 퇴각의 고등수학을 가르치었다.

패배의 이슬이 찬 우리들의 잔등 위에 너의 참혹한 육박肉迫이 없었더
면,
적이여! 어찌 우리들의 가슴 속에 사는 청춘의 정신이 불탔겠는가?

오오! 사랑스럽기 한이 없는 나의 필생의 동무
적이며! 정말 너는 우리들의 용기다.

너의 적을 사랑하라!
복음서는 나의 광영이다.

지상의 시

태초에 말이 있느니라……
인간은 고약한 전통을 가진 동물이다.
행위하지 않는 말,
말을 말하는 말,
이브가 아담에게 따준 무화과의 비밀은,
실상 지혜의 온갖 수다 속에 있었다.

포만의 이야기로 기아를,
천상의 노래로 지옥의 고통을,
어리석게도 인간은 곧잘 바꾸었었다,
그러나 지상의 빵으로 배부른 사람은
과연 하나도 없었던가?
신성한 지혜여! 광영이 있으라.

온전히 운명이란, 말 이상이다.
단지 사람은 말할 수 있는 운명을 가진 것,
운명을 이야기할 수 있는 말을 가진 것이,
침묵한 행위자인 도야지보다 우월한 점이다.
말을 행위로,
행위를 말로,
자유로 번역할 수 있는 기능,
그것이 시의 최고의 원리.
지상의 시는

지혜의 허위를 깨뜨릴 뿐 아니라,
지혜의 비극을 구한다.
분명히 태초의 행위가 있다……

너 하나 때문에

오직 있는 것은
광영 하나뿐이고
정녕 굴욕이란 없는가?
있어도 없는 것인가?
만일 싸움만 없다면 ……

그러나 싸움이 없다면,
둘이 다 없는 것,
싸움이야말로
광영과 굴욕의 어머니,
모든 것 가운데 모든 것.

패배의 피가
승리의 포도주를 빚는 것도,
굴욕이
광영의 향료를 끄어내는 것도,
모두 다 싸움의 넓은 바다.

바다는
넓이도 깊이도 없어
승리가 실컷
제 즐거움의 진주를 떠내고
패배가 죽도록

제 아픔의 고귀한 값을 알아내는 곳.

회복될 수 없는
굴욕의
―제군은 이 말의 의미를 아는가?
아프고 아픈 상처가
붉은 피가
장미 떨기처럼 피어나는 곳.

아아! 너 하나, 너 하나 때문에,
나는 굴욕마저를 사랑한다.

홍수 뒤

하나도 아니었고
둘도 아니었다,

활개를 젓고 건너가,
죽지를 늘이고 돌아온
이 항구의 추억은,
참말 열도 아니었다.

그러나 굳건하던
작고 큰 집들이
터문도 없이 휩쓸려간
홍수 뒤,
황무지의 밤 바람은
너무도 맵고 거칠어.

언제인가 하루 아침,
맑은 희망의 나발이었던
고동 소린 오늘 밤,
청춘의 구슬픈 매장의 노래 같아야,

고향의 부두를 밟는
나의 무릎은 얼 듯 차다

긴 밤차가 닿는 곳,
나의 벗들을 사로잡은
차디찬 운명 속에서도,
청년의 자랑은
꺼지지 않는 등불처럼 밝았으면……

아아 이 하나로 나는
평생의 보배를 삼으련다

야행차 속

사투리는 매우 알아듣기 어렵다.
허지만 젓가락으로 밥을 날라가는 어색한 모양은,
그 까만 얼굴과 더불어 몹시 낯익다.

너는 내 방법으로 내어버린 벤또를 먹는구나.

'젓갈이나 걷어 가주 올게지 ……'
혀를 차는 네 늙은 아버지는
자리가 없어 일어선 채 부채질을 한다.

글쎄 옆에 앉은 점잖은 사람이 수건으로 코를 막는구나.

아직 멀었는가 추풍령은……
그믐밤이라 정거장 푯말도 안 보인다.
답답워라 산인지 들인지 대체 지금 어디를 지나는지?

나으리들뿐이라 누구한테 엄두를 내어
물을 수도 없구나.

다시 한번 손목시계를 들여다보고 양복쟁이는 모를 말을 지저귄다.
아마 그 사람들은 모든 것을 다 아나보다.

되놈의 땅으로 농사가는 줄을 누가 모르나.

면소面所에서 준 표지票紙를 보지, 하도 지척도 안 뵈니까 그렇지!

차가 덜컹 소리를 치며 엉덩방아를 찧는다.
필연코 어제 아이들이 돌멩이를 놓고 달아난 게다.

가뜩이나 무거운 짐에 너 그 사이다병은 집어넣어 무얼 할래.
오호 착해라, 그래도 누이 시집갈 제 기름병을 하려고 ……

노하지 마라 너의 아버지는 소 같구나.
빠가! 잠결에 기대인 늙은이의 머리를 밀쳐도,
엄마도 아빠도 말이 없고 허리만 굽히니 ……
오오, 물소리가 들린다 넓고 긴 낙동강에 ……

대체 어디를 가야 이 밤이 샐까?
애들아, 서 있는 네 다리가 얼마나 아프겠니?
차는 한창 강가를 달리는지,
물소리가 몹시 정다웁다.
필연코 고향의 강물은 이 꼴을 보고 노했을 게다.

해협의 로맨티시즘

바다는 잘 육착한 몸을 뒤척인다.
해협 밑 잠자리는 꽤 거친 모양이다.

맑게 갠 새파란 하늘
높다란 해가 어느새 한낮의 커브를 꺾는다.
물새가 멀리 날아가는 곳,
부산 부두는 벌써 아득한 고향의 포구인가!

그의 발 밑,
하늘보다도 푸른 바다,
태양이 기름처럼 풀려,
뱃전을 치고 뒤로 흘러가니,
옷깃이 머리칼처럼 바람에 흩날린다.

아마 그는
일본 열도의 긴 그림자를 바라보는 게다.
흰 얼굴에는 분명히
가슴의 '로맨티시즘'이 물결치고 있다.

예술, 학문, 움직일 수 없는 진리……
그의 꿈꾸는 사상이 높다랗게 굽이치는 동경
모든 것을 배워 모든 것을 익혀,
다시 이 바다 물결 위에 올랐을 때,

나는 슬픈 고향의 한 밤,
해보다도 밝게 타는 별이 되리라.
청년의 가슴은 바다보다 더 설레었다.

바람 잔 바다,
무더운 삼복의 고요한 대낮,
이천 오백 톤의 큰 기선이
앞으로 앞으로 내닫는 갑판 위,
흰 난간 가에 벗어 제친 가슴,
벌건 살결에 부딪치는 바람은 얼마나 시원한가!

그를 둘러싼 모든 것,
고깃배들을 피하면서 내뿜는 고동 소리도,
희망의 항구로 들어가는 군호 같다.
내려앉았다 떴다 넘노니는 물새를 따라,
그의 눈은 몹시 한가로울 제
뱃머리가 삑! 오른편으로 틀어졌다.

훤히 트이는 수평선은 희망처럼 넓구나!
오오! 점점이 널린 검은 그림자,
그것은 벌써 나의 섬들인가?
물새들이 놀라 흩어지고 물결이 높다.
해협의 한낮은 꿈같이 허물어졌다.

몽롱한 연기,
희고 빛나는 은빛 날개,
우레 같은 음향,

바다의 왕자가 호랑이처럼 다가오는 그 앞을,
기웃거리며 지나는 흰 배는 정말 토끼 같다.

'반사이!' '반사이!' '다이닛 ……'
이등 캐빈이 떠나갈 듯한 아우성은,
감격인가? 협위인가?
깃발이 '마스트' 높이 기어올라갈 제,
청년의 가슴에는 굵은 돌이 내려앉았다.

어떠한 불덩이가,
과연 층계를 내려가는 그의 머리보다도
더 뜨거웠을까?
어머니를 부르는, 어린애를 부르는,
남도 사투리,
오오! 왜 그것은 눈물을 자아내는가?

정말로 무서운 것이 ……
불붙는 신념보다도 무서운 것이 ……
청년! 오오, 자랑스러운 이름아!
적이 클수록 승리도 크구나.

삼등 선실 밑
똥그란 유리창을 내다보고 내다보고,
손가락을 입으로 깨물을 때,
깊은 바다의 검푸른 물결이 왈칵
해일처럼 그의 가슴에 넘쳤다.

오오, 해협의 낭만주의여!

밤 갑판 위

너른 바다 위엔 새 한 마리 없고,
검은 하늘이 바다를 덮었다.

앞으로 가는지, 뒤로 가는지,
배는 한 곳에 머물러 흔들리기만 하느냐?

별들이 물결에 부딪쳐 알알이 부서지는 밤,
가는 길조차 헤아릴 수 없이 밤은 어둡구나!

그리운 이야 그대가 선 보리밭 위에 제비가 떴다.
깨끗한 눈가엔 이따금 향기론 머리칼이 날린다.
좁은 앙가슴이 비둘기처럼 부풀어올라,
동그란 눈물 속엔 설움이 사모쳤더라.

고향은 들도 좋고, 바다도 맑고, 하늘도 푸르고,
그대 마음씨는 생각할수록 아름답다만,
울음 소리 들린다, 가을 바람이 부나 보다.

낙동강 가 구포벌 위 갈꽃 나부끼고,
깊은 밤 정거장 등잔이 껌벅인다.

어머니도 있고, 아버지도 있고, 누이도 있고, 아이들도 있고,
건넛마을 불들도 반짝이고, 느티나무도 거멓고, 앞내도 환하고,

벌레들도 울고, 사람들도 울고,

기어코 오늘밤 또 이민 열차가 떠나나 보다.

그리운 이야! 기약한 여름도 지나갔다.
밤 바람이 서리보다도 얼굴에 차,
벌써 한 해 넘어 외방 볕 아래 옷깃은 찌들었다.

굶는가, 앓는가, 무사한가?
죽었는가 살았는가도 알 수 없는
청년의 길은 참말 가혹하다.

그대 소식 나는 알 길이 없구나!
어느 누군 사랑엔 입맛도 잃는다더라만,
이 바다 위 그대를 생각함조차 부끄럽다.

물결이 출렁 밀려 오고, 밀려 가고,
그대는 고향에 자는가?
나는 다시 이 바다 뱃길에 올랐다.

현해玄海 바다 저 쪽 큰 별 하나이 우리의 머리 위를 비칠 뿐,
아무 것도 우리의 마음을 모르지 않는다만,
아아, 우리는 스스로 명령에 순종하는 청년이다.

해상에서

가라앉듯 멀리
대마도 남단은 수평선 위에 스러졌다.

동그란 해가 어느새 붉게 풀려,
남쪽으로 남쪽으로 흐르는 곳,
드문 드문 검은 점들은 유구流球 열도인가?

물새들도 어느새 검은 옷을 입어,
눈 선 나그네를 희롱틋 노니는구나!

아아! 불빛이 보인다.
어렴풋 관문關文 해협의 저녁 불들이
그 가운데는 붉고 푸른 불들도 있다.

연락선은 곤두설 듯 속력을 돋운다만,
인제 고향은 아득히 멀어졌고,
나는 저 곳 산천의 이름도 못 들었다.

—정녕 이 곳에 고향으로 가지고 갈 보배가 있는가?
—나는 학생으로부터 무엇이 되어 돌아갈 것인가?

가슴을 짚어 보아라,
하얗고 가는 손아,

누구가 이러한 저녁
청년들의 가슴 위에 얹힌
떨리는 손에 흐르는
더운 맥박을 짐작켔는가.

태평양, 태평양 넓은 바다여!

일본 열도 저 위
지금 큰 별 하나이 번쩍였다.

내일 하늘엔 어떤 바람이 불 것인가?

배는 아직 바다 위에 떠 있고,
인제 겨우 동해도東海道 연선沿線의 긴 열차는 들어온 듯하나,

아아! 나는 두 손을 벌리어 하늘을 안고,
목적한 땅 위에 서 물결치는 태평양을 향하여
고함을 지른다.

황무지

도망해 나온 시골 어머니가
밤마다 머리맡에 울더라만,
끝내 나는 고향에 돌아가지 않았다.

어머니는 늙고 병들어 벌써 땅에 묻혔다.
그래야 나는 산소가 어디인지도 모른다.

…… 어머니도, 고향도,
나에게는 소용없었다.
나는 젊은 청년이다……

자랑이 가슴에 그뜩하여,
배가 부산 부두를 떠날 때도,
고동 소리가 나팔처럼 우렁만 찼다.

어느 한 구석 눈물이 있을 리 없어,
그 자리에 내 좋아하는 누이나 연인이 죽는대도,
왼눈 하나 깜작할 것 같지 않았다.

그러나 이 강을 건너는 내 마음은,
웬일인지 소년처럼 흔들리고 있다.

차가 철교를 건너는 소리가 요란이야 하다.

그렇지만 엎어지려는 뱃간에서도,
나는 무릎 한 번 안 굽혔다.

대체 네가 무엇이기에,
아아! 메마른 들 헐벗은 산,
그다지도 너는 내게 가까웠던가!

벌써 강ㅈ판은 얼어,
너른 구포벌엔 황토 한 점 안 보인다.

눈발이 부연 하늘 아래,
나는 기차를 타고 추풍령을 넘어,
서울로 간다.
서울은 나의 고향에서도 천 리,
다만 나의 어깨의 짐을 풀 곳일 따름이다.

자꾸만 차창을 흔드는 바람 소린,
슬픈 자장가일까? 아픈 신음 소릴까?
— 아이들을 기르고 어머니를 죽인,

아아! 오막들도 전보다 앝아지고,
인제 밤에는 호롱불 하나이 없이 산단구나.

황무지여! 황무지여!
너는 아는가?
청년들이 어떤 열차를 탔는가를……

향수

고향은
인제 먼 반도에
뿌리치듯
버리고 나와,

기억마저
희미하고,
옛 일은
생각할수록
쓰라리다만,

아아! 지금은 오월
한창 때다.

종달새들이
팔매친 돌처럼
곧장
달아 올라가고,
이슬방울들이
조는,
초록빛 밀밭 위,
어루만지듯
미풍이 불면,

햇발들은
화분花粉처럼 흩어져.

두 손을 벌려,
호랑나비를 쫓던
도랑가의 꿈이,
아직도
어항 속에
붕어처럼
맑다만.

지금은 오월
한창 때

소낙비가 지나간
도회의 포도鋪道 위
한줌 물 속에,

아아! 나는
오월의
푸른 하늘을 보며,
허위대듯
잊기 어려운
나비를 쫓고 있다.

내 청춘에 바치노라

그들은 하나도
어디 태생인질 몰랐다.
아무도 서로 묻지 않고,
이야기하려고도 안했다.

나라와 말과 부모의 다름은
그들의 우정의 한 자랑일 뿐,
사람들을 갈라놓는 장벽이,
오히려 그들의 마음을
읽어매듯 한데 모아,

경멸과 질투와 시기와
미움으로밖엔,
서로 대할 수 없게 만든 하늘 아래,
그들은 밤 바람에 항거하는
작고 큰 파도들이,
한 대양에 어울리듯,

그것과 맞서는 정열을 가지고,
한 머리 아래 손발처럼 화목하였다.

일찍이 어떤 피일지라도,
그들과 같은 우정을 낳지는 못했으리라.

높은 예지, 새 시대의 총명만이,
비로소 낡은 피로 흐릴
정열을 씻은 것이다.

오로지 수정 모양으로 맑은 태양이,
환하니 밝은 들판 위를
경주하는 아이들처럼, 그들은
곧장 앞을 향하여 뛰어가면 그만이다.

어미를 팔아 동무를 사러 간다는 둥,
낡은 고향은 그들의 잔등 위에
온갖 추접한 낙인을 찍었으나,
온전히 다른 말들이 부르는
단 한 줄기 곡조는,
얼마나 아름다웠느냐?

미여진 구두와 헌 옷 아래
서릿발처럼 매운 고난 속에
아, 슬픔까지가
자랑스러운 즐거움이었던
그들 청년의 행복이 있었다.

지도

두 번 고치지 못할 운명은
이미 바다 저 쪽에서 굳었겠다.
바라보이는 것은 한 가닥 길뿐,
나는 반도의 새 지도를 폈다.

나의 눈이 외국 사람처럼
서툴리 방황하는 지도 위에
몇 번 새 시대는 제 낙인을 찍었느냐?
꾸긴 지도를 밟았다 놓는
손발이 내 어깨를 누르는 무게가
분명히 심장 속에 파고든다.

이 새 문화의 촘촘한 그물 밑에
나는 전선줄을 끊고 철로길에 누웠던
옛날 어른들의 슬픈 미신을 추억한다.

비록 늙은 어버이들의 아픈 신음이나,
벗들의 괴로운 숨소리는.
두려운 침묵 속에 잠잠하여,
희망이란 큰 수부首府에 닿는 길이
경부 철로처럼 곧다 안할지라도,
아! 벗들아, 나의 눈은
그대들이 별처럼 흩어져 있는,

남북 몇 곳 위에 불똥처럼 발가니 달고 있다.

산맥과 강과 평원과 구릉이여!
내일 나의 조그만 운명이 결정될
어느 한 곳을 집는 가는 손길이,
떨리며 가리키는 것이 무엇인지,
너는 아느냐?

이름도 없는 일 청년이 바야흐로
어떤 도시 위에 자기의 이름자를 붙여,
불멸한 기념을 삼으려는,
엄청난 생각을 품고 바다를 건너던,
어느 해 여름 밤을
너는 축복지 않으려는냐?

나는 대륙과 해양과 그리고 성신星辰 태양과,
나의 반도가 만들어진 유구한 역사와 더불어,
우리들이 사는 세계의 도면이 만들어진
복잡하고 곤란한 내력을 안다.

그것은 무수한 인간의 존귀한 생명과,
크나큰 역사의 구두발이 지나간,
너무나 뚜렷한 발자욱이 아니냐?

한 번도 뚜렷이 불려보지 못한 채,
청년의 아름다운 이름이 땅 속에 묻힐지라도,
지금 우리가 이로부터 만들어질

새 지도의 젊은 화공畵工의 한 사람이란 건,
얼마나 즐거운 일이냐?

삼등 선실 밑에 홀로
별들이 찬란한 천공天空보다 아름다운
새 지도를 멍석처럼 쫙 펼쳐 보는
한여름 밤아, 광영光榮이 있거라.

어린 태양이 말하되

아지 못할 새
조그만 태양이 된
나의 마음에
고향은
멀어갈수록 커졌다

누구 하나
남기고 오지 않았고,
못 잊을
꽃 한 포기 없건만,
기적이 울고
대륙에 닿은 한 가닥 줄이
최후로 풀어지며,
그만 물새처럼
나는 외로워졌다.

잊어버리었던 고향의
어둔 현실의 무게가
떠오르려는 어린 태양을
바다 속으로 누를 듯
사납다만.

나무 하나 없는

하늘과 바다 사이
구름과 바람을 뚫고,
하룻 저녁
너른 수평선 아래로,
아름다이 가라앉는
낙일落日이,
나의 가슴에
놀처럼 붉다.

이제는 먼 고향이여!
감당하기 어려운 괴로움으로
나를 내치고,
이내 아픈 신음 소리로
나를 부르는
그대의 마음은
너무나 진망궂은
청년들의 운명이구나!

참아야 할 고난은
나의 용기를 돋우고,
외로움은
나의 용기 위에
또 한가지 광채를 더했으면 ……

아아, 나의 대륙아!
그대의 말없는 운명 가운데
나는 우리의 무덤 앞에 설

비석의 글발을 읽는다.

고향을 지나며

당신의 마을은 이미 잠들었습니까?
등불 하나이 없이 캄캄하니 답답습니다.

여기 그대 아들이 있습니다.

부산을 떠난 막차가 환하니 달리지 않습니까?
개 소리 한 마디 들림직하거만 하늘과 땅이 소리도 없습니다.

두렵습니다. 누런 수캐란 놈도 혹여 양식이 되지나 않았습니까?

인젠 돌아오지 않는 아들을 기다림도 속절없다.
주무십니까?
그렇지 않으면 집도 다하고,
기름도 마르고, 기운도 지쳐,

아아, 마음 아픕니다. 죽은 듯 마당에 쓰러지지나 않았습니까?

기적이 우니 차가 굴 속에 드나 봅니다.
안타깝습니다, 이제 고향은 눈 앞에 스러지렵니다.

어머님 묻힌 건넛산 위 별들이 눈물 어렸습니다.

인제 내 하나가 있고, 벼락맞은 수양이 섰고,

그대가 늘 소를 매어 여름이면 파리가 왕왕 끓었습니다.

아들이 마을 전설과 옛 노래를 익힌 곳도 게 아닙니까?

오는 새벽 비가 내리면, 그대는 또 괭이를 잡고, 논 가운데 섭니까?
당신의 굽은 등골의 아픔이 아들의 온 몸에 사모칩니다.

아아! 이길 수 없습니다. 그대 슬픔은 너무나 큽니다.
그대 정숙한 아내도 이 속에 죽었고,

당신의 청승궂은 자장가로 자란 누이도 이 속에 죽고,

그만 떨치고 일어나, 당신을 받들 먼 날을 그리어 내지로 간 아들의
마음입니다.

그러나 지금 돌아오는 아들의 손엔 아무것도 가진 것이 없습니다.
그나마 흙방 위에 꼬부리고 누은 그대를 헛되어 눈 감아 생각할뿐,

한 되는 일입니다. 그대 이름 부를 자유도 없습니다.

곧장 내일 아침 지정받은 어느 곳에 닿아야 합니다.
하나밖에는 아무 것도 허락되지 않는 준엄한 길입니다.

그대여! 당신은 아들의 길을 축복합니까?

그대 무릎 아래 다시 엎드려 볼 기약도 막막한,
슬픈 길이 북쪽으로 뻗하니 뚫렸습니다.

그러나 당신은 압니까, 아들의 길이 눈물보다도 영광이 어린 것을
......

아무도 모를 것입니다. 홀로 흐르는 그대의 눈물이
아들의 타는 마음 속에 기름을 붓는 비밀을.

아아! 아무도 모를 것입니다.

다시 인제 천공天空에 성좌星座가 있을 필요가 없다

바다, 어둔 바다,
쭉 건너간 수평선 위,

다시 인젠
별들이 깜박일 필요는 없다.

파도 위 하늘 아래,
일찍이 용사이었던.

그러니라……
—뱃머리를 돌려라,
  돛을 꼬부리고
  남풍이다.
  에헷! 그물 줄을 늦추고.

이마 위에 한 손을 얹고,
하늘을 우러러 얼굴을 들면,
별들은 꽃봉오리처럼
아름다웠다.
별들은 결코 속이지 않았다.

우리의 가슴은 바다인 듯,
고기들과 조개의 온갖 비밀을 알았고,

은하 오리온 먼 대웅大雄의
조그만 속삭임 하나,
우리의 귀는 빼놓지 않았다.

우리의 몸은 새보다도
날래고 자유로워,
바람이나 파도는
얼른 우리 앞에 맞서지를 못했다.

거친 파도와 바람이,
우리들의 가슴 속에 묻어 놓은 것은,
자신과 굳은 신념 하나뿐이었다.

그러나 오늘 밤 얼굴의
깊은 주림과 꺼진 눈자위가
밤 하늘보다 오히려 어두워,
타고 있는 조그만 배가
장차 닿을 항구의 이름조차 알 수가 없다.

살림의 물결, 가난의 바람은,
현해 바다보다도 거세고 매웠던가?

마음과 얼굴에 함부로 파진,
깊고 어둔 골창들은
험한 생애의 풍우가 물어뜯은
지울 수 없는 상처들.

그 곳에서 흐른
아프고 붉은 이야기가,
고향의 온갖 들과 내 위에
노래가 되어 흐르고 있다.

푸른 잎, 붉은 꽃과, 누른 열매,
가없는 하늘 밑에 드러누운 대륙의
헤아리기 어려운 삼림을 기르랴
너무나 비싼 생명들은 녹아,

아아! 벌써 한 개 숙명인 얼굴에,
그 메마른 피부 위에
어둔 해협의 밤바람이 부딪친다.

앞에도 뒤에도 얼굴
아낙네, 아이, 어른, 한 줌의 얼굴들

―눈들은 제각각 알지 못할 운명에 촛불처럼 떨고 있다.

대체 이런 똑같은 얼굴들이
아아! 그대들은 다 형제인가……
통 통 통 통

국법을 어기는 명백한 음향이
현해玄海 어둔 바다 하늘 위에 떨린다.

―아아 북구주 해안엔

대체 무엇이 기다린단 말인가!

쳇 쓸데없는 별들이다.
인젠 곱다란 연락선 갑판 위
성장한 손들 머리 위나 빛나거라,

—너희는
그들의 사랑과 축복의 꽃다발이리라.

몇 번 너희들은 이러한 밤,
정말 몇 번
눈 밝은 경비선을 안내했는가?

듣거라, 하늘아!
다시 인젠
바다 위에 성좌가 있을 필요는 없다.

월하의 대화

몇 시 ……
두 시.

뻐걱! 뱃전이 울었다.

물결이 높지요!
달이 밝습니다.

바다가 설레를 쳤다.

얼마나 왔을까요?
반 넘어 왔습니다.

아직 조선 반도는 안 보였다.

아버님이 ……
아니요, 조선이, 세상이,

달이 구름 속에 숨었다.

무서워요,
바다가? ……

청년은 여자를 끌어안았다.

아아! 당신을……
나도 당신을……
둘이 함께 '인생도 없습니다.'

물결이 질겁을 해 물러섰다.

그 다음
여자가 어찌했는지,
청년이 어찌했는지,

본 이가 없으니, 울 이도 웃을 이도 없고,
나란히 놓인
남녀의 구두가 한 쌍,

갑판 위엔 유명한 춘화가 한 폭 남았다.

―일봉이 좋기사 좋읍디더
―아무덴 와? 없어 병이구마

삼등 선실 밑엔 남도 사투리가 한창 곤하다.

어느 해 여름 현해탄 위
새벽도 없고
마스트 위엔 등불이 자꾸만 껌벅였다.

너는 아직 어리고

아기야, 너는 자장가도 없이 흔곤히 잔다.
너는 인제서야 잠이 들었다만,
너무나 오랫동안 보채어,
좁은 목이 칼칼하니 쉬었다.

너는 오늘 밤
이 해협 위에 일어나고 있는
수많은 일의 단 한 가지 의미도 깨닫지 못하고 잔다.

바람이 지금 바다 위에서 무엇을 저지르고 있는지도 너는 모른다.
물결이 갑판 위에서 무엇을 쓸어가고 있는지도 너는 모른다.
물밑에 어족들이 무엇을 탐내고 있는지도 너는 모른다.
이따금,
동그란 유리창을 들여다보는 것이 정녕 주검의 검은 그림자인 것도
너는 모른다.

아마 우리를 실은 큰 배가,
수평선 아래로 영원히 가라앉는 비창한 통곡의 순간이 온다 해도,
너의 고운 잠은 깨이지 않으리라.

아가야, 너는 오늘 밤,
이 바다 위에 기적의 손길이 미쳐 있는 줄 아느냐?

눈물이 흐른다.
현해탄 넓은 바다 위
지금 젖꼭지를 물고 누워
뒹굴을 듯 흔들리는 네 두 볼 위에,
하염없이 눈물만이 흐른다.

아기야, 네 젊은 어머니의 눈물 속엔,
무엇이 들어 있는 줄 아느냐?
한 방울 눈물 속엔
일찍이 네가 알고 보지 못한 모든 것이 들어 있다.

이 속엔 그이들이 자라난 요람의 옛 노래가 들어 있다.
이 속엔 그이들이 뜯던 봄나물과 꽃의 맑은 향기가 들어 있다.
이 속엔 그이들이 꿈꾸던 청춘의 공상이 들어 있다.
이 속엔 그이들이 갈아 붙인 땅의 흙내가 들어 있다.
이 속엔 그이들이 어루만지던 푸른 보리밭이 있다.
이 속엔 그이들이 안아 보던 누른 볏단이 있다.
이 속엔 그이들이 걸어가던 촌 눈길이 있다.
이 속엔 그이들이 나무를 베던 산의 그윽한 냄새가 있다.
이 속엔 그이들이 죽이던 도야지의 비명이 있다.
이 속엔 그이들이 듣던 외방 욕설이 있다.
이 속엔 그이들이 받았던 집행 표지가 있다.
이 속엔 그이들이 작별한 멀리 간 동기의 추억이 있다.
이 속엔 그이들이 떠나온 고향의 매운 정경이 있다.
이 속엔 그이들이 이따금 생각했던 다툼의 뜨거운 불길도 있다.

참말로 한 방울 눈물 속은 이 모든 것이 들어 있기엔 너무나 좁다.

그러므로 눈물은 떨어지면 이내 물처럼 흘러가지 않느냐?

나의 아기야, 그래도 이 속엔 아직 그들의 탄 배의 이름도 닿을 항구
의 이름도 없고,
이 바다를 건너간 많은 사람들의 운명은 조금도 똑똑히 기록되어 있
지 않다.
더구나, 바람과 파도와 그 밖에 온갖 악천후에 대하여,
눈물은 다만 하염없을 따름이다.

밝은 날 아침 다행히 물결과 바람이 자서
우리의 배가 어느 항구에 들어간대도 이내 새 운명이 까마귀처럼 소
리칠 게다.
나는 그 고이한 소리가 열어 놓는 너의 소년과 청춘의 긴 시절을 생각
한다.
아기야, 해협의 밤은 너무나 두려웁다.

우리들이 탄 큰 배를 잡아 흔드는 것은 과연 바람이냐? 물결이냐?
아! 그것은 현해탄이란 바다의 이상한 운명이 아니냐?
너와 나는 한 줄에 묶여 나무토막처럼 이 바다 위를 떠가고 있다.

아기야, 너는 어찌 이 바다를 헤어가려느냐?
날씨는 사납고,
아직 너는 어리고,
어버이들은 이미 기운을 잃고,
내 손은 너무 희고 가늘고,
기적이란 오늘날까지 있어 본 일이 없고,
그러나, 아끼는 나의 아기야,

오늘 밤 이 바다 위에 흐르는 눈물이,
내일 너의 젊은 가슴 속에 피워 놓을 한 떨기 붉은 장미의 이름을
아아! 나의 아기야, 나는 안다.

상륙

전차도 커지고,
자동차도 새로워지고,
삼 층 사 층 양옥들이 곱다란
이 넓은 길이 어디로 통하는가?

정신을 차려라……

클랙션이 먼지를 풍기며 노호한다.
인제 부산도 옛 포구가 아니다.
트럭이 지났는가 하면,
자동차들이 벌떼처럼 달려든다.

스톱! 하늘엔 여객기의 통과다.

정녕 나는 연락선에서 들고 내린,
묵은 가방을 털어 보아야 할까 보다.
몇 해 전 가지고 건너갔던
때 묻은 선입견이 남은 모양이다.

부두의 딸가닥 소리가 사람들을 놀랜 것은 벌써 옛 목가로구나.

내가 입고 자란 옷,
주절대고 큰 말소린

하나도 찾을 길이 없다.
나는 고향에 돌아온 것 같지도 않고,
아, 고향아!
너는 그 동안 자랐느냐? 늙었느냐?

외방 말과 새로운 맵시는 어느 때 익혔느냐?

벌렸다 다물고 다물었다 벌리는,
강철 개폐교 이빨 새에,
낡은 포구의 이야기와 꿈은,
이미 깨어진 지 오래리라만,
그렇다고 나는 저 산 위 올망졸망한,
오막들의 고달픈 신음 속에,
구태여 옛 노래를 듣고자 원하진 않는다.

나의 귀는 신음과 슬픈 노래에 너무나 찌들었다.

비록 오는 날,
나의 조상들의 외로운 혼령이
잠시 머무를 한낱 돌이나 나무가 없고,
늘비한 굴뚝이 토하는 연기와 그을음에,
흰 모래밭과 맑은 하늘이
기름걸레처럼 더러워진다 해도,

아아, 나는 새 시대의 맥박이 높이 뛰는 이 하늘 아래 살고 싶다.

연기들은 바람에 날리면서도,

끝내 위로 높이만 오르는
저 하늘 한복판에,
나는 오는 날의 큰 별을 바라본다.

행인들아!
그대들은 이 포구의 흰 모래가
시커멓게 변한 위대한 내력을 아는가?
나는 제군들 모두의 손을 잡고,
아, 친애의 정을 베풀고 싶다.

일찍이 저 시커먼 큰 건물들은,
제군들의 운명을 고쳤으나,
이내 제군들이 아름다운 항만의 운명을 개척할 새 심장이,
또한 저 자욱한 건물들 속에서 만들어짐은 즐거웁지 않으냐.

나의 고향은 이제야, 대륙의 명예를 이을 미더운 아들을 낳았구나.

바다에는 기폭으로 아로새긴 만국 지도,
거리엔 새 시대의 왕자王者 금속들의 비비대는 소리,
목도牧島 앞뒤엔 여명이 활개를 치고 일어나는 고동 소리,
이따금 현해 바다가 멀리서
사자처럼 고함치며 달려오고……

바야흐로 신세기의 화려한 축제다.

누가 이 새 고향의 찬미가를 부를 것이냐?
교향악의 새 곡조를 익힐 악기는 어느 곳에 준비되었는가?

대양, 대양, 대양,
실로 대양의 파도만이 새 시대가 걸어가는
장엄한 발자취에 행진곡을 맞추리라.

현해탄

이 바다 물결은
예부터 높다.

그렇지만 우리 청년들은
두려움보다 용기가 앞섰다.
산불이
어린 사슴들을
거친 들로 내몰은 게다.

대마도를 지나면
한 가닥 수평선 밖엔 티끌 한 점 안 보인다.
이 곳에 태평양 바다 거센 물결과
남진해 온 대륙의 북풍이 마주친다.

몽블랑보다 더 높은 파도,
비와 바람과 안개와 그름과 번개와,
아세아의 하늘엔 별빛마저 흐리고,
가끔 반도엔 붉은 신호등이 내어걸린다.

아무러기로 청년들이
평안이나 행복을 구하여,
이 바다 험한 물결 위에 올랐겠는가?

첫 번 항로에 담배를 배우고,
둘째 번 항로에 연애를 배우고,
그 다음 항로에 돈맛을 익힌 것은,
하나도 우리 청년이 아니었다.

청년들은 늘
희망을 안고 건너가,
결의를 가지고 돌아왔다.
그들은 느티나무 아래 전설과,
그윽한 시골 냇가 자장가 속에,
장다리 오르듯 자라났다.

그러나 인제
낯선 물과 바람과 빗발에
흰 얼굴은 찌들고,
무거운 임무는
곧은 잔등을 농군처럼 굽혔다.

나는 이 바다 위
꽃잎처럼 흩어진
몇 사람의 가여운 이름을 안다.

어떤 사람은 건너간 채 돌아오지 않았다.
어떤 사람은 돌아오자 죽어갔다.
어떤 사람은 영영 생사도 모른다.
어떤 사람은 아픈 패배에 울었다.
─그 중엔 희망과 결의와 자랑을 욕되게도 내어 판 이가 있다면,

나는 그것을 지금 기억코 싶지는 않다.

오로지
바다보다도 모진
대륙의 삭풍 가운데
한결같이 사내다웁던
모든 청년들의 명예와 더불어
이 바다를 노래하고 싶다.

비록 청춘이 즐거움과 희망을
모두 다 땅속 깊이 파묻는
비통한 매장의 날일지라도,
한 번 현해탄은 청년들의 눈 앞에.
검은 상장喪帳을 내린 일은 없었다.

오늘도 또한 나젊은 청년들은
부지런한 아이들처럼
끊임없이 이 바다를 건너가고, 돌아오고,
내일도 또한
현해탄은 청년들의 해협이리라.

영원히 현해탄은 우리들의 해협이다.

삼등 선실 밑 깊은 속
찌든 침상에도 어머니들 눈물이 배었고,
흐린 불빛에도 아버지들 한숨이 어리었다.
어버이를 잃은 어린 아이들의

아프고 쓰린 울음에
대체 어떤 죄가 있었는가?
나는 울음 소리를 무찌른
외방 말을 역력히 기억하고 있다.

오오! 현해탄은, 현해탄은,
우리들의 운명과 더불어
영구히 잊을 수 없는 바다이다.

청년들아!
그대들은 조약돌보다 가볍게
현해의 큰 물결을 걷어챘다.
그러나 관문 해협 저쪽
이른 봄 바람은
과연 반도의 북풍보다 따스로웠는가?
정다운 부산 부두 위
대륙의 물결은,
정녕 현해탄보다도 얕았는가?

오오! 어느 날
먼 먼 앞의 어느 날,
우리들의 괴로운 역사와 더불어
그대들의 불행한 생애와 숨은 이름이
커다랗게 기록될 것을 나는 안다.
1890년대의
1920년대의
1930년대의

1940년대의

19××년대의

....

모든 것이 과거로 돌아간

폐허의 거칠고 큰 비석 위

새벽 별이 그대들의 이름을 비칠 때,

현해탄의 물결은

우리들이 어려서

고기떼를 쫓던 실내처럼

그대들의 일생을

아름다운 전설 가운데 속삭이리라.

그러나 우리는 아직도

이 바다 높은 물결 위에 있다.

구름은 나의 종복이다

흰 구름은 하늘에 비끼고,
나는 풀밭에 누워 휘파람을 불고,
공상이란 미상불
고삐를 끊어 던진 흰 말이다.

만일 구름보다 자유로운 것이 있다면,
대체 그것은 무엇일까?

그 놈의 흰 갈기를 부여잡고,
힘을 모아 배때기를 걷어차면,
우박송이처럼 당황하여,
나의 곁을 지나가는 별들을 볼 것이다.

참으로 그 뭉글뭉글한 잔등을 어루만지며,
나는 구름 위에 유유히 앉은 내 모양을 칭찬한다.

생각할수록 별들이란
겁이 많고 지나치게 영리한 게으름뱅이다.

저렇게 많은 족속들이
한낱 태양 아래 박쥐처럼 비겁할 수가 있는가?

그러나 태양이란 것도

한껏 교만할 따름이지 실상은
앞 산 그림자가 한 발을 더듬기 시작만 하면,
벌써 산정에 꼬리를 감추는
교활한 노총각이다.

그렇다고 나는
하늘을 휩쓰는 장한 바람이 되어 보고 싶지도 않다.
조그만 숲 하나를 헤어나가려
몸부림을 치고 아우성을 지르고,
법석을 하는 꼴이란
너무나 추졸하다.

한껏 죽지를 벌려 고개를 들고,
높은 산마루에서 화살처럼
하늘을 날아보려던
일찍이 꿈꾸었던 코스는,
지금 생각하니 일부러
고운 하늘을 눈알을 휩뜨고 날기도 애석하고,
피곤하여 바위 아래 허덕이며,
숨을 들이는 비장한 순간이란
나의 적들이 볼까 두렵고,

아아, 역시 희고 가벼운 구름아!
네가 오로지 한평생 가도
넓은 하늘이 좁은 줄을 모른다.

산맥처럼 장한 체수건만,

어느 모서리에 부딪쳐야,
깨어지는 수도 없고,
아프지도 않고,
솜처럼 자꾸만 피어나가다가,

칵 답답하여
짜증이 날 때도 없고,
아아! 나는 너의 그 무한한 탄력성을 사랑한다.

영맹한 저기압과
원지遠地의 바람이,
우리들의 지상을 향하여,
엄청난 습격을 시험할 때,
너는 잽싸게 검은 연막으로 무장을 고쳐,
시급한 방어 임무에 당하더라.

자재自在한 둔갑술이여!

이윽고 X두斗가 한창 격연激然할 때,
한 줄기 소나기가 되어,
마른 남새밭을 발을 구르며 지나면,
나는 초목들과 더불어 손뼉을 친다.

생생한 목숨이여!

새들이다.
어린 참새들이다. 제비들이다.

마을 추녀 끝에 물초가 쥘 때쯤,
너는 어른처럼 옷깃을 걷어들고
햇볕이 쨍쨍한 하늘 가로
붉은 놀이 되어 스러진다.

선善한 결단력이여! 구름아!
어느 게 너의 자유이고 의지이냐?
너는 부자유도 자유이냐?
그렇지 않으면, 너는 불가능이란 것을 모르느냐?
'나폴레옹'이다!

지금 네가 떠있는 곳은 바다이냐, 섬이냐?
하늘이다!

너는 오늘
가벼이 하늘을 거닐고,
사자가 되어 이리를 쫓다가,
바위가 되어 물결을 차다가
강아지가 되어 공을 굴리다가,
어린애가 되어 달음질을 하다가,
너는 유희를 즐기는구!

자 듣거라, 구름아!
오늘 나는 너의 주인이다.
휘파람 부는 내 가슴은 줌을 못 넘고,
머리는 땅 위에 한 길을 못 오를 망정,
한 때도 나의 생각은 네 위

너른 하늘을 내려 본 일이 없느니라.

종순從順한 나의 흰 말아!
고삐를 내게 던져라.

새 옷을 갈아입으며

젊은 아내의
부드런 손길이 쥐어짠
신선한 냇물이 향그런가?

하늘이 높은 가을,
송아지 떼가 참새를 쫓는
마을 언덕은
얼마나 아름다운 그림이냐만,
고혹적인 흙내가
나의 등골에 전류처럼
퍼붓고 지나간 것은,
어째서 고향의 불행한 노래뿐이냐?

언제부터 살찐 흙 속에 자라난
나뭇가지엔 쓴 열매밖에,
붉은 꽃 한 송이 안 피었는가!
가끔 촌사람들이
목을 매고 늘어진 이튿날 아침,
숲 속을 울리던 통곡 소리를
나는 잊지 않고 있다.

행복이란 꾀꼬리 울음이냐?
푸른 숲에서, 누른 들에서나,

한 번 손에 잡히지 않았고,
아……
태양太陽 아래 자유가 있다 하나,
땅 위엔 행복幸福이 있지 않았다.

새 옷을 갈아입으며,
들창 넘어로 불현 듯
자유에의 갈망을 느끼려는
나의 마음아!
너는 한낱 철없는 어린애가 아니냐?

행복은 어디 있었느냐?

두 손을 포켓에 찌른 채,
너는 누런 레인코트를 입고,
하늘을 치어다보는 양 어깨 위엔,
어느새 밤 이슬이 뽀야니 무겁다.

돌아갈 집도 멀고,
걸을 길도 아득한,
나의 젊은 마음아.
외딴 교외의 플랫폼 위
너의 따르는 꿈은 무엇이냐?

첫사랑에 놀랜 조그만 가슴이,
인젠 엄청난 생각을 지녔구나.

기다리던 사람은 누구냐?
아직도 그가 올 시간은 멀었느냐?
시계를 들여다보고,
이따금 별들을 헤어보고,
너는 달이 밝고,
하늘이 푸르고,
깨어지는 물방울이
진주보다도 아름다운
고향의 바닷가를

어린애처럼 거니느냐?

밤은 깊고,
그는 드디어 오지 않았구나.
구름이 쫓기듯 밀려가,
별빛마저 흐린 동경만東京灣 위
어둔 하늘 아래
아아, 너는
아무데고 하룻밤
안식의 잠자리를 구해야겠다.

너의 다섯 자 작은 몸을 누일,
따뜻한 지붕 밑은 어디메냐?
자욱한 집들이나,
밝은 길을 가는 뭇 행인은,
너무나 눈 설고,
싸늘한 남들이라,
한낱 두려운 눈알이,
불똥처럼 발개서,
방황하는 너의 뒤를
쏠 듯이 따를 뿐이다.

아아, 만일
기다리던 그는 영영 오지 않고,
돌아갈 집은 자리 밑까지 흐트러져,
모진 운명이 머리 위를
쓸어 덮는다면

나의 마음아!
한 가지 장미처럼 곱기만 했던,
너는 인제
집 잃은 어린 아이로구나!

가이여운 마음아!
소금기를 머금은
외방 바람이,
스미는 듯 엷은 살결에 차다.
서글픈 밤,
머리에 떠올랐다 스러지고,
스러졌다간 떠오르는,
그리운 사람들 눈동자 속에,
너는 무엇을 보았느냐?

가도 없는 표박漂泊의 길이
모두 다 따뜻한 요람이었고,
가는 곳마다
그들은 고향을 발견하지 않았느냐?
어느 날 고향의 요람으로
돌아갈 기약도 막막한
영원한 길손의 마음이.
어리우듯 터를 잡지 않았든가,

그 속은 언 호수보다 서글펐으나,
바다 속처럼 깊더라.

참말 그들도, 나도,
도토리 알 같은
어린 때의 기억만이,
고향 산비탈, 들판에
줍는 이도 없이 흩어져,
어쩐지 우리는 비바람 속에 외로운
한 줄기 어린 나무들 같다만,
누를 수 없는 행복과 즐거움이
위도 아니고 옆도 아니고, 오로지
곤란한 앞을 향하여 뻗어나가는,
아아, 한 가지 정성에 있더구나!

바다의 찬가

장하게
날뛰는 것을 위하여,
찬가를 부르자.

바다여
너의 조용한 달밤을랑,
무덤 길에 선
노인들의 추억 속으로,
고시란히 선사하고,
푸른 비석 위에
어루만지듯,
미풍을 즐기게 하자.

파도여!
유쾌하지 않은가!
하늘은 금시로,
돌멩이를 굴린
살얼음판처럼
뻐개질 듯하고,
장때 같은 빗줄기가
야……
두 발을 구르며,
동동걸음을 치고,

나는 번개 불에
놀라 날치는
고기 뱃바닥의
비늘을 세고

바다야!
너의
가슴에는
사상이 들었느냐

시인의 입에
마이크 대신
재갈이 물려질 때,
노래하는 열정이
침묵 가운데
최후를 의탁할 때,

바다야!
너는 몸부림치는
육체의 곡조를
반주해라.

안개

지금에야 나는 알았다 너를
마을과 거리에 가득찬 안개의 밀물이어
한자루 허덕이는 촛불조차 끄지 못하는 너를

조금 전 벽력은 산악의 큰뎀이를 구을려
번개의 괴로운 칼을 번쩍 들어
내 잠자는 마을의 집집에서
눈부신 전주電柱를 끊어갔다

그러나 내 얼굴에 흐르는 기운없는 촛불
이그러진 들창에 희미한 빛깔은
긴 거리가 골짝 속같이 잠잠한데도
밤새도록 환히 아름답다

안개여 길가는 손들에게서 눈을 뺏어간 너는
골짜기 숲 험한 내 그밖에 모든 것을 덮어
그들을 고난의 길 위에 울리면서도
별빛보다 희미한 들창의 빛깔을
단 하나 훔처가지를 못 하는구나

너의 회색빛 어둠을 가리고
안개여 세상의 모두를 가져가거라
허나 우리들 젊은 가슴에

한 개 펄럭이는 희망의 적은 불을 과연 가져갈 수 있겠는가

쓰러져가는 시대의 초라한 집
일그러진 들창을 붉게 물들인
한낮 등잔의 엷은 빛깔은
미래! 아침을 향한 단 한 개의 정확한 불빛

안개여…… 휩싸거라
들도 산도 그 위헤 들리는 새소리도
그리고 청년의 마음 속에 슬픈 기억도
허나 눈물겨웁다! 한 점의 별이 내일의 동혈洞穴에서 타고 있나니!

달밤

주린 늑대가 도야지를 물어갔다
가끔 이런 달 밝은 이튿날 식전엔
발자국을 더듬어 사람들이 산에 올랐다

넓은 들은
언 바다처럼 희기만 하여
밭이랑의 차돌 알이
별처럼 깜북인다

재 너머로 흘러가는 구름 뒤
맑게 담은 네 얼굴은
정말 왜 바람보다도 싸늘하냐

마을이 어디인고 벌써 ……
다리보다도 긴 지겟발이
척 나무 그루에 걸릴적 마다
오오 조그만 무릎엔 핏발이 뻘겋다

무서워하는 아이들의 마음도 모르고
백쥐 너는 나무 그림자에다
산감처럼 벙거지를 씌우는구나

우수수 가랑잎이 궁글어 가다

머루 넝쿨에 걸려 홰를 친다

엄마! 벼랑 밑으로 굴러 떨어지는
아이들의 아우성 소린
산짐승이라도 마음이 아플 게다

이런 때면 꼭
으슥한 골짝 속에서
금테를 두른 이리가
개를 몰고 뛰어 나온다

원망스럽게도 밝은 달아
왜 이런 밤에
너는 그 너른 계수나무 잎을 들어
한 번 얼굴을 가리지도 못한단 말이냐

나무 갔던 아이들이 읍내로 몰려갔다
이즈음엔 마을 늙은이들이
신작로 버들 밑에서 복장을 두드린다.

단장^{斷章}

희망을 갖는다는 것은 어려운 일이다
더욱이 옳은 희망을 실천한다는 것은……
그러나 희망을 버린다는 것은 일층 더 어려운 일이다.
비록 죽음이 일체를 무덤 속에 파묻는 때라도……

비열이란
아무 거리낌없이 이것을 실행하는 인간이다.
더욱이 그것을 변명하는 교지^{狡智}
어떠한 무지도 이보다는 선량하다
×
범용한 시인만이 항상 말의 부족을 한탄한다.
한번도 이름없는 풀잎이
지상에 나본 일은 없었다.
시인은 이름없는 풀에서 이름을 발견하는 인간이다
그러나 죽은 말은 자연의 생명을 빼앗는다.
×
길 ―
아직도 모든 길은 로마[羅馬]로 통한다는
몽매한 신념을 팔고 있는 시인이 있다
너에게는 너의 길
나에게는 나의 길
예술의 길을 걷는 모든 시민에게 자유가 있다……
이런 자유 속에는 노예의 자유와 향락의 자유의 깊은 모순이 숨겨 있다.
　반드시 길의 일단은 로마로
　다른 일단은 ‘에디오피아’로 통하는 것이 정말이다.

밤길

바람
눈보라가 친다
앞길 먼 산
하늘에
아무 것도
안 보이는 밤

아 몹시 춥다

개 한 마리 안 짖고
등불도 꺼지고
가슴 속
숲이
호올로
흐득이는 소리
도깨비라도 만나고 싶다

죽는게
살기보다도
쉬웁다면
누구가
벗도 없는
깊은 밤을……

참말 그대들은 얼마나 갔는가

발자욱을
눈이 덮는다
소리를 하면서
말소리를 듣재도
자꾸만
바람이 분다

오 밤길을 걷는 마음……

사랑의 찬가讚歌

애인과 더불어
틀림없는 적을
한꺼번에
사랑하려는
모든 시인들의
머리 위에다
뮤즈여
그대는
신선한
월계수를
틀어줄 수가
있는가

미움이 없이
사람을
사랑할 수
없다는 것은
정녕
참을 수 없는
불행이다
그러나
미소와 더불어
내미는

부드런 손길을
미친개처럼
물어뜯는
현실 가운데서
뮤즈여
과연 그대는
적에 대한
미움 없이
그대의 애인을
온전히
사랑할 수가 있는가

나의 마음은
적에 대한
어찌할 수 없는
증오 이외의
아무 곳에서도
나의 애인에 대한
뜨거운 사랑을
찾아볼 수는 없었다

사랑은
죽음보다도 굳세니라
아……
천만의 적 가운데서
이를 악물어
깨무는

두려운 고독 속에서
넘쳐 나오는
과즙은
얼마나
향그럽고
맛있는
애인에의
정성이냐

사랑하는 것은
미워하기 때문인지
미워하는 것은
사랑하기 때문인지
교의문답敎義問答은
일체로 승려에게 맡길 일이고
소래는 오직
왕위보다도
귀중한 명예를
이 가운데서
찾으면 그만이다

그러므로
사랑은 역시
죽엄보다도
괴로운 것이
아니냐
온전한

애정의 행복이
누리어지는 곳은
뮤즈여
우리들의 적의
모든 이름이
지하에 묻히고
백골이
자갈이 되어 구르는
아……
그 장대한
증오의 평원이 아니냐

뮤즈여
아직도
미움이 아니라
사랑만이
진실로
전 인류에 대한
사랑만이
노래의 마음이라면
그렇다
나는 즐거이
월계관을
버리는
평범한 시인의
한 사람이다.

차중(추풍령)

돌아올 날을
기약코
길을 떠난
사람이
하나도 없는
차간은
한숨도 곤하여

누군가
싸우듯
북방의 희망을
언쟁하던
시끄런 음성은
엊저녁 꿈이다.

밤 차가
달리는
먼 길 위에
발자국마다
꿈은 조약돌처럼
부스러져

고향의

제일 높다는 산도
인젠
병풍 쪽처럼
뒤를
넘어가고,

밤은
타관에
한창 깊어갔다.

한여름 밤

별과 더불어
장장 긴 밤을
아 ……
밤마다 새인
깊고 긴 밤이
청년들의
머리 위에 둥그런
아득하고
무연한 하늘가에
어린 별들과
밀어를 주고 받던
총총한 눈알들아

은하를 건너
유성들이 지나간
길 옆에도
별들이 어지러운
성좌 속에
아 ……
헤매이듯
찾는 것은
언제인가
하룻날에

감미甘味했던
추억이냐

불행한 포로이었던
젊은 벗들이
재회를
기약턴 곳은
어디쯤인가
별들이 합창하는
아……
아름다운 하늘 아래
그들이
나에게 준
편지 속엔
갈피 갈피
희망의 설화가
장미처럼 붉었다

새 제너레이션의 신념이
포플라처럼
무성했던
한 해 여름밤
어느 다리 위에
내가 처음
그들의 손길을
잡긴
별들이 물결 위에

알알이 부서지던
찬란할 밤
그들은 낯선
외국생활에서
오랫만에
돌아온 밤이었다.

아 ······
무르녹을듯
그윽한
고향의 별 아래
우리는
태양과 달과
지구와 항성이
운행해가고
미구에
역사가 지나갈
넓은 길에다
‘아스팔트’를
깔지 않았느냐
누구냐
스스로 지녔던
정신의 무게가
어느 날
돌이 되어
우리의 머리를
때릴지

상상이나 했던 것은……

자멸自滅이란 말은
무슨 뜻이냐
푸른 하늘엔
별들과 더불어
바람과 비와
평화와 더불어
두려운 광란이
숲속에
깃들인 것은
어느 때부터냐
아……
심연의 갱구에서
헤매이는 벗을 둔 채
그대들은
어데로 갔느냐

분노에 끓는
혈관 속에
도도히 흐르는 것은
젊은 포로의
꺼지지 않는 자랑이냐

낙일落日은
비할 데 없이
장엄하였다만

산정에 숨은
흰 달은
태양의 유언을
전달키엔
너무나 어리었다

아 ……
깊은 밤
지리한 밤
미성尾星이 떨어진 곳은
자유가
파묻힌 무덤이냐
희망이
가라앉은
물속이냐
어느 곳에
태양이 임종턴
장대한 전설이
들었느냐
어느 곳에
희망과 자유가
아름다운 교설을
베풀고 있느냐
밤의 자연은
미욱하냐
별들은 아직
말조차 익힐 수 없는

어린 아이냐

그렇지 않으면
아……
총총한 눈알들아
하늘에 빛나는
온갖 별들에게서
그 영롱한 혼백을
빼앗었느냐

태양을 향한
영원한 사모의 노래로
새이는 밤은
신비롭다만
너무나 괴롭고
답답지 않으냐
가이여운
청년들아

닭이 울면
흩어지는 별들이다
이 한밤
별 아래 남길
비석 위에
무엇을 기록할지
누구가 알랴만
너이들은

태양의 아들이라

밝는 날
생탄할 어린 것들을 위하여
별이 스러진 뒤
건너 산정에
오를 것이
무엇인지
외칠
소리가 들은
가슴을 풀어놓고
죽어도 죽고
살아도 살고

아……
그 다음 일은
오로지
밝는 날의 운명이니
최후의 순간
자기의 노래를 위하여
잉크 대신
피를 선택한
어떤 시인의 고사故事는
총총한 눈알들아
얼마나
아름다운 전설이냐

별들이 합창하는 밤
이상춘 군의 외로운 죽음을 위하여

뭇 별들이
합창하는 밤
바다 속에 벌어진
진주들의 향연이
한창 흥겨워 가는 밤

나는 위태로운
해안선을
노새와 같이 거닌다

아아 밤마다
건아한
하늘의 밀어는 무엇이냐
너희들은 내가
탈레스의 일족임을
손가락질하느냐

아직도
기억이 쓰라린
동무들의 무덤 앞을
묵묵히 지나는
나의 발길을 꾸짖느냐

별들을 헤어 보다
땅 위를 돌보지 않은
슬픈 용기의 무덤은
오늘날 벌써
임자도 없는
전설의 고총古塚이냐

아아 원수가 파놓은
어두운 함정 속에
한 사람의 청년이
고독히 파묻힌
두려운 밤 하늘은
이렇게
화려하지 않았느냐

도야지와 더불어
땅바닥을 헤매이는
오늘날의 지혜가
베푸는 교설敎說은
별들아 대체
무슨 뜻이냐

역시 우리들은
하늘을
치어다볼 것이
아니었느냐

그러나 나는
사람이
더구나 청년이
무단히
묘혈墓穴을 팔 양으로
세상에 나왔다고는
믿지 않는다
별과 더불어
크나큰 궁전을
역시 우리
갈망하지 않느냐

이 찬란한
조화의 세계를 위하여
별들아 비록
그릇 주검을
조급히 하였다 할지라도
하나의 큰 별이
들판으로 그들을
불렀을 때
아까움도 없이
내어던진
아름다운 생명을 위하여
무엇 때문에
회오悔悟가 필요하냐

별도 없고

바람도 죽은
어둔 밤
육체의 운명이
강아지처럼
물속에 잠기는
불행한 밤일지라도

아아
한 쌍의 눈알이
아직도
별과 더불어
빛나고 있었단 것은
얼마나
즐거운 일이냐

통곡

이미 타버려
꺼진
가슴 속에
빛나는 것은
진주 알이냐
별 알이냐
대체 소리가
우러나오는 곳을
나는 알 수가 없다

형제여
화원에서
떠나온 것은
어느 때쯤이냐
흩어진 장미를
주으려는 너의 손길을
찾는 것은
지나간 꿈이냐

아……
하늘 가득히
흩어진 것은
절망의

독한 화분花粉이다
땅을 치면
우러나오는 소린
한낱 비탄의
높은 음향이다

혼령도 죽고
기적도 죽고

승리한
적의 눈 앞에서
너의 가슴이
탄주하는
장송의 곡을 따라
걸어가는 앞길에는
무덤 이상의 운명이 있다

형제여
나는 이런 때
그대들의 가슴이
한숨에 붓지 않음을
감사한다
미인일지라도 비록
절세의 미인일지라도
한숨을 쉰다는 것을
난 싫어한다
차라리

마음의 수문을
탁 열어 놓고
횡일하는 분류 속에
운명을 바라보고 싶다

머리채를 풀어제치고
자기의 운명을
애인처럼 끌어안는
여인의 마음은 얼마나
간절하고 아름다우냐

전율하는 운명의 등 뒤
도깨비처럼 우뚝 선 건
아…… 잊기 어려운 적
슬픈 소리가 부른 것은
바로 원수와의 해후가 아니었느냐

분노란 청년의 명예가 아니냐
보복이란 생명의 표적이 아니냐

무엇 때문에
통곡하는 마음이 있느냐
한숨에 어린 가슴 위에
흙더미가 내려 앉을 때
통곡하는 마음은
그 위에 피는
한 떨기 아네모네리라

어떤 놈이
통곡을
매장의 노래라
비웃느냐
나는 슬플 때마다
개구리처럼 아우성치며
울어대는 반도인의 자손이다
나는 우러나오는
제 소리를
감추지 못하는
큰 소리로
우는 시인이다.

밤의 찬가

능금빛
두 볼보다는
류마티스를
사랑한
옛날 독일 시인은
아니다만
나는
아름다웁다
밤이여
장쾌하구나
푸른 꽃이
무성한
어두운 하늘이여
노래하며
마음껏
암흑의 세계를
사랑하는
한 사람이다
친애하는 벗이여
깊은 어둠 속에
박명과 더불어
틔어 오는
새벽 지평선을

고요히
명상하는 것은
분명히
아름다운 일이고
몇 편의
간절한 노래가
씌어져
묘할 것이다
그러나
제군은
발뿌리도
안 뵈는
깊고 깊은
한밤중의 신비를
일곱 빛
무지개와 더불어
찬탄하고 싶지 않으냐
산악과 대하와
가 없는
바다와 하늘을
푸근히
둘러싼
검은 의상은
얼마나
너그럽고
변화하는
모든 것을

한 아름에
부둥킨
넓은 가슴은
얼마나
대담하냐

나는
시꺼먼
갈빗대 속에
굼틀거리는
밤의 그
대담한 의지를
한량없이
사랑한다

아
제군이여
공포에
떨리는 손길을
앨써
감출 필요는
어디 있느냐
대담히
떨리는 손을
들어
그러나
용약勇躍하는 마음으로

솔직히
장대한
밤의 찬가를 부르라

이미
쓰러져 가는 날과
이로부터
생탄하는 날과의
보이지 않는
그러나
불타는 갈등 속에
아
밤은
얼마나
아름다웁고
신비로우냐

하나의 가슴이
사자死者를 위하여
생자의 노래를
생자를 위하연
사자의 노래를
한번에
부름은
얼마나
장쾌한 일이냐

벗들이여
제군은
고요히
새벽에의
사모를
노래하겠는가

나는
태양과 더불어
별들을
낮과 더불어
밤 밤을
사랑하고
한밤중
죽어가는
낡은 세계를 위하여
미칠 듯
조종을
난타한다

아
역시 나는
밤의 시인이다.

한잔 포도주를

찬란한 새 시대의 향연 가운데서
우리는 향그런 방향芳香 위에
화염같이 붉은 한잔 포도주를 요구한다

새벽 공격의 긴 의논이 끝난 뒤 야영은
뼛속까지 취해야 하지 않느냐

명령일하命令一下!

승리란 싸움이 부르는 영원한 진리다
그러나 나는 또한 패배를 후회하지 않는다
승패란 자고로 싸움의 어찌할 수 없는 운명이 아니냐

중요한 것은 우리가
피로하지 않는 것이다
적에 대한 미움을 늦추지 않는 것이다
멸망을 두려워하지 않는 것이다
지혜 때문에 용기를 잃지 않는 것이다

결별에 임하여 무엇 때문에
한 그릇 냉수로 흥분을 식힐 필요가 있느냐
벗들아! 결코 위로의 노래에
귀를 기울여서는 아니 된다

동백꽃은 희고 해당화는 붉고 애인은 그보다도 아름답고
우리는 고향의 단란과 고요한 안식을 얼마나 그리워하느냐
아 이러한 모든 속에서 떠나온 슬픔을
나는 형언할 수가 없다

그러나 회한의 오솔길로
쓸쓸히 걸어간 일생을 돌아볼
부끄러운 먼 날을 위하느니보단
아! 차라리 내일 아침 깨어지는 꿈을 위해설지라도
꽃과 애인과 승리와 패배와 원수까지를
한 정열로 찬미할 수 있는 우리 청춘을 위하여
벗들아! 축복의 붉은 술잔을 들자

자고 새면

자고 새면
이변을 꿈꾸면서
나는 어느 날이나
무사하기를 바랬다

행복되려는 마음이
나를 여러 차례
죽음에서 구해 준 은혜를
잊지 않지만
행복도 즐거움도
무사한 그날그날 가운데
찾아지지 아니할 때
나의 생활은
꽃 진 장미넝쿨이었다

푸른 잎을 즐기기엔
나의 나이가 너무 어리고
마른 가지를 사랑키엔
더구나 마음이 앳되어

그만 인젠
살려고 무사하려던 생각이
믿기 어려워 한이 되어

몸과 마음이 상할
자리를 비워주는 운명이
애인처럼 그립다

제2부
시
해방 이후

9월 12일

1945년, 또 다시 네거리에서

조선 근로자의
위대한 수령首領의 연설이
유행가처럼 흘러나오는
'마이크'를 높이 달고

부끄러운
나의 생애의
쓰라린 기억이
포석鋪石마다 널린
서울 거리는
비에 젖어

아득한 산도
가차운 들창도
현기眩氣로워 바라볼 수 없는
종로 거리

저 사람의 이름 부르며
위대한 수령의 만세 부르며
개아미 마냥 모여드는
천만의 사람

어데선가

외로이 죽은
나의 누이의 얼굴
찬 옥방獄房에 숨지운
그리운 동무의 모습
모두 다 살아오는 날
그 밑에 전사하리라
노래부르던 깃발
자꾸만 바라보며

자랑도 재물도 없는
두 아이와
가난한 아내여

가을비 차거운
길가에
노래처럼
죽는 생애의
마지막을 그리워
눈물짓는
한 사람을 위하여

원컨대 용기이어라.

길

지금은 없는 전사 김치정(金致程) 동무에게

홀로 돌아가는
길가에 밤비는 차거워
걸음 멈추고 돌아보니
회관 불빛 멀리 스러지고
집집 문은 굳이 잠겨
길이 멀어 외로운가
생각하니 말 실행할
의무 무거워
공복空腹과 더불어 곤함이
등골에 사모친다

말 두렵지 않고
말 믿지 아니할 것을
나에게 익혀준 그대는
기인 침묵에 살어
어려운 행동에 죽고
진정 외로운
몇 밤과 날이 달과 해가
불행과 더불어 흘러간
지리한 밤이 새인 뒤
가는 손을 저으며 나는
소란 가운데
제각기 내여두르는

각색 깃발 가운데
분명 들릴 그대 소리를
정녕 타오를 깃발을
지치도록 찾어
거리거리에 있었다
아아 깃발 타는 깃발
열 스물 또 더 많이 나부끼고
　민중의 깃발
　붉은 깃발은……
이렇게 시작하는 노랫소리는
모두 다 그대의 음성
누구가 그대인지
누구가 그대 아닌지
오직 큰 눈과 넓은 어깨
긴 머리칼을 날리는 그대는
아아 자욱한 사람 속에
있지 않었다

그대는 역시 분주한 게다
적이 또 머리를 드는 때문일 게다
다시 전투준비를 시작해야 할 것이다

기도 내리우고
노래도 잦고
연설도 끝난
밤길에
호올로 나는

비에 젖은 낙엽을 밟으며
저기서 걸어오는 그대를
내 곁을 스치는 그대를
가다가 돌아보는 그대를
종시 말없이 이야기하는 눈을
내가 걸어가는 길 위
밤 사이 기도企圖하는 적의
비열한 음모 가운데
별처럼 빛나는 눈을
아아 그대의 남긴 길 위
먼 하늘에 보며
하룻밤 평안이 쉬일
용기를 줌이 그대임을
온 몸으로 느낀다

아아 우리의 안식과 근면의
영원한 별이여

— 「해방전사추도대회」에서 돌아오며

발자욱

붉은 군대를 환영하기 위하여

그대들은 정녕
붉은 군대 붉은 영웅
방금 만주 국경을 넘어 왔는가

약한 민족에 대하여
이리 같었든 군국주의
주린 만주 사람과
유랑하는 우리 동포가
개같이 사역되던 벌판
오만한 장군이 눈을 부릅뜨고
호령하든 저 점점點點한 포루砲壘
우리의 피와 원한의 성곽들이
낱낱이 티끌처럼 흩어졌는가

말을 타고 전차를 타고
그대들은 빛나는 깃발 날리며
하이랄 평원 북만의 삼림
흑룡강 송화강을 건너
아아 피의 젖은 우리의 국토
함경도 평안도로 들어오는가

즐거움도 반가움도 모르던 우리 동포
그대들의 무거웁게 이끄는 군화를 바라보는 우리 동포

파시즘을 짓밟은 힘찬 발길엔
서구의 검은 흙이 미처 털리지 않았고
찌들은 군복 위 불똥처럼 밝은 별은
레닌그라드의 탄환 자욱이냐
모스크바 교외의 칼 홈집이냐
아아 승리와 영광에 빛나는 스탈린그라드의 용사도 왔구나

이름이 그대로 노래인 나라의 군대여
이름이 그대로 희망인 나라의 군대여

그대들이 가저오는 것은 우리의 영토인가
그대들이 들고 오는 것은 우리의 깃발인가
그대들이 부르고 오는 것은 우리의 노래인가
우리는 어느 것이 그대들의 것인지
어느 것이 우리의 것인지 알 수가 없다

꽃다발을 한아름 안은
어린 아이처럼
손에 쥐인 깃대를
흔들조차 잊고
저벅저벅 울려오는
그대들의 발자욱 소리
멀리 북방에 들으며
영토보다도 깃발보다도 노래보다도
그대들의 것이면서 세계의 것이었던
큰 정신이 따듯하게
우리 옆에 있음을 느끼고 있다

헌시

조선청년단체총동맹 결성대회에

죽어도
썩지 않을
하나를 지닌
가슴과 가슴은
공처럼 부풀어 올라

드는 손
마디마다 맺힌 피
발을 구르면
따듯이 흘러내려
너른 회장會場은
온전히 한 심장

여기
인민공화국의
수도가 있다
노래에도
연설에도
이미 살 길은
명백하고
우리는 단지
죽는 법을 배워
돌아가면 그만이다.

학병 돌아오다

무거운 걸음은
날마다 넓은
땅에 있었고

바라다보는
하늘의 방향은
밤마다 달랐다

오늘은 남쪽
내일은 북쪽

이르는 곳마다
고향의 위치는 바뀌어
정오면 해가
지나가는 천심天心엔
언제나 별이 가득하였다

외로움이
죽음보다 무서운 밤
그대들의 적과
적의 적이 널린
망망한 들 가에
기적처럼

위태로이 서서
절망 가운데
용기를 깨닫는
조국의 속삭임을
들었으리라

죽음도 삶도 없는
마음의 한 가닥 길 위
죽은 사람도 없이
산 사람도 없이
고스란히 그대들은
어머니 아버지 나라로
돌아왔다

아아
어린 영혼들아
젊은 생명들아

그대들의 청춘을
외로움과 죽음으로
내어몰은
패망한 적과
부유한 동포에게
이젠
경건한 인사를
드려도 좋을
때가 왔다.

초혼招魂

1946년 1월 19일 새벽 서울 삼청동 조선학병동맹회관 전투에서 사몰한
세 용사의 영령 앞에 드리노라.

돌아오라

　　박진동朴晋東

　　김성익金星翼

　　이달李達

외로운 너희의 영혼은 어느 하늘 가에 있나뇨
밤 하늘 차운 길에 간단 말도 없이 호올로 나서
너이는 동무도 없이 어데로 어데로 걸어 가나뇨

어느 동족이 있어 너이들을 죽이되 전사戰士로써 하지 아니하고
도적의 떼와 같이 어두운 밤 소리도 없이 하였나뇨

원수의 쫓임에 어린 사슴처럼 죽음의 땅에 이르러서도
조국의 하늘을 우러러 보던 눈은 다시 어디메서 조국을 바라보나뇨

너이의 영혼은 아직도 조국의 하늘에 있느냐
돌아오라 가든 길 멈추어 다시 우리에게 돌아오라.

3월 1일이 온다

언 살결에
한층
바람이 차고

눈을 떠도
눈을 떠도

티끌이
날려오는 날

봄보다도
먼저
3월 1일이
온다

불행한
동포의
머리 위에
자유 대신
'남조선
민주의원'의
깃발이
늘어진

외국관서의
지붕 위
조국의 하늘이
각각刻刻으로
내려앉는
서울

우리는
흘린 피의
더운 느낌과
가득하였던
만세소리의
기억과 더불어
인민의 자유와
민주조선의 깃발을
가슴에 품고

눈을 떠도
눈을 떠도

티끌이
날려오는 날

봄보다도
일찍 오는
3월 1일 앞에
섰다.

나의 눈은 핏발이 서서 감을 수가 없다

메이데이를 위하여

눈이 부시게 푸른 나뭇잎 사이로
이따금 구름이 흘러가는 풀밭 위
행복한 짐승처럼 누었으면
미풍은 조을 듯 불어오고

아아 나의 눈은 핏발이 서서 감을 수가 없다

저 아아峨峨한 산들과 보리밭과
점점點點한 마을과 도시와
끝없이 불행하였던 동포들의
피에 젖은 가지가지의 추억
희망밖엔 아무것도 아니 가진
소년들의 빛나는 눈과 적은 손과 가는 다리와
주절거리며 뛰어가는 걸음걸이를

아아 너희는 또 다시 가져가려 한다

우리들의 어버이가 미어진 잔등에 짐짝과 더불어
우리를 업고 고향을 떠날 때
너희들은 어디에 있었느냐
우리들의 어린 것이 낯선 도시에 와서
호을로 눈물지으며 외로이 잠자던 공장에서
너희들은 어떻게 살았느냐

우리들의 동무가 주림과 박해에 못 이겨
성낸 이리처럼 싸움에 일어났을 때
너희들은 무엇을 하였느냐

너희들은 국외에서 싸우지 않고 승리를 기다리었고
너희들은 우리의 교만한 주인으로 행복하였고
너희들은 능히 일본군경의 양우良友이었다

아아 모처럼 돌아오려는 자유를 찾아 기旗ㅅ발을 날리는 메이데이
  오늘에 또다시 이빨을 갈며 달려드는 너희는 대체 어느 나라 사람
이냐

꾀꼬리 우는 시냇가에 발을 잠그고 해마다 조국에 향그런 5월 1일이
오면
  회파람 불며 불행한 동포의 지나간 이야기를
  사랑하는 우리 어린 것들에게 들려줄 메이데이를 위하여
  대한大韓의 병든 가축을 치는
  너희들의 운명을 파멸로 인도해야겠다

아아 나의 눈은 핏발이 서서 감을 수가 없다.

손을 들자
어린이날을 위하여 삼화피복공장 방소년에게

손을 들자
우리 모두
손을 들자

서른 해 전엔
너희들과 꼭
같았던 나도
두 손을 들마
동무를 위하여
한짝 손은

또 한짝 손은
어머니보다도
더 좋은
자유를 위하여
돌을 잡자

박명을 틈타
낡은 왕궁
처마 기슭에
박쥐와 같이
드나드는
민중의 적

늙은 '골리앗'을 향하여

우리는
붉은 마음
타는 가슴을 버려
팔매를 치는
영원히 용감한
소년 '다비드'가 되자

손을 들자
우리 모두
손을 들자

서른 해 전엔
너희들과 꼭
같았던 나도
두 손을 들마

깃발을 내리자

노름꾼과 강도를
잡던 손이
위대한 혁명가의
소매를 쥐려는
욕된 하늘에
무슨 깃발이
날리고 있느냐

동포여!
일제히
깃발을 내리자

가난한 동포의
주머니를 노리는
외국 상관의
늙은 종들이
광목과 통조림의
밀매를 의논하는
폐 왕국의
상표를 위하여
우리의 머리 위에
국기를 날릴
필요가 없다

동포여
일제히
깃발을 내리자

살인의 자유와
약탈의 신성이
주야로 방송되는
남부 조선
더러운 하늘에
무슨 깃발이
날리고 있느냐

동포여
일제히
깃발을 내리자

제사 祭詞

1946년 5월 6일 망우리 묘지에 가장한 전몰 3용사의
묘제를 당하여 조선학병동맹의 위촉으로 일문을 초했노라

땅 위에 누워 일어나지 아니한 세 동무여
그대들의 이름 부르리니
귀 기울여 들으라

　　조선학병동맹원 박진동
　　조선학병동맹원 김성익
　　조선학병동맹원 이달

자유를 위하여 그대들과 함께 노래부르던
우리의 목소리를 기억하는가
죽음의 마당에서 그대들과 더불어 원수와 싸우던
우리의 모습을 외우고 있는가

솟은 산과 흐르는 물에 침묵이 있고
그대들의 누음에 오직 잠 잠이 있구나
다시 들으라 귀 기울여 다시 들으라

생각할수록 쓰라린
그대들의 아픈 상처도 어느새 아물어
동무들의 부름과 어버이의 기다림도 잊고
여기에 누워 자는 듯 소리도 없는가

아아 가는 세월의 속절없음이어
속삭이는 나뭇잎 사이로 하늘이 푸르러 바다처럼 넓고
얼었던 강물은 풀려 어데로 어데로 흘러가는가

다시 들으라 귀 기울여 다시 들으라
삶에 손 잡고 맹서한 동무는
죽음에 또 한가지 마음 지니고 이곳에 와서
인민의 용사인 그대들 곁에 누울 날
다시 맹서하며 절하노라

아아 유유히 흐르는 저 물가에
그대들 생각는 마음 물결을 따라 가이 없는
우리가 여기에 와 있노라
그대들이여 영원히 우리의 곁에 있으라.

청년의 6월 10일로 가자

손을 잠그면
어른거리는 별 그림자에도
어린 마음은 조리었으나

죽은 왕자王者를 위해서가 아니라
산 동포의 자유를 위하여
싸움의 뜨거운 씨를 뿌리던

스무해전 6월 10일

항일전선의 긴 대열로
묵묵히 걸어가는 청년의 가슴속엔
조국의 첫여름 하늘이
먼 바다처럼 푸르렀다

아아 죽음도
오히려 황홀한 영광이었던
영원한 6월 10일이여

외국상관의 늙은 머슴이
남조선 정부의 용상을 어루만지며
꿈꾸는 영화를 위해서가 아니라
또다시 노예가 되려는

동포의 위태로운 자유를 위하여

젊은 동무여
또 한번 죽어도 오히려 기꺼운
청년의 6월 10일로 가자

계관시인

옥중의 유진오 군에게

억수로 내리는 양광陽光 아래
요란히 흔들리는 수만의 손과
아우성치는 동포의 고함 속에
그대는 호령하는 장군처럼
노래하였다

조국의 자유를 위하여
아낌없이 내어버릴
젊은 생명의 날

피끓는 청년의 9월 1일

인민의 행복을 위하여
죽음의 아름다움을 노래부르던 성동원두城東原頭

그대의 떨리는 입술
흰 이마와 검은 머리 위
물결치는 바다는
정녕 정녕 사랑하는 조국의
영구히 푸른
우리들 모오두의 하늘

아 이 하늘 아래

일찍이 형제이었던 한 사람의
포리捕吏는 그대의 옷깃을 잡았다

사랑하는 시인이여
돌층계를 내려서는
그대의 종용從容한 얼굴 위
둥그러니 어리었던 하늘은
비록 감람가지와 월계수가
붉고 푸르지 않다 하더라도
고난한 조국이 시인에게 주는
영광의 화관花冠이었다

아아 조국의 자유와 더불어
우리들 온 조선 시인이
제마다 부러워하는
영광이여 영원하거라.

우리들의 전구^{戰區}

용감한 기관구(機關區) 경비대의 영웅들에게 바치는 노래

침입자를 방어하라
저항하거든 대항하라
그래도 들어오거든
생명이 있는 한 싸우라

전선 노동자는 우리에게 이것을 요구하고
투쟁 사령부는 우리에게 이것을 명령한다

승리냐 그렇지 않으면 패배냐

주림과 박해에 신음하는
남조선 인민의 운명이 걸려 있는 총파업
침략자와 매국노의 도량跳梁에 항抗하여 일어선
남조선 노동자의 승패를 결決하는 이 투쟁

우리는 실로 참을 수 없는 모욕에 대한 긴 인내와
야만스런 박해에 대한 오랜 수난 끝에 일어선 것이다
우리들이 사랑하는 철도로 하여금
자유의 나라의 대동맥이 되게 하기 위하여
일제의 악한들이 남기고 간 파괴의 흔적과 영영營營히 싸우고 있을 때
인민의 원수들은 이 철도로 재빨리 친일파와 반역자를 실어다가
인민의 자유를 파괴할 온갖 밀의密議를 여는 데 분주하였다
우리들이 사랑하는 철도로 하여금

새로운 공화국에 문화와 과학을 실어올 대로가 되게 하기 위하여
밤과 낮을 헤아리지 않고 근면하였을 때
인민의 원수들은 이 철도로 썩어빠진 전제주의와 파시즘의 독소를
실어다가
평화로운 조국에 내란의 씨를 뿌리려고 음모하였다
우리들이 사랑하는 철도로 하여금
신생하는 조국의 부가 집산하는 운하가 되게 하기 위하여
형언할 수 없는 기아의 고통과 싸우고 있을 때
인민의 원수들은 외방 물자와 호열자를 실어다가
고난한 동포 가운데 가난과 불행을 펼쳐 놓았다

아아 인민의 영구한 원수들아
드디어 우리들이 사랑하는 철도는 온전히
조국의 새로운 불행과 동포에게 거듭하는 노예화를 위하여 움직이
었고
우리들에겐 다시금 헤어날 수 없는 기아와 벗어날 수 없는 철쇄가
너이들이 사육한 저 폭력단의 야수들과 함께
이빨을 갈며 달려들었다

죽음이냐 그렇지 않으면 싸움이냐
물러설 길 없는 투쟁의 막다른 길 위
붉은 별 빛나는 철도노동조합의 깃발은 어느새 기관고에 나부끼고
1946년 9월 24일 오전 0시 제네스트로 들어가라
준엄한 지령 제1호는 벌써 전선에 내리었다

사랑하는 전우여 여기는 기관구의 경비선
남조선 철도 총파업 투쟁사령부가 있는 곳

전선 철도노동자의 온갖 명예가 걸려 있는
아아 적과 더불어 싸워서 죽을 영광이
가는 곳마다 흩어저 있는 우리들의 전구戰區여

침입하는 모든 적에게
잔인한 운명을 선사하고
발자욱마다를
야수들의 피의 도랑을 만들자

기관구는 우리들의 불멸한 성곽이리라.

높은 산 봉우리마다

밤중이면
짐승들 요란히 울고
낮이래야 이따금 기러기
그 위를 건너가는
산 마루

우리 모두
한 자루 낫을 갈어
허리에 차고
정정ㅜㅜ한 소리
나무를 베어 불을 지르면

타오르는 불길
걷잡을 수 없어
읍른으로 읍른으로
고함치며 몰려가는 밤

더운 피 흘리며 죽은
동무의 소름끼치는 비명
잠결에도 귀에 쟁쟁하여

아아 원수보다도
잔인한 마음을 지니고

농군의 두터운 가슴
골짝마다에 있고
번개처럼 빛나는
인민항쟁대의 눈이
남조선 높은 산
봉우리 봉우리에 있구나

박헌영 선생이시어 우리게로 오시라

가슴에 박힌 총탄
불처럼 뜨거워
상처 부등켜 안고
쓰러지던 땅 위에

박헌영 선생은
우리의 곁에 있었다.

흐르는 피에
붉게 물들어
통곡하던 마음을
원수들이 약탈하며
횡행하던 추운 밤에

박헌영 선생은
우리의 부모와
형제의 곁에 있었다.

또다시 조국을
짓밟는 민족의 원수를 향하여
우리들이 일어났던
저 3월 22일

박헌영 선생은
서울, 부산, 광주
남조선 방방곡곡에 있었다.

민족의 앞길에
돌을 던지던
민족 원수들을 물리치고
당신이 가르키신
민주정부가 서려는 오늘

박헌영 선생이시어
우리게로 오시라
우리에게 군림君臨하시라.

박헌영 선생이시어 『노력인민』이 나옵니다

모든 사람이
당신이고
모든 사람이
당신이 아닌

신록 푸른
서울 거리에

우리는
바람결마다
당신의 모습을
느낍니다

밤새 내린
단 비가
모래알마다
맑게 씻은

하늘 높은
남조선 땅에

우리는
숨결마다

당신의 음성을
호흡합니다

노력인민은
당신의 모습
노력인민은
당신의 음성
어지러운
남조선 하늘에

우리는
갈피마다
조국의 소리를
듣습니다

그 고향이여! 한층 더 아름다워라

1948년 5월 10일 경기도 장단군 고랑포에서 죽은 김택주 동무를 위하여

저기가 바로 어젯밤
대장을 작별하던 곳이다

개울과 들과
산과 숲이여
흰 구름 떠가는 푸른 하늘이여

나는 스물 한 해 동안
아무데도 가지 않고
여기서 자라고 여기서 커서

인제 가서
돌아오지 아니할
고랑리高浪里 투표소로 간다

내 가슴엔 불씨가 들은
조그만 수류탄이 있고
그보다 더 큰 불길이 타는
붉은 마음이 있고

아 눈물과 더불어 우리 대장이
나에게 주던
조국의 신성한 명령이 들어 있다

물 소리와
미풍에 흔들리는 이삭 소리와
참을 수 없이 좋은 들 냄새 풍겨 오는
나의 마을의 아침 하늘이여

모래알 마다에 나의 발길이 찍혀 있는
고향 길이여

조국의 원수들이
나라를 팔려는 저잣거리에
망국단선亡國單選이 파탄하는 폭음이 일어나고
우리의 피가 조국의 땅을 붉게 물들일 때

고향이여 한층 더
아름다워라

저기가 바로 어젯밤
대장을 작별하던 곳이다

형제

1948년 5월 10일 서울 광희정에서 죽은 강홍렬과 김산해 두 동무를 위하여

살아서 만날
어느 날도 기약키 어려운
이 밤을 어떻게 잠들어 새울 것이냐

동무여

이렇게 형제처럼 나란히 누워
진정 아름다운 우리나라의
첫 여름 밤이 깊어가면

망국亡國 선거장에 화약을 지를 5월 10일
조국의 자유를 위하여 죽어도 좋은
아침이 온다
아아 우리 오직 단 하나를 염원하여
붉은 피 뿌릴 조국의 땅이여
잘 있으라 그 위에 영원할 조국의 하늘이여

동무여

창을 열자
이렇게 황홀한 청춘의
마지막 밤을 어떻게 잠들어 새울 것이냐

기적 울리는 죽령^{竹嶺} 고개에

1948년 12월 19일 경북 영주에서 총살된 정규봉, 정후진, 김제룡,
권영찬, 권병모, 정을진 외의 한 동무를 위하여

죽음의 위협이
육체의 고통이
삶에의 유혹이

누구에게서나
마음의 굳은 결심을
함부로 뽑을 수 있다고
믿는 원수를 생각할 때

동무들이여 어찌 우리가 아직
죽지 않고 살아 있음을
후회할 것이냐

참을 수 없는 통고^{痛苦}와 박해와
각각으로 엄습하던 지난 몇 주일
죽음보다 잔혹한 순간 속에서도
가슴마다 도도히 흘러
끊이지 아니 한 것은 무엇이었는가

귀 기울이면 스며드는
동무들의 가쁜 숨결
어둠 속에 떨어지는 흰 눈송이

다시 들려오는 무거운 신음

우리는 10월 영웅들의 당의 당원이다
우리는 5·10 용사들의 당의 당원이다

아 이 단 하나를 위하여
전력全力으로 살 수 있는 순간은
얼마나 황홀한 것이었더냐

인제 차가 고개를 넘어 비탈을 내리면
숲 그윽한 줄포 마을과
사시四時로 물소리 맑은 상줄 부락이 좌우로 널려 있고
낙동강 긴 물줄기 쉬지 않고 흘러가는
산 기슭에 이를 것이다

그러면 놈들은 가슴에 총을 겨누고 우리의 얼굴에서
죽음의 두려움을 찾으려 가까이 올 것이고
사랑하는 조국의 땅 위에 우리들이
이마를 부비고 넘어지면 또 다시
우리의 죽음을 믿으려 허리를 굽힐 것이다

그러나 우리의 눈이 감기기 전
공포에 떠는 놈들의 얼굴을 볼 것이며
놈들의 굽혔던 허리가 펴지기 전
저 이깔 덮힌 골작에
포푸라 늘어선 냇가에
울음소리 들리는 마을 마을에

저 눈 덮힌 소백산 도솔봉
기적 울리는 죽령 고개에

우리들의 노한 눈이 앞으로 앞으로
발을 구르며 총을 메고
이리로 올 것이고

우리들의 핏줄 어린 땅 위엔
해마다 오곡이 우거져
불행하였던 동포들을 위하여
물결처럼 이삭질 것이다

동무들이여
어찌 우리가 아직
죽지 않고 살아 있음을
후회할 것이냐

눈이 나린다.

형제들이여 인민유격대를 도웁자!

태백산 지리산
높은 준령들엔
벌써 흰 눈이 나려

물소리 맑은 골작은
두터운 얼음에 잠기고
낙엽 진 밀림엔 호올로
매운 바람이 울어
언 산정엔 새들도
나려 앉지 않는 추운
겨울이 왔다

지둥치는 바람이여
앞을 가리는 눈보라여
어디선가 주림과 추위에
몸부리쳐 오는 짐승들이여

눈 익은 길들은 모두 다
깊은 눈 속에 묻히고
헤아리기 어려운 험한 길
위태로운 벼랑에
엷은 옷 언 손으로
얼음보다 찬 총을 들고

불길마냥 뜨거운 입김 뿜으며
앞으로 내닫는 저 용사들의
가쁜 숨결소리를 듣는가

이 용사들이 두고 온 마을이여
이 용사들이 사랑하는 어머니 아버지여
이 용사들이 그리워하는 누이와 동생이여

핏발 어른거리는 원수들의 눈
독기 흘러 날카로운 총구들
으르렁거리며 이빨을 가는
황량한 산야에
다만 하나의 조국을 위하여
둘도 없는 목숨을 바쳐
싸우는 우리 빨치산들을 생각하여
얼마나 가슴 미어질 듯 아팠는가

얼음 바닥과 눈 자리에
밤새도록 자지 않는 용사들과
뼈와 살을 같이한 형제들이여
찬 눈 위에 더운피 뿌리며 오히려
그대들 잊기 어려워 눈 감을 수 없는
인민유격대와
하늘과 땅과 나라를 같이한 동포들이여

우리가 누운 봉당 지붕 위에
우리가 옷깃을 여미고 총총히

걸어가는 논구렁 밭이랑에
눈은 나려 길길이 쌓이고
바람은 불어와 살을 에이는
삼동 긴 겨울이 왔다.

무엇을 아낄 것인가 어머니 아버지들이여
무엇을 겁낼 것인가 누이와 동생들이여
무엇을 서슴을 것인가 동포 형제들이여

비록 원수의 총칼이 가슴을 막고
어둠과 눈보라 길을 덮어도
우리는 빨치산의 어머니 아버지다
우리는 빨치산의 누이와 동생이다
우리는 빨치산의 동포와 형제다

일어나자 인민유격대를 도웁기 위하여
일어나자 인민유격대를 지키기 위하여
일어나자 인민유격대와 손을 잡고
동포들이여 원수를 무찔러 일어나자

대숲 어득히 흔들리는 거기에

1949년 11월 9일 전라남도 장흥군 유치면 전투에서 전사한
호남전구 서남부 유격대 총사령 최현 동무를 위하여

풍파 고요한 물 위에
안개가 걷히면
섬들 그림처럼 떠오르는
다도해 바닷가
모래 흰 강변을 노래하자

탐진강 영산강 물줄기

맑게 흐르는 호남평야
푸른 구릉들 점점하고
대숲 어득히 흔들리는 거기

영용한 남조선 인민유격대
호남전구 서남부 빨치산의
용맹스런 지휘자가
목숨을 바쳐 사랑한 전구였던

이 야산과 목화밭과
포푸라 늘어 선 시냇가와
해 저무는 제방과
물기 머금은 논이랑 밭두덩과
참새 지저귀는 숱한 마을들을

소리높여 노래부르자

찬 겨울비가 투닥 투닥
건너 대숲에 뿌리던
1949년 2월 어느 날
그가 촌사람마냥 짜른 주의에
때 묻은 수건을 두르고
우리 앞에 나타난 그때로부터

소나기 총탄처럼
들판을 두드리고 지나가는 여름
먼 하늘가에 우뢰가
비껴가는 가을 황혼을

우리는 길녘에
뚫어넘기는 개구리 소리를 들으며
옷깃을 스치는 벼이삭의
향그런 방향을 맡으며

나주 함평 무안의
넓은 벌판과
보성 장흥 강진 해남의
긴 바닷가를
원수를 찾아
즐거운 싸움 속을
그를 따라 전전하였다

우리 얼마나
최현 전구의 유격대임을 자랑하였고
우리 얼마나
최현 동무의 휘하임을 자랑하였느냐

높은 산과 깊은 숲이 아니라
낮은 언덕과 무연한 벌판에도
빨치산은 있을 수 있고
빨치산은 있어야 하며

싸움만이 오직
인민들에게 자유를
농민들에게 토지를
가져올 수 있음을

대나무 그루에 발을 찔리며
발자욱마다를 피로 물들이며
우리에게 아르켜 준 이 지휘자를
어찌 인민들이 자기들의 장군이라
사랑하며 일컫지 아니 하겠는가

최현 총사령이여!
최현 장군이여!

아름다운 호남산야와 더불어
끝이 없을 이름이여
살진 농토와 더불어

영구히 인민의 것일 이름이여

우리 이제 그의
부대임을 소리높이 외치며
우리 이제 그의
복수자임을 총칼에 맹세하며
날마다 대창 비끼고
읍으로 읍으로 몰려가는
농민들의 선두에서
호남전구 서남부 빨치산은
최현 병단의 불패한 전열을

언제나 허리에
긴 단포를 차고
조용한 눈으로 우리를 부르며
묵묵히 걸어가는 그를 따라
오늘도 또한
원수를 무찔러
산을 넘고 물을 건넌다

노래부르자 사람들이여
불멸할 인민의 장군을
노래부르자 동무들이여
빨치산 가운데 빨치산인
우리들의 총사령을
노래부르자 전우들이여
영예로운 최현 전구를

노래부르자 노래부르자

노력하자 투쟁하자 5 · 1절이다.

천만 사람의
가슴 그득한 자랑
물결 치는 우리나라의
5월 하늘은 바다보다 푸르고
흰 구름은 나뭇잎 사이로
강물처럼 흘러간다

수풀로 나부끼는 깃발이여
파도 쳐 밀려오는 노래소리여

누구나 부르고자 하는 노래
마음껏 부를 수 있는 이 태양 아래
누구나 두르고 싶은 깃발
마음대로 쳐드는 이 하늘 아래

우리 모두 성곽처럼
철벽마냥 굳게 뭉쳐
구리빛 얼굴 돌같은 손
바우 같은 가슴 불타는 눈
밟으면 산악도 무너질 듯
큰 발자욱
소리치면 대양도 일어 설 듯
우렁찬 목소리

자랑스런 우리 공화국을 노래하며
영광스런 우리 국토를 찬양하며
장대한 우리 민주건설을 구가하며
무적한 우리 인민의 단결과 위용을
시위하며 우리는

　평화를 향하여
　자유를 향하여
　통일을 향하여
앞으로 나아간다

우리의 고귀한 노력과 풍요한 성과 위에
전쟁의 불씨를 던지려는
‘월가’ 장거리의 강도들과
우리의 아름다운 국토 위에
노예의 철쇄와 내란의 검은 연기 뿜으려는
강도의 졸도들과
우리의 행복한 노래와
찬란한 깃발을 어지럽히려는
강도의 졸도의 졸도들에게

파멸과 죽음과 종국과
영구히 소생할 수 없는 마지막을
선사하기 위하여

강철인 우리
인민의 위력한 대열은

승리인 우리
조선민주주의인민공화국의
장엄한 전열은 앞으로 나간다

나날이 푸르러 가는
무연한 벌판과 높은 산들이여
날마다 죽순처럼 돋아나는
숱한 마을과 공장들이여

온 세계인류가 우러러보는
항상 영명하고 위대하시며
언제나 인류의 구성이신
쓰딸린 대원수 그 분이 지휘하시는
영웅의 군대 이 땅에 이르자
인민들은 나라의 주인이 되었고

머리 위에 우러러 받든 우리의 수령이신
김일성 장군께서
인민들을 영도하시여
우리들은 비로소 노력과 창조의
새로운 깃발 아래로 즐거이 나아갔다

쓰러졌던 공장은 일어나
저
멎었던 기계는 돌아가고
거친 땅은 닦이어
수로는 열려 물은 흘러왔고

일어선 공장 옆엔
    다시 공장이
움직이는 기계 옆엔
    다시 기계가
거인처럼
    그 거인의 피끓는 심장처럼
일어서고 맥박쳐

우리들의 메말랐던 생활 속엔
즐거운 이애기 소리와
단란한 웃음소리가
모란처럼 꽃피기 시작하였으며

삼천만 조선 인민이
한 사람과 같이
그 분의 주위에 뭉쳐

아 둘도 없는 우리 조국은
영광스런 조선민주주의인민공화국은
황해바다 동해바다
남해바다의 거센 물결을
걷어차며 일어섰다

저
불꽃 나르는 작업장에서
이리로 모여드는 부리가다들이

저 깃발 든 손마디가
옹이 같은 농민들이

기적과 같은 온갖 건설의 창조자들이며
우리의 평화와 자유의 방위자들이며
부강한 우리 공화국의 건설자들이다

친애하는
공화국의
자유로운 공민들이여

기억하라!

승리는 결코 저절로
온 것이 아니었고
행복은 결코
노력 없이 온 것은 아니었다

메데라고 불려지던
10년전 20년전 옛날로부터
5월 10일은 만국 근로자의 전투력과
단결력을 시위하고 검열하는
투쟁의 날

아직도 우리 앞엔
물러가지 않은 미제국주의 도적과
천추만대의 망국역적

이승만 도당이 남아 있어

도적과 원수들은
남쪽 하늘 아래서
사랑하는 우리 동포와 형제들을
악독하고 무도한 발길 아래
짓밟고 유린하나

슬기로운 우리 동포와 형제들은
거센 파도처럼 폭풍처럼
아름다운 조국의 산하를 주름잡아 달리며
원수를 소탕한다
피 풍기고 살 튕기는 싸움 속에서

우리와 어깨를 겯고 발 맞추며
불패한 조선 인민의 철벽의 단결로
닥쳐오는 승리를 확신하며
5월 1일을 맞이한다

어찌 이 날을 우리가
노력하고 싸우는 인민의 명절이라 아니할 것이며
어찌 이 날을 우리가
소리 높은 승리의 말로 노래하지 아니할 것인가

행복된 노력 속에서
고난한 싸움 속에서 우리는
서로 격려하고 고무하며

서로 사랑하고 자랑하여 다만
승리를 향하여 전진한다

부리가다들이여
농민들이여
병사들이여
근로하는 모든 인민들이여

노력하자 투쟁하자

이 고마운 땅 위에서 어찌 우리가
한포기 곡식을 소홀히 할 것이며
보배로운 공장에서 어찌 우리가
한낱의 못과 한 오리 실을 허술히 할 것이며
남반부 형제들이 잠결에도 잊지 못하는
이 행복한 생활에서 어찌 우리가
한 초의 시각을 헛되이 할 것이며
그들이 목숨을 건 싸움의 진정한 보루가 되어 있는
이 공화국 북반부의 건설을 위하여 어찌 우리가
노력과 헌신을 애낄 것이냐

용광로에 더 세찬 불을 다루자
자유로운 전원에서 식량을 더 많이 내자
인민무력을 더 강화하자
2개년 인민경제계획의
방대한 숫자는
우리의 노래의 악보다

그 숨 가쁘도록 큰 보고는
우리의 노래의 아름다운 시다

더욱 행복하기 위하여 더욱 노력해야 한다
더욱 승리하기 위하여 더욱 투쟁해야 한다

우리의 한 초 한 분의 건설이
싸우는 우리 동포와 형제들에게 주는
하나 하나의 용기이고 힘이며
우리들의 한 호흡 한 방울 땀이
사랑하는 우리 국토 위에서
도적과 원수를 소탕박멸하는
한방 한방의 포탄이며
우리들의 한 걸은 한 발자욱이
승리에로 가는 대로 위의 한 메터 한 메터임을
누구가 모를 것이냐

노력하자
투쟁하자
5 · 1절이다
시위하자 어떠한
힘도 막을 수 없는
필승한 우리 인민의 강대한 전열을……

전선에로! 전선에로! 인민의용군은 나아간다.

단 하나의
조국을 위하여
피끓은 천만의 가슴들을
화산처럼 부풀어
노한 눈 가쁜 숨결
들먹이는 어깨에 총을 메고
전선으로 전선으로 나아간다

영용한 인민군대의
장엄한 포성은 이미
자랑스런 우리 조국 수도에 울려
한 여름 태양 찬란한 서울 하늘에는
공화국의 싱싱한 깃발 나부끼고
백절불굴한 영용한 인민유격대들
벌써 패주하는 원수를 무찔러
길목마다 산모퉁이마다
섬멸의 포화를 퍼붓는 오늘
어느 강도들이
다시 멸망하는 원수를 도와
평화로운 우리들의 하늘에
더러운 나래를 펼쳐
단란한 촌락과 도시들을
함부로 허물고 불사르며

사랑하는 우리 부모 형제들의
가슴을
총탄으로 뚫어
물 맑고 모래 흰
우리 조국강토를 또 다시
신성한 피로 적시려하느냐
참을 수 없는 일이어
참을 수 없는 일 가운데도
진실로 참을 수 없는 일이어
조국통일의 빛나는 기치를 앞에 세우고
인민의 원수와
외적의 손에서
해방한
남반부의 강토는
조국의
우수한 아들딸들의
존귀한
피의 대가로 얻어진 것이며
조국은
우리들의 하늘의 둥그런 태양이
오직 하나인 것처럼
모든 사람들에게 둘도 없는 것
이 조국의
영광스런 깃발이
남조선 방방곡곡에 휘날리고
악독한 원수의 발굽 아래
유린되던 우리들이

통일된 공화국의 자유로운 공민으로
해방되는 기쁨과 감격을
무력으로 위협되는 지금
무엇을 아끼며
무엇을 주저하랴
패망하는 이승만 반역도당을
완전히 소탕 박멸하기 위하여
오만한 미국 강도배들을
완전히 구축 분쇄하기 위하여
전선에로!
전선에로!
대전 대구로!
부산 목포 여수로!
영웅의 섬 제주도로!
가슴엔 오직 증오를
손엔 오직 무기를 들고
인민의용군의 대열은 나아간다
우리는 영웅적 인민군대의 우군이다
우리는 영명한 우리 김일성 장군께서
손수 영도하시는 조선민주주의인민공화국의
영예로운 공민의 군대다
패주하는 반역도당들이 달아날
한가닥 길과 다리도 없이 하기 위하여
미제국주의 강도배들이 머리 둘
한 조각의 하늘도 없이 하기 위하여
전선에로!
전선에로!

원수를 무찔러
인민의용군의 대열은
앞으로 나간다

서울

남은
원수들이 멸망하는
전선의 우레 소리는
남으로 남으로 멀어가고

우리 공화국의 영광과
영웅적 인민군대의
위훈을 자랑하는
무수한 깃발들

수풀로 나부끼는
서울 거리는
나의 고향

잔등의 채찍을 맞으며
가슴에 총칼을 받으며
사랑한 우리들의 수도다

악독한 원수들이 비록
아름다운 산하를 더럽혀
그림 같던 낙산 마루 위에는
나무 하나이 없고
골짝마다 물소리 맑던

삼각산 인왕산 기슭에는
흙이 붉어 황량하나

종남산 넘어가면
한강수 용용하고
바다 같은 창공엔 언제나
북한연산 장엄한
여기는
슬기로운 우리 조상들이
죽음으로 외적을 물리쳐
자랑스러운 도시

용감한 우리 선진자와 전우들이
조국의 자유를 위하여
피흘려 싸운 영광의 거리

이 자랑스럽고
영광스러운 서울이
이 아름다웁고 수려한
우리들의 수도가

흉악한 미제국주의
침략자의 발굽 아래서
간악한 이승만 역도들의
피 묻은 손아귀 속에서
우리 인민에게로
우리 조국에게로

돌아왔다

1950년
6월 28일
무적한 인민군대의
영예로운 탱크병이

오랫동안
사람들의 눈물과 피와
한숨으로 어리웠던
종로 한 거리를
앞으로 앞으로 달려

원수들의
수치스러운 소굴이었던
경복궁 넓은 마당에
오각별 뚜렷한 깃발을 날리던
그 순간으로부터
서울은 영구히
우리 인민의 거리로 되었고
서울은 영구히
우리 조국의 움직이지 않는
수도로 되었다

어떠한 원수가
감히 또 다시 이 거리에
흙을 밟을 수 있으며

어떠한 도적이
감히 또 다시 이 거리에
한 조각 지붕과
한 오리 골목을 엿보아
날을 수 있겠는가

무심한 섬돌 하나 하나에
용사들의 피가 젖었고
이름 없는 골목 구비 구비에
우리들이 존경하는
김삼룡 이주하 두 동무와
자유를 위하여 싸운
무수한 전우들의
옷깃이 스친 곳

악독한 원수를 무찌르고
이 아름다운 거리와
불행한 인민들을
침략자의 마수로부터 해방한
영웅적 인민군대의
불멸한 위훈으로 하여

서울은
더욱 자랑스럽고
더욱 영광스러운
우리들의 거리다

미국 강도배들
추악한 무리는
날러 오려면 오라
멸망한 이승만 역도들의
망령은 떠돌려면 떠돌라

아아한 북한연산과
용용한 한강수와
쇳물로 끓는 백만의 심장과
철벽의 인민군대가
불패한 성곽으로 뭉쳐 있는
서울 거리는

모든
원수와 도적들이
사멸로 운명지워져 있는 하늘
모든 침략자와 강도배들이
멸망으로 가는 길

다만
조국의 영광과
인민의 승리가
산악처럼 강물처럼
불변한 곳

어떠한 일이 있어도 영구히
서울은 우리 인민의 거리이고

어떠한 먼 미래에도 또한 영구히
서울은 우리 조국의 수도이다

아, 아름다웁고 영광스러우며
자랑스러운 우리들의 서울이여!

아, 아름다웁고 영광스러우며
자랑스러운 우리들의 서울이여!

원수와의 싸움에 더욱 용감하라

친애하는 사람들이여
어디로 가는가를 묻지 말라
우리들이 가는 길은 오직 하나

이승만 잔당들을 소탕하며
미국강도배들을 무찔러
남으로 남으로 간다!

여름밤 은하가 강물 같은 들판을 지나
8월의 태양이 불타는 언덕을 넘어

우리는 다만
원수에 대한 어찌할 수 없는 증오와
조국에 대한 간절한 사모로
자꾸만 뛰는 가슴을 안고

이 도시를 허물고 불지른
원수와의 복수의 싸움터로
사랑하는 우리 부모 형제를
참을 수 없는 죽음 속에 숨지우게 한

악독한 원수의 절멸을 위하여
우리들 인민군대는

인민의용군은
어린 간호병과 학생과
아무것도 가지지 않았으나
몸으로라도 조국에 바치기 위하여
모두다 일어선 인민들의 대열은

화약보다도 폭탄보다도 강철보다도
더욱 뜨거웁고 무서우며 간고한
한마음을 가슴 속에 지니고

분노와 증오 속에서도
새로운 공화국의 대전을 위하여
밤낮으로 근면한 당신들의
도시를 지나 오늘도 우리는
남으로 남으로 부산으로 진해로 간다.

반드시 우리의 것일 승리를 위하여
원수와의 싸움에 더욱 용감하라
대전이여
반드시 승리를 가져올 신성한
전쟁을 위하여
더욱 전진하라 우리들의 형제여!

밟으면 아직도 뜨거운 모래밭 건너

낙동강 북부전선 ○○지점에서

닦은 듯 맑은
팔월 밤 하늘에
은하는 머리 위에 비껴 둥그렇고
유유한 칠백리 낙동강 물줄기는
우리의 발 아래를 흘러
남으로 남으로 구비쳤다

동무여

밟으면 아직도 뜨거운 모래밭 건너
그림자 아득한 저 산마루가
우리들이 맨 먼저 탈취할 자랑스런 고지
그 아래 산구비를 돌아

서남으로 뻗어간 저 공로가
우리의 사랑하는 탱크대가
우렁우렁 용감한 심장을 울리며
왜관으로 왜관으로 돌진할 승리의 길

진격명령은 어느 때나 내리는 것이나

귀 기울이면 들려오는
전우들의 가뿐 숨결 소리

돌아보면 무성한 풀숲 속
칠같은 어둠에 불똥으로 빛나는
동무들의 총총한 눈동자

절망한 원수들의 황급한 포화 총화는
물 위에 어즈러이 날을대로 날으라

인제 조금 더 시각이 가서
우리 '아바이'의 시계바늘이
정각 아홉시를 가르치면
너희들이 끊어놓은 철교 옆으로부터
몇 날 몇 밤 주야로 폭탄 폭탄을 퍼붓던
이 대암리 온 마을과 벌판과 숲과
그 사이를 점점이 첩첩히 널려
우리들의 등뒤 발 밑에 이르는
30리 낙동강 연안의 숱한 고지와 산언덕이
일시에 노한 사자처럼 몸을 떨고
불을 토하여 일어설 것이다

전우여
조국은 우리에게 총을 맡겼고
인민들은 우리에게 승리를 부탁하였으며
경애하는 우리의 김일성 장군께서는
조선인민군 최고사령관의 이름으로써
이승만 매국역도의 잔당들과 미국강도배들을
하나도 남김없이 우리 강토에서
소탕 구축하라는 신성한 임무를

우리의 엄숙한 전투명령으로 주셨다

감히 어떤 원수가 우리 앞에 맞설 것이며
어떠한 산과 물이 우리의 전진을 막을 것이냐
모밀꽃 바람에 향그럽고
지붕마다 흰 박이 달처럼 둥그런
우리의 그리운 고향을 위하여
새벽바람 옷깃에 스며드는
추풍령마루 위와

이루 헤일 수 없이 숱한 골짝과
들판에 피흘려 쓰러진 무고한 형제들을 위하여
재와 흙더미로 돌아간
우리들의 피와 땀 노력으로 이루어진
수많은 도시와 마을들을 위하여

우리들은 놈들의
사단과 연대와 대대와 중대와 소대와 분대와
그밖에 아무리 적은 무리의 머리 위일지라도
포탄의 빗발을 퍼부어야겠고
놈들 한놈 한놈의 목줄대와 앙가슴엔
총탄과 날창을 박아주어야겠으며
비록 죽음이 미구에 박두하여 버둥대든
어느 한놈의 골팍과 가슴 위에라도
우리의 32톤짜리 탱크를 밀어야겠다

아, 불빛이 비친 푸른 불이……

신호탄이 아니냐 진격명령이 아니냐

자랑스런 군단포야 소리치라
사랑하는 지스뜨리야 용맹한 직사포야
건너 산허리를 잘러 원수들을
돌팍과 흙속에 묻으라
고요한 낙동강아 일어서라 파도치라
영예로운 근위 제 105땅크 사단의 도하작전이다
우리는 영예로운 기계화 보병련대 ……

앞으로 앞으로
낙동강을 건너 왜관을 지나
나아가자 동무들아 다만 앞으로
앞에는 대구 그 다음엔 부산
또 그 다음엔 원수들이 처박힐
현해탄의 물결 높고 험한 바다
그 위로 떠오르는 찬란한 아침과 태양과 더불어
우리의 영광스런 깃발을 휘날리기 위하여
전우들아! 전진이다 진격이다.

한번도 본일 없는 고향땅에 ……

오득천 소대장 이하 6명의 돌격조 용사들을 위하여 ……

한번도
본일이 없어
외방처럼 서투룬
고향 땅에 나는 오늘

사랑하는 자동총을
탄환 가득 쟁여 등에 메고
그중 굳은 수류탄을 골라 양손에 든 채
미운 원수들의 검은 그림자가
나무 그늘에 얼른거리는
풀섶을 헤치며

한 걸음 한 걸음
마루턱에 오르면
거제도 바다와 진동길이
눈앞에 보인다는 고지를 향하여
가슴 울렁거리며 오르고 있다

나의 늙은 아버지가
등곬이 휘도록 돌을 고르고 지심을 메든
논이랑 밭두던은 어디쯤이며
나의 불행한 어린 누이가
죽은 어머니를 그리어 석양마다

바라보는 뫼 언덕은 어디쯤이냐

앞에는 다만
첩첩한 어둠
머리 위에는 쉴새없이
날아오는 원수들의 포탄
윙윙거리는 비행기의 폭음

미친 듯 난사하는 원수들의
중기 경기와 따꿍총들의
탄환 빗발치는 속을
다섯 사람의 전우와 나는
우리들 여섯 명의 젊은 돌격병은
종일토록 우리를 괴롭히던
원수들의 포병진지와 중기화점을 찾아
그 밑에 웅크리고 앉았을
미국강도단을 일거에 소탕하고
영예로운 ○○연대의 군기가
마산으로 진해로 전진하는 돌격로를

피로써 헤치고저
처음으로 밟는 영남땅
고향 마을로 가는 길을
걸음마다 숨길 삼키며
포복전진하고 있다

저 먼 동북으로부터

고국길을 걸을 몇 백리
무도하게도 우리 조국강토에 뛰어든
흉악하고 악독한 미국 야수를 무찔러
다시 천여리

이제 패망한 원수들의
마지막 발판으로 되어 있는
나의 고향 땅에서
영예롭고 고귀한 조국의 명령을
목숨으로 수행함은
얼마나 즐거운 일이냐

밤마다 꿈꾸는 조국 산천이여
어느 때도 잊지 않았던 고향 산이여

나의 탄환은
나의 수류탄은
나의 전우는

사랑하는 조국의 자유와
그리운 고향의 행복을 위하여
원수들의 웅거한 산과 포와 인종들을
불과 흙 속에 파묻고
우리들의 자랑스런 연대기와
영예로운 우리 제6사단이
밀물처럼 앞으로 나아가기 위하여

불꽃으로 흩어져
늦은 여름밤 하늘을
찬란히 비칠 것이다

언제나 우리의 것인 야반산이여
진동마을이여 거제도 바다여
어느 때나 그대에게 충실하였던
어느 때나 그대에게 충성된
여섯 사람의 다정한 전우를 위하여

원수의 머리 위에 원수의 발 아래
억수로 내리는 불비가 되거라
화산으로 터지는 불길이 되거라

너 어느 곳에 있느냐
사랑하는 딸 혜란에게

아직도
이마를 가려
귀밑머리를 땋기
수줍어 얼굴을 붉히던
너는 지금 이
바람 찬 눈보라 속에
무엇을 생각하여
어느 곳에 있느냐

머리가 절반 흰
아버지를 생각하여
바람 부는 산정에 있느냐
가슴이 종이처럼 얇아
항상 마음 아프던
엄마를 생각하여
해 저무는 들길에 섰느냐
그렇지 않으면
아침마다 손길 잡고 문을 나서던
너의 어린 동생과
모란꽃 향그럽던
우리 고향집과
이야기 소리 귀에 쟁쟁한
그리운 동무들을 생각하여

어느 먼 곳 하늘을 바라보고 있느냐

사랑하는 나의 아이야
벌써 무성하던
나무 잎은 떨어져
매운 바람은
마른 가지에 울고
낯익은 길들은
모두 다 눈 속에 묻혀
귀 기울이면 어데선가
들려오는 얼음장 터지는 소리

아버지는 지금
물소리 맑던 낙동강가에서
악독한 원수들의 손으로
불타고 허물어진
숱한 마을과 도시를 지나
우리들의 사랑하던
서울과 평양을 거쳐
절벽으로 첩첩한 산과
천리 장강이 여울마다 우는
자강도 깊은 산골에 와서
어데메에 있는가 모를
너를 생각하여
이 노래를 부른다

사랑하는 나의 아이야

은하가 강물처럼 흘러
남으로 비끼고
영광스런 우리 군대가
수도를 해방하여
자유와 승리의 노래
거리마다 가득 찼던
아름다운 여름 밤
전선으로 가는 길 역에서
우리는 간단 말조차
나눌 사이도 없이
너는 전라도로
나는 경상도로
떠나갔다

이 동안
우리들 모두의
고난한 시간이 흘러
너는 남방 먼 곳에
나는 아득한 북방 끝에
천리로 또 천리로 떨어져
여기에 있다 그러나
들으라

사랑하는 나의 아이야

이러한 도적의 침해에
우리 조선인민이 어느

한번인들 굴해본 적이 있으며
한사코 싸워 물리치지
아니한 때가 있었는가
보라 우리 영웅적 인민군대는
벌서 청천강을 건너
평양을 지나
다시금 남으로 남으로 내려가고
형제적 우리 중국인민지원부대는
폭풍처럼 달려와
미구에 너의 곳에
이를 것이다
기다리라

사랑하는 나의 아이야

엷은 여름옷에
삼동 겨울바람이
칼날보다 쓰라리고
진동치는 눈보라가
연한 네 등에 쌓여
잠시를 견디기 어려운
몇 날 몇 밤일지라도
참고 싸우라
악독한 야수들의
포탄과 총탄이
눈을 뜰 수 없이
퍼부어 내려도

사랑하는 나의 딸아

경애하는 우리 수령은
무엇이라 말하였느냐
한치의 땅
한 뼘의 진지일지라도
피로써 지켜내거라
한모금의 물
한톨의 벼알일지라도
원수들에 주지 않기 위하여
너의 전력을 다하거라
원수가 망하고 우리가
승리할 때까지 싸우라
그리하여 만일

사랑하는 나의 아이야

네가 죽지 않고 살아서
다시금 나와 만날 수 있다면
나부끼는 조국의 깃발 아래
승리의 기쁨과 더불어
우리의 만남을
눈물로 즐길 것이고
불행히도 만일
네가 이미 이 세상에 없어
불러도 불러도 돌아오지 않고
목메어 부르는 나의 소리를

영 영 듣지 못한다면
아버지의 뜨거운 손이
엄마의 떨리는 손이
동생의 조그만 손이
동무들의 굳은 손이
외딴 먼 곳에서
아버지를 생각하여
엄마를 생각하여
동생을 생각하여
동무를 생각하여
고향을 생각하여
조국을 생각하여
외로이 흘린 너와
너희들의 피를
백배로 하여
천배로 하여
원수들의 가슴팍이
최후로 말라 다할 때까지
퍼내일 것이다.

사랑하는 나의 아이야

한 밤중 어느
먼 하늘에 바람이 울어
새도록 잦지 않거든
머리가 절반 흰 아버지와
가슴이 종이처럼 얇아

항상 마음 아프던
너의 엄마와
어린 동생이
너를 생각하여
잠 못 이루는 줄 알어라

사랑하는 나의 아이야

너 지금
어느 곳에 있느냐

한 전호속에서
청년들의 단결은 무적하다

삼동 긴 밤의
살을 어이는 한기가
뼛속 깎아 스며들어
참을 수 없는 밤

우리 이렇게
한 전호 속에
형제처럼 나란히 누워
언뜻 움직이지 않은
높은 하늘의 총총한
별들을 바라보면

동무여

누가 우리를
다른 나라에 나서
같지 않은 부모들 아래
서로 통하지 않는 말을
주절거리며 자라난
이국청년이라 말하겠는가

너의 고향은
여기서 한달 길

나의 고향은
여기서 열흘 길
남북으로 수륙이
천리에 아득하다

너는 위대한 영수
모택동 주석의 영도
나는 영명한 수령
김일성 장군의 훈도 밑에
조국에의 충성과
인민에의 헌신을 배운
지혜로운 민주청년
세계의 평화와
인민들의 행복을 위하여
어느 때나 즐거이
목숨을 버릴 수 있는
자랑스런 청춘이다

동무여

어찌 나의 나라를
피로 피로 물들임을
너의 나라를 침범하고
아세아를 유린함으로써
새 전쟁의 불씨를
전 세계에 퍼치려는

흉악한 미국
강도떼를 항거하여
진행하는 정의의 전쟁에
어찌 우리들 피끓는 민주 청년이
불길로 일어나지 아니할 것이며
자랑스런 우리의 청춘을
애낌없이 바치지 아니하겠는가

이제
바람 부는 산령에
은하가 절반 기울면
사랑하는 우리 우군들이
패주하는 미국 야수떼를
폭풍처럼 몰아
이 벼랑길 험한
골짝으로 들어설 것이고
우리들의 손에
굳게 쥐어져
다만 그 순간을 기다리고
숨 죽이고 있는
수류탄과 따발총이
당황한 원수들의 머리 위에
벼락으로 억수로
쏟아져 나릴 것이다

동무여

너는 벌써 3년째
어머니보다도 누이보다도
사랑하는 사람보다도
더욱 좋은 동무를 따라
찬란한 인민 중국의 깃발 아래
요동벌 황하수
넓은 강남땅을 전진하여
여기에 왔고
나는 이미 반년째
늙은 어머니도 어린 누이도
사랑하는 사람마저
원수의 폭격에 잃어버리고
다만 복수에 타는
한 목숨을 조국에 바쳐
호남벌 한강수
먼 영남땅을 전진하여
여기에 와서
짐승도 잠든
이 깊은 밤
이름 모를 영마루 위
얼음보다 찬 전호 속에 있다

뉘라서 강철이
녹지 않는다고 말하였느냐
뉘라서 돌이
타지 않는다고 말하였느냐

이 불보다 뜨거운
우리들의 심장 앞에
이 철석도 녹일
우리들의 타는 의지 앞에 ―

어떠한 도적도
반드시 패망하리라
어떠한 원수도
반드시 멸망하리라

어떠한 도적도
반드시 조중 양국 청년의
단결의 무적함을 알리라

평양

강물 풀려
얼음장 내리나
이른 봄 바람이
아직도 차서

옷깃에 스미는 밤

전선으로 가는
차 위에서
가슴 아퍼
바라볼수 없는 이 폐허가
우리들의 도시

즐거운 로력
조국 위하여 애낌 없고
청춘의 노래
수령 위하여 죽음도 즐겁던
우리들의 평양이다

흰 성애
꽃처럼 피어
가지마다 구름 같은
모란봉 위에

달이 뜨면

릉라도
강 기슭
꿈속처럼
아름다운

밤이여!

강토가 짓밟혀
피에 젖었고
형제들의 죽엄이
섬돌마다 사모쳐
가시지 않는 이 거리에

아! 어느 누가
죽엄과 패망으로
원쑤를 멸하기 전
살아나서
여기에 돌아오리 ―

피 흘린
강토의 아픔과
죽은
형제들의 원한이
백배로 천배로 풀리는 날
그날에야 우리는

수령의 이름 부르며
사랑하는 우리
평양 거리로
돌아오리라 돌아오리라

바람이여 전하라

전하라 바람이여
물결소리 들리는 듯
먼 남방 해양을 불어오는
이른 봄 바람이여

오늘도
초연 자욱하고 황진 일어
눈을 뜰 수 없는
천장 얕은 하늘을 지나

총탄 빗발처럼
씽씽 머리 위를 날으고
포화 함부로 쏟아지는
이런 산맥들을 넘어

상기도
얼음 녹지 않아
찬 바람 겨울처럼
강위를 스쳐가는 먼 고향

해 저무는 저녁
달 지는 새벽에
불타 허물어진 폐허 위를

외로이 걸어갈

우리 사랑하는
머리 흰 분들에게
그 애처러운 사람들에게
반드시 전하라 우리의 마음을—

밤마다 당신들의
따뜻한 손길 어루만지던 흰 이마는
이미 비와 바람과 눈발에
돌처럼 찌들었고

원수의 피와 죽음과
마지막 비명 소리를
노래처럼 그리워하여
돌과 쇠로 굳어졌으나

어찌 꿈엔들
송아지 울던 우리 시골의
버들숲과 앞내 물소리와
종다리 울음을 기억하지 않으며

그 속에 나서
그 속에 커서
스무 해를 자란 당신들의
향그런 품을 잊을 수 있는 가고—

산을 넘어
들을 지나 강을 건너
어느 곳에나 자유로이
불어가는 바람이여

악독한 원수의 손에
사랑하는 남편과 어린것들과
그밖에 살아 있는 모든 것을 잃어
홀로 망현한 어머니들에게

불붙는 휘발유와
쏟아지는 총탄 폭탄 속을
집과 낟가리와 마을까지를 잃고
바람 속에 섰는 어머니들에게

또한 참을 수 없는 오욕 속에선
차라리 죽음을 결심한
우리 순결한 어머니들에게
반드시 반드시 전하여 달라

눈 비 뿌리는
야영의 찬 자리에서나
화약을 안고 원수를 찾아가는
풀 깊은 언덕에서나

언제나 우리의 두
당신들의 따뜻한 입김은

복수의 새로운 불길을
우리의 가슴속에 타오르게 하며

끊임없이 들려오는 당신들의
간절한 가슴의 고동 소리는
죽음도 두렵지 않은 우리들의
용기의 영원한 원천이라고 —

가까워 오는 봄
다가오는 승리 속에
불어 끊이지 않는 이른 봄
바람이여, 전하라

너무나 많은 슬픔과
이길 수 없는 원한과 분노에
머리 더욱 희고 가슴 더욱 얇아진
우리 사랑하는 어머니들에게

아들의 돌아옴을
그보다도 더 반드시 승리할 것을
밤낮으로 염원하여 잠 못 이루는
우리 조국의 충실한 어머니들에게

원수의 죽음과 멸망과
사무친 원한의 보복을 위하여
전사처럼 싸우는
우리 용감한 어머니들에게

눈물 대신에
저주를
한숨 대신에
불을 뿜으시라고—
그리하여 영예와 승리가
모든 산과 들과 숲과
온갖 마을과 도시들에
태양으로 나는 날

당신들의 아들들은
당신들의 딸들은
반드시 그리운 고향으로
돌아가리라 전해 달라

흰눈을 붉게 물들인 나의 피 위에

1950년 12월 25일 황해도 신계부근 602고지 전투에서 적 화점을
몸으로 막아 전사한 김창권 동무를 위하여

찬 바람
산 허리에 부딪쳐
요란히 울고
눈보라 하늘에 닿아
머리를 덮는 험한 벼랑에

우리의 전진을 가로 막는
원수의 화점을 소멸하고
구분대의 전진을 보장하라

이미 엄격한
조선인민군대의
전투명령은 내렸고
사랑하는 조국은 우리를
신성한 싸움에로 부른다

눈 밟는 소리는
나의 발길이 분명
앞을 향하여 나아가는
틀림없는 흔적인가

언 하늘을 찢는

모진 소리는 아직도
우리 전우들의 가슴을 노리어
머리 위를 날아오는
원수의 탄환 소리인가
우러르면
둥그런 하늘이여
팔 벌리면
가슴 뿌듯한 땅이여

비록 고지가
절벽으로 높되
50미터의 지척이
이렇듯 천리로 멀 수 있으며
원수의 포화가 비록
머리를 들 수 없이 퍼부어 내리되
어찌 조선인민군대의 전진을
이렇듯 오래 막을 수 있으랴

죽음을 두려워하지 말아야 한다
나는 인민의 아들이다
시각을 지체하지 말아야 한다
나는 전투명령을 받은
조선인민군대의 영예로운 병사다

불의 뜨거움을 믿는
원수에게 조선청년의 피가
불보다 뜨거움을 알게 하라

석벽의 두터움을 믿는
원수들에게 조선청년의 가슴이
석벽보다 두터움을 알게 하라
강철의 굳음을 믿는
원수들에게 조선청년의 결심이
강철보다 굳음을 알게 하라

원수의 죽음과 패망 가운데서
우리의 복수와 승리 가운데서
미국 강도배들로 하여금

불굴한 조선인민의
한 아들이
죽음을 겁내지 않고
돌진하는 앞길엔
불도 석벽도 강철도
한낱 티끌
천리의 멀음도
눈앞에 지척임을
사무쳐 느끼게 하라

눈발 부현 하늘
어느 곳에서 조국은
나의 가는 길을 바라보고 섰느냐
종일토록 울어 끊지 않는
바람 속 어느 곳에서 어머니는
나의 마지막 숨결소리를

들으려는 것이냐

인제 가서
돌아오지 아니할 602고지
눈 덮인 절정 위

나의 젊은 피가
꽃잎처럼 흩어져
발악하던 원수의 포화가
최후로 침묵하거든

전우들이여
내가 나고 자라서 큰
은혜로운 조국의 땅이여
그것을 위하여 싸우고
목숨 바치려던
그리운 모든 것이여
잘 있으라

그리하여
나의 손
나의 머리
나의 가슴이
원수의 포대를 안고
돌처럼 굳어 움직이지 않거든
아
나의 소대야

우리 동무야
흰 눈을 적신
나의 붉은 피 위에

사랑하는 조국의
깃발을 꽂으라
영예로운 우리 인민군대의
찬란한 군기를 휘날리라
경애하는 우리 수령의
만세를 불러 드리라

조선인민군대의
엄격한 전투명령이
얼마나 지중하였으며
우리 조국의 신성한 부름이
얼마나 굳세었는가를
낱낱이 놈들에게 알려 달라

원수의 가슴에 박히는
우리의 총창의 날카로움으로
원수의 머리 위에 나려지는
복수와 죽음의 공포로……

그러고 만일
어느 훗날
즐거운 노래와 함께
그대들이 다시 이

신계 고을로 돌아오거든
잊지 말라
602고지의 옛 전우를……

그대들이 만일 또한
옛 전우를 잊지 않았거든
기억하라 그의 먼 고향에
외로운 한 어머니가
살아 있었음을……

그리하여
당신의 아들은
당신의 말씀대로
용감히 싸워 죽었노라고
전해 달라

용감히 싸워
우리는 이겼노라고
슬퍼하는 그를
위로해 달라
「영웅전」 가운데서

모쓰크바

불빛
휘황하여
낮같이 밝은 밤

씨레니 꽃
향그러운 그늘 아래
만나는 사람마다
형제처럼 반가운
이 거리는
나의 고향에서
천리로 또 만리로 먼
모쓰크바
잔등에 채찍을 맞으며
가슴에 총탄을 받으며
불굴한 나의 전우들
꿈결에도 그리던 거리
목숨으로 사랑한 도시다

높은
크레물리 첨탑에
장엄한 종소리 울리던
붉은 별
홍보석으로 찬란한 밤이여

여기에
우리들의 일리이치
누워 계시고
여기에
우리들의 쓰딸린
태양으로 불멸하여
살아계시는 모쓰크바

나는
오五월에 아직도
눈비 뿌리던 태백산 골짝
원수의 뜨거운 탄환을
맨몸으로 막으며
이 도시를 노래하던
슬기로운 조선인민유격대의
이름으로 모쓰크바를 노래한다.

나는
잡초 우거진 험한 벼랑에
자기의 가슴으로
원수의 화구를 막으려
모쓰크바를 생각하고
조국을 방어하던
영예로운 우리
조선 인민군대의 이름으로
이 도시를 노래한다.

산과 들이
헤아릴 수 없이 첩첩하고
하늘은 그보다도
더 아득하였으나
모쓰크바는 항상
위대한 레닌
쓰탈린과 더불어
우리의 지척에 있었고
크레물리의 붉은 별은
유량한 시계소리와 함께
싸우는 조선 인민의
머리 위에 있었다.

자유를 위하여 싸우는
민족들의 희망인 모쓰크바여
평화를 위하여 투쟁하는
인민들의 태양인 모쓰크바여

이곳에로
모든 사람들의 운명이
바다로 가는 강물처럼 흐르고 있으며
여기에로
모든 나라들의 인류의 장래가
한결같이 닿아 있음을
누구가 막을 것이냐

폭탄은

도시와 집을 허물을 수 있고
총탄은
사람들의 가슴을 뚫을 수 있으나
모쓰크바로 향한
수억만 사람들의 뜨거운 마음은
허물을 수도 깨칠 수도 없을 것이다

나는
물에도 불에도
굴치 않는 나의 형제
폭탄에도 포탄에도
불패한 나의 조국
어떠한 원수라도 물리쳐
승리하는 영웅적인 우리
조선 인민들의 이름으로
이 모쓰크바를 노래한다

도시 가운데서도 도시인
모쓰크바
수도 가운데 수도인
모쓰크바
아름다운 것 가운데 아름다운 것인
모쓰크바
평화로운 것 가운데 평화로운 것인
모쓰크바
위력한 것 가운데 위력한 것인
모쓰크바

아

모쓰크바
모쓰크바
모쓰크바

인민의 날개

매야 젊은 매야
너는 불 속에서 나서
불 속에서 자랐다

그리운 고향 마을들이
잿 속에 묻히던 불
사랑하는 형제들의
아우성 소리가
가슴을 찌르던 불

그 불보다
백배나 뜨거운
인민들의 가슴속
황황히 타오르는
복수의 불길 속에서

너는 나고 너는 자라
이제
불에도 철에도
타지 않고 꺾이지 않을
불사의 나래를 펼쳐

첫눈 나리는

아름다운 강산이
눈 앞에 흘러가는
조국의 창공 우리는
원수를 찾아 높이 떴다

굽어 보면
원수들이 저지른
죄악의 낭자한 흔적
귀 기울이면 그 속에서 죽어간
형제들의 간절한 부름소리

조국의 하늘
어느 구석에
원통히 죽어간 우리 형제들의
외로운 영혼이
떠있지 않는 곳이 있으며

조국의 땅 위
어느 구석에
불탄 집들과 죽은 동기들을 생각하여
밤에도 잠들 수 없는 눈알들이
반짝이지 않는 곳이 있으랴

별보다 총총한
이 눈알들이
생시보다 뚜렷한
이 모습들

선연한 자태가

명령보다 두려운
이 부름 소리
목숨보다 지중한
이 하늘과 땅이
너를 보내고
너를 지킨다

날아라 높이 용맹한 새야
달려라 빨리
날쌘 매야

너는 산악도 태울
조선 인민의 복수의 일념
너는 강철도 뚫는
조선 인민의 불굴한 의지
너는 불패한 인민의 날개

구름을 지나
별을 지나
태양이 가까운
그곳까지 높이 날러
빨리 달려

만나는 원수들마다의
터럭 싯누런 가슴팍에는

뜨거운 포탄을 앵겨주고
눈깔 우묵한 그
이마빡에는

사랑하는 우리 어느 시인이
피로써 노래한 것처럼
보석을
앙칼진 기관총탄의
굳은 보석을 박아주자

그리하여 놈들이
우리 땅에서 지른
몇 십 몇 백배의 불을
우리 사람들에게 뿌리게 한
몇 백 몇 천배의 피를

공중에서
육지에서 바다에서
억수로 토하게 하라
폭포로 쏟게 하라
폭포로!

이는 죽어간 너이의
전우와 형제들의 간절한 부탁
이는 폐허로 된 너이의
고향 산하의 어길 수 없는 당부
이는 조국의 신성한 명령

침략자들이 멸망하는
불과 피의 바다 속에서
미국 짐승들이 사멸하는
단말마와 아우성의
건아한 교향악 속에서

너이들의 자랑스런
도시들은 일어설 것이고
너이들의 사랑하는
마을들은 소생할 것이며
너이들의 잊을 수 없는 동지

전우와 형제들의
거치른 무덤 위에는 비로소
삼동에도 아름다운 꽃이 피고
조국 강산에는 사시로
승리와 영광의 태양이 빛나리라

용감하다 슬기로운 새
불 속에서 나서 불 속에서 자란
조선 인민의 마음의 날개야

기지로 돌아가거든

먼 북방 찬 성에가
눈처럼 내리는 새벽
먼동이 터오나 상기도
어두운 밤 하늘을

기러기처럼 날개 가지런히
고대하던 전우들 손저어 맞는
기지로 돌아가거든 이르라
용맹스런 조국의 매들아

흉포한 도적이 강토를 짓밟아
산과 들이 남북에 아득하고
포성 울리는 전선의 저 쪽과 이 쪽이
비록 천리로 멀어

소리쳐도 들릴 길 없고
목메어 불러도 그 소리 이를 길 없으나
우리의 머리 위 하나로 둥그런
조국의 하늘은 언제나 변함 없고

이 무궁한 하늘 아래
초목처럼 같은 땅에 나서
한 공기를 호흡하고 자란

우리들의 마음 우리들의 단결은

이제 악독한 원수와의
생사를 다투는 간난한 싸움에서
피로써 다져졌고
철석으로 굳어졌다

산은 포로 허무를 수 있고
물은 칼로 자를 수 있을지 모르나
싸우는 조선 인민의 의지와 단결을
깨칠 무기는 아무 데도 없고 어느 때도
있을 수 없는 것

벌써 겨울은 깊어 눈 내려 쌓이고
강물은 얼어 이슥한 밤이면
짐승들의 울음 얼음장 터지는 소리
잠 이룰 수 없는 시각

밤 하늘을 찢는 총소리
아낙네의 울음
원수들의 부르짖음
먼 촌 개들의 요란히 짖는 소리

다시 포 소리 울리고
밤하늘에 비껴오는 피비린내 포연 내음새
아 또 어느 원수가 기여드는 것이며
어느 형제가 다시금 목숨을 버리는 것이냐

한 밤중 마른 하늘의 벽력처럼
강점자들의 가슴을 때리고
고난한 인민들의 앞길에
희망과 용기의 등불을 켜준 조국의 매들아

조선 인민이 영원히 하나이며
우리의 강토가 영원히 나뉠 수 없음을
또한 우리의 사랑하는 조국을
어떠한 원수도 정복할 수 없음을

우리의 눈앞에 역력히 보여주고
우리의 귀에 똑똑히 들려준
그대들의 날개의 슬기로운 모습
그대들의 기관의 웅장한 소리

아직도 언 강판과
산악들을 덮어 가득하고
눈 쌓인 산림과 계곡에 울려
주야로 그칠 사이 없다

조선 인민의 자랑스런 날개의
크나큰 그림자 대지를 끌고
조선 인민의 뜨거운 심장의
우렁찬 고동 산하를 울리리

그리운 그리운 우리 공화국
찬란한 깃발 바람에 나부끼고

신호탄 쌀류트처럼 오르는
기지로 돌아가거든 이르라

일찌기 강철 부대 동해 병단의
전통 용맹스럽고 오늘도
남도부 부대의 이름 영남땅을 진감시키는
동해 전구의 이름으로

5병단 7병단 1군단
김생 김달삼 이호제 박치우 서득은
여러 슬기로운 지휘관들의 피
아직도 눈 위에 임리하고

청옥산 태기산 일월산
국망봉 백암산 준령들의 산정 위
피바람 불어 끊이지 않는 저
험준한 태백산 전구의 이름과

김달삼 이덕구의 이름과 함께
영웅적 제주도 인민 유격대의
피묻은 깃발 지금도 한라산 산봉 위
휘날리는 영웅의 섬의 이름으로

용감하고 친애하는
'최현' 동무의 이름 아직도
사람들 노래처럼 외우는
아름다웁고 광활한 호남 전구의 이름과

김지희 홍순석 사령의 위훈
이현상 부대장의 용맹이
우뢰처럼 떨치는 백절불굴한
지리산 전구의 이름으로

그리고 남조선 방방곡곡에
깨알로 흩어져
원수들에게 죽음과 공포를 주는
인민 복수자들의 무수한 소조의 이름으로

경애하는 우리의 수령에게
자랑스런 우리 인민 군대에게
친애하는 중국 전우들에게
그리운 우리 형제들에게

우리의 가슴에 불로 새겨져
타고 있는 2·8절의 뜨거운 인사를
조국에 바치는 우리들의
전투적 맹세를 전하라

품속에는 비록
공민증을 지니지 아니했으나
조국의 태양과 별들이 머리 위에 둥그런 한
우리는 자랑스런 공화국의 공민

몸에는 비록
군복을 입지 아니했으나

손에 무기를 잡은 한
우리는 영예로운 인민의 군대

공화국은 영광스런 기치 밑에
수령의 엄격한 명령 아래
목숨으로 조국의 자유를 지키리라고
전하라 용맹스런 하늘의 전우들아
— 『인민의 날개』에서

40년

김일성 장군 탄생 40년에 제하여

머리를 들면 채찍이 이마에 부딪쳐
흐르는 피에 눈을 들 수 없었던
혹독한 운명의 심연 속에서
우리들이 헤어날 수 없는 흙탕밭을
돌멩에를 지고 노예의 수레를 끌던 날
당신은 혜성처럼 이 세상에 나서
매운 총소리로 야반의 어둠을 깨쳤고
조국의 하늘을 덮었던 불행의 흑운은
북방 평원을 울린 포성의 우뢰로
산산이 흩어졌다

어렵고 긴 40년 당신은
기쁨도 휴식도 모르는 고역의
비참한 감옥이었던 우리 세상을
즐거운 노력의 공화국으로 만들었으며
자유를 위한 투쟁의 횃불을 던져
조선 사람으로 하여금 영웅의 족속
용사의 겨레로 만들었다.
어느 나라에 가나 어느 세상에서나
우리 대대손손의 영예일 당신은

약탈자들의 포탄이 우박으로 쏟아지는 산고지
해토하는 습기가 폐부에 스며드는 땅굴 속

물기 머금은 봄 달이 원수들의 폭연으로
핏빛 어리운 하늘 아래
우리의 자유와 행복의 창조자인 당신의

오늘 이 날을 무엇으로 기념하며 어떻게 감사할 것인가
40년 동안 당신의 심장 속에 살았고
무궁한 앞날에까지 당신의 기치 아래 자랑스러울 조선 인민이 —

그러나 우리는 알고 있다. 당신이
짐승도 들기 힘든 백두산 밀림에서
전우와 더불어 살 부비며 밝히던 그 날로부터
꺼져가는 난로 옆 딱딱한 의자 위에
앉은 채로 잠드셨던 그 많은 새벽들과
눈 쌓인 전선 불붙는 폐허에서
한 가슴으로 만 사람의 아픔을 느끼시는 오늘에 이르기까지
당신을 따라 승리하고 당신을 우러러 행복된 우리는
그것이 무엇인가를 —

나리는 뗏목 위에 구슬픈 노래로
불리우던 압록강
우리의 불행한 조상과 형제들의
피와 눈물로 찌들은 경상도 전라도
바닷가에 이르는 온 강토에
조국의 깃발을 하늘 가득 펼쳐 있게 하라
그리하여 당신의 태양 아래
오곡 무르익고 백화난만케 하라
이것을 위하여 무엇이 필요한가를 왜 모르겠는가

당신의 사람인 우리들 조선 인민이
그것이 당신에의 복무, 조국에의 충성임을—
지내온 40년과 같이 4억년의 무궁한 앞날에 이르기까지
원수의 마지막 가슴팍에 우리의 총창이 꽂힌 후
풍파 고요한 조국 바다에
천만번 해가 뜨고 달이 질 때까지

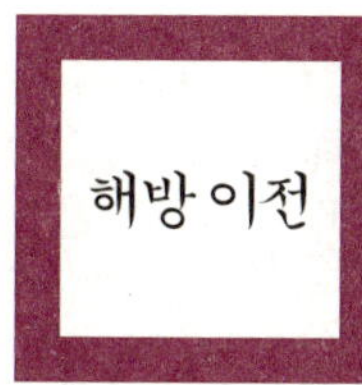

戀主臺

夜珠峴 군밤장사
설설히 끌소
애오개 만주장사
호이야호야
이내 몸은 果川 冠岳
戀主臺에서
가슴을 파헷치고
호이야호야

부들밧 오리색기
깨우억깨워
잔솔밧 까투리는
깨깨푸드덕
이내 몸은 觀音菩薩
戀主臺에서
손톱을 툭이면서
깨깨푸드덕

—『동아일보』, 1924.12.8

海女歌

갈밧에 불던 바람
오늘 와서 갈바람
내일은 바다가에
회올이 바람

어제밤 보던 꿈들
보리밧에 총각꿈
내일은 개벌 간다.
일즉 자거라

—『동아일보』, 1924.12.15

落水

문어진 龍頭閣에
버들꼿이 날을 제
목에는 물소리는
자즌 밤에도

깨여진 나의 맘에
소낙이가 퍼불 제
초마 끗 낙수물은
설은 꿈에도

—『동아일보』, 1924.12.15

小女歌

눈길을 잣밟으며
등을 넘어 갈 때에
망보던 벌바람은
내 뺨을 따려

젊은이 풋마음이
잔듸밧을 나갈 때
엿보든 도령네는
공연히 우서

—『동아일보』, 1924.12.22

失戀 1

西將臺 늙은 솔에
목을 맷다 풀으고
龍頭閣 七間水에
혼자 울더니
西屯말 선술집에

막걸니를 마시고
西湖水 남비울에
풍덩덩풍덩
—『동아일보』, 1924.12.22

失戀 2

달 밝은 노들강에
鐵橋 다리 붓잡고
야숙한 님 얼골을
그려보더니
아서라 그만둬라
막걸니를 마시고
子正때 문안車에
코를 드르렁
—『동아일보』, 1924.12.22

밤이면

굿세든 해도 숨을 지우고
리봉에 저녁 하날도 싯커먹케 젓는대—
뭇별이 총총한 말업는 하날을 보고
버레 무리 와골와골 울면—
내일이 오리라는 西쪽에 기운 희미한 달
이 마음이라도 압흐게 하노라
버레 소리 요란한 녀름밤 默默한 하날에
조을곳 잇는 져달아
내가 살어잇는 그 동안에 오날이나 래일이나
언졔나 밤이온다면 말업시
고요히 빗나련만
어이하려 사람인 너의 마음은
엇지 그리 얼는 변할가
—『매일신보』, 1926.3.28

무엇 찻니

죽은 듯한 밤은 땅과 하날에
가만히 딥헛고
음울한 대긔는 갈사록 컴컴한
저 하날 끗헤서 땅 우를 헤매는데
소리업시 자최를 감츄고 나리는 가는 비는
고요히 졸고 잇는 나무입에

구슬 갓흔 눈물을 지워
어든 밤에 헤매면서 우는
두견의 슬픈 눈물 갓치 굴너떠러진다.
남모르게 홀로 뛰는 혼령아
이 어둔 비오는 밤에도 쉬지 안코 날뛰며
무엇을 너는 찻느냐?
—『매일신보』, 1926.4.16

밤비(民謠)

오는비 올대로오고
져갈데로 가것만은
밤이느저 저내물을
것너야만 오실그님
치마자락 얼룩지면
어머님의 하실꾸즁
그누구가 드러주나
九, 三, 草
—『매일신보』, 1926.9.12

舊稿

밤마다 우는 버레의 우름은
내일의 한울에 별이 빗나면
또다시 듯자고 바라기나해도

한번 가신 그님의 그림자는
달이 멧번이나 떳다 넘어도
또다시 오실줄은 모르심니다
—어느 녀름—
—『매일신보』, 1926.9.12

抒情小詩

눈물은 흘으는 내물과 함께
멀니로 흘너져 나려가버려도
이 가슴의 깃드린 스른 생각은
가을 싸늘한 바람결의 떠는
갈대와 함께 탄식을 하노이다

‘에데두카’*여 만일 그대가 지금
끗업는 바다 우를 떠난다고 하면

탄식과 그리움에 파리해진
이 얼골의 한쪽을 실코 다라난
물결에
그대는 부듸처 볼 때가 잇스리로다

—『매일신보』, 1926.10.10

가을의 嘆息

星兒

歲月은 흘너가는 줄도 모르고
이 마음은 철을 기둘넛 드러니
올 철은 왓는지 지내갓는지
임에 몸은 가을을 마지하고서
한울은 가벼운 구름과 더부러
놉히로 거러올 나를 갓드니라
　　◇　◇　◇
셔늘한 녀름에 저녁이 와서
숨새에 버레가 노래를 부르면
어김이 업시 오시리라든 벗님네도
아즉도 오시지를 안으섯는데
가을이 벌셔 온다고 하면은
어린 마음은 어듸다 붓접을 하오릿가
俗人의歎息에서

—『매일신보』, 1926.10.24

鄕愁

근심도 몬지라면
바람에 나불니듯
북풍에 휘몰니어
다날아 가고지고
알뜰한 님께서나
이곳헤 게섯든들
이가슴 덥고눌녀
고요히 직혓슬걸
객창의 외로운몸
쓸쓸히 둥구노니
아모리 생각해도

---

* '에데두카'는 匈牙利 詩人 '페테리'의 엇슬 時節의 戀人에게 준
아름은 이름이엇다. 이 詩에 作者도 '에데두카'를 가졌을지도
모를 것이다.

언제나 도라갈가
부모동생 생각나
안지를 못하느니
항여나 한번맛나
얼사안고 울어지고
어린누의 생각이
불현듯 이가슴에
붓도다 이러나니
부평초의 빗길이몸
정들은 땅을발블
깃븜에 올그날을
내일이라 모레라
긔약을 리즈릿가
오로지 먼하날을
우러러 바라보며
소리처 불너보나
바람만 불어가고
먼나라 내고향엔
간다는 새한마리
남지안코 날겨무러
갈길이 밧브도다

—放浪의 노래에서

—『매일신보』, 1926.12.19

雪

太陽은
永遠히 逃亡을 가고
街里에는 눈보라—
　　　暴風—
神의 일홈이 적힌 標木은
瞬息間에 파무처저서
두 번 다시 볼 수는 업다
아— 눈보라다
　　　暴風이다
달은 重量을 일코
天涯를 漂浪하며
고요하든 나무그림자는
急激한 動搖를 일으켯다
—闇黑
—擾亂
—暴風
compasses의 바눌은
　方向을 손질하지 못하고

─니다
이때에─
어러터진 연못에
얼음틈박우니에서
눈이 눈이 目……
반작한다.
魚類에
未來를 威脅하는
눈알이─
　　　　─(겨울)
─『조선일보』, 1927.1.2

赫土

뭇 사람놈들의 잇샅헤 올라
이미 날근 지가 오래인 싯벌건 裸土일지라도
그것은 祖上의 骸骨을 파무더가지고
代代로 물려나려왓든 거룩한 땅이며
限업시 거치러진 腐地일망정
여긔는 가장 신성한 숨소리 벌덕이며
이 땅의 젊은 사람들에게 끄님업시
귀 넘겨 속삭여주는 우리의 움이어라
分明코 그것은 무어이라 중얼대는 것이다 沈默한
無言中에서 쉬일 새 업도록
　그러나─ 그것을 짐작이나마 할 사람은
　오즉 못나고 어리석으며
　말 한마듸도 변변히 못 내는 白蠟 가튼 입 가지고
구지레한 白布를 두른 그립은 나의 나라의
　비척어리는 사람의 무리가 잇슬 따름이다
　오오! 그러나
　비록 그러케 못생기고 빈충마진 친구일지라도
　그것은 나의 同國人이오 피와 고기를 나노인 赫土
의 날근 主人이며─
　나의 朝鮮의 民衆인 것이다
─『조선일보』, 1927.1.2

肖像

우리들은
지금에 아지 못할 생각을
가슴에다 두고
언 땅 우에다 괭이를 둘러
單調한 그림을 그립니다

어엽부게도 아름답게도
그대의 얼골 우에다
칠하랴지 안습니다
오로지
이 나라 百姓의 이마를 지내간
심줄가티
그러케 굵은 줄로서
우리는 당신의 얼골을 그립니다

별이 까막이는 밤중이나
햇득이는 닭소리
고요히 울어나는 새벽이나
젊은 이 땅의 畫匠은
광이를 노흔 적이 업시
아지도 못할 거룩한 당신의
커다란 肖像을
우리는
언 天地 우에다 색입니다
　─(날은 치운데)
─『조선일보』, 1927.1.31

宣詩

어둠은 밀물가티
간얄핀 빗갈을 발르고
威脅은─그속에서
온─天地를 가만히
눈흘겨 노리도다

이런 듯 수선한 동안에서
溫突에─
따스한 바닥을 끼어안고
미리 昇天한 모지른 치움과
목숨을 훌기는 주림은
부질업슨 내 신령 압헤서
활개를 날려 칼춤을 추도다

아아 그러나 아즉도 나의 마음엔
거룩함이 남어 잇섯스며
죄롭은 생각과 간악한 마음은
나의 가슴을 밟지 못하얏도다

아아 그러나─
이미 기리는 나의 거룩한 목숨을

견우고 달려오든 간악한 그 고기(魚)는
또 다시 나의 눈瞳子 속에서
두번재 헤엄질 치고 잇도다

나는 이가티 간악한 동안에서
더 올애 살고자 하지 안노라

그리하야 나는 떠나가리라
지내간 모든 거록한 꿈이나
기리든 거록한 동안이나
光明을 싸간 어둠 속에다
한가지 아울러 파무더두고
―(憎惡와 싸홈이 나의
고단한 몸을 把握하는 나라로)
나는 길떠날 차림을 하노라
―(겨울)

―『조선일보』, 1927.1.31

昏光의 아들

日沒!
높다란 煙突 우에서부터
어둠은 煤煙과 함께
騷亂한 都會를
외짝 손으로 지긋이 누른다

싯벌거쿠나―
眞紅! 大空의 燃燒
이것은 어둠에다 한 팔을 언진
불타는 太陽이
將來할 아츰의 約束 남긴
生命의 烙印이리라

오오 젊은 시악시야!
乳房에 매여달린 아기는
아즉도 잔단 말이냐

그러나―
쉬― 까딱두 마라
아기는
―어머니 것이다
―人類의 것이다
그는 이 날의 남어지
太陽의 숨결을 보내려고

아즉도 잠자고 잇느니라

저것은 또 무엇이겠니!
저긔! 洞口 밧게서
卷煙의 煙氣의 구슬을 吐하고
왔다 갔다 하는
―潤澤있는 오―바
―'에나멜'의 구두
젊은 夜叉를 마지하고 섯는
閑散한 '뿔조아'의
純眞한? 靑年學徒이리라

그러나 시악시야!
그것이 다―무슨 相關이 있니
자아 그저 좀더 나가나 보자
(街路의 電燈을 求景할 때가 오면)
너의 忠實한 젊은 男便은
夜業을 마치고 돌아오리니―

그리고 잠자든 아기는
눈을 부비고
너의 가슴을 노리는 瞳子 속에서
微微히 흘러나오는 異常한 빗갈에
너의 몸과 마음자리는 아지 못할 感覺에서
족음식 흔들리기 비롯하리라
아아 大地의 最後의 痙攣이다
―薄暮의 詩―

―『조선일보』, 1927.3.8

畫家의 詩

破裂된 硫璃窓 틈박우에엔
목떨어진 勞動者의 피비린내가 나고
銀行所 벽돌담에는 妻와 子息들의
말라부텃든 껍질 春節의 微風으로
구렁이탈 가티 흐늘적어린다

春節의 風景畫는 나의 '칸바―스' 우에서
이러케 華麗하고 陽氣잇게 되어간다
有爲한 靑年 畫家의 고린내나는 倦怠와
肉臭가 코를 찔으는 '아트리에' 속에서
人間의 날근 피와 다 삭은 뼈를 가지고
이 天才 藝術家는 風景畫를 색인다

그러나 '싸로―'의 品作으로는
나의 생각은 넘우나 上等인 것 갓다
人形과 電車票 兵丁 구두로 그린 그림이
암만해도 나는 畫家 以上이다

春野를 걸어가는 長身의 靑年
失戀한 산아이 아니면 소매치기로 出世한―
그는 별안간 돌아서 나의 이마를 후렸다
나의 畫中에 出場시킨 充實한 人形이―

그러고 그는 逃亡을 하엿기 때문에 畫板엔 큰 구녕
이 뚤어저버리엇다
復讐―나는 不共戴天을 맹서하고 이 그림을 그린다
이것은 나의 出世할 그림 歷史의 '스토리'이다

암만해도 나는 繪畫에서 逃亡한 藝術家이다
未來派― 功的이고 亂調美의 追求
그것도 아니다 決코 나의 그림은 美術이 못되니까
―

하마트면 또는 一九一七年 十月에 일어난 兵丁의
行列과 冬宮 午後三時와 九時사이를 浮彫하고 잇슬지
도 모를 것이다
사랑할만한 '아카데믹'의 有爲한 靑年의 作品이―
오오 나의 그림은 分明히 나를 反逆했다
그러고 새롭은 나를 强要하는 것이다
뻥기― 냄새를 피우고 핏냄새를 달낸다
그리할 것이다 나는 以後부터는 銃과 馬車로 그림
을 그리리라

　　　―造形藝術家의寢言
　　　　　　　　―『조선일보』, 1927.5.8

地球와 '빡테리아'

氣壓이 抵下하였다고 도라가는 鐵筆을
度數가 틀닌 眼鏡을 쓴 觀測所員은
旗人대에다 快晴이란 白色旗를 내걸엇다

그러나 제 눈을 가진 給仕란 놈은
二三分이 지낸 뒤 비가 쏘다지면 박구어 달 붉은
긔를 찾느라고 飛行機가 되어 날아다닌다
　　　▶
악가― 그 事務員이 페쓰토로 卽死하였다는 消息
은 바―르서

観測所를새어나가
　　　―街里로
　　　　　　　　　▶宇宙로 뚤코
　　　―山野로
疾走한다―擴大된다
그러나 이즉도 給仕란 놈은 旗에다 목을 걸고 귓짝
속에서 亂舞한다
　　비　　●　　바람
　　　쏴―
그것은 餘地없이 給仕를 事務室로 갓다붓첫다
페쓰토― 그것은 偉大한 것인 줄 給仕는 알았다
　　　　▶

低氣壓과 페쓰토―
充實한 者 事務員은 蒼白한 棺 속에서도 ……를
반듯이 生覺 뿐만 아니라 반듯이 차즐 것이다
그럼 그는 旗를 달지 안을 수가 업섯다
대신 그는 白色旗를 棺 속에 누은 그의 가슴에다
노하주엇다
　―가는 者에게 한줄기 安慰를 주기 爲하야
　　　○
하아! 四十年 동안에 最初로 한 失手는
抵氣壓과 '페쓰토'라고 給仕란 놈은 窓 박게서 웃엇
다
빡테리아 빡테리아
　―그 힘은 偉大하다
　―그 힘은 偉大하다
　　　○
―分間에 한 마리式 잡아 삼키니
十六億分이면―時間 換算은 성가시다
＝地球는寒이다
＝地球는寒이다
'빡테리아'는 地球를 抱擁하고 哄笑한다
　　크게―
　　크게―
　　　(그 웃음은 黑色 四邊形에 倍類로 增大한다)
―

　　　　　　　　―『조선지광』, 1927.8

タンクの出發

數へ切れぬほど多數の 二十世紀 機械が
止め度なく 紛失されつある
工場の中で 農場で 監房で
-小作權は彼らお運轉する機能お失つた
-女工お買ふために 工場主の手段は舊式すぎる
地球上の諸機械は 實に止め度もなく紛失されつい
ある

失はれた機械は 深夜 車庫の中で
新しい機關車お築造しつある
-顔の黃い
-顔の白い
-顔の黑い
　　　等
　　　等
　　　等
インタナシヨナルのタンクはある日車庫の戸お開き
怪物のやらに
非常な速力でもつてクレムリンお出た
-世紀の中に散在した無數の機械お載せて

おお もはや機械は 世紀の機械は
地球の中心お旋回し始めたのだ
-機械は紛失され
-地球の中心はつきとめられ
インタナシヨナルの赤色タンクは動きつつある
徐徐に 急速に—
徐徐に 急速に—
(초출,プロレタリア藝術,1927년 10월)

曇——一九二七
'작코', '반제人틔'의 命日에

뿌르죠아지의 ╳╳—

● 이 시는 일본에서 발간된 『프롤레타리아예술』에 실렸던 것
이다. 임화가 한글로 시를 썼고 이를 이북만이 일본어로 번역
한 것으로 되어 있다. 임화가 처음 발표한 한글 시를 찾을 수
가 없어 일본어에서 번역하였다. (번역은 김재용)
● 작코(Nicolas Sacco)와 반제티(Bartolome Vanxetti)는 이탈리아
출신으로 미국으로 건너와 노동생활을 하면서 노조 활동을 하였
다. 1920년 4월 메사추세츠의 살인강도사건의 혐의자로 검거되
어 8년간 구금되어 있다가 1927년 4월 사형을 선고받았다. 같은
해 8월 세계 전지역에서의 석방 요구에도 불구하고 사형 당했다.

一九一八
二百萬의 푸로레타리아를 '웰탄' 要塞에서 ╳╳한
그놈들의 ╳╳行爲는 惡虐한 手段은
'스팔타키스트'의 勇敢한 鬪士
우리들의 '칼', '로—사'를 빼아섯다.
世界의 가장 偉大한 푸로레타리아의 동모를
革命歌의 墓地로 모라너엇다.
그러나 鋼鐵갓흔 우리의 戰列은
╳人者—그들의 暴虐도 潰滅케 하지를 못하엿다

그러나 아즉도 그놈들은 頑强하다
그놈들의 虛構手段과
╳╳行爲는 아즉도 地球의 到處에서 犯行되어간다

一九一七—太陽이 逃亡간 해
世界의 우리들은 八月 二十日 地球發電報를 작성하
엿다

第一의 同志는 뉴욕 사크라멘트 等等地에서 數十層
死塔에 爆彈洗禮를 주엇으며
第二의 同志는 휜랜드에서 殺人者 米國의 商品에
대한 非買同盟을 組織하엿고
第三의 同志는 코—펜하견에 아메리카 犯罪者의 大
使館을 襲擊하엿으며
第四의 同志는 '암스텔담' 宮殿을 破壞하고 軍隊의
銃꼿헤 목숨을 던젓고
第五의 同志는 巴里에서 數百名 警官을 ╳╳하고
다 다라낫스며
第六의 同志는 모쓰코바에서 熾烈한 第三인터내슈
낼의 命令下에서 大示威運動을 일으키엿고
第七의 同志는 도—교에서 ╳╳者의 大使館에 脅迫
狀을 던지고 갓스며
第八의 同志는 스이스에서 地球의 强盜 國際聯盟本
部를 襲擊하엿다
　(그때의 그놈들은 한장의 二百兩짜리 琉璃窓이
깨여진 것을 歎息하엿다—눈물은 廉價다)
오오 지금 世界의 到處에서 우리들의 同志는 그놈
들의 暴壓과 ╳╳에 얼마나 壯烈히 싸화가고 잇는가

그러나
人類의 犯罪者

● 독일의 사회주의자 칼 리프크네히트(Karl Liebknecht, 1871～
1919)와 로자 룩셈부르크(Rosa Luxemburg, 1871~1919)를 가리
킨다.

歷史의 屠殺者인
아메리카―뿌르죠아의 政府는
사랑하는 우리의 同志
世界 無産者의 最大의 동모
작코, 반제스틔의 목숨을 빼어섯다
電氣로―
(푸로레타리아―트의 發電하는 電氣로)

그러나
第二인터내슈낼은
드듸어 兩同志救命아메리카 委員會의 全世界 勞動
者의 쩌너랠 스트라익의 要望을 謀叛하엿다.
그들은 임에 우리의 힘이 아니다
푸로레타리아의 組織이 아니다
룸펜 인테리켄차―의 허울 조운 逃避窟이다

우리들은 새롭은 힘과 計劃을 가지고 戰場에로 가자
우리는 작코, 반제스틔를 죽인 電氣의 發電者가 아
니냐
우리들은
　世界의 一切을 破壞하고
　世界의 一切을 建設한다
그놈들은 우리들에게 ××을 敎唆하엿다
　가장 미운 ××의 敎唆者
그놈들을 裁判하여라
　地球의 强盜 人類의 犯罪者에게 死刑을 주어라

그러고 우리들은 發電을 하자
우리의 戰列의 새로운 힘을 보내기 爲하야
동모여 그놈들의게 生命을 도적마진 우리들의 사랑
하는 前衛여
조금도 염려는 마러라
뒤에는 無數한 우리가 잇지 안느냐
가장 偉大한 世界 푸로레타리아―트의 組織이

오오 우리는 안다
작코, 반제스틔 君 等이 죽지 안은 것을
街里마다 가득한 그대들의 屍體를
太陽을 물드린 그대들의 핏방울을

暴風雨다 ××이다
우리들의 進擊하는 戰列을 向하야 두 同志는 웨어
치지 안느냐
　世界의 同志야―
　一九二七―리아

××에 對하기를 ××으로
우리들은 동모와 가치 勇敢하게 戰場에로 가자

一九二七. 八. 二八日

―『예술운동』, 1927.11

젊은 巡邏의 片紙

사랑하는 兄님!
어적게 우리는 月曆에다 ××을 싸서 버리고 進×을
시작햇소
　그리하야 삽과 삼태기를 들고 우리는 ××에로 나아
가우.
　勇敢하지 안소 벌서 地球의 半은 ××의 行列이 占
領하고 잇소 지구는 밤이요
　얼마나 만흔 同志가 어둠 속에서 죽어가겟소 아즉도
봄은 춥구려 한겹 옷으로는 견듸기가 어렵구려
　허지만 兄님 다시 한번 우리들의 그림자를 보아주구려.
×體를 넘고 ×河를 건느는 우리들의 壁을 보아요!
　요前에 우리는 伯林 郊外를 지내다 봄풀이 싹이 돗
기도 前 가난한 그들에 주머니를 터러 가여운 게집애
××의 무덤에다 꼿뭉치를 안겨주고 마음을 다하야
눈물을 흘니는 獨逸의 푸로레타리아의 얼골을 보고
왓소
　그때 나는 나의 엽헤 同×를 ×이러 中國을 갓섯다
는 늙은 同×의 슬피 우는 얼골을 보고 왓소 나는 가만
히 눈물을 내 눈에서 집에버렷고 참기가 어려웁듸다.
　그러나 兄님! 우리는 다시 우리들의 압흘 거러가는
北方×××의 발소리를 역력히 들엇고 이리잇치는 무
어이라고인지 한참 떠듭듸다 그러더니 한참잇다 우리
의 ×列엔 새 指令이 내리엇고 그것은 우리들의 새
×× ××이의서 버러지랴고하는 것이었소
　그리하야 擴大된 우리의 ××는 새롭은 ×人발의
도―교에게 보내엇소
　여긔는 朝鮮의 서울이요 只今은 ××의 비가 오는
中이요
　이것이 아마 우리의 봄을 장식하는 실비인가보 비단
갓흔 빗발이요
　兄님!
　끗이 업시 길게 느러진 ××의 ××의 壁을 보!
　무엇이 敢히 이것을 깨트릴 힘을 가젓는지 三百馬力
의 水上飛行機 高速度의 運用탱크 偉力의 起重機―
그것은 ××에 壁에서 한개의 돌을 끄러낼 힘이 업소
　××의 壁은 地球의 生命과 聯絡하리다 그리고 빗

나는 眞紅의 기ㅅ발을 보오 우리 ××의 우에서 춤을
추는——

봄한울은 ×× 춤을 추고 잇구려

아—내 가슴은 터질 것 갓소 ××의 ××× 나아가
는 깃븜에 깨여지고 맙니다.

兄님!

오늘 우리는 아포로의 葬式에로 나아가우 로만쓰와
神秘를 여러 千年 지중해 맑은 물에 뿌렷다든 地中海
의 守護神인 아포로의 葬式에로 나아가우 그것은 ××
의 發×한 ××의 偉力이 大衆에 마음 속으로 무서웁
게 숨여드러가고 있는 까닭이오.

아포로는 完全이 죽었소 歐羅巴의 百姓은 가슴에
열십字를 긋이안고 무릅을 꿀치 않소

형님! ××××크리스마-쓰 消息을 들었소 윈나
의 爆發된 伽람의 寫實을 보았소

버—ㄹ서 아포로는 完全이 죽었소

우리는 아포로의 ××를 밟고 그것을 運轉하고 잇는
건너 나라로 熱帶의 얼골 검은 一億의 ××갓치 進×
×하고 잇소

××은 正制하고

行列은 嚴肅하오

××는 地球에서 ××××고야 맙니다 ×× 힘은
굿새이고 우리에 ××는 地球와 갓치 잇소

여보 兄님! 그런데

나종은 엇던 젊은 ××가 그러는데 내어버린 ×××
달曆에 ××月日이라고 씨여 잇드라구—

하하 우리는 점심을 먹다가 모두가 우스며 젊은 ×
×의 땀을 씨서주엇소

거리의 봄은 계집을 ××窟에 끄러내는 以外에 아무
效力이 업소

우리는 봄을 부서진 파라솔 속에 너허 地下室에다
버립시다.

형님! 巡邏는 고단하지만 깃븜은 가슴에 찻소—
—『조선지광』, 1928.4

네 街里의 順伊(1)

네가 지금 간다면 어듸를 간단 말이냐

그러면 내 사랑하는 젊은 동모

너 내 사랑하는 오즉 한아뿐인 동생 順伊 너의 사랑
하는 그 貴重한 아이희—

勤勞하는 모—든 女子의 戀人……

그 靑年인 勇敢한 산아희가 어듸서 온단 말이냐?

눈바람 찬 불상한 都市 鐘路 복판의 順伊야!

너와 나는 지내간 꽃 피는 봄에 사랑하는 한 어머니
를 눈물 나는 가난 속에서 여의엇지

그리하야 너는 이 밋지 못할 얼골 하얀 옵바를 염려
하고,

옵바는 너를 근심하는 가난한 그 날 속에서도

順伊야— 너는 네 마음을 둘 미덤성 잇는 이 나라
靑年을 가젓섯고

내 사랑하는 동모는……

靑年의 戀人 勤勞하는 女子 너를 가젓섯다.

그리하야—

찬 눈보라가 유리窓을 때리는 그 날에도 機械 소리
에 지워지는 우리들의 참새 너의들의 콧소래와,

눈ㅅ길을 밟는 발소리와 함께 가슴으로 기여드는 청
년과 너의 귓속에서 우리들의 젊은 날은 흘러 갓스며

또 언 밥이 가난을 울니는 그 날에도

우리는 바람과 갓치 거리에서 맛나 거리에서 헤며

골목 뒤에서 의론하고 工場에서 ××하는 그 때가

그 중 즐거운 젊은 날의 行進이엇다.

그러나 이 가장 貴重한 너 나의 사이에서 한아 우리
들 동모를 집어간 ×은 누구며 그 일은 웬 일이냐

順伊야— 이것은……

너도 잘 알고 나도 잘 아는 멀쩡한 사실이 아니냐

보아라— 어늬 ×이 도××인가

이 눈물 나는 가난한 젊은 날의 가진 이 불상한 즐거
움을 노리는 ×하구

그 조그만 風船보다 딴 꿈을 안 깨치려는 간지런
마음하구

말하여보아라 이 나라에 가득 찬 고마운 젊은이들아
—

順伊야 누이야

勤勞하는 靑年, 勇敢한 산아희의 戀人아……

생각해보아라, 오늘은 네 貴重한 靑年인 勇敢한 산
아희가

젊은 날을 싸홈에 보내든 그 손으로

지금은 젊은 피로 벽돌담에다 달曆을 그리겟구나

그리고 이 추운밤 가느다란 그 다리가 피아노줄 갓
치 떨리겟구나

또 이 봐라 어서

이 산아희도 네 크다란 옵바를……

남은 것이라고는 때 무든 넥타이 한아 뿐이 아니냐

오오 눈보라는 도락구처럼 길거리를 다라나는구나

　자 윷타 바루 鐘路 네거里가 아니냐―
　어서 너와 나는 번개갓치 손을 잡고 또 다음 일 計劃
하러 또 남은 동모와 함께 거문 골목으로 드러가자
　네 산아희를 찾고 또 勤勞하는 모―든 女子의 戀人
인 勇敢한 靑年을 차즈러……

　그리하야 끄니지 안는 새롭은 用意와 계획으로 젊은
날을 보내라
―『조선지광』, 1929.1

네거리의 順伊(2)

네가 지금 간다면, 어디를 간단 말이냐?
그러면, 내 사랑하는 젊은 동무,
너, 내 사랑하는 오직 하나뿐인 누이동생 順伊,
너의 사랑하는 그 귀중한 사내,
근로하는 모든 女子의 戀人……
그 靑年인 용감한 사내가 어디서 온단 말이냐?

　눈바람 찬 불상한 都市 鐘路 복판에 順伊야!
너와 나는 지나간 꽃 피는 봄에 사랑하는 한 어머니를
눈물 나는 가난 속에서 여의었지!
　그리하여 너는 이 믿지 못할 얼굴 하얀 오빠를 염려
하고,
　오빠는 가냘핀 너를 근심하는,
　서글프고 가난한 그 날 속에서도,
　순이야, 너는 마음을 맡길 믿음성 있는 이곳 靑年을
가졌었고,
　내 사랑하는 동무는……
　靑年의 戀人 근로하는 女子 너를 가졌었다.

　겨울날 찬 눈보라가 유리창에 우는 아픈 그 시절,
기계 소리에 말려 흩어지는 우리들의 참새 너희들의
콧노래와
　언 눈길을 걷는 발자국 소리와 더불어 가슴속으로
스며드는
　청년과 너의 따듯한 귓속 다정한 웃음으로
　우리들의 청춘은 참말로 꽃다왔고,
　언 밥이 주림보다도 쓰리게
　가난한 靑春을 울리는 날,
　어머니가 되어 우리를 따뜻한 품속에 안아주던 것은
　오직 하나 거리에서 만나 거리에서 헤어지며,

골목 뒤에서 중얼대고 일터에서 충성되던
꺼질 줄 모르는 청춘의 정렬 그것이었다.
비할 데 없는 괴로움 가운데서도
얼마나 큰 즐거움이 우리의 머리 위에 빛났더냐?

　그러나 이 가장 귀중한 너 나의 사이에서
한 청년은 대체 어디로 갔느냐?
어찌된 일이냐?
순이야, 이것은……
너도 잘 알고 나도 잘 아는 멀쩡한 사실이 아니냐?
보아라! 어느 누가 참말로 도적놈이냐?
이 눈물 나는 가난한 젊은 날이 가진
불상한 즐거움을 노리는 마음 하고,
그 조그만 참말로 風船보다 엷은 숨을 안 깨치려는
간지런 마음하고,
말하여보아라, 이곳에 가득 찬 고마운 젊은이들아!

　順伊야, 누이야!
근로하는 靑年, 용감한 사내의 戀人아!
생각해보아라, 오늘은 네 귀중한 청년인 용감한 사
내가
젊은 날을 부지런할 일에 보내던 그 여윈 손가락으로
지금은 굳은 벽돌담에다 달력을 그리겠구나!
또 이거 봐라, 어서.
이 사내도 네 커다란 오빠를……
남은 것이라고는 때 묻은 넥타이 하나뿐이 아니냐!
오오, 눈보라는 ‘튜럭’처럼 길거리를 휘몰아간다.

　자 좋다, 바로 종로 네거리가 예 아니냐!
어서 너와 나는 번개처럼 두 손을 잡고,
내일을 위하여 저 골목으로 들어가자,
네 사내를 위하여,
또 근로하는 모든 女子의 戀人을 위하여……

　이것이 너와 나의 幸福된 靑春이 아니냐?
―『현해탄』

우리 옵바와 화로

　사랑하는 우리 옵바 어적게 그만 그럿케 위하시든
옵바의 거북紋이 질火爐가 깨여젓서요
　언제나 옵바가 우리들의 ‘피오닐’ 족으만 旗手라 부
르는 永男이가
　地球에 해가 비친 하로의 모―든 時間을 담배의 毒

氣 속에다
　어린 몸을 잠그고 사온 그 거북紋이 火爐가 깨여젓
서요

　그리하야 지금은 火적가락만이 불상한 永男이하구
저하구처럼
　똑 우리 사랑하는 옵바를 일흔 男妹와 갓치 외롭게
壁에가 나란히 걸녓서요

　옵바……
　저는요 저는요 잘 알엇서요
　웨―그날 옵바가 우리 두 동생을 떠나 그리로 드러
가신 그 날 밤에
　연겁히 말는 卷煙을 세개식이나 피우시고 게섯는지
　저는요 잘 아럿세요 옵바

　언제나 철업는 제가 옵바가 공장에서 도러와서 고단
한 저녁을 잡수실 때 옵바 몸에서 新聞紙 냄새가 난다
고 하면
　오빠는 파란 얼골에 피곤한 우슴을 우스시며
　……네 몸에선 누에 똥내가 나지 안니―하시든 世
上에 偉大하고 勇敢한 우리 옵바가 웨 그날만
　말 한마듸 업시 담배 煙氣로 房속을 미워버리시는
우리 우리 勇敢한 옵바의 마음을 저는 잘 알엇세요
　天窄을 向하야 긔여올나가든 외줄기 담배 연기 속에
서―옵바의 鋼鐵 가슴 속에 백힌 偉大한 決定과 聖스
러운 覺悟를 저는 분명히 보앗세요
　그리하야 제가 永男이에 버선 한아도 채 못 기엇슬
동안에
　門지방을 때리는 쇠ㅅ소리 바루르 밟는 거치른 구두
소리와 함께― 가버리지 안으섯서요

　그러면서도 사랑하는 우리 偉大한 옵바는 불상한 저의
男妹의 근심을 담배 煙氣에 싸두고 가지 안으섯서요
　옵바― 그래서 저도 永男이도
　옵바와 또 가장 偉大한 勇敢한 옵바 친고들의 이야
기가 세상을 뒤줍을 때
　저는 製絲機를 떠나서 百장의 일전짜리 封筒에 손
톱을 뚜러트리고
　永男이도 담배 냄새 구렁을 내쫓겨 封筒 꽁문이를
뭄니다
　只今― 萬國地圖갓흔 누더기 밋테서 코를 고을고
잇습니다

　옵바― 그러나 염려는 마세요

　저는 勇敢한 이 나라 靑年인 우리 옵바와 피ㅅ줄을
갓치한 게집애이고
　永男이도 옵바도 늘 칭찬하든 쇠갓흔 거북紋이 火爐
를 사온 옵바의 동생이 아니애요
　그러고 참 옵바 악가 그 젊은 남어지 옵바의 친구들
이 왓다갓습니다.
　눈물나는 우리 옵바 동모의 消息을 傳해주고 갓세요
　사랑스런 勇敢한 靑年들이엇습니다
　世上에 가장 偉大한 靑年들이엇습니다
　火爐는 깨어저도 火적갈은 旗ㅅ대처럼 남지 안엇
세요
　우리 옵바는 가섯서도 貴여운 '피오닐' 永男이가 잇고
　그러고 모―든 어린 '피오닐'의 따듯한 누이 품 제
가슴이 아즉도 더웁습니다

　그리고 옵바……
　저뿐이 사랑하는 옵바를 일코 永男이뿐이 굿세인
兄님을 보낸것이겟습니가
　슬지도 안코 외롭지도 안습니다.
　世上에 고마운 靑年 옵바의 無數한 偉大한 친구가
잇고 옵바와 兄님을 일흔 數 업는 게집 아희와 동생
저의들의 貴한 동모가 잇습니다

　그리하야 이 다음 일은 只今 섭섭한 慣한 事件을
안꼬 잇는 우리 동무 손에서 싸워질 것입니다

　옵바 오늘 밤을 새어 二萬장을 붓치면 사흘 뒤엔
새 솜옷이 옵바의 떨나는 몸에 입혀질 것입니다

　이럿케 世上의 누이동생과 아오는 健康히 오늘 날마
다를 싸홈에서 보냄니다

　永男이는 엿해 잠니다 밤이 느젓세요

　―누이동생
―『조선지광』, 1929.2

어머니

어머니! 지금은 어머니가 노 설흔 이야기로
발켜주든 봄밤도 어둡게 이슥하여젓수

지금 어머니가 살엇슬 때 그럿케 귀여하는 이 아들
은 어머니의 구든 몸이 누어가든

이 파란 이슬길을 거러오고 잇수
　그런데 어머니!
　웨 나는 이 길을 언제나 棺 뒤에만 따라갓다 와야
하게 되었는지 모르겟서
　이 키가 홀죽한 영석백이가 지금은 터지는 가마 갓
흔 가슴을 눌느며
　동모두 누어가고 어머니도 누어간 이 길을 가만가만
히 어른갓치 거러가우

　어머니!
　언제나까지 언제까지 이따우 놈의 일이 계속될가
　오늘은—
　그럿케 째지게 가난하면서도 귀여운 큰 子息 때문에
노 웃고 살어가든
　순×이 어머니가 그 아들을 몹쓸 그 병에 이러버린
그날이라우

　어머니가 그 해 봄에 우리가 그럿케 설어워하는데두
돌아가구
　이 거미 갓흔 옵바만을 어른갓치 밋고 살어가는 불
상하고 외롭은 玉順이가
　처음으로 세상에서 마음을 맥기며 밋고 사랑하든
　잘 웃구 勇敢하든 생대 갓흔 그 순봉이가 들것에서
누어나온 지 꼭 열 하로 만에 玉順이가 그럿케 서러하
는 줄도 알고 어머니가 불상한 줄도 알면서도
　사랑하는 玉順이에 무릅에 누어 분하구 분한 눈물을
목에다 채 넘기지도 못하구 죽어간 그길을 나는 울고
잇는 그 어머니와 玉順이 때문에
　아주 어른 갓흔 생각을 하구 또 길을 것고 있구료

　그런데 참 어머니!
　오늘이 또 바다 ×××의 우리들의 勇敢한 쇠갓흔
산아회 녀석도
　세상에 ××××××× 낫서른 땅에를 도라다니
다 그만 목숨을 던진 날이야
　우리 사랑하는 큰 '그 녀석'도 사랑하는 늙은 어머니
의 스름과 원한 속에서 죽어갓다우
　그러하야 바루 이 날이 그 貴여운 우리들의 '그 녀석'
의 屍體가 '그 녀석'이 살어서 목숨을 밧처서 사랑하든
온 ×× '××××들'과 '××××들'의 손으로 이 세
상을 아주 떠나가는 날이라우

　늙고 외롭고 가난한 '그 녀석'의 어머니 엇더케 슬어
워하엿슬 것이며 분하엿슬 것이겟수
　그런데 이 조선의 땅에도 '××'의 勇敢한 子息을

×× '우리들의 어머니'가 울엇고
　두 번 다시 함께 이 한울 알에 살지 못할 그것을 向하
야 ×× 한울 맹서하엿다우

　이것은 사랑하는 우리 어머니도 잘 아는 것이 아니우
　그럿치! 어머니!
　어머니는 이 不孝의 子息이 무엇을 爲하야 누구를
爲하야
　밤과 낫을 가리지 안코 玉順이의 순봉이하구 수군거
리고 도라다니엇는지
　어머니는 子息을 염려하는 사랑 속에도 잘 알은 것
이 아니엇수!

　그런데 그 산아회가 죽엇시!
　늙은 어머니의 수고를 생각하고 노 검정사쓰만 입고
다니는
　그 마음 착한 사나회가 어머니가 잘 알든 ×워하든
××× 넘어 젓구료
　어머니!
　玉順이는 잇흘이나 ××× 쉬구 밥도 안 먹고 울고
울고 울엇다우
　그러다가!
　그만 그 산아회를 위하야 목숨을 버리고 '그 손'을
잘느리고 한울에 웨어칩늬다

　그런데 어머니!
　지금 玉順이는 엇더케 하구 잇스가?
　그리구 순봉이 어머니는
　언제나 언제나 조와하구 위허든 그 아들을 따라가려
고 원통한 목숨을 버리지나 안케수

　그러나 어머니!
　우리들의 사랑하는 세상의 어머니!
　그렇게 子息을 염려하고 조심하는 그 속에서
　사랑하는 젊은 子息들은 또다시 이런 서러운 어머니
와 아들을
　두 번 또 뒤 세상에 안 남기기 爲하야
　貴重한 늙은 어머니의 사랑도 근심을 만들며 靑春의
날을 불나는 ××에서 보내고 잇는 것이라우
　그리하야 이 세상의 가장 거룩하고 偉大한 즐거움을
어머니 가슴에 안켜 되리리다

　어머니! 참 나는 빨니 가리다
　어머니가 生前에 그럿케 귀여워하든 玉順이가
　인제는 불상하게도 혼자서 울고만 잇슬 집으로 가겟수

그럿치만 어머니! 나는 그 대신
　있는 집 게집애 갓치 고흔 옷 한벌 못 닙어본 그 불상
한 玉順의 산아희를 죽이고
　金이나 玉갓치 역이는 젊은 貴한 아들 내 동모를
업샌
　이 원통하고 분한 事實을 내 코에서 김이 날 때까지
잊지를 안켓서

　어머니! 걱정말우 나는 안 이저버릴테야!
　그러구 어머니!
　來日부터는 불상한 玉順이하구 내가
　혼자 남은 순봉이 어머니의 아들과 딸이 되어 이 목
숨을 ××××××리리다
　어머니! 나는 가우 잘 잇수.
—『조선지광』, 1929.4

봄이 오는구나
사랑하는 동모야

늬가 지극히 사랑하고 늬가 꿈에도 못 닛든
　푸른 하날 고흔 나라 산과 들에 봄이 와서
　천만가지 꼿이 피면은—
　언제랴 간 네가 오리냐만은 이해 이땅에도 봄은 오
는구나

봄이란 이 時節이 올 적마다 푸른 빗 양철통을 안고
서라도
　너는 네 목숨을 내놋코라도 사랑하든 어둠 속에서
사는 사람들과
　거머리에 발을 뜻기는 맨발 버슨 아버지 아오들에게
　이 時節을 아름다운 이때를 주고 십허 한알을 우러
러 울든 네가 아니냐

허지만 지금은 그 네모진 ××××× 흘러드러오는
　마음업는 가늘다란 피리소리가 거문 벽 밋헤 쭈구리
고 안즌 네귀를 울닐 제
　오오 偉大한 산아희의 가슴이 엇덧켓는가—

어늬 해이고 어늬 해이고 푸른 이 時節이란 너와
나의 편지하는 時節이 아니엇느냐—
　그럿치만 인젠 나는 너를 못 보고 너는 나를 못 만나
고 잇지 아느냐
　—한 서울 장안의 흙을 밟고 한 푸른 하날의서 숨을
쉬어도

그립은 사랑하는 동모야—
　나는 지금 이 봄의 저녁이 帽子 우이로 가만히 나려
안즐 때
　너와 내가 젊은 긔운이 타오른 ××에로 발길을 날
니든
　鍾路 이 길 이 街里를 거러가며 간 네가 주는 눈물을
먹고 잇다

勇敢한 네의 구리빗 얼골을 어린 내가 이 가슴에
안키든 게집애 얼골노 그릴 제
　내 마음을 꾸짓든 것도 그 부드러운 네 눈의 우슴이
아니엇드냐

동모야— 사랑하는 偉大한 산아희야—
　지금도 나는 이 길거리를 거러간다 네 발자죽 내 발
자죽이 어우러저서 ××에 빗나든 그 길을 거러가든
　이 都市 이 길街里 이 봄을 가고 잇다
　그러나 이것 봐라 지금 내 엽헨 네가 업구나 네가
업구나
　어린 내 마음이 조그만 冒險에 醉하엿슬 때 默默히
千百 倍 어려운 일을 해던지든
　鋼鐵壁 갓흔 내 勇敢한 네가 업구나

그러나 철없는 내 마음이 가만히 이 세상 재미에 기
우러지다가도
　나는 너를 생각한다
　지내간 날에 내 마음을 꾸짓든 네 눈을 나는 잇지를
안는다.

이거 봐라 그러구 싸홈판에서 달니든 勇敢한 네의
잔등이가 새집갓튼 그 초롱을 헐기 전에는 나는 가지
안으리라 나는 이 세상 봄을 가지는 안으리라
　그럿치
　이 세상의 모두가 다 망해버리고 내 몸이 천만 가래
난대보아라
　엇더케 엇더케 내가 너를 두고 이 세상 봄을 따르겟
는가
　사랑하는 동모야—
　지금 세상에는 죽엇든 풀도 싹이 나서
　네가 사랑하든 푸른 들 푸른 하날에 젊은 노래가 놉
다란 붉은 빗담을 넘어 새장 속에 네 마음을 흔들면은
　몃十年 몃十年 묵은 네 가슴 젊은 익기를 긁으리라
　그럿치만 연한 봄바람이 내 볼을 스칠 때면
　나는 오즉 네가 내 귀에 말하든 불갓흔 그 말이 내
가슴을 누르고 잇다

오오! 그립은 사랑하는 동모야!

따듯한 이 봄이 와두 부드러운 햇발을 못 갓겟구나
동모야 동모야 나는 이것이 원통하다 나는 이것이
서러웁다
엇재서 나는 太陽을 獨占할 權力이 없고 달을 所有
할 힘이 업섯는가
萬一 내 목숨을 주어 박굴 수가 잇다면 나는 곳 다라
나는 電車에 이마를 깨트리리라
그러면 그러면
나는 너의게 이 고흔 봄 太陽을 주리라 아름다운
달을 주리라
오오 그러나 나는 서러워지는구나 쓸쓸해지는구나
그러나 ××에 패하야서 너를 일허서 서러운 것이
아니다
나는 그냥 이 봄 이 푸른 세상이 네가 가고 너의들의
업는 이 해 이 땅에도 오는 것이 설어웁다
그러나 나는 허리라 나는 허리라
하날을 가로가는 太陽과 靑春에 등에 백인 달을 나
느 가즈리라
그리하야 네가 다시 파란 세상에 봄해 봄달을 안고
'올야'의 사랑에 누엇슬 때면 나는 즐거이 이 목숨을
던지리라

사랑하는 동모야! 열 해지만 열 해지만 잘 있거라
나는 내 혀의 ×를 먹고라도 사러가리라
그때 그날까지 —
—『조선문예』, 1929.5

다 업서젓는가

멧번재 ×××××!에 敗하고
멧번재 절믄 壯丁을 ××기고
멧번재 흙발에 채우든 우리들의 집이어

只今은 아모것도 업서지고 말앗는가
맨 처음 ××날의 밤을 鑽하는 어린 동모의 가슴이
뛰고
그것을 근심하는 어머니 兄들의 발길이 오고가든
그 집 ……
동모들에게 보내는 '레포―트'를 쓰느라고 鐵筆이
날으고
깨어진 '테불' 압헤 주먹을 쥐고 안저 오래든 經驗을
이약이하며

이 사람들의 선두에서 빗나든 그 산아희가 안젓든
그 집이
인제는 看板만……
오래동안 바람과 비에 씻겨 우리들의 歷史를 말하는
듯한 이 헌 看板만이 남어 잇는가!

그러면 인제은 다 아무것 업서지고
벍언 잉크로 씨인 '入'字標와 '××'의 표가 붓흔 옛
날의 명부만이
冊床 설합 속에서 잠을 자고 잇는가

오오— 그러나 우리는 알고 잇다 잘 알고 잇다
아모리 一年을 두고 잇해를 두고 만나지를 못한대도
우리들은 어듸서이고 숨을 쉬고 잇스리라
그러치를 안으냐! 兄弟야!
무엇으로 우리는 즐기어 살엇으며
무엇으로 우리는 행복되엇는가
그것은 우리가 ×하는 까닭이엇으며
그것은 우리가 ×을 쉬이고 잇섯든 때문엇다

오늘도 兄弟에 멧은 벽둔 담을 노리고 있겟고
오늘도 兄弟에 멧은 일홈 몰를 땅에서 헤매이리라
그러나 아즉도 우리는 숨을 쉬이고 잇으며
그 사람들은 공장에 갓득 차 잇다
그래도 누구가 敢히 인제는 다 업서젓다구 말하겟는가
地球만이 남어 잇다면은……
看板에 墨은 百번 千번 칠할 것이고
靑年은!
健康한 노래 속에서—
이즐 수 업는 ×× 속에서
××자 ×민의 ××를
정말 정말 놉히 들녀고

말업시 먼지 무든 명부를 멧번식 들처보고는 가는
것이다
—『조선지광』, 1929.8

病監에서 죽은 여석
×의 六月十日에

기―느 젊은 날을 너와 나는 ××을 의론하야왓고
꿈갓흔 열븐 생각(生覺)이 우리 압홀 막을 때면 '이리
잇치 레―닌'의 쇠갓흔 얼골을 바라며
밋빠진 주머니의 두 손을 곳처 찌르고 또 다시 나가

지를 안엇든가—

　그날도—

　그날도 너는 첫 여름의 밤이 아즉도 안 새엇슬 때

　오는 날에 計劃의 實行 압헤서 우리는 지낸 그때를

이약이하엿다

　일즉이 해가 一九二〇年이엇슬 때 三月

　우리들의 사랑하는 勇敢한 내 나라의 百姓들이

　××한 帝國主義××과 自由를 싸윗슬 때

　엇더케 꿈에도 못 이즐 사랑하는 同胞가 ×들의 毒

手에 넘어젓든가를 말하지 안엇든가—

　그럿다—

　平和하여야 할 綠色의 고흔 都邑 水原에서 한거번

의 사랑하는 同胞 八百 九百을 ×에 살여 ×인 놈도

　오! 미운! 그놈! 그놈들이엿고

　首都 京城에서 大道上에 貴여운 젊은 女子의 하얀

가슴에다 ×을 박은 놈도!

　勤勞하는 勞動者 農民을 隸屬과 搾取에서 解放할려

는 우리들의 前衛 ×× 젊은 ××을 모—든 ××한 野

獸的 方法으로 ×이고 ×問한 놈도

　그놈! 그놈들이엇다

　그럼으로!

　너와 나는 싸히고 싸힌 그 憤恨의 報復을 爲하야

그날의 實行될 計劃을 가젓든 것이 아니엇드냐?

　그러나! 지금은

　이러튼 너도 病監에서 죽엇구나! 사랑하는 네가 病

監에서 죽엇서—

　오! 내 나라의 勇敢한 산아희야! 번개갓흔 산아희야

—

　그날 놈들은 말굽 밋헤다 알 수 없는 슬픔과 憤恨에

조고만 가슴을 덜넝대고 잇튼 學校의 게집애들을 짓발고

　번개갓치 삐라를 뿌리고 지내가는 靑年 勇敢한 우리

들의 學生들을 ×대구리로 걱구러트리지를 안엇드냐

　놈들은 무서워 떨엇다.

　그러고 조고만 너 한아를 잡으러 멧 놈이 멧십 놈이

왓섯든 것이냐

　그만큼 놈들은 너를 무서워하엿고

　우리들을 무서워하엿든 것이다

　오! 귀여운 이 녀석아!

　네가 사람을 죽이엇기 때문에 놈들은 너를 ×인 것

이 아니다.

　놈들은 너를 미워하엿고 놈들은 너를 업샐야는 데

모—든 勢力을 다한 것이다.

　그럼으로 너는 病監에서 ×엇다.

　그러나

　勇敢한 너와 또 젊은 勇敢한 靑年 學生인 동모들이

흘닌 ×에 저진

　六月十日은 우리들 조선의 푸로레타리아의 가슴에

서 永久히 스러지지는 안으리라

　봄이 열븐 三月에 우리들의 '山宣'*이 ×엇고

　똑갓흔 이 달에 '渡政'*도 日本 勞動者 農民의 원한

속에 갓는데

　오! 또 이 녀석아!

　病監에서 네가 ×다니—

　그러나—

　귀여운 이 녀석아! 잘 가거라

　우리들의 ×××은 밋친 개처럼 싸지르는 白色테—

로들의 毒手를 짓발고

　더 멀니 더 굿세히 압프로 나가리라

　더 무서웁게 더 무서웁게 죽엄을 안고 싸호리얀라

고!

—『무산자』, 1929.7

雨傘 밧은 요꼬하마의 埠頭

　港口의 게집애야! 異國의 게집애야!

　'독크'를 뛰어오지 마러라 '독크'는 비에 저젓고

　내 가슴은 떠나가는 서러움과 내어쫓기는 분함에 불

이 타는데

　오오 사랑하는 港口 '요꼬하마'의 게집애야!

　'독크'를 뛰어오지 마러라 란간은 비에 저저 잇다

　"그남아도 天氣가 조흔 날이엇드라면?"……

　아니다 아니다 그것은 所用없는 너만에 불상한 말이다

　네의 나라는 비가 와서 이 '독크'가 떠나가거나

　불상한 네가 울고 울어서 좁드란 목이 미여지거나

　異國의 반역 靑年인 나를 머믈너두지 안으리라

　불상한 港口의 게집애야— 울지도 말어라

<hr>

* 일본 사회주의 운동가 야마모토 센지(山本宣治, 1899~1928)
　를 가리킨다. 1929년 우익에 의해 학살당한다.
* 일본 사회주의 운동가 와타나베 마사노스께(渡邊政文輔, 1899
　~1928)를 가리킨다.

追放이란 標를 등에다 지고 크나큰 이 埠頭를 나오
는 네의 산아희도 모르지는 안는다
　네가 지금 이 길노 도라가면
　勇敢한 산아희들의 우슴과 아지 못할 情熱 속에서
그 날마다를 보내이든 조그만 그 집이
　인제는 구두발이 들어나간 흙자죽박게는 아무것도
너를 마즐 것이 업는 것을
　나는 누구보다도 잘 알고 생각하고 잇다
　그러나 港口의 게집애야!— 너 모르진 안으리라
　지금은 '새장속'에 자는 그 사람들이 다— 네의 나
라의 사랑속에 사랏든 것도 안이엇스며
　귀여운 네의 마음 속에 사릿든 것도 안이엇섯다.

　그럿치만—
　나는 너를 爲하고 너는 나를 爲하야
　그리고 그 사람들은 너를 爲하고 너는 그 사람들을
爲하야
　엇재서 목숨을 맹서하엿스며
　엇재서 눈오는 밤을 멧번이나 街里에 새엇든가

　거긔에는 아모 까닭도 업섯스며
　우리는 아모 因緣도 업섯다
　덕우나 너는 異國의 게집애 나는 殖民地의 산아희
　그러나— 오즉 한가지 理由는
　너와나— 우리들은 한낫 勤勞하는 兄弟이엇든 때
문이다
　그리하야 우리는 다만 한 일을 爲하야
　두 개 다른 나라의 목숨이 한가지 밥을 먹엇든 것이며
　너와 나는 사랑에 사라왓든 것이다

　오오 사랑하는 '요꼬하마'의 게집애야
　비는 바다 우에 나리며 물결은 바람에 이는데
　나는 지금 이 땅에 남은 것을 다 두고
　내의 어머니 아버지 나라로 도라갈려고
　太平洋 바다 우에 떠서 있다
　바다에는 긴 날개의 갈매기도 올은 볼 수가 업스며
　내 가슴에 날든 '요꼬하마'의 너도 오늘로 없어진다

　그러나 '요꼬하마'의 새야—
　너는 쓸쓸하여서는 아니된다 바람이 불지를 안느냐
　한아뿐인 너의 조희 우산이 부서지면 엇저느냐
　어서 드러가거라
　인제는 네의 '게다' 소리도 빗소리 파도ㅅ소리에 뭇
처 사려젓다
　가보아라 가보아라

　내야 쫓기어나가지만은 그 젊은 용감한 녀석들은
　땀에 저즌 옷을 입고 쇠창살 밋헤 안저 잇지를 안을
게며
　네가 잇는 工場엔 어머니 누나가 그리워 우는 北陸
의 幼年工이 잇지 안으냐
　너는 그 녀석들의 옷을 빠러야 하고
　너는 그 어린것들을 네 가슴에 안어주어야 하지를
안켓느냐—
　'가요'야! '가요'야! 너는 드러가야 한다
　벌서 '싸이렌'은 세 번이나 울고
　검정 옷은 내 손을 멧번이나 잡어다녓다
　인제는 가야 한다 너도 가야 하고 나도 가야 한다

　異國의 게집애야!
　눈물은 흘니지 말어라
　街里를 흘녀가는 '데모' 속에 내가 업고 그 녀석들이
빠젓다고—
　섭섭해하지도 마러라
　네가 工場을 나왓슬 때 電柱 뒤에 기다리든 내가
업다고—
　거기엔 또 다시 젊은 勞動者들의 물결노 네 마음을
굿세게 할 것이 잇슬 것이며
　사랑의 주린 幼年工들의 손이 너를 기다릴 것이다
—

　그리고 다시 젊은 사람들의 입으로 하는 演說은
　勤勞하는 사람들의 머리에 불갓치 쏘다질 것이다

　드러가거라! 어서 드러가거라
　비는 '독크'에 나리우고 바람은 '덱기'에 부듸친다
　雨傘이 부서질나—
　오늘— 쫓겨나는 異國의 靑年을 보내주든 그 우산
으로 來日은 來日은 나오는 그 녀석들을 마주러
　'게다' 소리 놉게 京濱街里를 거러야 하지 안켓느냐

　오오 그럼은 사랑하는 항구의 게집애야
　너는 그냥 나를 떠내보내는 스러움
　사랑하는 산아희를 離別하는 작은 생각에 주저안질
네가 아니다
　네 사랑하는 나는 이 땅에서 쫏겨나지를 안는가
　그 녀석들은 그것도 모르고 갓쳐 잇지를 안은가 이
생각으로 이 慣한 事實로
　비달기갓흔 네 가슴에 발갓게 물들어라
　그리하야 하얀 네 살이 뜨거서 못견딜 때
　그것을 그대로 그 얼골에다 그 대가리에다 마음것

메다 처버리어라

　그러면 그때면 지금은 가는 나도 벌서 釜山, 東京을
것처 동모와 갓치 '요꼬하마'를 왓슬 때다
　그리하야 오래동안 서러웁든 생각 慣한 생각에
疲困한 네 귀여운 머리를
　내 가슴에 파묻고 울어도 보아라 우서도 보아라
港口의 내의 게집애야！
　그만 '독크'를 뛰어오지 마러라
　비는 연한 네 등에 나리우고 바람은 네 雨傘에 불고
있다
—『조선지광』, 1929.9

洋襪 속의 片紙
1930.1.15. 南쪽 港口의 일

　눈보라는 하로 終日 北쪽 철窓을 따리고 갓다
　우리들이 그날— 會社 뒷門에서 '피케'를 모든 그
밤갓치 ……

　멧번, 멧번 그것은 왓다 팔 다리 코구녕 손구락에
—

　그러나 나는 그것이 아푸고 쓰린 것보다도 그 뒤의
일이 알고 십허 증말 견딜 수가 업섯다

　늙은 어머니들 굴문 안해들이
　우리들의 마음을 풀리게 하지나 안엇는가 하고

　그러나 모두들 다— 산아히 자식들이다
　언제나 우리는 말하지 안엇니
　너만이 늙은 어메나 아베를 가진 게 아니고
　나만이 사랑하는 게집을 가진 게 아니라고

　어메 아베가 다 무에냐 게집 자식이 다 무에냐
　세상의 산아히 자식이 엇더케 ××이 보기좃케 패북
하는 것을 눈깔로 보느냐

　올해갓치 몹시 오는 눈도 업섯고 올해갓치 치운 겨
울도 업섯다
　그래도 우리들은— 게집애 어린애까지가
　다— 긔계틀을 내던지고 이러나지 안엇니

　동해 바다를 것처오는 모지른 바람 회사의 뽐푸, 징
박은 구두발 휘모라치는 눈보라—

　그 속에서도 우리는 二十일이나 꿋꿋히 뻣대오지를
안엇니

　해고가 다 무에냐 끌려가는 게 다 무에냐 그냥 그대
로 황소갓치 뻗대이고 나가자
　보아라！ 이 치운 날 이 바람부는 날— 비누궤짝 짚신
짝을 실코
　우리들의 이것을 익이기 爲하야
　구루마를 끌고 나아가는 저— 어린 行商隊의 少年
을……
　그러고 寄宿舍관 門잠근 房에서 밥도 안 먹고 이불
도 못 덥고
　이것을 이것을 익이려고 울고 부르짓는 저— 귀여
운 너의들의 게집애들을……

　감방은 차다 바람과 함께 눈이 듸리친다
　그러나 감방이 찬 것이 지금 새삼스럽게 시작된 것
이 아니다
　그래도 우리들의 선수들은 멧번ㅅ재나 멧번ㅅ재나
이 치운 이 어두운 속에서
　다— 그들의 쇠의 뜻을 달구엇다

　참자！ 눈보라야 마음대로 밋처라 나는 나대로 뻣대
리라
　집부다 ××도 ×××군도 아직 다 무사하다고？
　그럿타 깁히 깊히 다— 땅 속에 드러들 백혀라

　으—ㅇ 아모런 때 아모런 놈의 것이 와도 뻣대자—
　나도 이냥 이대로 돌멩이 붓처갓치 뻣대리라
—『조선지광』, 1930.3

제비

三月이 지나 六月이 돼두
제비소리커냥 빗소리두 안들니는구나

지지난 해 '서대문' 감옥 南쪽 房에서 듯든
그 소리도 '류치장' 살님에는 업서젔구나

마루청을 밟는 간수의 구두소리
절그럭대는 칼소리로 六月이 되리로구나

허지만 동무들아 너의들은 눈오는 겨울에도
'로동자의 봄'을 물고 나라를 차저드는 젊은 제비라

X에도 X에도 꼼작도 안는 不死鳥
X엄으로써 '로동자의 봄'을 짓고 잇느니

제비는 三月에 南쪽에서 北으로 나라오건만
우리는 겨울에도 X을 들고 工場에서 X와야 한다.
　　　　　　　　　　—『조선지광』, 1930.6

자장자장

　동경의 복판으로 흘으는 우전천(隅田川) 물결 위에
는 배에서 나서(出生) 배에서 자라나는 소년소녀들이
잇슴니다.
　그들은 자긔들의 부모가 새벽부터 밤중까지 돗대와
노의 매달녀서 겨우 먹고사는 그 사히에 어린 동생들
을 보와줌니다.
　강언덕 프른풀난 조붓한 길도 고흔 옷 입고 학교 가
는 아희들의 뒤모양을 보면서 쓸쓸한 목소리로 자장가
를 불늠니다.
　자장자장 우리에기 자장
　무럭무럭 자라서 힘세게되라
　긔운차게 무섭게 작구 자라라
　　　　　　　　　　—『별나라』, 1930.7.1

오늘밤 아버지는 퍼렁이불을 덥고

　오늘밤 아버지는 퍼렁이불을 덥고
　노들강 건너편 그 조그만 오막살이 속에 잠자는 네
등을 두드리고 잇다.
　그리고 지금 나는 네가 일에 충성된 것을 생각하며
대님을 묵근 길다란 바지가 툭 터지는 줄도 모르고
　첩첩히 다친 창살문 밧게 밝어가는 한울을 바라보며
두 다리를 쭉 뺏고 잇다.
　아직도 내가 동무들과 갓치
　오도바이에 실녀 '불'로 'XXX'로 끌녀다녓슬 때
너는 어린 개미처름 '사시이레' 보퉁이 끼고 귀를 어이
는 바람이 노들강 우우를 부러나리고
　잇는 집 자식들이 털에 뭇처 스케트 타는 어름판을
건너
　하로갓치 영등포에서 서울노 아버지를 차저왓다.
　나는 네가 착한 아이라고 칭찬한다.
　그러나 만일 네가 그것 때문에 조곰치라도 일을 게
을넛다면은
　네가 정성을 다하야 빨아오는 그 양말짝이나마

엇더케 아버지는 마음노코 발에 신을 수가 잇섯겟느냐
벌서 섯달!
　동무들과 갓치 아버지가 한데 뭇겨 X무소로 넘어올
때
　그때도 너는 울지 안코 너는 손을 흔들며 자동차를
타라왓다.
　그러나 만일 네가 만일 네가
　아버지 자식의 사이를 자버제친 온 동무들과 우리들
사이를 자버제친
　이 일을 네가 새로운 사업을 위하야 생각하지 안엇
다면은
　너를 이저바리지 안코 너를 한껏 사랑하는 아버지는
마음노코 X밥을 입에다 눗치를 못하엿슬 것이다.
　그러나 아버지는 안다.
　너는 언제나 일에 충실하고 지금도 또한 충실한 것을
　오늘도 그 전에 아버지가 건너다니든 노들강 어름판
우를
　영등포에서 용산으로 용산에서 영등포로
　이어지는 귀중한 명맥을 버선목 깁히 숨기고
　너는 혼자서 탕탕 어름을 굴르며 건너스리라
　그러고 또 박는 새벽일을 잇지 안코
　풋솜갓치 깁히 자는 네 등을 두드리며 아버지는 조
그만 네 가슴에 손을 언저보고
　네 가슴이 시게처름 똑똑이 맥치는 것을 한껏 층찬
한다.
　빠르지도 안케 느리지도 안케 언제나 틀림업지
　아버지나 너는 언제나 일에 한결가터야 한다
　그것 한아만을 가슴속 깁히 가지고 잇서야 한다.
　한번 폭풍에 짓밟힌 우리들의 사업은 언제 또 어그
러질지도 모를 것이다.
　그러나 언제이고다 우리들이 맘이 한결 갓트면는 언
제나 틀임업시 맥차는 염통이 가슴 속에서 움직이면
　우리들 모두다 가슴에 파뭇친 염통을 괭이로 한목에
푹 파내이기 전에는
　아무 때이고 아무 X에게이고 우리들의 가슴을 만저
보라고 내밀어보자
　무엇이 감히 우리들의 자라는 나무를 뿌리채 뽑을
수가 잇겟는가
　영리하고 귀여웁고 사랑스러운 아들아 아버지는 요
전에도 네 연필로 쓴 편지를 생각하고
　네 가슴이 똑똑이 뛰고 잇는 것을 칭찬하고
　퍼렁이불 자락을 끄을어 억개를 덥고 잇다 일에 충
실한 착한 너를 생각하며
　　　　　　　　　　—『제일선』, 1933.3

한톨의 벼알도

고웁고 아름답게 누런 머리를 숙이고 잇는 논두렁
우를
　바람은 웨 심술궂게 짓밟고 달아나는가?
　오오 사랑하는 들판 귀여운 나락
　한톨의 벼알도 새에게 먹이지 않으려든 이내 심정
　이 우에 쭉 들어선 뗏목을 나는 두 손을 밧잡고 물그
럼이 드려다 보고 잇다

　드높은 하늘도 오고가는 새들도 오늘은 잠잠하고
　고개 넘어 개울 건너 언놈네 돌이네 논에도 뗏목은
늘어가며
　우리들은 미친 듯이 논두렁 우를 밤새도록 오고 간다.
　늙은 기침 소리에 버레들은 놀래이며 누구 하나 말
하는 사람이 없이

　지난 해 이 때 한 떼의 젊은 장정들이
　시퍼러케 두 손을 묶이어 아까시나무 늘어선 동구
밖으로 끄을려 나간 뒤
　야학교도 없어지고 아이들은 밥 달라고 졸르기만 하며
　지금 이 가을에 또 다시 이 눈에서 불이 날 광경이
들판을 뒤덮어도
　나으리들이 탄 자전거 요령 소리만이 호기잇게 뜨르
렁거리고
　들판에는 늙은 농군들이 가는 허리를 두드리며
　홍수에 밀려간 논두렁에 앉어 하날을 탄식한다.

　그러나 늙은 애비 젊은 게집 어린 자식들의 가슴에
다 물어보아라
　누구가 한 톨의 벼알에 심신(心身)을 바치지 않엇으
며 누구가 황금빛 물결 이는 이 들판을 즐기어 송두리
채 내어놓을 것이며
　누구가 눈보라치는 기—ㄴ 겨울에 나무뿌리를 캐러
산에 오르기를 즐기겟는가

　오장이 썩어빠진 세상에 드문 천치놈이 아니어든
　쇠털같이 숫한 삼백예순 날 뼈골을 빼서 지은
　참새나 버레에게도 한 톨 한 이삭을 안 먹이엇든
　이 사랑하는 들판에 물결치는 황금빛 양식을
　뻘건 두 손을 밧잡고 허수애비같이 논두렁 채 내놓
고 말 것인가
　(以下 二十五行 略)
—『동아일보』, 1933.9.28

萬頃벌

　山 그림자 멀니서 잠자는 萬頃 平野
　푸른 물결 누른 파도가 하늘을 치밧치고 용소슴치는
　한가운데를 貫流하는 白馬江가 그 곧의
　포푸라나무 느러진 뚝 밑이 네 집이라 그랫다

　北海의 烈風과 함께 시베리아 海岸을 써서 내리는
　저—차디찬 '리망' 해류가 정드른 흙의 한 쪽을 치
고 가는
　玄海灘—對馬海峽—을 건으면

　동무야 너는 그 곧이 잇지 못할 그리운 故鄕이라고
그랫섯다……
　목숨이 마지막으로 너를 두고 한알노 스러지든 지내
간 四月—
　아즉도 바람이 차고 上野의 꽃봉오리 떨—든 이즐
수 없는 그 때
　너는 독수리와 같은 장정으로부터 죽어가는 병신이
되어
　우리들에 차디찬 품으로 도라왓다.

　1925년 그 때로부터 傳統에 빛나든 東京……地
區……그 祝福된 요람으로부터 자라나서 너는
　고향을 쫓겨나 全身으로 激勞에 갈니위든 ……들의
앞길의 ……
　在東京 …… 의 大部隊를 잇끌고
　'전×'의 旗ㅅ발 밑으로…… 드러갓다.
　너는 보다 더 强한 '1의 聯태'의 大標柱를 뚜렷이
하기 위하야
　너는 하로가 백날같이 熱火든 날니든 英雄의 길 鋼
鐵의 隊伍 가운데서

　絶望과 悲歎의 냄새 나는 진흙 구렁으로 우리들을
誘惑할 때
　興奮과 焦燥가 斷崖에 危險으로 우리들을 밀칠 때
　너는 언제나
　그르침이 없는 ××의 前線으로 우리들을 이끌엇든
'코밋쌀'의 한 사람
　어느 때나 우리의 …… 이엇든
　어느 때나 우리의 뿌라카—트이엇든

　너는 똑 같이 그들의 증오의 標的이엇다
　네가 追捕의 그물을 찢고 東京의 넓은 天地를
　또—가슴을 찢기지 안코는 건느지 못할 玄海灘의

이 쪽 저 쪽을
　네의 집 마당같이 오고 갓슬 때
　무엇이 너를 기다리고 따랏는지
　엇지 이것을 잇겠는가

　그리하여 네가 우리들 가운데로부터 자최를 감추든
지내간 正月
　저 '재×××'의―歷史的 會議가 잇든―그대에
　―年하고 맷달이 못되여
　너는 넘으나 일즉이 죽어 버리엇다.

　누구가 이 앞은 傷處의 몸서리를 치지 안엇는가
　누구가 이 ×함에 가슴의 물결은 높이지 않겟는가
　모자를 벗고 머리를 숙이고
　우리들의 兄弟 우리들의 ××의 모든 隊員은 比할
수 없는
　感情의 명예로 가슴을 눌니우
　면서
　列風 지둥치는
　前進의 決意를 굳게 할 것이다.

　오오― 鋼鐵의 英雄主義여!

　해마다 푸른 옷 가라입는 半島에 봄이 차저 들 제
　해마다 누런 물결 파도치는 萬頃벌의 가을이 짓허올 때
　그리고 玄海灘 건너 눈물 나는 그들의 살림이 어려
울 그 때마다 불길은 이어지고 遺産은 執行될 것이다.

　山 그림자 멀니 잠자는 萬頃 平野
　맑은 내 새로가로 흐르는 그 곳이
　너의 고향이라고 그랫다.
　　　　　　　　　　　　―「우리들」, 1934.2

永遠한 靑春(1)[•]
세월

싯퍼럿케 흘너나리는 노들강

나무가지를 훌어 겪는 눈보라와 함께
어러부터 삼동 긴 겨울에 그것은
살결 세인 손등처럼 멧번 터지고 갈나지며 또 그 우

─────────────────────

에 밀물이 넘처 어름은 두자 석자 둑터젓다.

　봄! 부드러운 바람결 옷깃으로 기어들 제
　어름판은 풀리고 녹아서
　돈짝 구름장갓흔 조각이 되여 황해바다로 흘너저간다

　이럿케 때는 흘르고 흘너서 넓은 산 모서리를 시처
내리고 구든 바위를 깍거,
　천리 길 노들 江의 화상을 까러 노왓나니 세월이어!
흘으는 영원의 것이어
　모든 것을 싸하 올니고 모든 것을 허무러내리는
　오오 흐르는 시간이어 과거이고 미래인 것이어!
　우리들은 이 붉은 山을 시커먼 바위를 그러고 흐르는
세월을 닥치오는 미래를 존엄보다도 그것을 사랑한다.
　몸과 마음 그박게 있는 모든 것을 다하야

　세월이여 너는 꿈에도 한번
　사멸하는 것이 그 길에서 도라스는 것을 허락한 일
이 업고
　과거의 망영이 생탄하는 어린것의 우름 우는 목을
누르게 한 일은 업섯다.
　너는 언제나 어름장갓치 냉혹한 품안에 이 모든 것
의 차례를 바꿈 업시 담북 길으며 흘러왓다.

　우리들은
　타는 가슴을 흥분에 두군거리면서 젊은 시대의 대오는
　뜨거운 맥이 높히 뛰는 두 손을 쩍 버리고,
　모든 것을 그 사람에 끼고 닥처오는 세월! 미래!
　그대를 이 지상에 굿건히 부혀잡는다.

　우리는 역사의 현실이 물결치는 대화 가운대서
　썩으러지며 물저가는 그것을 물니칠 확고한 계획과
　그것을 행하야 독수리와 갓치 돌진할 만신의 용기를
가지고
　이 널은 지상의 모든 곳에서 너의 품안으로 닥어슨다.

　오오 사랑하는 영원한 청춘! 세월이여
　너의 그 아름다운 커다란 푸른빗 눈을 크게 뜨고,
　오― 대지의 세계를 둘너보라!
　누구가 정말 너의 계획의 계획자이며!
　누구가 정말 너의 의지의 실행자인가!

　오오 한초 한분
　웬 세계 우에 긴 나래를 펼치고 나라드는 한 태―어!
　우리는 너의게 오―ㄴ 세계를 요구한다.

날근 것과 새로운 것의 불닺는 말성 가운대서
우리는 요구한다.
조흔 것을 더—조흔 것을

오즉 우리들만이
세월이여! 이것은 미래인 너에게 요구할 수 잇고
한눈 깜박할 새 천만리 다라나는 너의 팔을 잡고
즐거운 미래를 행하야 다름칠 수가 잇다
네가 알 듯이 오즉 우리들만이 — 그리하야
우리들이 한번 그 가삼을 푹 지를 때
우리들이 한번 돌뿌리를 차고 피를 흘니며 넘어질 때
우리들이 또 한번 두 대리를 거너고 돌처 이러나 압
을 행하야 고함을 질으고 내달을 제
　세월이여! 너는 손벽을 치며 우리들의 품으로 달여
들어라!

　오—ㄴ 세계를 네 품에 가득 부든켜 안고—
　오오! 감히 엇던 바람이 잇서 엇던 힘이 잇서
　물결이어 도라스라! 화상이여 이러나라! 고 손질할
것이며,
　세월이여 퇴거하라 미래여 물녀가라고 소리치겟는
가?

　미래여! 사랑하는 영원이여!
　세계의 모든 것과 함께 너는 영원히 젊은 우리들의
것이다.

—『문예창조』, 1934.6

세월(2)

시퍼렇게 흘러내리는 노들 강,

나무가지를 후려꺾는 눈보라와 함께
얼어붙어 삼동 긴 겨울에 그것은
살결 센 손등처럼 몇번 터지고 갈라지며,
또 그 위에 밀물이 넘쳐
얼음은 두자 석자 두터워졌다.

봄!
부드러운 바람결 옷깃으로 기어들 제,
얼음판은 풀리고 녹아서,
돈짝 구들장같은 조각이 되어 황해바다로 흘러간다.

이렇게 때는 흐르고 흘러서, 넓은 산 모서리를 스쳐

내리고, 굳은 바위를 깍거,
　천리 길 노들 江의 하상을 깔아놓았나니,
　세월이여! 흐르는 영원의 것이여!
　모든 것을 쌓아 올리고, 모든 것을 허물어 내리는,
　오오 흐르는 시간이여, 과거이고 미래인 것이여!
　우리들은 이 붉은 山을, 시커먼 바위를,
　그리고 흐르는 세월을, 닥쳐오는 미래를,
　존엄보다도 그것을 사랑한다.
　몸과 마음, 그밖에 있는 모든 것을 다하여……
　세월이여, 너는 꿈에도 한번
　사멸하는 것이 그 길에서 돌아서는 것을 허락한 일
이 없고,
　과거의 망령이 생탄하는 어린것의 울음 우는 목을
누르게 한 일은 없었다.
　너는 언제나 얼음장같이 냉혹한 품안에
　이 모든 것의 차례를 바꿈 없시
　담뿍 기르며 흘러왔다.

우리들은
타는 가슴을 흥분에 두근거리면서 젊은 시대의 대오는
뜨거운 맥이 높이 뛰는 두 손을 쩍 벌리고,
모든 것을 그 아름에 끼고 닥쳐오는 세월! 미래!
그대를 이 지상에 굳건히 부여잡는다.
우리는 역사의 현실이 물결치는 대하 가운데서
썩어지며 무너져가는 그것을 물리칠 확고한 계획과
그것을 향하갈 독수리와 같이 돌진할 만신의 용기를
가지고,
이 너른 지상의 모든 곳에서 너의 품안으로 닥아선다.

오오, 사랑하는 영원한 청춘 세월이여.
너의 그 아름다운 커다란 푸른빛 눈을 크게 뜨고,
오오, 대지의 세계를 둘러보라!
누구가 정말 너의 계획의 계획자이며!
누구가 정말 너의 의지의 실행자인가?

오오, 한초 한분
온 세계 위에 긴 날개를 펼치고 날아드는 한 해여!
우리는 너에게 온 세계를 요구한다.
낡은 것과 새로운 것의 불닺는 말성 가운데서
우리는 요구한다,
좋은 것을, 더 좋은 것을.
………………
………………
………………

오오! 감히 어떤 바람이 있어, 어떤 힘이 있어,
　물결이여, 돌아서라! 하상이여, 일어나라! 고 손질할
것이며,
　세월이여, 퇴거하라! 미래여, 물러가거라! 고 소리치
겠는가?

　미래여! 사랑하는 영원이여!
　세계의 모든 것과 함께 너는 영원히 젊은 우리들의
것이다.
—『현해탄』

闇黑의 精神(1)

大洋과 같이 푸른 입새를
그 젊은 守護卒 滿山의 草化를
돌바위 굳은 땅 속에 파묻은 바람은
이제 孤兒인 벌거버슨 가지 우에 소리치고 잇다

靑春에 빗나든 저— 여름 저녁 하늘의 金빗 별들도
幽明의 하늘 저—쪽에 흐터지고
손톱같이 여위인 단 한 개의 초생달
　그것좃차 지금은 '레테'(註)의 물 속에서 呻吟하고
잇는가?•

東 西 南 北 네 곳에 어듸를 둘너보아도
두 활개를 쩍 버려 大空을 휘저어보아도
목청을 높여 소리 높히 웨처보아도

오오 오오
暗黑의 끝업는 洞穴
치위에 떠—는 나무가지의 號泣
雷鳴과 같은 폭풍 巨巖을 뒤흔드는 怒呼

오오 이제는 업는가? 暗黑의 以外에!
오오 드디어 暴風이 宇宙의 支配者인가?

生命의 즐거움인 三月의 꽃들이어
靑年의 精神인 무성한 풀숲이어
眞理의 意志인 아람드리 喬木이어
그리고 巨人인 森林의 魂이어?

• '딴테—'의 『神曲』 중의 句로 "영구히 희망을 버리라"고 쓴 지
옥의 문을 드르시면 곳 한 개의 내(河)가 있어 이 강을 '망각의
강'이라고 하야 모든 것을 망각 속에 묻어버린다는 뜻.

새 싹 우에 나붓기든 보드러운 바람
豊足한 샘(泉), 빗나는 太陽
그러고 不滅의 精神인 山岳 蒼空은
하늘에 떠도는 한조각 猜疑의 구름과
死의 暗黑 滅亡의 바람만을 남기고
자취도 업시 터울도 업시 스러젓는가?

깊은 落葉松의 密林과 두터운 안개에 쌓인
저 험한 溪谷 아레,
지금 이 여윈 蒼白한 새(鳥)는 날개를 퍼덕이며
숨소리좃차 죽은 미직은한 가슴 우에 두 손을 엏고
어둠의 恐怖 絶望의 歎息에 떨고 잇다
　—아무 곳으로도 길이 열리지 않는 暗黑한 溪谷에
서.

우수수! 따—ㄱ. 쾅—ㅇ. 우르르
岩壁이 문허지는 소리, 千歲의 巨樹가 허리를 꺽고
넘어지는 소리!
死滅의 하늘에 野獸가 戰慄하는 소리!
끝업는 어둠 沈默한 暗黑
오오! 萬有로부터 秩序는 물러가는가?

이 無邊의 大空을 흘으는 運命의 두짝 기슭
生과 死, 前進과 退却, 敗北와 勝利
和解할 수 업는 兩 언덕에 너는 두 다리를 걸치고
懷疑에 흐득이는 心臟으로 말미암아 全身을 떨고
잇지 않으냐……

그러나 瀕死의 새여! 낡은 心臟이며 떨니는 四肢에!
안보이는가 않들리는가
그러치 않으면 이젠 아모것도 모르는가

불길은 바람의 멱살을 잡고
暗黑인 하늘의 가슴을 한껏 두드리고 잇지 않는가?

喬木들은 억개를 비비며 불길을 이르키고
시드른 풀숲은 물길에 그 몸을 던지며
나무 가지는 하늘 높이 五色의 불꽃을 내뿜지 안는
가!
　그러고 森林은!
　크다란 불길의 날개로 巨人인 山嶽을 그 품에 덤석
끼고
　믿음직한 筋肉인 土壤과 鐵의 骨格인 巖石을 싯벌
거케 달구면서
　百尺의 長劍인 火柱를 두루며 高遠한 정신의 雷鳴

과 함께 暗黑의 世界와 格鬪하고 잇다.
　―眞實로 英雄인 灼熱한 全山을 그 가운데 태우면
서……

　오오! 새여! 그대 蒼白한 새여!
　노래를 이즌 피리여!
　너는 '햄렛트'이냐? '파우스트'냐? '오네―긴'이냐?
　그러치 않으면 유리 製의 良心이냐?

　오오― 이 밋친 無秩序의 狂亂 가운데서
　죽엄의 운명을 우리들의 얼골에 메다치는 暗黑 가운
데서
　너는 보는가 못보는가?

　이 불길이 가저오는 生命의 香氣를!
　이 莊烈한 格鬪가 傳하는 봄의 아름다움을!
　滿山의 草花와 욱어진 綠陰, 그리고 黃金色 實果의
단 그 맛(味)을!

　이 暗黑 暴風 雷鳴의 巨大한 苦痛이
　密集한 喬木의 隊伍와 그 한個 한個의 英雄인 靑年
樹木의 肉體 가운데
　굵고 검은 한테의 年輪을 더 둘러주고 가는 것을!

　너는 두려워하느냐?
　사는 것을……
　너는 아퍼하느냐?
　靑年인 우리들이 生存하고 成長하는 道標인 '나희'
가 하나 둘 늘어가는 것을!

　영리한 새여― 아즉도 良心의 불씨가 꺼지지 않은
조그만 心臟이여!
　불룩 내민 그 貴여운 가슴을 두드리면서
　이러케! 소리처라!

　"오라! 어둠이여! 우러라! 暴風이어!
　怒呼하라! 死와 暗黑의 '마르세이유'여!"

　그러치 않은가!
　누구나 大地로부터 슴여 올으는 生命안 봄의 樹液을
　누구나 靑年의 가슴 속에 자라나는 英雄의 精神을
죽엄으로써 막겻는가?

　暗黑인가? 暴風인가? 雷鳴인가?

　오오 마음이여! 靑年의 心臟이여!
　우리는 알지 안는가?
　불길은 最後까지 탄다는 것을!

　一九三四, 六, 二〇, 病席에서
―『청년조선』, 1934.10

暗黑의 精神(2)

　大洋과 같이 푸른 잎새를,
　그 젊은 守護卒 滿山의 草化를,
　돌바위 굳은 땅 속에 파묻은 바람은,
　이제 孤兒인 벌거벗은 가지 위에 소리치고 있다.
　靑春에 빛나던 저 여름 저녁 하늘의 金빛 별들도
　幽冥의 하늘 저쪽에 흩어지고,
　손톱같이 여윈 단 한 개의 초생달,
　그것조차 지금은 '레테'(註)의 물 속에서 呻吟하고
있는가?●

　東 西 南 北 네 곳에 어디를 둘러보아도,
　두 활개를 쩍 벌려 大空을 휘저어보아도,
　목청을 돋워 소리 높이 웨쳐보아도,

　오오, 오오,
　暗黑의 끝없는 洞穴,
　추위에 떠는 나무가지의 號泣,
　雷鳴과 같은 폭풍, 巨嚴을 뒤흔드는 怒呼,

　오오, 이제는 업는가? 暗黑의 以外에!
　오오, 드디어 暴風이 宇宙의 支配者인가?

　生命의 즐거움인 三月의 꽃들이여,
　靑年의 精神인 무성한 풀숲이여,
　眞理의 意志인 아름드리 喬木이여,
　그리고 巨人인 森林의 魂이여?

　새 싹 위에 나붓기던 보드러운 바람,
　豊足한 샘(泉), 빛나는 太陽,
　그리고 不滅의 精神인 山岳 蒼空은,
　하늘에 떠도는 한조각 猜疑의 구름과

● '딴테―'의 『神曲』 중의 句로 "영구히 희망을 버리라"고 쓴 지
옥의 문을 드러스면 곧 내(河)가 있서 이 강을 '망각의 강'이라
고 하야 모든 것을 망각 속에 묻어버린다는 뜻.

死의 暗黑 滅亡의 바람만을 남기고,
자취도 없이 터울도 없이 스러졌는가?

깊은 落葉松의 密林과 두터운 안개에 쌓인
저 험한 溪谷 아래,
지금 이 여윈 蒼白한 새는 날개를 퍼덕이며,
숨소리조차 죽은 미지근한 가슴 위에 두 손을 얹고
어둠의 恐怖 絶望의 歎息에 떨고 있다.
―아무 곳으로도 길이 열리지 않는 暗黑한 溪谷에
서.

우수수! 딱! 꽝! 우르르!
岩壁이 무너지는 소리, 千歲의 巨樹가 허리를 꺾고
넘어지는 소리,
死滅의 하늘에 野獸가 戰慄하는 소리,
끝없는 어둠 沈默한 暗黑,
오오! 萬有로부터 秩序는 물러가는가?

이 無邊의 大空을 흐르는 運命의 江 두짝 기슭
生과 死, 前進과 退却, 敗北와 勝利,
和解할 수 없는 兩 언덕에 너는 두 다리를 걸치고,
懷疑의 흐득이는 心臟으로 말미암아 全身을 떨고
잇지 않으냐

그러나 瀕死의 새여! 낡은 心臟이여! 떨니는 四肢여!
안보이는가 않들리는가
그러치 않으면 이젠 아모것도 모르는가

불길은 바람의 멱살을 잡고
暗黑인 하늘의 가슴을 한껏 두드리고 있지 않는가?

喬木들은 어깨를 비비며 불길을 이르키고,
시드른 풀숲은 불길에 그 몸을 던지며,
나무 가지는 하늘 높이 五色의 불꽃을 내뿜지 않는가
그리고 森林은!
크다란 불길의 날개로 巨人인 山嶽을 그 품에 덤석
끼고,
믿음직한 筋肉인 土壤과 鐵의 骨格인 巖石을 시뻘
엇게 달구면서
百尺의 長劍인 火柱를 두르며, 高遠한 정신의 雷鳴
과 함께 暗黑의 世界와 格鬪하고 있다.
眞實로 英雄인 灼熱한 全山을 그 가운데 태우면서
……

오오! 새여! 그대 蒼白한 새여!

노래를 잊은 피리여!
너는 '햄렛트'냐? '파우스트'냐? '오녜긴'이냐?
그렇지 않으면 유리 製의 良心이냐?

오오 이 미친 無秩序의 狂亂 가운데서
주검의 운명을 우리들의 얼골에 메다치는 暗黑 가운
데서
너는 보는가? 못보는가?

이 불길이 가저오는 生命의 香氣를
이 莊烈한 格鬪가 傳하는 봄의 아름다움을
滿山의 草花와 욱어진 綠陰, 그리고 黃金色 實果의
단 그 맛(味)을

이 暗黑, 暴風, 雷鳴의 巨大한 苦痛이
密集한 喬木의 隊伍와 그 한個 한個의 英雄인 靑年,
樹木의 肉體 가운데
굵고 검은 한테의 年輪을 더 둘러주고 가는 것을!

너는 두려워하느냐?
사는 것을……
너는 아퍼하느냐?
靑年인 우리들이 生存하고 成長하는 道標인 '나희'
가 하나 둘 늘어가는 것을!

영리한 새여 ― 아즉도 良心의 불씨가 꺼지지 않은
조그만 心臟이여!
불룩 내민 그 貴여운 가슴을 두드리면서
이러케 소리처라!

"오라! 어둠이여! 우러라! 暴風이여!
怒呼하라! 死와 暗黑의 '마르세이유'여!"

그러치 않은가!
누구가 大地로부터 승여 올으는 生命인 봄의 樹液
을
누구가 靑年의 가슴 속에 자라나는 英雄의 精神을
죽엄으로써 막겟는가

暗黑인가? 暴風인가? 雷鳴인가?
　　　　　　　　　　　　―『현해탄』

闇黑의 精神(3)

大洋과 같이 푸른 잎새를
그 젊은 守護卒 滿山의 草化를
돌바위 굳은 땅 속에 파묻은 바람은
이제 孤兒인 벌거벗은 가지 위에 소리치고 있다.
靑春에 빛나던 저 여름 저녁 하늘의 金빛 별들도
幽冥의 하늘 저쪽에 흩어지고
손톱같이 여윈 단 한 개의 초생달
그것조차 지금은 '레테'(註)의 물 속에서 呻吟하고
있는가?*

東西南北 네 곳에 어디를 둘러보아도
두 활개를 쩍 벌려 大空을 휘저어보아도
목청을 돋워 소리 높이 웨쳐보아도

오오, 오오,
暗黑의 끝없는 洞穴,
추위에 떠는 나무가지의 號泣
雷鳴과 같은 폭풍, 巨巖을 뒤흔드는 怒呼

오오, 이제는 없는가? 暗黑의 以外에!
오오, 드디어 暴風이 宇宙의 支配者인가?

生命의 즐거움인 三月의 꽃들이여
靑年의 精神인 무성한 풀숲이여
眞理의 意志인 아람드리 喬木이여
그러고 巨人인 森林의 魂이여!

새 싹 위에 나붓기던 보드러운 바람
豊足한 샘(泉), 빛나는 太陽
그러고 不滅의 精神인 山岳 蒼空은
하늘에 떠도는 한조각 猜疑의 구름과
死의 暗黑 滅亡의 바람만을 남기고
자취도 없이 터울도 없이 스러졌는가?

깊은 落葉松의 密林과 두터운 안개에 쌓인 저 험한
溪谷 아래
지금 이 여윈 蒼白한 새는 날개를 퍼덕이며
숨소리조차 죽은 미지근한 가슴 위에 두 손을 얹고
어둠의 恐怖 絶望의 歎息에 떨고 있다.

---

* '딴테―'의 『神曲』 중의 句로 "영구히 희망을 버리라"고 쓴 지
옥의 문을 드러스면 곧 내(河)가 있어 이 강을 '망각의 강'이라
고 하야 모든 것을 망각 속에 묻어버린다는 뜻.

―아무 곳으로도 길이 열리지 않는 暗黑한 溪谷에
서.

우수수! 딱! 쾅! 우르르!
岩壁이 무너지는 소리 千歲의 巨樹가 허리를 꺾고
넘어지는 소리
死滅의 하늘에 野獸가 戰慄하는 소리
끝없는 어둠 沈默한 暗黑
오오! 萬有로부터 秩序는 물러가는가?

이 無邊의 大空을 흐르는 運命의 江 두짝 기슭
生과 死 前進과 退却 敗北와 勝利
和解할 수 없는 兩 언덕에 너는 두 다리를 걸치고
懷疑의 흐득이는 心臟으로 말미암아 全身을 떨고
있지 않으냐

그러나 瀕死의 새여! 낡은 心臟이어!
떨리는 四肢여!
안보이는가? 않들리는가?
그렇지 않으면 이젠 아모것도 모르는가?

불길은 바람의 멱살을 잡고
暗黑인 하늘의 가슴을 한껏 두드리고 있지 않은가?

喬木들은 억개를 비비며 불길을 이르키고
시드른 풀숲은 불길에 그 몸을 던지며
나무 가지는 하늘 높이 五色의 불꽃을 내뿜지 않는
가?
그리고 森林은!
크다란 불길의 날개로 巨人인 山嶽을 그 품에 덤석
끼고
믿음직한 筋肉인 土壤과 鐵의 骨格인 巖石을 시뻘
겋게 달구면서 百尺의 長劍인 火柱를 두르며 高遠한
정신의 雷鳴과 함께
暗黑의 世界와 格鬪하고 있다.
眞實로 英雄인 灼熱한 全山을 그 가운데 태우면서
……

오오! 새여! 그대 蒼白한 새여!
노래를 잊은 피리여!
너는 '함렛트'냐? '파우스트'냐? '오녜간'이냐?
그렇지 않으면 유리 製의 良心이냐?

오오! 이 미친 無秩序의 狂亂 가운데서
주검의 운명을 우리들의 얼골에 메다치는 暗黑 가운

데서
너는 보는가? 못보는가?

이 불길이 가저오는 生命의 香氣를
이 壯烈한 格鬪가 傳하는 봄의 아름다움을
滿山의 草花와 욱어진 綠陰, 그러고 黃金色 實果의
단 그 맛(味)을

이 暗黑, 暴風, 雷鳴의 巨大한 苦痛이
密集한 喬木의 隊伍와 그 한個 한個의 英雄인 青年
樹木의 肉體 가운데
굵고 검은, 한테의 年輪을 더 둘러주고 가는 것을!

너는 두려워한느냐?
사는 것을……
너는 아퍼하느냐?
青年인 우리들이 生存하고 成長하는 道標인
‘나희’가 하나 둘 늘어가는 것을!

영리한 새여! 아즉도 良心의 불씨가 꺼지지 않은 조
그만 心臟이여!
불룩 내민 그 貴여운 가슴을 두드리면서 이렇게 소
리처라!

“오라! 어둠이여! 우러라! 暴風이여!
怒呼하라! 死와 暗黑의 ‘마르세이유’여!”

그렇지 않은가!
누구가 大地로부터 슴여 올으는 生命인 봄의 樹液을
누구가 青年의 가슴 속에 자라나는 英雄의 精神을
죽엄으로서 막겠는가

暗黑인가? 暴風인가? 雷鳴인가?
—『회상시집』

주리라 네 탐내는 모든 것을

젊었을 그 때엔 저렇듯 아름다운 꽃 이파리도,
이 곳엔 꿈인 듯 흩어져 버리고
千年의 긴 목숨을 하늘 높이 자랑하든
저 아름드리 솔 잣나무의 높고 큰 줄기도
역시 이 곳에는 허리를 꺾고 넘어지나니,
이 모든 것의 위에를 마음대로 오르고 내리는
온갖 새의 임금인 독수리여!

너도 역시 마지막엔 그 크고 넓은
두 날갯죽지를 흐늘어뜨리고,
저무는 가을 날 초라한 나무 잎새 바람에 나붓겨 흘
날리듯
옛 그 날이 있는 듯 만 듯 덧없이
한 줌 흙으로 돌아가고 마는가?

怒한 구름이 비바람 뿌리며 소리치던
그 험한 날 千里 먼 길에도,
일찌기 날개를 접어 屈辱의 숲 속에서
부끄러운 눈알을 한 번도
두려움에 굴려 본 記憶이 없는
오오! 하늘의 영웅이여! 너도
주검이 한 번 네 큰 몸을 번쩍 들어 땅 위에 메다치면
비록 어지러운 가슴을
누를 수 없는 怒함과 원한에 깨칠지언정,
날개를 펼처 다시 한 번
이 곳에서 하늘을 向하여
화살처럼 내닫지는 못했는가?

오오! 말 없는 惡靈이여!
모든 것의 무덤인 大地여!
너는 말하지 못하겠는가?
정말로 너는 목숨 있는 모든 것을
주검으로 거두는,
살아있고 살아가는 모든 것의 最後의 원수인지……
너는 대답지 못하겠는가?
千古의 옛날과 같이 지금도
또 끝없을 먼 未來에까지
너는 역시 말 없는 짐승이 되어
이 곳에 엎더져 있겠는가?

높은 山岳이여! 굳은 巖石이여!
끝없는 바다까지도 네 품에 안고 있는
無限한 沈默과 暗黑의 君主여!
萬一 네 넓고 푸른 大洋이나 湖水의 눈과 같이
언제나 뜨고서도 보지를 못한다면,
이 한 몸 둥그런 돌맹이 만들어
永遠히 감지 않는 네 속에 풍덩 뛰어들리라.

萬一 네 누르고 푸른 가죽이나 검고 굳은 바위처럼
아무 것도 感知할 수 없다면은,
사랑하는 어머님 젖가슴 뜯으며 어리광 부리던,
이 두 손으로 네 위에 더운 피 흐르도록 두드리리라.
萬一 네 아늑한 山脈의 귓전이

하늘을 찢는 雨雷 소리조차 들을 수 없다면,
못 잊을 임 볼 밑에서 뜨거운 마음을 하소연하던,
이 다문 입을 열어
입술이 불 되도록 絶叫하리라.
萬一 네 깊은 心臟이
어둠과 沈默밖에는
아무 것도 알기를 싫여한다면,
두 손과 다리를 가슴에 한데 모아
隕石이 되어
네 위에 떨어지리라.

그래도 萬一
네 永遠히 沈默의 帝王으로
주검밖에 아무 것도 알지를 못한다면,
주리라! 오오, 네 탐내는 모든 것을……
너의 멀고 넓은 太平洋 바다의 한 옆
아늑한 內海 가운데
한 오리 내어민 半島 東쪽 갓,
城川江 물줄기 맑게 흐르는 南쪽 기슭인
네 한 길 품 속에 永遠히 잠든
내 사랑하는 벗 그가
네게 내어준 그것과 같이
心臟 두 팔 두 다리,
또 그 위를 뛰고 달리며
일찌기 어떠한 두려움에도
허리를 굽히지 않았던
靑年의 이 온 몸을……
너는 탐내는가? 말해 보라!
그렇지 않으며 그것으로도 아직
네 貪慾에 목말음은 나을 수가 없겠는가?

오오! 주리라!
그러면 살아 있는 이 위의 모든 것을,
사랑하고 미워하며 울고 웃는 모든 것과,
흐르는 歲月의 물결 以外의
아무런 권위 앞에서도
일찌기 머리를 숙여 보지 않았던,
불타는 情熱과 살아 있는 생각의 모두를……
暗黑의 心臟이여! 주검의 惡靈이여!
네 이 가운데 하나도 남김 없이
모두를 탐낸다면,
소리 높여 대답하라.

그러나 萬一,
오오! 그래도 萬一,

네 惡魔의 검은 배가
그것으로도 아직 찰 수가 없다면,
주리라! 그의 벗 되는 이 몸과 나머지 모든 것을……
그리고——
그가 안고 울고 웃고 즐기고 怒하며
마지막 그의 목숨을 내놓으면서도,
오히려 무서운 매 발톱이
어린 목숨을 탐내어 하늘을 감돌 제,
철 모르는 어린 것을 두 깃으로 얼싸안는
어미새의 가슴처럼,
그것을 그것을 지키려고
온 몸을 興奮에 떨던,
그의 平生의 요람이었고
그의 모든 벗의 성곽이었던
靑年의 情熱과 眞理의 舞臺까지도……

그러나 또 萬一, 또, 또 萬一,
貪慾의 熱病에 썩어가는 네 오장이
그것으로도 아직 찰 수가 없다면,
그의 자라나던 성곽과 노래의 隊伍
살림의 眞實과 眞理의 길을
꽃 위에 수놓던 이 軍隊의 모두가,
열 몇 해 오랜 동안 그 배 위에서,
山 같은 風浪의 두려움에도
신기루의 달큼한 유혹에도,
오직 검은 하늘 저 쪽
밝은 별 이끄는 萬里 뱃길에
킷자루를 어지럽히지 않았던,
이 검은 쇠로 굳게 무장한
戰艦 돛대끝 높이 빛나는 우리들
‘××××’의 깃발까지도,
네 그칠 바 모르는 오장의 밑바닥을 메우려고
검은 두 손을 벌린다면,
벌레의 구물대는 그 우에
내놓기를 아끼지 않으리라!

그러나 네 높고 큰 山岳의 귓전을 기울여 보라!
네 잠잠히 넓은 大洋과 湖水의 푸른 눈알을 굴려
보아라!
벗 ‘김’이 누워 있는 불룩한 무덤 위에
조으는 듯 피어 있는 머리 숙인 할미꽃이라든가,
아침 햇빛에 잠자던 머리를 들어
아득히 먼 저 끝까지
날마다 푸른 물결 밀려가는
이 아름다운 봄철의 들판이라든가,

그 위에 우뚝 허리를 펴
지나간 時節에게 敗戰한 흉터가 메일랑 말둥 한
움 터오는 나무 가지들의 누런 새 순이라든가,
저 버들가지 흩날리는 언덕 아래
텀벙 엎더져 눈(雪)을 털고
東海 바다 넓은 어구로 흘러내리는
城川江의 얼음 조각이라든가를……
오오, 流水이다!
보는가! 저 얼음장 딩구는 위대한 물결을!
眞實로 미운 것이여!
다시 두 번 어깨를 겨누어 하늘 아래 설 수 없는
정말로 정말로 미운 것이여!
아는가?
歲月은 네 품이 아닌
먼 저 쪽에서 흐르면서
죽어가는 것 대신에 永久히 새로운 것을 낫코 있다.
어제도, 지난 해에도, 太古의 옛날에도,
그리고 끝 모를 먼 未來에까지도……

정말로
가을에 아프고 쓸아린 記憶은 한 번도
누런 풀숲에서,
가만히 머리를 숙이고 얼굴을 붉히는
할미꽃의 勇氣를 꺾지는 못했었고,
거센 東海의 산 같은 激浪도
三冬 긴 겨울
길 넘게 얼어붙은 氷河를 녹여
河口로 내려미는
한 오리 城川江의 가냘픈 힘을
막아본 적은 없었다.

하물며 이른 봄의 엷은 바람으로
어찌 새싹 푸르러
손벽 같은 큰 잎새 피어,
太陽과 함께 靑空 아래 허덕이는
여름철의 기름진 成長의 힘을
누를 수 있겠는가?
모진 바람 지둥치는 暗黑한 언덕 위에
죽은 듯 엎더진 살아 있는 모든 것의
數없는 슬픔을
永久히 벗지 못할 깃옷 속에
장사지내려던 눈 덮인 들
너와 함께 太初로부터
불타던 太陽까지가 그의 힘을 잃고
헛되이 긴 동안을 굴러가던

그 끝없이 차고 흰 벌판 위에
무참히 쓰러진 모든 목숨을
일제히 생탄의 마당으로 잡아이르킬
이 歲月의 永遠한 흐름을,
철수의 偉大한 힘을,
닥쳐오는 봄을!
살아 있는 모든 것의 원수여! 말해 보라!
막을 수 있겠는가?

주리라! 주검의 惡靈이여! 네 탐내는 모든 것을……
가을의 山野가 네 위에 살아 있는 모든 것을
눈 속 깊이 내어맡기듯……

그러나 종달새 우는 五月
푸른 하늘 아래 나팔을 불며
군호 소리 높이 두 발을 구르고
잠자는 모든 것을 이르키고,
沈默한 온갖 것의 입을 열어
絶叫의 들로 불러내이며,
죽어진 그 時節의 모든 목숨을
무덤으로부터 두 손을 잡아 이르킬,
저 열 길 얼음 속에서도 아직
산 것을 자랑하는 어린 물고기의 마음이,
한 줄기 빛갈도 엿볼 수 없는
이 어두운 땅 속에서,
두 주먹을 고쳐 쥐며 높이고 있는
'한니발'의 굳은 맹서를……
암흑이여! 주검의 어머니인 대지여!
말해 보라! 꽉 그 목을 눌러
영구히 숨줄을 끊을 수 있겠는가?

자거라!
이제는 두 번 살아 우리 앞에 나서지 못할
사랑하는 옛 벗 'XX'아! 고이 자거라!
지금 살아서 죽는 우리들과 함께.
누가 감히 네가
영구히 죽었다고 말하겠는가?

불길은 타서 숯등걸 되고
그것은 일어날 새 불의 어머니 되나니,
벗아, 저 컴컴한 골짝 속에서도
　오히려 멀지 않아 닥쳐올 대양의 큰 파도 소리를 자
랑하며,
　묵묵히 흐르는 실날 냇물이 속삭이는
　옅은 콧노래 가운데,

오는 날의 모든 것을 들으면서
고이 두 손을 가슴에 얹어라!

이 아래 한 길 되는 어둔 땅 속에
지금 태양의 절규 대신에 잠잠한 침묵에 내가 잠자
고 있노라!

—『현해탄』

나는 못 믿겠노라

지금 나는 멀리 남쪽 시골서 온 자네의 봉함 편지를
접어 머리맡에 놓고,
눈을 감아 생각하려 잠을 멈추고 자리에 누웠다.
풋내의 밀물이
짙어가는 여름 드높은 하늘의 깊은 어둠을 헤여,
고기떼처럼 춤출 듯 꼬리를 접어 이슬ㅅ발을 끊어
던지고,
내 마음의 적은 배가 어젯날의 거칠은 바다 航路에서
風波가 준 깊다란 傷處를 다스리려,
헌 뱃등을 비스듬히 언덕에 누이고 있는 내 아늑한
굴강인 좁은 房으로
얼싸안는 듯 덮치는 듯 듬뿍이 스며든다.

밤
지나간 黃昏의 浦口와의 別離가 오래되어 낡어갈쑤록
山岳의 푸른 눈섭은 記憶의 쓸아림에 젖어,
하늘을 나는 새들도 날개를 접고,
젊은 植物들이 네 활개 저으며 가쁘게 呼吸하는 저 위
눈동자 맑은 밤하늘이 호을로 어둠에 슬픈 옷자락을
길게 끄을면서,
정강이 허리가 묻혀 곧 머리까지도 보이지 않을
시커먼 수렁으로 비척비척 걸어간다.

어둠
오랜 사공인 별들조차 갈 길을 잃어 구름 속에 헤매
는 어둠,
돌 바위의 굳은 마음이나 山岳의 큰 精神도
이 속에서는 넋을 잃고 쓰러질 무겁고 진한 풋내,
아무리 길고 억센 生命도 재 되어 쓰러질 흙의 毒한
냄새,
永遠히 健康한 太陽도 지금엔 다리를 절어 멀리 산
뒤에 숨은
이 두렵고 미운 모든 것이 한 데 어우러진 구렁 속에서,
밤의 몸집은 限없이 크고 넓게 成長하며,

나는 새벽 港口를 멀리 남긴 채 나이 먹고 늙어서
죽어갈 것일가?

우뢰의 큰 소리로 부름도 아니련만,
썰물의 굳세 손이 이끌음도 아니련만,
무엇이 부르는 듯, 이끄는 듯,
내 몸과 마음은 밤의 깊은 바다 속으로 가라앉고 있다.
아마도 밤은
이 두텁고 무거운 이불을 덮어
주검의 검은 자리 우에 나를 누이지 않고는
이 곳으로부터 내내 물러가지 안으려나 보다.

마치 내 즐기는 山이나 들의 고운 색날을 걷지 않고는
이 놈의 여름철이 달아올 수 없는 것처럼, 정말로
밤은
외상 없는 심술 사나운 惡靈인가 보다.
그러나 밤
이 두렵고 고단한 오늘날의 긴 밤을 헛되이 달려 보고,
허위대는 어리석음이라든가
내일을 옳게 살려 고요히 잠자는 것의 重함이라든
가를,
이 사람, 낸들 어찌 분간하지 못하고 알지 못하겠는
가?

말 없이 움직임 없이 오직
죽은 듯 하로밤을 꿀꺽 참아
선뜻 개는 아침,
두 팔을 걷어 어지러운 들길을 열어나갈 오늘날의
勇士일 나는,
待望의 아득한 잠자리의 값을
나는 허덕이는 가슴 위에 두 손길을 얹고 눈을 감아
금쳐 본다.

'밤의 굳은 손이 우리의 몸과 마음을 사로잡아 누일 때,
그저 運命에 從容함이 오는 아침을 위하여 가장 賢
明할 것이다.'
어째 자네뿐이겠는가!
일찌기 先輩인 어느 批評家의 論文도
이 '冷靜한 理性의 知慧로운 길'을
우리들이 걸어갈 唯一의 길이라고 指示했음을,
나는 다시 한 번 새롭게 記憶한다.

정말로 가시덤불은 茂盛하여 좁은 앞길을 덮고,
깊은 밤 날씨는 언짢아, 두터운 暗黑이
그 위에 자욱 누르고 있다.

이미
자네는 負傷한 채 사로잡히고, 나는 病들어 누워,
벌써 몇 사람의 진실로 존귀한 목숨이
苦難에 찬 그 험한 길 위에 넘어졌는가?
이제 우리들의 긴 隊伍는 허물어지고 ‘전선’은 어지
럽다.

그러나 이 사람!
이 괴로운 밤이 다시 우리들을 찬란한 들판으로 나
르는 대신
이름도 없는 歲月의 헛된 祭物로
번쩍 雜草 욱어진 엉구렁 아래 메어치고 달아나지나
않을지?
나는 벌레 먹어 무너저가는 내 가슴이 맞이할 運命
과 더불어
몇 번 고단한 몸을 뒤척이고,
몇 번 掛鐘의 우는 소리를 들으면서,
이 시컴언 파도 가운데서 대답을 찾으며 생각하였을
가?
내 수척한 肉身은 기름 땀내 잠기고,
돌멩이처럼 머리는 沈默의 괴로운 바다 속으로 가라
앉는다.

瞬間
나는 周圍를 둘러싼 두터운 沈默이 문어지는 날카로
운 소리에,
비로소 보이지도 않게 房 안 가뜩 진친 셀 수도 없는
모기떼의
무수한 입추리 가운데
참담히 누워 있는 내 肉身의 全貌를
나는 모진 아픔과 몸서리를 같이 發見했다.

오오, 이 밤의 어두운 꿀이
그들의 온갖 活動에 얼마나 크고 넓은 自由를 주는
것일가?
岩石까지도 진땀을 내뿜는 이 季節의 진한 입김이
그들의 엷은 두 날개를 얼마나 가볍고 굳세게 만들
어 주는 것일가?
그러나 우리는
이 가운데서 보고 아는 모든 自由를 죽여 가고,
‘습격자’를 向하여 몸을 일으킬 肉身의 적은 힘까지
도 잃어 간다.

앵! 아우성 소리 치며 눈 위를 감돌고,
소리개처럼 탁 귓전을 후려,

이 밤의 아픔의 가장 혹독한 前哨들은 꽉 뒷다리를
버티고,
우리들의 몸에 입추리를 꽂아,
밤이 주고 그들이 탐내는 모든 것을
우리들의 全身에서 약탈한 참혹한 自由를 享樂하고
있다.

오, 지금은 六燭 電燈 흐릿한 좁다란 마루 판자,
굵은 창살이 네모진 하늘을 두부같이 점여 놓은 높
다란 들창 아래,
내 자네의 여윈 몸은
고된 일에 넘어진 마소처럼 쓰러져 있지 않은가?
얼마나 이 밤의 罪惡의 痛烈한 執行者들은
무참하고 아프게 그 입추리를 박았을가?
비비여 죽여도, 눌너 죽여도,
벗아, 내 분함이 어찌 풀리겠는가?

자네, 이 모진 아픔에 잠들 수 있겠는가?
자네, 이 무거운 더위에 숨쉴 수 있겠는가? 그리고
아직도
오는 아침 우리는 정말 健全할 수 있겠는가?

오오, 몸을 이르키어 두 팔을 걷어라.
그리하여 네 손에 닿는 모든 것을 잡아,
이 졸음과 생각을 다 한데 깨치고,
바로 우리 病들고 수척한 肉身을 쥐어뜯는
밤의 미운 哨兵團을 向하여,
죽음으로써 夜擊에 일어서라.

萬一 우리가
자네와 그 亞流들이 말하는 거룩한 哲理를 좇는다면,
닭이 홰를 치고 바자 밑에 울며
이 놈의 一族이 밤과 더불어 숲 속에 물러갈 그 때,
우리들은 두엄이 되어 屈辱의 들판에 넘어졌을 것이다.

나는
우리들의 肉身을 뜯기지도 않고
우리들을 헛되이 늙히지도 않는
그러게 착한 여름밤이 있다는 神話와 함께
來日을 爲하여 맘의 아픔에 從容하라는
그 거룩한 哲理를 믿을 수는 없다.
—『현해탄』

옛冊(1)
(밤 三題中의 基二)

무더운 여름 한밤의 깊은 어둠이
摸索의 힘든 勞動에 오래 시달린
내 努力의 全身을 지긋이 누른다

껏칠한 눈섭 아레 푹 꺼진 두 눈
한 끗이 먼 希望의 港口로 다아 있어
아히쩨 쫏든 범나븨 자춰처럼
잡힐듯 마알듯 젊은 날의 긴 동안을 고닯히든
꿈길 아득한 옛 記憶에 맵고 쓴 남어지를
다시 그러모아 마음의 헌 樓閣을 重修하랴
몇번 힘을 내고 눈알을 굴여 房안에 좁은 한울을
헤매엇는가

그러나
거믄 눈섭을 또다시 疲勞에 떨면서
길게 눈알을 덥고
죽엄의 억세인 품안에서 몸을 떨처 휘어나랴
오늘도 어제와 같이 고된 格鬪에 시달닌 肉身은
푹은히 식은 땀의 샘을 터치며
쭉 자리 우에 네 활개를 내어던진다.

그러면 벌서 나의 배는 破船하고 마는 것일가
한조각의 썩은 널조차 나를 돌보지 않고
그것 없이는 정말노 그것 없이는
평탄한 뭇에서도 온전히 그 길을 찾을 수 없는
眞理에로 向한 한오리 가는 生命의 줄까지도
인제는 정말로 끈어저
손을 들어 最後의 인사를 告하려는가
오오 한줌의 초라한 내 머리를 실어 오래인동안
한마디 군소리도 없이 오즉 나를 爲하여 充實하든
내 족으만 벼개
반듸불만한 希望의 빛갈에도 불길처럼 타오르고
풀잎 한아 그 앞을 가리어도 千 오리 머리털이 활줄
같이 울든
靑年의 마음을 싫은 내 탐탁한 거루인 네가
이제는 저므는 가을의 지는 잎 되어 거친 波濤 가운
데 업더지면서
그 最後의 인사에 공손히 대답하려는가

나는 다시 한번 온몸의 激烈한 戰慄을 늣기며
춥고 바람 부는 三冬의 기인 겨울밤

그렇게도 잘 새벽 나루로 나를 나르든
내 착하고 忠誠된 거루의 기인 航行을 回想한다
屈辱의 분함이 나를 땅바닥에 메다쳤슬 제도,
너는 報復의 뜨거운 불길을 갖이고 나를 이르키엇고
敗退의 매운 바람결이
내 마음의 엷은 피부를 찌저
絶望의 깊은 골작 아래 풀잎같이 쓰러트렷슬 그때에도
너는 어머니와 같이 나를 달래어 勇氣의 貴한 젓꼭
지를 빨니면서
아츰 해가 東쪽 山 머리에 벙끗이 우슬 때
일지도 않게 늦지도 않게 새벽 港口로 나를 날었엇다.

지금
우리들 靑年의 世代의 괴롭고 기인 歷史의 밤
거믄 구름이 비바람 모을고 怒한 물결은 山뎀이 되어
悲劇의 거믄 바다 우를 달니는 오늘
그 믿업든 너도 돗을 버리고 닷줄을 끈어
오즉 한울과 땅으로 소리도 없는 絶望의 슲은 노래
를 뜻어
가만히 내 귓전을 울닌다.

오오 이것이 靑年의 내 죽엄의 자장가인가

나는 참을 수 없는 沈默에서 몸을 빼어 뒷척일 때
거칫 손에 닷는 조고만 옛 冊子를 머리맡에서 집엇다

冊장은 옛과 같이 活字의 縱隊를 이끌고
비스듬히 내 손에서 땅을 向하야 넘어간다

이곳저곳에 굵게 내리건은 붉은 줄
틈틈이 빈 곳을 메인 낫익은 내 서투른 글씨
나는 房안 긋득히 나를 사로잡은 沈默의 城돌을 빼는
그 귀여운 옛 冊의 날개 소리에 가만히 감사하면서
프르륵 最後의 한 장을 헛되히 닷칠 때
나는 天地를 흔드는 砲聲에 귓전을 마즌듯,
꽉 가슴에 노힌 氷囊을 부처잡고 벼개의 깊은 가슴
에 머리를 파무덧다

　　N. 레-닌. 著 『一九〇五年의 意義』

一九〇五年!
一九〇五年!

벼개는 노래의 속삭임이 아니라 偉大한 進軍의 발자
욱 소리를

어둠은 별빛의 실이 아니라, 太陽의 타는 熱과 눈부
신 光彩를
　고요한 내 病室에 흐덕이는 내 가슴속에 드러붓고
있다

　저— 긴 긴 北國 러시라의 어두운 밤
　얼마나 더러웁고 편하게 그자들은 살고
　얼마나 깨끗하고 괴롭게 그들은 죽었는가
　밝은 것까지도 밤의 秩序로 運行되어가는
　이 괴롭고 긴— 밤
　죽엄까지도 사는 즐거움으로 부등켜안은 靑年의 앞
은 幸福을
　나는 두 눈을 감어 이즉도 손바닥 밑에 고요히 뛰고
있는
　내 情熱의 옛 집에서 똑똑히 엿들었다
—『신동아』, 1935.9

옛冊(2)

무더운 여름 한밤의 깊은 어둠이
摸索의 힘든 勞動에 오래 시달린
내 努力의 全身을 지긋이 누른다.

꺼칠한 눈섭 아레 푹 꺼진 두 눈,
한 끝이 먼 希望의 港口로 닿아 있어,
아이때 쫓던 범나비 자취처럼
잡힐듯 말듯 젊은 날의 긴 동안을 고달피던
꿈길 아득한 옛 記憶의 맵고 쓴 나머지를
다시 글어모아 마음의 헌 樓閣을 重修하려
몇번 힘을 내고 눈알을 굴려 房안에 좁은 하늘을
헤매었는가?

그러나
검은 눈섭은 또다시 疲勞에 떨면서,
길게 눈알을 덮고,
주검의 억센 품안에서 몸을 떨처 휘어나려
오늘도 어제와 같이 고된 格鬪에 시달린 肉身은
푸근히 식은 땀의 샘을 터치며
쭉 자리 위에 네 활개를 내어던진다.

그러면 벌써 나의 배는 破船하고 마는 것일가?
한조각의 썩은 널조차 나를 돌보지 않고,
그것 없이는, 정말로 그것 없이는,

평탄한 뭍에서도 온전히 그 길을 찾을 수 없는
眞理에로 向한 한오리 가는 生命의 줄까지도
인제는 정말로 끊어져,
손을 들어 最後의 인사를 告하려는가?
오오, 한줌의 초라한 내 머리를 실어 오랜동안,
한마디 군소리도 없이 오직 나를 爲하여 充實하던
내 조그만 베개
반딋불만한 希望의 빛갈에도 불길처럼 타오르고,
풀잎 하나 그 앞을 가리어도 千 오리 머리털이 활줄
같이 울던
靑年의 마음을 실은 내 탐탁한 거루인 네가
이제는 저무는 가을의 지는 잎 되어 거친 波濤 가운
데 엎드러지면서,
그 最後의 인사에 공손히 대답하려는가?

나는 다시 한번 온몸의 激烈한 戰慄을 느끼며,
춥고 바람 부는 三冬의 긴 겨울밤,
그렇게도 잘 새벽 나루로 나를 나르던,
내 착하고 忠誠된 거루의 긴 航行을 回想한다.
屈辱의 분함이 나를 땅바닥에 메다쳤을 제도,
너는 報復의 뜨거운 불길을 가지고 나를 이르키었고,
敗退의 매운 바람결이
내 마음의 엷은 피부를 찢어,
絶望의 깊은 골짝 아래 풀잎같이 쓰러뜨렸을 그때에도,
너는 어머니와 같이 나를 달래어 勇氣의 귀한 젓꼭
지를 빨리면서,
아침 해가 東쪽 山 머리에 벙긋이 웃을 때,
일지도 않게 늦지도 않게 새벽 港口로 나를 날렀었다.

지금
우리들 靑年의 世代의 괴롭고 긴 歷史의 밤,
검은 구름이 비바람 몰고 怒한 물결은 山더미 되어,
悲劇의 검은 바다 위를 달리는 오늘
그 미덥던 너도 돛을 버리고 닷줄을 끊어,
오직 하늘과 땅으로 소리도 없는 絶望의 슬픈 노래
를 뜯어,
가만히 내 귓전을 울닌다.

오오, 이것이 靑年인 내 주검의 자장가인가?

나는 참을 수 없는 沈默에서 몸을 빼어 뒤척일 때,
거칫 손에 닿는 조그만 옛 冊子를 머리맡에서 집었다.

冊장은 예와 같이 활자의 縱隊를 이끌고,
비스듬히 내 손에서 땅을 向하여 넘어간다.

이곳저곳에 굵게 내리그은 붉은 줄,
틈틈이 빈 곳을 메운 낯익은 내 서투른 글씨,
나는 房안 그득히 나를 사로잡은 沈默의 城돌을 빼는,
그 귀여운 옛 冊의 날개 소리에 가만히 감사하면서,
프르륵 最後의 한 장을 헛되이 닫칠 때,
나는 天地를 흔드는 砲聲에 귓전을 맞은듯,
꽉 가슴에 놓인 氷囊을 부혀잡고 베개의 깊은 가슴
에 머리를 파묻었다.

　　　　N. L. 著 『一九〇五年의 意義』

一九〇五年!
一九〇五年!

　베개는 노래의 속삭임이 아니라, 偉大한 進軍의 발
자국 소리를,
　어둠은 별빛의 실이 아니라, 太陽의 타는 熱과 눈부
신 光彩를,
　고요한 내 病室에 허덕이는 내 가슴속에 들어붓고
있다.

　저 긴, 긴 北國의 어두운 밤,
　얼마나 더럽고 편하게 그자들은 살고,
　얼마나 깨끗하고 괴롭게 그들은 죽었는가?
　밝은 것까지도 밤의 秩序로 運行되어가는
　이 괴롭고 긴 밤,
　주검까지도 사는 줄거움으로 부등켜안은 靑年의 아
픈 幸福을,
　나는 두 눈을 감아 아직도 손바닥 밑에 고요히 뛰고
있는,
　내 情熱의 옛 집에서 똑똑히 엿들었다.
　　　　　　　　　　　　　　　　　　—『현해탄』

꼴푸場(1)
아이들에게

까아만발들이 밧부게 지내간다.
이슬방울이 우수수 떠러지며,
흙새에 찢겨든 흰 모래알이
의붓자식처럼 한 귀퉁이에 밀려난다.
그러면 어진풀닙들이 늑겨 운다.

뭐 인젠 그연한 풀닙이
알몸으로 또약볏을 쏘여야하니까……

정말 가는님파리들은 아직 나히 어려도
　炎天알에서 찌는듯한曝陽을 온終日 바더야할 쓰라
림을 잘 알고잇다.

　外國말을쓴 세모난 다홍긔가
　勝利者처럼 흰 旗ㅅ대 우에 너울거린다.
　흘러가는 흰구름이나 열븐바람,
　모두가 그에겐 幸福스런 音樂갓다.

　따—ㄴ 모진소리가 까—만 저끄테서
　푸른한울의 波紋을일으키며 울려온다
　길다란 카—부가 끗나자
　패랭이의분홍꼿 크로—바의 긴줄기
　모두다 사태에밀리우듯 쓰러지며
　너의들은 사냥개처럼 풀밧우를 뛰어간다
　뒤이어짜그르르 끌는손벽소리에석겨
　新女性의外國말이 고양이 소리처럼날카롭다
　참말 등(藤)나무실엉밋이란 뭇척 시원하렷다

　해는 벌서 버드나무우에 이글이글하다
　그 우에를 달리고잇는 까아만머리알에 가는목덜미
말은 장등이가 가죽처럼탓구나
　잠뱅이만입고 아이들아! 너의는 저고리를 이것니?
　아하 궁뎅이가 뚜러젓구나
　그럼 필연코 너의들은 해어진 잠뱅이박게 업든 게구나.

　박아지 모자를쓴 紳士어른들도 잠뱅이를입엇다.
　허나 누으런 빗 월천군이 바지는
　몹시 갑진 옷감이다
　그이들이 앗가 공채를둘너매고 自動車로왓다
　勿論 新女性이 억개에 메여달녀 달게웃고
　네들을 욕하든 뽀이놈이 나라갈듯 인사햇다

　월천군이가 도랭이 먹은 개처럼 몸을비틀면
　'언저면 저러케 스타일이?'……
　뽀이놈은 악아리를 버리고 新女性은 고양이소릴하
며 술잔을든다.
　이래서 담배대가튼 공채가 땅만그리다가 빗두루라
도공을맞치면,
　萬歲! 소리 박수소리 찌여지는 女子의목소리똑 家
畜 市場갓다.

　別로 공이 가본일도없는 승거운 '三百야—드'말둑이
　어제 정신을일코 집으로 엽혀간
　그애의 이마를깟구나

죄업는 풀닙파리가 함부로 짓발피고
네들은 화ㅡㅅ김에 말둑을 거더찻다
그때도 이놈의 손벽과 우슴은 멋지안헛다.
아마 그들은 이런 유별난病에 걸렷나보다

아이들아 너히들은 공을 무러오는 사냥개!
월천군들은 눈먼砲手!
그러나 사냥개란 집에서 놀릴때도 고기를주지만
그러케 너히들은 온종일 마당에 풀만 뜻다
비를마지며 강아지처럼 달달 떨고
뚝을넘어서 집으로가 내놀것이란 빈손뿐이니, 들안
젓든 아버지는 화를 내실밧게?
그럼 너의들은 이곳에 놀러온것은 아니로구나

이곳은 어른들이 작란하는곳
공이란놈은 너의들의 슬흔속도 몰으고
네갈대로 떳다 굴럿다 다라만난다
누구가 알가? 넘어지는 풀닙의 압흠이나 네들의 서
름을!
멀리가면 멀리갈수록 조와라 즐겨하는 월천군이 新
女性의마음은 공보다 더하다.
아이들아! 네들의運命은 공보다도 천하고나?

웨 이러케 넓은곳에 곡식을 심지안헛슬가? 고개를
개웃거리며 무러보든 네아오에게
착한 아이들아! 네들은 무어라 대답햇니?
이곳은 우리들의 미움을 심는곳!
그러고…… 가만이 귓속해줄제 고흔풀닙들은 즐거
움에 떨엇다
네귀여운동생은 네가슴에 안기며 머리를 꼭박고 언니
우리한문도 쓰지말고 압바갓다가줍시다……
네 불상한 동생은 눈깔사탕을 단념햇다.

아이들아! 내 아이들아!
萬一 우리로 할수잇는 무엇이 잇다면
大體 무엇을앳기겟는가? 네들의 幸福을 爲하는데
……

햇님까지도 그 큰입을버리어 말하지안니
잇따위일은 두번다시잇서서는 안된다고
　　　　　　　ー『조선중앙일보』, 1935.8.4

꼴프場(2)

까만 발들이 바쁘게 지내간다.
이슬 방울이 우수수 떨어지며,
흙 새에 끼었던 흰 모래알이
의붓자식처럼 한 귀퉁이에 밀려난다.
그러면 어린 풀잎들이 느껴 운다.

뭐, 인젠 그 연한 풀잎이
알몸으로 또약볕을 쏘여야 하니까……
정말 가는 이파리들은 아직 나이 어려도,
炎天아래서 찌는듯한 暴陽을 온 終日 받아야 할 쓸
아림을 잘 알고 있다.

外國말을 쓴 세모난 다홍 旗가
勝利者처럼 흰 깃대 위에 너울거린다.
흘러가는 흰 구름이나 엷은바람,
모두가 그에겐 幸福스런 音樂같다.

딱! 모진 소리가 까만 저 끝에서,
푸른 하늘의 波紋을 이르키며 울려온다.
길다란 카부가 끝나자
패랭이의 분홍꽃, 크로바의 긴 줄기,
모두다 사태에 밀리듯 쓰러지며,
너희들은 사냥개처럼 풀밭 위를 뛰어간다.
뒤 이어 짜그르르 끓는 손벽 소리에 섞여,
新女性의 外國말이 고양이 소리처럼 날카롭다.
참말 등(藤)나무 시렁 밑이란 무척 시언하렷다.

해는 벌써 버드나무 위에 이글이글하다.
그 위에를 달리고있는 까만 머리 아래 가는 목덜미
마른 장등이가 가죽처럼 탓구나!
잠방이만 입고, 아이들아! 너희는 저고리를 잊었니?
아하! 궁등이가 뚫어졌구나.
그럼 필연코 너희들은 해진 잠방이밖엔 없던게구나.

바가지 모자를 쓴 紳士어른들도 잠방이를 입었다.
허나 누런 빛 월천군이 바지는
몹시 값진 옷감이다.
그이들이 아까 공채를 둘러매고 自動車로 왔다.
勿論 新女性이 어깨에 매어달려 달게 웃고,
너희를 욕하던 뽀이놈이 날아갈듯 인사를 했다.

월천군이가 도랭이 먹은 개처럼 몸을 비틀면,
'어저면 저렇게 스타일이?'……

뽀이놈은 아가리를 벌리고, 新女性은 고양이 소릴 치며 술잔을 든다.
이래서 담뱃대 같은 공채가 땅만 긁다가 비뚜로라도 공을 맞으면,
萬歲! 소리 박수 소리 찌어지는 女子의 목소리 똑 家畜市場 같다.

別로 공이 가본 일도 없는 숭거운 '三百야—드' 말뚝이,
어제 정신을 잃고 집으로 업혀 간,
그애의 이마를 깟구나.
죄 없는 풀 이파리가 함부로 짓밟히고,
네들은 화김에 말뚝을 걷어찻다.
그때도 이놈에 속벽과 웃음은 멎지 않았다.
아마 그들은 이런 유별난 病에 걸렷나보다.

아이들아, 너혀들은 공을 물어오는 사냥개!
월천군들은 눈먼 砲手!
그러나 사냥개란 집에서 놀릴 때도 고기를 주지만,
그렇게 너희들은 온 종일 마당에 풀만 뜯다
비를 맞으며 강아지처럼 달달 떨고,
뚝을 넘어서 집으로 가 내놓것이란 빈 손뿐이니, 들앉었던 아버지는 화를 내실밖에?
그럼 너희들은 이곳에 놀러 온것은 아니로구나.

이곳은 어른들이 장난하는곳,
공이란놈은 너희들의 설은 속도 모르고,
제 갈대로 뗏다 굴렀다 달아만난다.
누구가 알가? 넘어지는 풀잎의 아픔이나 네들의 설음을!
멀리 가면 멀리 갈쑤록 좋아라 즐겨하는 월천군이
新女性의 마음은 공보다 더하다.
아이들아! 네들의 運命은 공보다도 천하구나?

왜 이렇게 넓은 곳에 곡식을 심지 않았을가? 고개를 갸웃거리며 물어보던 네 아우에게,
착한 아이들아! 네들은 무어라 대답했니?
이곳은 우리들의 미움을 심는 곳!
그러고…… 가만히 귓속해줄제 고운 풀잎들은 즐거움에 떨엇다.
네 귀여운 동생은 네 가슴에 안기며 머리를 꼭 박고 언니,
우리 한푼도 쓰지 말고 아빠 갖다가 줍시다…….
네 불상한 동생은 눈깔사탕을 단념했다.

아이들아! 내 아히들아!

萬一 우리로 할수 있는 무엇이 있다면,
大體 무엇을 아끼겠는가? 네들의 幸福을 爲하는데
……

햇님까지도 그 큼 입을 벌리어 말하지 안니?
이따위 일은 두번 다시 있어서는 안된다고
—『현해탄』

다시 네거리에서(1)

지금도 거리는
數 만흔 사람들을 맞(迎)고 보내며
電車도 自動車도
이루 어듸를 가고 어듸서 오는지
甚히 분주하다

×

네거리 복판에 文明의 新式 기계가
붉고 푸른 예전 旗ㅅ발 대신에
이리저리 고개를 돌린다.
스탑—注意—꼬—
사람 車 動物이 똑 기예(敎練) 배듯 한다.
거리엔 이것박게 變함이 업는가

×

낫서른 建物들이 普信閣을 저 우에서 굽어본다.
옛날의 점잔은 看板들은 다 어듸로 갓는지
그다지도 몹시 바람은 거리를 써서갓는가
붉고 푸른 '네온'이 지렁이처럼
집웅 우 벽돌담에 기고 잇구나.

×

오오 그립은 내 故鄕의 거리여! 여긔는 鐘路 네거리
나는 왓다 멀리 駱山 밋 오막사리를 나와 오즉 네가
네가 보고십흔 마음에…… 널븐 길이어 단정한 집들이어
놉흔 한울 그 밋을 오고가는 허구한 내 行人들이어
다 잘 잇섯는가
오 나는 이 가슴 그득찬 반가움을 엇지 다 내토를 할가
나는 손을 들어 멧번을 인사햇고 모든 것에게 우서보엿다

번화로운 거리여! 내 故鄕의 鐘路여!

웬일인가? 너는 죽엇는가 모르는 사람에게 팔렷는가

그럿치 안흐면 다 이젓는가?

나를! 일즉이 뛰는 가슴으로 너를 노래하든 사나희를

그리고 네 가슴이 메여지도록 이 길을 흘러간 靑年들의 거세인 물결을

그때 내 불상한 順伊는 이곳에 업더저 울엇섯다

그립은 거리여! 그 뒤로는 누구 하나 네 우에서 靑年을 ××긴 원한에 울지도 안코

낫늙은 行人은 하나도 지내지 안튼가?

×

오늘밤에도 예전가티 네 섭돌 우엔 人生의 悲劇이 잠자겟지

來日 그들은 네 바닥 우에 틔끌을 주으며……

그리고 갈 곳도 일할 곳도 모르는 묵거운 발들이 고개를 숙이고 타박타박 네 우를 것겟지

그러나 너는 이제 모두를 잇고

단지 疲勞와 슬픔과 거—먼 絶望만을 그들에게 안겨 보내지는 설마 안흐리라.

비록 잠잠하고 희미하나마 來日에의 크다란 노래를 그들은 가만히 듯고 멀리 門 박그로 돌아가겟지.

오오 情다웁고 그리운 故鄕의 거리여!

너는 내 貴한 동생 順伊와 가티

그가 사랑한 勇敢한 이 나라의 靑年과 가티

怒하고 즐기고 爲하고 싸홀줄 알며 네 우를 덥흔 거면 ××을 ×수처럼 ××하든

저 偉大하고 아름다운 靑年들의 발길을 대체 오늘날까지 멧사람이나 맛고 보냇는가

故鄕의 거리여…… 나는 지금

네 우에서 한 사람의 낫늙은 얼골도 차즐 수가 업다

×

看板이 죽 매여달렷든 낫늙은 저 二階 지금은 新聞社의 흰 旗가 쭉지를 느린 너른 마당에

장꾼가티 웅성대며 확 불처럼 홋허지든 네 옛 친구들도

아마 大部分은 멀리 가버렷슬지도 모를 것이다.

그리고 順伊의 어린 딸이 죽어간 것처럼 쓰러저 갓슬지도 모를 것이다.

허나 일즉이 우리가 다만 멧사람의 偉大한 靑年들과 가티

眞實로 勇敢한 英雄의 다—ㄴ(熱한) 발자욱이 네 우에 끄닌 적이 잇섯는가? 나는 이들 모든 새롭은 世代의 얼골을 하나도 모른다.

그러나 "정말 健在하라! 그대들의 쓰린 압길에 光榮이 잇스라"고

願컨대 거리여! 그들 모두에게 傳하여다오!

잘 잇거라! 故鄕의 거리여!

그리고 그들 靑年들에게 恩惠로우라 지금 돌아가 내 다시 일어나지를 못한 채 죽어가도

불상한 都市! 鐘路 네거리여! 사랑하는 내 順伊야!

나는 뉘웃침도 付託도 아무것도 遺言狀 우에 적지 안흐리라.

三五, 七, 二三

—『조선중앙일보』, 1935.7.27

다시 네거리에서(2)

지금도 거리는

數 많은 사람들을 맞고 보내며,

電車도 自動車도

이루 어디를 가고 어디서 오는지,

甚히 분주하다.

네거리 복판엔 文明의 新式 기계가

붉고 푸른 예전 깃발 대신에

이리저리 고개를 돌린다.

스텁—注意—꼬—

사람, 車, 動物이 똑 기예(敎練) 배우듯 한다.

거리엔 이것밖에 變함이 없는가?

낯선 建物들이 普信閣을 저 위에서 굽어본다.

옛날의 점잔은 看板들은 다 어디로 갔는지?

그다지도 몹시 바람은 거리를 씻어갔는가?

붉고 푸른 '네온'이 지렁이처럼,

지붕 위 벽돌담에 기고 있구나.

×

오오, 그리운 내 故鄕의 거리여! 여기는 鐘路 네거리,

나는 왔다, 멀리 駱山 밑 오막사리를 나와 오직 네가 네가 보고싶은 마음에……

넓은 길이여, 단정한 집들이여!

높은 하늘 그 밑을 오고가는 허구한 내 行人들이여! 다 잘 있었는가?

오, 나는 이 가슴 그득 찬 반가움을 어찌 다 내토를
할가?
　나는 손을 들어 몇번을 인사했고 모든 것에게 웃어
보였다.
　번화로운 거리여! 내 故鄕의 鐘路여!
　웬일인가? 너는 죽었는가, 모르는 사람에게 팔녓는
가?
　그렇지 않으면 다 잊었는가?
　나를! 일찌기 뛰는 가슴으로 너를 노래하던 사내를,
　그리고 네 가슴이 메어지도록 이 길을 흘러간 靑年
들의 거센 물결을,
　그때 내 불상한 順伊는 이곳에 엎더져 울었었다.
　그리운 거리여! 그 뒤로는 누구 하나 네 위에서 靑年
을 ××긴 원한에 울지도 않고,
　낯 익은 行人은 하나도 지내지 않던가?

　오늘밤에도 예전같이 네 섬돌 위엔 人生의 悲劇이
잠자겠지!
　來日 그들은 네 바닥 위에 틔끌을 주으며……
　그리고 갈 곳도 일할 곳도 몰으는 무거운 발들이
고개를 숙이고 타박타박 네 위를 걷겠지.
　그러나 너는 이제 모두를 잊고,
　단지 疲勞와 슬픔과 거먼 絶望만을 그들에게 안겨보
내지는 설마 않으리라.

　비록 잠잠하고 희미하나마 來日에의 커다란 노래를
　그들은 가만히 듣고 멀리 門 밖으로 돌아가겠지.

　　　·
　　　·
　　　·
　　　·
　　　·

　看板이 죽 매어달렸던 낯익은 저 二階 지금은 新聞
社의 흰 旗가 죽지를 늘인 너른 마당에,
　장꾼같이 웅성대며, 확 불처럼 흩어지든 네 옛 친구
들도
　아마 大部分은 멀리 가버렸을지도 모를 것이다.
　그리고 順伊의 어린 딸이 죽어간 것처럼 쓰러져 갔
을지도 모를 것이다.
　허나, 일찌기 우리가 안 몇 사람의 偉大한 靑年들과
같이,
　眞實로 勇敢한 英雄의 단(熱한) 발자국이 네 위에
끊인 적이 있었는가?

　나는 이들 모든 새 世代의 얼굴을 하나도 모른다.
　그러나 “정말 健在하라! 그대들의 쓰린 앞길에 光榮
이 있으라”고
　願컨대 거리여! 그들 모두에게 傳하여다오!
　잘 있거라! 故鄕의 거리여!
　그리고 그들 靑年들에게 恩惠로우라,
　지금 돌아가 내 다시 일어나지를 못한 채 죽어가도
　불상한 都市! 鐘路 네거리여! 사랑하는 내 順伊야!
　나는 뉘우침도 付託도 아무것도 遺言狀 위에 적지
않으리라.
—『현해탄』

다시 네거리에서(3)

지금도 거리는
數 많은 사람들을 맞고 보내며,
電車도 自動車도
이루 어디를 가고 어디서 오는지,
甚히 분주하다.

네거리 복판엔 文明의 新式 기계가
붉고 푸른 예전 깃발 대신에
이리저리 고개를 돌린다.
스텁―注意―꼬―
사람, 車, 動物이 똑 기예(敎練) 배우듯 한다.
거리엔 이것밖에 變함이 없는가?

낯선 建物들이 普信閣을 저 위에서 굽어본다.
옛날의 점잖은 看板들은 다 어디로 갔는지?
그다지도 몹시 바람은 거리를 씻어갔는가?
붉고 푸른 ‘네온’이 지렁이처럼,
지붕 위 벽돌담에 기고 있구나.

오오 그리운 내 故鄕의 거리여! 여기는 鐘路 네거리,
나는 왔다, 멀리 駱山 밑 오막사리를 나와 오직
네가 네가 보고싶은 마음에……
넓은 길이여, 단정한 집들이여!
높은 하늘 그 밑을 오고가는 허구한 내 行人들이여!
다 잘 있었는가?
오오, 나는 이 가슴 그득 찬 반가움을 어찌 다 내토를
할가?
나는 손을 들어 몇번을 인사했고 모든 것에게 웃어
보였다.
번화로운 거리여! 내 故鄕의 鐘路여!

웬일인가? 너는 죽었는가 모르는 사람에게 팔렸는
가?
  그렇지 않으면 다 잊었는가?
  나를! 일찌기 뛰는 가슴으로 너를 노래하던 사내를
  그리고 네 가슴이 메어지도록 이 길을 흘러간 靑年
들의 거센 물결을
  그때 내 불상한 順伊는 이곳에 엎더져 울었었다.
  그리운 거리여! 그 뒤로는 누구 하나 네 위에서
  靑年을 빼앗긴 원한에 울지도 않고
  낯 익은 行人은 하나도 지내지 않던가?

  오늘밤에도 예전같이 네 섬돌 위엔 人生의 悲劇이
잠자겠지!
  來日 그들은 네 바닥 위에 틔끌을 주으며 ……
  그리고 갈 곳도 일할 곳도 몰으는 무거운 발들이
  고개를 숙이고 타박타박 네 위를 걷겠지.
  그러나 너는 이제 모두를 잊고
  단지 疲勞와 슬픔과 거먼 絶望만을 그들에게 안겨보
내지는 설마 않으리라.

  비록 잠잠하고 회미하나마 來日에의 커다란 노래를
  그들은 가만히 듣고 멀리 門 밖으로 돌아가겠지.

  看板이 죽 매어달렸던 낯익은 저 二層
  지금은 新聞社의 흰 旗가 죽지를 늘인 너른 마당에,
  장꾼같이 웅성대며 확 불처럼 흩어지든 네 옛 친구
들도
  아마 大部分은 멀리 가버렸을지도 모를 것이다.
  그리고 順伊의 어린 딸이 죽어간 것처럼 쓰러져갔을
지도 모를 것이다.
  허나, 일찌기 우리가 안 몇 사람의 偉大한 靑年들과
같이
  眞實로 勇敢한 英雄의 단(熱한) 발자죽이 네 위에
끊인 적이 있었는가?
  나는 이들 모든 새 世代의 얼굴을 하나도 모른다.
  그러나 "정말 健在하라! 그대들의 쓰라린 앞길에 光
榮이 있으라"고
  願컨대 거리여! 그들 모두에게 傳하여다오!
  잘 있거라! 故鄕의 거리여!
  그리고 그들 靑年들에게 恩惠로우라.
  지금 돌아가 내 다시 일어나지를 못한 채 죽어가도
  불상한 都市! 鐘路 네거리여! 사랑하는 내 順伊야!
  나는 뉘우침도 付託도 아무것도 遺言狀 위에 적지
않으리라.
—『회상시집』

낮(午)(1)

  내가 自動車에 실녀 유리窓으로 내다보든 저 건너
동산도
  벌서 분홍빗 저고리를 버서던지고
  넓다란 푸른 닙파리가 물고기처럼 흰 뱃바디를 보히
면서
  제법 살앗소 하는 듯이 너울거린다
  어느새 여름도 짓헛는가보다

  그러기에 내가 이 절에 올 때엔
  겨우 터를 닥고 材木을 깍든 집들이
  발서 기둥이 스고 집웅이 덮히어
  영을 깔고 용마름을 펴는 일꾼이 밀집 모자를 썻지

  두드러지게 잘된 장다리 밧머리를
  고웁게 다린 황나적삼을 떨처 입고
  꽁지가 빠알간 잠자리란 놈이 으젓이 날고 잇다

  밧 머리에 서 잇는 숭거운 포푸라 나무가
  헙수룩한 제 그림자를 동그란히 접어 안고
  山 넘어 紡績 會社의 묵메인 고동이
  서울 온 村 애기들을 식당으로 부를 때
  아주 소리개 모양으로 떠돌아도 보고
  물을 차는 제비나 된 듯 내달며 넘노라도 보든
  짬자리 녀석들도 꼬리를 오구리고 쭉지를 끄을며
  장다리가 싀로 가루 쓰러저 잇는 밧 가운데로
  조을닌듯 내려 안는다
  정말 요세 또약볏이란 돌도 녹일가 보다

  홋군한 바람이 진한 거름내를 풍기며
  나무 꼿을 건드리고 바우을 지내간다.
  벌떼가 몃 개 안 남은 무색한 보랏빗 꼿수염을
  물엇다 놋코 노앗다 물며
  왕 왕 날개를 울니면서 헤갈을 한다.
  호랑나비는 드르가면 눈이 먼다는 독한 가루를 잔뜩
실코 아롱대인다.

  꼬리를 건드리고 머리를 만저도
  저 짬자리란 녀석은 다시 일지를 안으니
  조을고 잇나 그러치 안으면 인제 벌서 죽나

  거미줄채 손에 든 선모슴 작난군 아희들이
  신발을 버서들고 성큼 발소리를 죽여가며
  한 거름 두 거름 곳 손이 그 곳에 밋칠터인데

오 저런 망한 녀석들의 심술구진 눈 좀 보게

어쩌면……
고로케 꼿꼿하고 고흔 두 날개
빨간 빗갈이 기름 칠한 것처럼 윤택나는 날신한 체구가
엇지될지
엇재 맵기 당초 갓흔 곳추 짱아의 마음도 모르고 잇슬가
앵도꽃 진지가 얼마나 된다고 요만한 또약볏에
짱아야 벌서 '호박'처럼 맑든 네 눈도 어두어젓니

녹음의 짓흔 물결이 드을 가득 밀여오고 밀녀간다
동산은 어른처럼 말업시 잠잠하다
아마 연연한 봄의 고흔 배는 벌서 업허젓나 보다
정말 이 따거운 또약볏의 소내기 통에
굿은 나래도 둣터운 비름 입파리도 다 또 일 수 업시 풀이 죽고 말엇슬까

골작이 속에서 낫잠을 자든 게으른 풀숩에서
젊은 꾀꼬리가 한 마리 푸드득 나무닙 거더차고
고요한 침묵의 망사를 찢고 한울노 날아갓다.

오오 고마워라 얼마나 고마울가
문득 나는 이 조그만 괴롭은 꿈을 깨여
단장을 의지하여 허리를 펴서 뒷山을 보앗다.

숩 사이에 원추리가 한 떨기 재너 넘은 보름달처럼
어음전히 머리를 처들고
꾀꼬리가 남긴 노랫 곡조의 여음을 듯고 잇지 안은가

나는 묵어운 다리를 잇끄을어 山빗탈을 올나가면서
'꿈꾸지 말고 時代의 한 가운데로 드러오라'는 植物들의 흔드는 손을 보앗다.
'너는 아즉도 죽지 안엇섯구나'하고
원추리가 多情스레히 웃는 얼골을 보앗다.
나는 잠간 얼골을 붉키고 머리를 숙엿다가
다시 고흔 나비와 무성한 식물들의 겨우사리를 생각하며 고개를 들엇다.

그때 나는 아즉 사라잇는 幸福이 물결처럼 가슴에 복밧침을 늣기엇다.
五,七

—『삼천리』, 1935.8

낮(2)

내가 自動車에 실려 유리窓으로 내다보던 저 건너 동산도
벌써 분홍빛 저고리를 벗어던지고,
넓다란 푸른 이파리가 물고기처럼 흰 뱃바디를 보이면서,
제법 살았소 하는 듯이 너울거린다.
어느새 여름도 짙었는가보다.

그러기에 내가 이 절에 올 때엔,
겨우 터를 닦고 材木을 깎던 집들이
벌써 기둥이 서고 지붕이 덮이어,
영을 깔고 용마름을 펴는 일꾼이 밀짚 모자를 썻지.

두드러지게 잘된 장다리밭 머리를
곱게 다린 황나적삼을 떨처 입고,
꽁지가 빨간 잠자리란 놈이 의젓이 날고 있다.

밭 머리에 서 있는 숭거운 포푸라 나무가
헙수룩한 제 그림자를 동그란히 접어 안고,
山 넘어 紡績 會社의 목멘 고동이

서울 온 村 아기들을 食堂으로 부를 때,
아주 소리개 모양으로 떠돌아도 보고,
물을 차는 제비나 된 듯 내달으며 넘놀아도 보던,
잠자리 녀석들도 꼬리를 오구리고 죽지를 끌며,
장다리가 세로 가로 쓰러져 있는 밭 가운데로,
졸리는 듯 내려 앉는다.
정말 요새 또약볕이란 돌도 녹일가 보다.

후끈한 바람이 진한 걸음 내를 품기며,
나무 끝을 건드리고 밭 위를 지내간다.
벌 떼가 몇 개 안 남은 무색한 보랏빛 꽃수염을
물었다 놓고, 놓았다 물며,
왕 왕 날개를 울리면서 해갈을 한다.
호랑나비는 들어가면 눈이 먼다는 독한 가루를 잔뜩 실고 아롱거린다.

꼬리를 건드리고 머리를 만져도
저 잠자리란 녀석은 다시 일지를 않으니,
졸고 있나, 그렇지 않으면 인제 벌써 죽엇나?

거미줄채를 손에 든 선머슴 아이들이
신발을 벗어들고 성큼 발소리를 죽여가며,

한 걸음 두 걸음 곧 손이 그 곁에 미칠 텐데,
오, 저런 망한 녀석들의 심술궂은 눈 좀 보게.

어쩌면……
고렇게 꼿꼿하고 고운 두 날개,
빨간 빛갈이 기름칠한 것처럼 윤택나는 날신한 체구
가 어찌될지!
어째 맵기 당추같은 고추 쌍아의 마음도 모르고 있
을가?
앵두꽃 진 지가 얼마나 된다고 요만한 또약볕에,
쨍이야, 벌써 '호박'처럼 맑던 네 눈도 어두워졌니?

녹음의 짙은 물결이 들 가득 밀려오고 밀려간다.
동산은 어른처럼 말 없시 잠잠하다.
아마 연연한 봄의 고운 배는 벌써 엎어졌나 보다.
정말 이 따거운 또약볕의 소나기 통에,
굳은 날개도 두터운 비름 이파리도 다 또 일 수 없이
풀이 죽고 말았을가?

골짜기 속에서 낮잠을 자던 게으른 풀숲에,
젊은 꾀꼬리가 한 마리 푸르득 나무잎을 걷어차고,
고요한 침묵의 망사를 찢고 하늘로 날아갔다.

오오, 고마워라, 얼마나 고마울가!
문득 나는 이 조그만 괴로운 꿈을 깨여,
단장을 의지하여 허리를 펴서 뒷山을 보았다.

숲 사이에 원추리가 한 떨기 재나 넘은 보름달처럼,
음전히 머리를 쳐들고,
꾀꼬리가 남긴 노랫 곡조의 여음을 듣고 있지 않은가!

나는 무거운 다리를 이끌어 山비탈을 올라가면서,
'꿈꾸지 말고 시대의 한 가운데로 들어오라'는 植物
들의 흔드는 손을 보았다.
'너는 아직도 죽지 않았었구나'하고
원추리가 多情스러이 웃는 얼굴을 보았다.
나는 잠간 얼굴을 붉히고 머리를 숙였다가
다시 고운 나비와 무성한 식물들의 겨우사리를 생각
하며 고개를 들었다.

그때 나는 아직 살아 있는 幸福이 물결처럼 가슴에
복받침을 느끼었다.
—『현해탄』

江가로 가자(1)

어름이 다 녹고 진달래가 붉어져도
江물은 그 얼굴커냥 숨소리도 안 들려준다.

제법 어른답게 왜버들가지가 장마철을 가르켜도 빗
발은
오락가락 실없게만 군다니 언제 大河를 만나볼까?

그러나 어느덧 窓박게 욕구새가 골창이 난 지 十餘日
함석 홈통이 病院 좁은 마당에 딩구는 소리가 요란
하다

나는 침대를 니러나 발도듬을 하고 들창을 열었다
허나 오늘도 白氏紀念舘만이 비어 저서 默默하다

波濤를 이루고 거품을 내뿜으며 大洞江은 흐르겠지?

(中略)

흐르는 江물이여! 나는 너를 財物보다 사랑한다
'우리들의 슬픔'을 싫고 大海로 다름질하는 네 偉大
한 氾濫을!

얼마나 나는 너를 보고싶었고 그리었는가?
그러나 너는 오늘도 저 뒤에 숨어 있다 누은 나를
비우스며

정말 나는 다시 이곳에서 일지를 못할 것인가?
묵어운 생각과 깊은 病의 앞음이 나를 누르고 있다

오오 萬一 내가 눈을 비비고 저 門을 박차지 않으면
정말 江물은 冊 속에 眞理와 같이 永遠히 우리들로
부터
因緣 없이 흘을지도 모르리라

누구나 歷史의 거세인 물가로 닥아서지 않으면
永遠히 眞理의 '집씨'로 죽어버릴지 누가 알 것일가?

靑年의 누가 이것을 참겠는가? 두말 말고 江가로 오라
넓은 바다로 소리처 흘러가는 저 江가로!
—『조광』, 1936.2

江가로 가자(2)

얼음이 다 녹고 진달래 잎이 푸르러도,
江물은 그 모양은커녕 숨소리도 안 들려준다.

제법 어른답게 왜버들 가지가 장마철을 가리키는데,
빗발은 오락가락 실없게만 구니 언제 大河를 만나볼가?

그러나 어느덧 窓 밖에 용구새가 골창이 난 지 十餘
日,
　함석 홈통이 病舍 앞 좁은 마당에 뒹구는 소리가
요란하다.

　나는 침臺를 일어나 발돋움을 하고 들창을 열었다.
　답답어라, 古城같은 白氏紀念舘만이 비에 저저 默
默하다.

　오늘도 波濤를 이루고 거품을 내뿜으며 大洞江은
흐르겠지?
　일찌기 고무의 아이들이 낡은 것을 향하여 내닫든
그때와 같이

　흐르는 江물이여! 나는 너를 富보다 사랑한다.
　'우리들의 슬픔'을 싣고 大海로 달음질하는 네 偉大
한 氾濫을!

　얼마나 나는 너를 보고싶었고 그리웠는가?
　그러나 오늘도 너는 모르는 척 저 뒤에 숨어 있다,
누운 나를 비웃으며,

　정말 나는 다시 이곳에서 일지를 못할 것인가?
　무거운 생각과 깊은 병의 아픔이 너무나 무겁다.

　오오, 萬一 내가 눈을 비비고 저 門을 박차지 않으면,
　정말 江물은 冊 속에 眞理와 같이 永遠히 우리들의
生活로부터
　因緣 없이 흐를지도 모르리라.

　누구나 歷史의 거센 물가로 닥아서지 않으면,
　永遠히 眞理의 방랑자로 죽어버릴지 누가 알 것일
가?
　靑年의 누가 과연 이것을 참겠는가? 두말 말고 江가
로 가자,
　넓고 自由로운 바다로 소리처 흘러가는 저 江가로!
—『현해탄』

들(野)(1)

눈알을 굴려 하늘을 쳐다보니
참 높구나 가을 하늘은
멀리서 둥그런 해가 네 까아만 얼굴에 번쩍인다

네가 손등을 대어 부신 눈을 문질을 새
어느 틈에 재바른 참새놈들이
푸르르 깃을 치면서 먹을 콩이나 난 듯
함빡 논 우로 내려앉는다

휘어! 손벽을 치고 네가 줄을 흔들면
벙거지를 쓴 검언 허수아비 착하기도 하지
언제 눈치를 챘는지 웃슥 어깨짓을 하며 손을 젓는다

우― 우― 건넌말 네 동무들이 풋콩을 구어놓고
山 모퉁이 모닥풀 연기 속에 두 손을 버려 너를 부르
는고나

얼사안고 나는 네 볼에 입마초고 싶다.
한 손을 젓고 말없이 웃어 대답하는
오오 착한 네 얼굴

들로 부러오는 바람이라고 어찌 마음이 없겠니
더웁고 긴 여름 동안 여위어온 네 두 볼을 어루만지
고 지내간다
　철뚝에 선 남무님들조차 흩으러저 웃는고나

지금 네 눈앞에 허리를 굽혀 인사하는
올지게 찬 벼 이삭이 누으렇게 여무러가듯
풀고 넓은 하늘 아래 自由롭게 너이들은 자라겠지
……

자라거라! 자라거라 草木보다도 더 길길이
오오! 그렇지만 내 목이 메인다

오오 바람이 부러온다
수수밭 콩밭을 지나 네 논두덕 우우로
참새를 미워하는 네 마음아
한톨의 벼알을 뉘 때문에 애끼느냐고 묻지는 않던가
(十月)
—『조광』, 1936.1

들(2)

눈알을 굴려 하늘을 쳐다보니,
참 높구나, 가을 하늘은
멀리서 둥그런 해가 네 까만 얼굴에 번쩍인다.

네가 손등을 대어 부신 눈을 문지를 새,
어느 틈에 재바른 참새놈들이
푸르르 깃을 치면서 먹을 콩이나 난 듯,
함빡 논 위로 내려앉는다.

휘어! 손벽을 치고 네가 줄을 흔들면,
벙거지를 쓴 거면 허수아비, 착하기도 하지,
언제 눈치를 챘는지, 으쓱 어깨짓을 하며 손을 젓는다.

우— 우— 건넛말 네 동무들이 풋콩을 구워놓고,
山 모퉁이 모닥불 연기 속에 두 손을 벌려 너를 부르
는구나!

얼싸안고 나는 네 볼에 입맞추고싶다.
한 손을 젓고 말없이 웃어 대답하는
오오, 착한 네 얼굴.

들로 불어오는 바람이라고 어찌 마음이 없겠니?
덥고 긴 여름 동안 여위어온 네 두 볼을 어루만지고
지나간다.
철뚝에 선 나무잎들마저 흐드러져 웃는구나!

지금 네 눈앞에 허리를 굽혀 인사하는,
오지게 찬 벼 이삭이 누렇게 여물어가듯,
푸르고 넓은 하늘 아래 自由롭게 너희들은 자라겠지
……

자라거라! 자라거라, 草木보다도 더 길길이.
오오! 그렇지만 내 목이 매인다.

바람이 불어온다.
수수밭 콩밭을 지나 네 논두둑 위에로,
참새를 미워하는 네 마음아,
한톨의 벼알을 뉘 때문에 아끼는고?
　　　　　　　　　　　　　—『현해탄』

들(3)

눈알을 굴려 하늘을 쳐다보니
참 높구나, 가을 하늘은
멀리서 둥그런 해가 네 까만 얼굴에 번쩍인다.

네가 손등을 대어 부신 눈을 문지를 새
어느 틈에 재바른 참새놈들이
푸르르 깃을 치면서 먹을 콩이나 난 듯
함빡 논 위로 내려앉는다.
휘어! 손벽을 치고 네가 줄을 흔들면
벙거지를 쓴 거면 허수아비 착하기도 하지
언제 눈치를 챘는지 으쓱 억개짓을 하며 손을 젓는
다.

우— 우— 건넛말 네 동무들이 풋콩을 구워놓고
山 모퉁이 모닥불 연기 속에 두 손을 벌려 너를 부르
는구나!

얼싸안고 나는 네 볼에 입맞추고 싶다.
한 손을 젓고 말없이 웃어 대답하는
오오, 착한 네 얼굴.

들로 불어오는 바람이라고 어찌 마음이 없겠니?
덥고 긴 여름 동안 여위어온 네 두 볼을 어루만지고
지나간다.
철뚝에 선 나뭇잎들마저 흐드러져 웃는구나!

지금 네 눈앞에 허리를 굽혀 인사하는
오지게 찬 벼 이삭이 누렇게 여물어가듯
푸르고 넓은 하늘 아래 自由롭게 너희들은 자라겠지
……

자라거라! 자라거라! 草木보다도 더 길길이.
오오! 그렇지만 내 목이 메인다.

바람이 불어온다.
수수밭 콩밭을 지나 네 논두둑 위에로
참새를 미워하는 네 마음아,
한톨의 벼알을 뉘 때문에 아끼는고?
　　　　　　　　　　　　　—『회상시집』

가을 바람(1)

나무닢 하나가 떨어지는데
무에라고 네 마음은 조히풍지처럼 떨고 있니
나는 서글프구나 해맑은 유리창아
그렇게 단단하고 차디찬 네 몸
어느 구석에 우리 누나처럼 슬픈 마음이 들어 있니

참말로 누가 오래기나 했나
기다리기나 한 것처럼 달아와서
그리 마다는 나무 닢새를 훑어놓고
내 애끼는 유리창을 울리며 인사를 하게

너는 그렇게 정말 매몰하냐
그렇지만 나는
영리한 바람아 네가 정다웁다
再昨年 그리고 더 그 前해에도 가을이 올 적마다
곁눈 하나 안 떠보고 내가 靑年의 그 길에 忠誠되었
을 때
내 머리칼을 날리던 너는, 우렁찬 前進의 音樂이었다
앞으로! 앞으로! 누구가 退却이란 것을 꿈에나 생각
했던가
눈보라가 하늘에 다은 거츠른 벌판도 승리에의 꽃밭
이었다

오늘……
오래된 집은 허무러져 옛 동간들은 패북의 찬 마루
판 우에 매어 있고
비열한들은 리상과 진리를 죽그릇과 바꾸어
가을 비가 落葉 우에 찬데
부즈런한 너는 다시 그때와 같이 내게로 왔구나

情다웁고 영리한 바람아
너는 내 마음이 속삭이는 말귀를 드를줄 아니 웨 말
이 없느냐
필연코 길가에서 비열한들의 군색한 푸념을 듣고 온
게로구나
입이 없는 유리창이라도 두드리니깐 울지 안니
마음 없는 落葉조차 떨어지면서 제 슬픔을 속이지는
않는다

짓밟히우고 걷어채우면서도 웃으며 아첨할 것을 잊
지 않는 비열한들을
보아라! 영리한 바람아 저 참말로 미운 人間들이
땅에 내던지는 한 그릇 죽을 주린 개처럼 쫓지 않니

불어라 바람아 모질고 싸늘한 서릿바람아 무엇을 꺼
리기고 생각할까
너는 내 가슴에 고여있는 슬픈 생각에도 대답지 말
어라
곳장 이 平壤城의 자욱한 집들의 용마루를 넘어
숲들이 흐득이고 江물이 추위에 우(鳴)는 겨울 벌판
으로……
겨울이 오면 봄은 머지 않었으니까

—『중앙』, 1936.1

가을 바람(2)

나무잎 하나가 떨어지는데
무에라고 네 마음은 종이풍지처럼 떨고 있니?
나는 서글프구나 해맑은 유리창아!
그렇게 단단하고 차디찬 네 몸
어느 구석에 우리 누나처럼 슬픈 마음이 들어 있니?

참말로 누가 오라고나 했나?
기다리기나 한 것처럼 달아와서
그리 마다는 나무 잎새를 훑어놓고
내 아끼는 유리창을 울리며 인사를 하게.

너는 그렇게 정말 매몰하냐?
그렇지만 나는,
영리한 바람아, 네가 정답다.
再昨年, 그리고 더 그 前해에도, 가을이 올 적마다,
곁눈 하나 안 떠보고, 내가 靑年의 길에 忠誠되었을 때,
내 머리칼을 날리던 너는, 우렁찬 前進의 音樂이었다.
앞으로! 앞으로! 누구가 退却이란 것을 꿈에나 생각
했던가?
눈보라가 하늘에 닿은 거칠은 벌판도 勝利에의 꽃밭
이었다.

오늘……
오래된 집은 허물어져 옛 동간들은 찬 마루판 위에
얽매어 있고,
비열한들은 이상과 진리를 죽그릇과 바꾸어,
가을 비가 落葉 위에 찬데,
부지런한 너는 다시 그때와 같이 내게로 왔구나!

情답고 영리한 바람아!
너는 내 마음이 속삭이는 말귀를 들을 줄 아니, 왜
말이 없느냐?

필연코 길가에서 비열한들의 군색한 푸념을 듣고 온
게로구나!
　입이 없는 유리창이라도 두드리니깐 울지 않니?
　마음 없는 落葉조차 떨어지면서, 제 슬픔을 속이지
는 않는다.

　짓밟히고 걷어채이면서도 웃으며 아첨할 것을 잊지
않는 비열한들을,
　보아라! 영리한 바람아, 저 참말로 미운 人間들이,
땅에 내던지는 한 그릇 죽을 주린 개처럼 쫓지 않니?

　불어라 바람아! 모질고 싸늘한 서릿바람아, 무엇을
거리끼고 생각할까?
　너는 내 가슴에 괴어 있는 슬픈 생각에도 대답지 말
아라.
　곧장 이 平壤城의 자욱한 집들의 용마루를 넘어,
숲들이 흐득이고 江물이 추위에 우(鳴)는 겨울 벌판
으로……
　겨울이 오면 봄은 멀지 않았으니까……
―『현해탄』

가을 바람(3)

나무잎 하나가 떨어지는데
무에라고 네 마음은 종이풍지처럼 떨고 있니?
나는 서글프구나 해맑은 유리창아!
그렇게 단단하고 차디찬 네 몸
어느 구석에 우리 누나처럼 슬픈 마음이 들어 있니?

참말로 누가 오라고나 했나?
기다리기나 한 것처럼 달아와서
그리 마다는 나무 잎새를 훑어놓고
내 아끼는 유리창을 울리며 인사를 하게.

너는 그렇게 정말 매몰하냐?
그렇지만 나는
영리한 바람아 네가 정답다.
再昨年, 그리고 더 그 前해에도 가을이 올 적마다
곁눈 하나 안 떠보고, 내가 青年의 길에 忠誠되었을 때
내 머리칼을 날리던 너는 우렁찬 前進의 音樂이었다.
앞으로! 앞으로! 누구가 退却이란 것을 꿈에나 생각
했던가?
눈보라가 하늘에 닿은 거칠은 벌판도 勝利에의 꽃밭
이었다.

　오늘……
　오래된 집은 허물어져 옛 동간들은 찬 마루판 위에
얽매어 있고,
　비열한들은 이상과 진리를 죽그릇과 바꾸어 가을 비
가 落葉 위에 찬데
　부지런한 너는 다시 그때와 같이 내게로 왔구나!

　情답고 영리한 바람아!
　너는 내 마음이 속삭이는 말귀를 들을 줄 아니
왜 말이 없느냐?
　필연코 길가에서 비열한들의 군색한 푸념을 듣고 온
게로구나!
　입이 없는 유리창이라도 두드리니깐 울지 않니?
　마음 없는 落葉조차 떨어지면서 제 슬픔을 속이지는
않는다.

　짓밟히고 걷어채이면서도 웃으며 아첨할 것을 잊지
않는 비열한들을
　보아라! 영리한 바람아 저 참말로 미운 人間들이
땅에 내던지는 한 그릇 죽을 주린 개처럼 쫓지 않니?

　불어라 바람아! 모질고 싸늘한 서릿바람아!
　무엇을 거리끼고 생각할까?
　너는 내 가슴에 괴어 있는 슬픈 생각에도 대답지 말
아라
　곧장 이 平壤城의 자욱한 집들의 용마루를 넘어
숲들이 흐득이고 江물이 추위에 우(鳴)는 겨울 벌판
으로……
　겨울이 오면 봄은 멀지 않았으니까……
―『회상시집』

버러지(1)*

사람들이 말하기를
버러지는 下等動物이다
참말로 이것을 의심할 수야 없는 것다.

하룻날
가을 바람과 함께 올지게 익어가는 논ㅅ뱀이 좁은
길을
이슬진 풀닢을 걷어차며 바다가에 나아가니

---

* 발표 당시의 제목은 「버러지」였으나 시집 『현해탄』에 수록
되면서 「벌레」로 바뀌었다.

벌서 제 철을 보낸 늙은 버레가 하나
새로 쌓아올린 埋築地 쎄멘트 벽을 기어가다
내가 보구 놀래기나 한 듯
소스라쳐 물속으로 딩굴러 떠러진다.

텀벙…… 지극히 조그만 소리가 나면서 열븐 波紋이
마치 못 익이어 인사치레나 하듯 스르르 퍼진다.

그러나 물결이 한번 돌을 치고 물러갈 때
바다는 아까와 다름 없이 아침 햇발을 눈부시게 反
射한다.
 아즉 아무도 밟어본듯 싶지 않은 정한 둔대 우에
좁쌀 같은 새까만 한뚱알이 여나문 나란히 벌려 있
었다.

이것은 충분히 늙은 버레가 죽음으로 가던 길이면서
그가 아즉도 살았었노라 하든
最後의 遺物임을 누구가 의심할가.

네가 한 마리 이름 없는 버레와 다른 게 무엇이냐.
고지식한 마음이 提出하는 質問의 對答을 찾을라고
한참을 머뭇거리다 한울을 向하여 고개를 들었을 제
甚히 怒한 太陽의 表情에
두 손으로 나는 얼굴을 가리었다.

이때 물결이 어머니처럼 일느기를,
사람은 봄에 낫다 가을에 죽는 버레는 아니니라.

버러지도
밟으면 꿈틀한다는 俗談이 이젠 소용이 없는가
浦口 저쪽으로 물결은 돌아갓다.
(一〇, 一五)
—『신동아』, 1935.12

벌레(2)

사람들이 말하기를,
벌레는 下等動物이다.
참말로 이것을 의심할 수야 없는 것이다.

하룻날
가을 바람과 함께 오지게 익어가는 논배미 좁은 길을,
이슬진 풀잎을 걷어차며 바닷가에 나아가니,
벌써 제 철을 보낸 늙은 버레가 하나,

새로 쌓아올린 埋築地 쎄멘트 벽을 기어가다,
나를 보고 놀래기나 한 듯,
소스라쳐 물속으로 딩구러 떨어진다.

텀벙…… 지극히 조그만 소리가 나면서 엷은 波紋이
마치 못 이기어 인사치레나 하듯 스르르 퍼진다.

그러나 물결이 한번 돌을 치고 물러갈 때
바다는 아까와 다름 없이 아침 햇발을 눈부시게 反
射한다.
아직 아무도 밟아본듯 싶지 않은 정한 돈대 위에,
좁쌀 같은 새까만 뚱알이 여나문 나란히 벌려 있었다.

이것은 충분히 늙은 버레가 죽음으로 가던 길이면서,
그가 아직도 살았었노라 하던,
最後의 遺物임을 누구가 의심할가.

네가 한 마리 이름 없는 벌레와 다른 게 무엇이냐.
고지식한 마음이 提出하는 質問의 對答을 찾으려고,
한참을 머뭇거리다 하늘을 向하여 고개를 들었을 제,
甚히 怒한 太陽의 表情에
두 손으로 나는 얼골을 가리었다.

이때 물결이 어머니처럼 이르기를,
사람은 봄에 났다 가을에 죽는 벌레는 아니니라.

벌레도
밟으면 꿈틀한다는 속담도 이젠 소용이 없는가?
浦口 저쪽으로 물결은 돌아갔다.
—『현해탄』

안개 속(1)

하늘 땅 속속드리
먹 우에 먹을 가라 부었다
발뿌리조차 안 뵌다만
나는 아즉 외롭지 않다

비가 흩뿌리드니
우뢰가 요란코
번개가 날카롭고
드듸어 내 잠자는 마을
뭇 집 들창이 캄캄타
길 가 불들도 꺼졌다

별도 달도…….

밀물처럼 네가 쓰러와
다시는 불도
내일 낮도 없을 듯 하드라만
나의 마을 사람들은 댁연트라!
앞을 다토아 깜북 깜북
여러 들창이 훤하니
흐득임을 보아
오므러졌다 펴는 불촉이 분명타

길 가는 나그네들이
나뷔떼처럼 불 갓으로 찾어든다
볼이 패이고 뼈골이 들어났다
별빛보다 흐미한 들창이
그들에 력력한 고난을 비친다
정녕 몇 사람을
너는 험한 길 우에 죽였을 게다

네 손은 아귀가 세고 끈끈타
북석 힘을 주어 움키면
아무것이고 다 부혀잡히리라만
모래알처럼
손가락 틈을 새는 것이 있으리라
꼭 쥐면 쥘사록 틈이 번다
안개 끼인 밤에는
호롱불이 보름달 같으니라

물론 나그네들이야 집도 없고 길도 멀다
그 대신 희망이 꽉 찼드라
눈동자는 굴속 같아야
한점 불이 별 같고
가슴은 한층 밝아
밤새도록 환히 아름답드라
내야 눈마저 흐리다만
아즉 외롭지 않다

—『조선문학』, 1937.5

안개 속(2)

하늘 땅 속속드리
먹 위에 먹을 갈아 부었다.
발뿌리조차 안 뵌다만,
나는 아직 외롭지 않다.

비가 흩뿌리더니,
우뢰가 요란하고,
번개가 날카롭고,
드듸어 내 잠자는 마을,
뭇 집 들창이 캄캄하다.
길 가 불들도 꺼졌다.
별도, 달도…….

밀물처럼 네가 쓸어와,
다시는 불도
내일 낮도 없을 듯 하더라만,
나의 마을 사람들은 대견하더라!
앞을 다투어 깜북 깜북

여러 들창이 환하니
흐득임을 보아,
오무러졌다 펴는 불촉이 분명타.

길 가는 나그네들이
나비떼처럼 불 갓으로 찾아든다.
볼이 패이고 뼛골이 들어났다.
별빛보다 희미한 들창이
그들에 역력한 고난을 비친다.
정녕 몇 사람을
너는 험한 길 위에 죽였을 게다.

네 손은 아귀가 세고 끈끈하다.
붓석 힘을 주어 움키면,
아무것이고 다 부여잡히리라만,
모래알처럼
손가락 틈을 새는 것이 있으리라.
꼭 쥐면 쥘쑤록 틈이 번다.
안개 끼인 밤에는
호롱불이 보름달 같으니라.

물론 나그네들이야 집도 없고 길도 멀다.
그 대신 희망이 꽉 찼더라.
눈동자는 굴속 같아야,
한점 불이 별 같고,
가슴은 한층 밝아,
밤새도록 환히 아름답더라.
내야 눈마저 흐리다만,
아직 외롭지 않다.

—『현해탄』

안개 속(3)

하늘 땅 속속드리
먹 위에 먹을 갈아 부었다.
발뿌리조차 안 뵌다만
나는 아직 외롭지 않다.

비가 흩뿌리더니
우뢰가 요란하고
번개가 날카롭고
드디어 내 잠자는 마을
뭇 집 들창이 캄캄하다.
길 가 불들도 꺼졌다.
별도 달도…….

밀물처럼 네가 쓸어와
다시는 불도
내일 낮도 없을 듯 하더라만
나의 마을 사람들은 대견하더라!
앞을 다투어 깜북 깜북

여러 들창이 환하니
흐득임을 보아
오무러졌다 펴는 불촉이 분명타.
길 가는 나그네들이
나비떼처럼 불 갓으로 찾아든다.
볼이 패이고 뼈ㅅ골이 들어났다.
별빛보다 희미한 들창이
그들에 역력한 고난을 비친다.
정녕 몇 사람을
너는 험한 길 위에 죽었을 게다.

네 손은 아귀가 세고 끈끈하다.
붓석 힘을 주어 움키면
아무것이고 다 부여잡히리라만
모래알처럼
손가락 틈을 새는 것이 있으리라.
꼭 쥐면 쥘수록 틈이 번다.
안개 끼인 밤에는
호롱불이 보름달 같으니라.

물론 나그네들이야 집도 없고 길도 멀다.
그 대신 희망이 꽉 찼더라.
눈동자는 굴속 같아야
한점 불이 별 같고

가슴은 한층 밝아
밤새도록 환히 아름답더라.
내야 눈마저 흐리다만,
아직 외롭지 않다.

—『회상시집』

一年(1)

나는 애끼지 안는다.
落葉이 저 눈발이 덮인
시골 林檎나무에 靑春과 壯年을……
언제나 너는 가고 오지 안는 것

×

오늘도 옥窓에는 힌 구름 지내가고
새들이 꾀꼬리처럼 짖어괸다
모란꽃이 붉든 昨年 五月
지금은 記憶까지가 拘禁되어 있다

×

나의 一年이여 짧고 기—ㄴ 세월이여
怒濤에도 달큼한 봄철의 우슴에도
그대로 默默하든 네 表情을 나는 안다
허나 그렇게까지 一年은 정말 平和로웠는가

×

형法은 단지 希望하는 가는 마음까지
犯罪! 그 사나운 눈알로 흘겨본다.
나의 삶(生)이여! 너는 한바탕의 꿈이러라!
獨居房은 오늘도 낮같이 무거웁다.

×

재바른 가을 바람은 머지 않어
버들닢을 한옥큼 저 窓 틈으로
지난해처럼 훑어넣고 달아나겠지?
마치 올해도 世界는 平穩無事한 듯이

×

그러나 한개 여위인 囚人은 아직 살었고 또 다시
우리집 林檎은 익어 가을이 되겠지? 눈 속을 흘러 가는
샘이 大海에 나가 波濤를 이루울 때.
　一年이여! 오오 너는 그들을 爲하야 軍號를 부르리라

×

나는 애끼지 안는다 잃어진 시절을!
—年! 平穩한 바위 한테 生命은 끊임없이 흘러간다.
넓고 큰 大洋의 未來를 向하야—
지금 寂寞한 旅行을 직히는 너에게
—年이어 나는 精誠껏 인사한다.
—七, 二三—

—『조광』, 1935.12

一年(2)

나는 아끼지 않으련다.
落葉이 저 눈발이 덮인
시골 능금나무의 靑春과 壯年을……
언제나 너는 가고 오지 않는 것.

오늘도 들창에는 흰 구름이 지나가고,
참새들이 꾀꼬리처럼 지저귄다.
모란꽃이 붉던 작년 오월,
지금은 記憶마저 구금되었는가?

나의 一年이여, 짧고 긴 세월이여!
怒濤에도, 달큼한 봄바람에도,
한결같이 默默하던 네 表情을 나는 안다,
허나 거렇게도 一年은 정말 平和로왔는가?

'彼女'는 단지 히망하는 마음까지
범죄 그 사나운 눌알로 흘겨본다.
나의 삶이여! 너는 한바탕의 줌이려느냐?
한간 방은 오늘도 납처럼 무겁다.

재바른 가을 바람은 멀지 않아,
버들잎을 한웅큼 저 窓 틈으로,
지난해처럼 훑어넣고 달아나겠지,
마치 올해도 世界는 이렇다는 듯이.

그러나 한개 여윈 청년은 아직 살았고,
또 다시 우리집 능금이 익어 가을이 되리라.
눈 속을 스미는 가는 샘이 大海에 나가 노도를 이룰 때,
—年이여, 너는 그들을 위하여 군호를 불러라.

나는 아끼지 않으련다, 잊어진 시절을.
—年 平溫無事한 바위 아래 生命은 끊임없이 흘러
간다.
넓고 큰 大洋의 앞날을 향하여,

지금 적막한 旅路를 지키는 너에게 나는 精誠껏 인
사한다.

—『현해탄』

一年(3)

나는 아끼지 않으련다.
落葉이 저 눈발이 덮인
시골 능금나무의 靑春과 壯年을……
언제나 너는 가고 오지 않는 것.

오늘도 들창에는 흰 구름이 지나가고
참새들이 꾀꼬리처럼 지저귄다.
모란꽃이 붉던 작년 오월
지금은 記憶마저 구금되었는가?

나의 一年이여 짧고 긴 세월이여!
怒濤에도 달큼한 봄바람에도
한결같이 默默하던 네 表情을 나는 안다,
허나 거렇게도 一年은 정말 平和로왔는가?

'彼女'는 단지 히망하는 마음까지
범죄 그 사나운 눈알로 흘겨본다.
나의 삶이여! 너는 한바탕의 꿈이려느냐?
한간 방은 오늘도 납처럼 무겁다.

재바른 가을 바람은 멀지 않아,
버들잎을 한웅큼 저 窓 틈으로
지난해처럼 훑어넣고 달아나겠지
마치 올해도 世界는 이렇다는 듯이.

그러나 한개 여윈 청년은 아직 살았고
또 다시 우리집 능금이 익어 가을이 되리라.
눈 속을 스미는 가는 샘이 大海에 나가 노도를 이룰 때
—年이여 너는 그들을 위하여 군호를 불러라.

나는 아끼지 않으련다 잊어진 시절을.
—年, 平溫無事한 바위 아래 生命은 끊임없이 흘러
간다.
넓고 큰 大洋의 앞날을 향하여
지금 적막한 旅路를 지키는 너에게 나는 精誠껏 인
사한다.

—『회상시집』

하늘(1)*

감이 붉은 시골 가을이
아득히 푸른 하눌에 노을 같은
미결사의 가을 해가 밤보다는 길다

갔다가 오고 왔다가 가고
한칸 좁은 방 벽은 두텁어
높은 들창 갓에
하눌은 어린애처럼 찰락어리는 바다

나의 생각코 궁리하던 이것저것을
다 너의 물결 우에 실어
구름이 흐르는 곳으로 띠워볼까.

동해바다 가에 적은 촌은
어머니가 있는 내 고향이고
한강 물이 숭얼대는
영등포 붉은 언덕은
목숨을 바쳤든 나의 전장

오늘도 연기는
구름보다 넓고
누구이고 청년이 몇
너무나 좁은 한울을
넓은 희망의 눈동자 속 깊이
호수처럼 담으리라

버리는 팔이 아무리 좁아도
오오! 한울보다 널은 나의 바다.
—『신인문학』, 1936.8

하늘(2)

감이 붉은 시골 가을이
아득히 프른 하늘에 놀 같은
미결사의 가을 해가 밤보다도 길다.

갔다가 오고, 왔다가 가고,
한간 좁은 방 벽은 두터워,
높은 들창 갓에
하늘은 어린애처럼 찰락어리는 바다.

나의 생각고 궁리하던 이것저것을,
다 너의 물결 위에 실어,
구름이 흐르는 곳으로 띠워볼가!

동해바다 가에 적은 촌은,
어머니가 있는 내 고향이고,
한강 물이 숭얼대는
영등포 붉은 언덕은,
목숨을 바쳤던 나의 전장.

오늘도 연기는
구름보다 높고,
누구이고 청년이 몇,
너무나 좁은 하늘을
넓은 희망의 눈동자 속 깊이
호수처럼 담으리라.

벌리는 팔이 아무리 좁아도,
오오! 하늘보다 너른 나의 바다.
—『현해탄』

하늘(3)

감이 붉은 시골 가을이
아득히 푸른 하늘에 놀 같은
미결사의 가을 해가 밤보다도 길다.

갔다가 오고 왔다가 가고
한간 좁은 방 벽은 두터워
높은 들창 갓에
하늘은 어린애처럼 찰락어리는 바다.
나의 생각고 궁리하던 이것저것을
다 너의 물결 위에 실어
구름이 흐르는 곳으로 띠워볼가!

동해바다 가에 적은 촌은
어머니가 있는 내 고향이고
한강 물이 숭얼대는
영등포 붉은 언덕은
목숨을 바쳤던 나의 전장

오늘도 연기는
구름보다 높고
누구이고 청년이 몇

너무나 좁은 하늘을
넓은 희망의 눈동자 속 깊이
호수처럼 담으리라.

벌리는 팔이 아모리 좁아도,
오오! 하늘보다 너른 나의 바다.

—『회상시집』

最後의 念願(1)

오오 어떠한 힘이 있어
세월이여 나를 이곳으로 데러왔는가
밀치라! 다시 또 밀치라! 最後의 港口로!
落日이여 나는 소리치리라 눈을 감기 전에 —

그대 어둠은 어느듯 故鄕에 땅을 업고
西쪽 한울엔 별 한아 없구나
좀더 한가하라! 落日이어 좀더
안되면 오늘밤 비인 꿈에서라도 —

最後가 가는 내 목을 잡아누르면
훗터지리라! 五色불꽃되어 저 어둔 한울에 —
오오 最後의 念願이여
너는 내 즐거움인가 슬픔인가?

七,二三

—『조광』, 1935.11

最後의 念願(2)

얼마나 크고,
얼마나 두려운 힘이기에,
세월이여! 너는
나를 이곳으로 이끌어왔느냐?

밀치고 또
박차고 하면,
급기야 나는
最後의 항구로 외로이
돌아오지 않는 손이 되리라만,
落日이여! 나에겐,
아직 한마디 말이 있다.

참말 머리 위엔
별 하나이 없고,
어둔 하늘이
洪水처럼
山河를 덮어,
한자욱 발길조차
나의 故鄕을
밟을 수가 없다면,
아아, 꺼지려는 눈아!
네 빛이 흐리기 전에,
차라리 나는
호화로이 밤 하늘에 흩어지는
五色 불꽃에,
아름다운 運命을
배우련다.

最後의 念願이여!
너는 나의
즐거움이냐? 슬픔이냐?

—『현해탄』

最後의 念願(3)

얼마나 크고,
얼마나 두려운 힘이기에,
세월이여! 너는
나를 이곳으로 이끌어왔느냐?

밀치고 또
박차고 하면
급기야 나는
最後의 항구로 외로이
돌아오지 않는 손이 되리라만
落日이여! 나에겐
아직 한마디 말이 있다.

참말 머리 위엔
별 하나이 없고,
어둔 하늘이
洪水처럼
山河를 덮어,
한자욱 발길조차
나의 故鄕을
밟을 수가 없다면,

아아, 꺼지려는 눈아!
네 빛이 흐리기 전에
차라리 나는
호화로이 밤 하늘에 흩어지는
五色 불꽃에
아름다운 運命을
배우련다.

最後의 念願이여!
너는 나의
즐거움이냐? 슬픔이냐?

─『회상시집』

侏儒의 노래(1)

나의 마음은 괴롭노라……
諸君은 나의 이런 歎息을 좋와한다

어찌다 나의 노래가 우름이 되면
諸君은 한층더 나를 사랑한다

오오! 하고 외마디 소리를 지르면
諸君은 벌써 熱狂하고 있다

勿論 나는 잘 안다
諸君들이 悲劇을 사랑하는 높은 趣味를……

幕 끝지 되면 主人公은 병아리처럼 넘어지고
諸君은 高調된 悲劇美에 醉할듯하다

하물며 悲劇의 終末의 가져오는 一場의 喜劇
諸君 要컨대 나의 末路를 보고싶다는 게지

敬愛하는 諸君 萬一 씨─자가 決코 諸君이 아니라
씨─자가
聖餅의 맛을 警戒했다면 破綻은 좀더 延期되었을지
도 모른다.

또 한번 아니 얼마든지 말해줄까
諸君 實로 나의 마음은 괴롭노라.

丁丑, 一月

─『조광』, 1937.5

侏儒의 노래(2)

나의 마음은 괴롭노라……
諸君은 나의 이런 歎息을 좋와한다.

어찌다 나의 노래가 울음이 될낭이면,
諸君은 한층 더 나를 사랑한다.

오! 하고 외마디 소리를 지르면,
諸君은 벌써 熱狂하고 있다.

勿論 나는 잘 안다.
諸君들이 悲劇을 사랑하는 높은 趣味를……

幕 끝이 되면 主人公은 병아리처럼 쓰러지고,
諸君은 高調된 悲劇美에 醉할듯하다.

하물며 悲劇의 終末의 가져오는 一場의 喜劇,
諸君, 要컨대 나의 末路를 보고싶다는 게지!

敬愛하는 諸君, 萬一 씨이자가, 決코 諸君이 아니라,
씨이자가,
聖餅의 맛을 警戒했다면, 破綻은 좀더 延期되었을
지도 모른다.

또 한번, 아니, 얼마든지 말해줄가?
諸君, 實로 나의 마음은 괴롭노라.

─『현해탄』

敵(1)

─사랑합시다. 敵을!
네 萬一 너를 사랑하는 者를 사랑하면 이는
사랑이 아니니라.
너의 敵을 사랑하고 너를 미워하는 者를
사랑하라. 「馬太福音」

1

너의들의 敵을 사랑하라─
나는 이때 예수敎徒임을 자랑한다
敵이 나를 죽도록 미워했을 때
나는 敵에 對한 어찌할 수 없는 미움을 배웠다
敵이 내 벗을 주검으로써 괴롭혔을 때

나는 友情을 敵에 對한 殘忍으로 고치었다
敵이 드디어 내 벗의 한 사람을 죽였을 때
나는 復讐의 빗싼 眞理를 배웠다
敵이 우리들의 모두를 노리었을 때
나는 곧 섬멸의 數學을 배웠다

敵이여! 너는 내 最大의 敎師,
사랑스런 것! 너의 이름은 나의 敵이다.

2

때로 내가 이 數學 工夫에 게을렀을 때
　敵이여! 너는 칼날을 가지고 나에게 勤勉을 가르키
었다
　때로 내가 無謀한 돌격을 시험했을 때
　敵이여 너는 아픈 打擊으로 전진을 위한 退却을 가
르키었다

　때로 내가 비겁하게도 진격을 주저했을 때
　敵이여 너는 뜻하지 않은 공격으로 나에게 前進을
가르키었다
　만일 네가 없으면 四則法도 모를 우리에게
　적이여 너는 前進과 退却의 高等數學을 가르키었다

　敗北의 이슬이 찬 우리들의 잔등 우에 너의 慘酷한
肉迫이 없었더면
　敵이여 어찌 우리는 사는 靑春의 精神을 전장에서
찾었겠는가

　오오! 사랑스럽기 限이 없는 나의 畢生의 '동무'
　敵이여 정말 너는 우리들의 勇氣다.

　너의 敵을 사랑하라!
　예수敎徒는 나의 光榮이다.
—『중앙』, 1936.5

敵(2)

네 萬一 너를 사랑하는 者를 사랑하면 이는 사랑
이 아니니라.
너의 敵을 사랑하고 너를 미워하는 者를 사랑하
라.「福音書」

1

너희들의 敵을 사랑하라—
나는 이때 예수敎徒임을 자랑한다.

敵이 나를 죽도록 미워했을 때,
나는 敵에 對한 어찌할 수 없는 미움을 배원다.
敵이 내 벗을 죽엄으로써 괴롭혓을 때,
나는 友情을 敵에 對한 殘忍으로 고치었다.
敵이 드디어 내 벗의 한 사람을 죽였을 때,
나는 復讐의 비싼 眞理를 배웟다.
敵이 우리들의 모두를 노리었을 때,
나는 곧 섬멸의 數學을 배웟다.

敵이여! 너는 내 最大의 敎師,
사랑스런 것! 너의 이름은 나의 敵이다.

2

때로 내가 이 數學 工夫에 게을렀을 때,
　敵이여! 너는 칼날을 가지고 나에게 勤勉을 가르치
었다.
　때로 내가 無謀한 돌격을 시험했을 때,
　敵이여! 너는 아픈 打擊으로 전진을 위한 退却을 가
르치었다.

　때로 내가 비겁하게도 진격을 주저햇을 때,
　敵이여! 너는 뜻하지 않은 공격으로 나에게 前進을
가르치었다.
　만일 네가 없으면 참말로 四則法도 모를 우리에게,
　적이여! 너는 前進과 退却의 高等數學을 가르치었
다.

　敗北의 이슬이 찬 우리들의 잔등 위에 너의 慘酷한
肉迫이 없었더면,
　敵이여! 어찌 우리들의 가슴 속에 사는 靑春의 精神
이 불탓겠는가?

　오오! 사랑스럽기 限이 없는 나의 畢生의 동무
　敵이여! 정말 너는 우리들의 勇氣다.

　너의 敵을 사랑하라!
　福音書는 나의 光榮이다.
—『현해탄』

敵(3)

네 萬─ 너를 사랑하는 者를 사랑하면 이는
사랑이 아니니라.
너의 敵을 사랑하고 너를 미워하는 者를
사랑하라. 「福音書」

1

너희들의 敵을 사랑하라─
나는 이때 예수敎徒임을 자랑한다.

敵이 나를 죽도록 미워했을 때
나는 敵에 對한 어찌할 수 없는 미움을 배웠다.
敵이 내 벗을 죽엄으로써 괴롭혔을 때
나는 友情을 敵에 對한 殘忍으로 고치었다.
敵이 드디어 내 벗의 한 사람을 죽였을 때
나는 復讐의 비싼 眞理를 배웠다.
敵이 우리들의 모두를 노리었을 때
나는 곧 섬멸의 數學을 배웠다.

敵이여! 너는 내 最大의 敎師,
사랑스런 것! 너의 이름은 나의 敵이다.

2

때로 내가 이 數學 工夫에 게을렀을 때
敵이여! 너는 칼날을 가지고 나에게 勤勉을 가르치
었다.
때로 내가 無謀한 돌격을 시험했을 때
敵이여! 너는 아픈 打擊으로 전진을 위한 退却을 가
르치었다.

때로 내가 비겁하게도 진격을 주저했을 때
敵이여! 너는 뜻하지 않은 공격으로 나에게 前進을
가르치었다.
만일 네가 없으면 참말로 四則法도 모를 우리에게
적이여! 너는 前進과 退却의 高等數學을 가르치었
다.

敗北의 이슬이 찬 우리들의 잔등 위에 너의 慘酷한
肉迫이 없었더면
敵이여! 어찌 우리들의 가슴 속에 사는 靑春의 精神
이 불탓겠는가?

오오! 사랑스럽기 限이 없는 나의 畢生의 동무
敵이여! 정말 너는 우리들의 勇氣다.

너의 敵을 사랑하라!
福音書는 나의 光榮이다.

─『회상시집』

地上의 詩(1)

太初에 말이 잇느니라……
人間은 고약한 傳統을 가진 動物이다.
行爲하지 않는 말
말을 말하는 말
이브가 아담에게 따준 無花果의 秘密은
실상 智慧의 온갖 수다 속에 잇섯다

飽滿의 이야기로 飢餓를
天上의 노래로 地獄의 고통을
어리석게도 人間은 곳잘 박구엇섯다
그러나 地上의 팡으로 배부른 사람은
과연 하나도 업섯든가
神聖한 智慧여 光榮이 잇스라

온전이 運命이란 말 以上이다
단지 사람은 말할 수 잇는 運命을 가진 것
운명을 이얘기할 수 잇는 말을 가진 것이
沈默한 行爲者인 도야보다 優越한 點이다.
말을 行爲로
行爲를 말로
自由로 飜譯할 수 있는 機能
그것이 詩의 最高의 原理
地上의 詩는
智慧의 虛僞를 깨트릴 뿐 아니라
智慧의 悲劇을 救한다
分明히 太初의 行爲가 잇다……
丁丑 一月

─『풍림』, 1937.2

地上의 詩(2)

太初에 말이 있느니라……
人間은 고약한 傳統을 가진 動物이다.
行爲하지 않는 말,

말을 말하는 말,
이브가 아담에게 따준 無花果의 秘密은,
실상 智慧의 온갖 수다 속에 있었다.

飽滿의 이야기로 飢餓를,
天上의 노래로 地獄의 고통을,
어리석게도 人間은 곧잘 바꾸었었다,
그러나 地上의 팡으로 배부른 사람은
과연 하나도 없었던가?
神聖한 智慧여! 光榮이 있으라.

온전히 運命이란, 말 以上이다.
단지 사람은 말할 수 있는 運命을 가진 것,
운명을 이야기할 수 있는 말을 가진 것이,
沈默한 行爲者인 도야지보다 優越한 點이다.
말을 行爲로,
行爲를 말로,
自由로 飜譯할 수 있는 機能,
그것이 詩의 最高의 原理.
地上의 詩는
智慧의 虛僞를 깨뜨릴 뿐 아니라,
智慧의 悲劇을 救한다.
分明히 太初의 行爲가 있다……

—『현해탄』

너 하나 때문에(1)

오즉 있는 것은
光榮 한아뿐이고
정녕 屈辱이란 없는가
없어도 없는 것인가
만일 싸홈만 없다면……

그러나 싸홈이 없다면
둘이 다 없는 것
싸홈이야말로
光榮과 屈辱의 어머니
모든 것 가운대 모든 것

敗北의 피가
勝利의 葡萄酒를 빚는 것도
屈辱이
光榮의 香料를 끄으내는 것도
모두 다 싸홈의 넓은 바다

바다는
넓이도 깊이도 없어
勝利가 실컨
제 즐거움의 眞珠를 떠내고
敗北이 죽도록
제 앞흠의 高貴한 값을 아라내는 곳.

회복될 수 없는
굴욕의
……諸君은 이 말의 意味를 아는가?……
앞으로 앞은 傷處가
붉은 피가
薔薇 떨기처럼 피어나는 곳

아아 너 하나 너 하나 때문에
나는 屈辱마자를 사랑한다.
丁丑, 一月 某日,

—『풍림』, 1937.3

너 하나 때문에(2)

오직 있는 것은
光榮 하나뿐이고,
정녕 屈辱이란 없는가?
있어도 없는 것인가?
만일 싸움만 없다면……

그러나 싸움이 없다면,
둘이 다 없는 것,
싸움이야말로
光榮과 屈辱의 어머니,
모든 것 가운데 모든 것.

敗北의 피가
勝利의 葡萄酒를 빚는 것도,
屈辱이
光榮의 香料를 끄어내는 것도,
모두 다 싸움의 넓은 바다.

바다는
넓이도 깊이도 없어,
勝利가 실컨
제 즐거움의 眞珠를 떠내고,
敗北이 죽도록

제 아픔의 高貴한 값을 알아내는 곳.

회복될 수 없는
굴욕의
―諸君은 이 말의 意味를 아는가?
아프고 아픈 傷處가
붉은 피가
薔薇 떨기처럼 피어나는 곳.

아아! 너 하나, 너 하나 때문에,
나는 屈辱마저를 사랑한다.

―『현해탄』

너 하나 때문에(3)

오직 있는 것은
光榮 하나뿐이고
정녕 屈辱이란 없는가?
있어도 없는 것인가?
만일 싸움만 없다면……

그러나 싸움이 없다면
둘이 다 없는 것
싸움이야말로
光榮과 屈辱의 어머니
모든 것 가운데 모든 것.

敗北의 피가
勝利의 葡萄酒를 빚은 것도
屈辱이
光榮의 香料를 끄어내는 것도
모두 다 싸움의 넓은 바다.

바다는
넓이도 깊이도 없이
勝利가 실컨
제 즐거움의 眞珠를 떠내고
敗北이 죽도록
제 아픔의 高貴한 값을 알아내는 곳.

회복될 수 없는
굴욕의
―諸君은 이 말의 意味를 아는가?
아프고 아픈 傷處가

붉은 피가
薔薇 떨기처럼 피어나는 곳.

아아! 너 하나 너 하나 때문에
나는 屈辱마저를 사랑한다.

―『회상시집』

洪水 뒤(1)

한아도 아니엇고
둘도 아니엇다.

활개를 젓고 건너가
쭉지를 느리고 도라온
이 항구의 추억은
참말 열도 아니엇다.

그러나 굿건하든
적고 큰 집들이
터울도 업시 휩쓸려간
洪水 뒤
황무지의 밤 바람은
너무도 맵고 거칠어.

언제인가 하로 아침,
맑은 희망의 나발이엇든
고둥 소린 오늘 밤
청춘의 구슬픈 매장의 노래 가타야

고향의 부두를 밟는
나의 무릎은 얼 듯 차다

긴 밤車가 닷는 곳
나의 벗들을 사로잡은
차디찬 運命 속에서도
청년의 자랑은
꺼지지 않는 등촉처럼 밝앗스면

아아 이 한아로 나는
平生의 보배를 삼으련다

―『조선일보』, 1937.6.24

洪水 뒤(2)

하나도 아니었고,
둘도 아니었다.

활개를 젓고 건너가,
죽지를 늘이고 돌아온
이 항구의 추억은,
참말 열도 아니었다.

그러나 굳건하던
작고 큰 집들이
터문도 없이 휩쓸려간
洪水 뒤,
황무지의 밤 바람은
너무도 맵고 거칠어.

언제인가 하루 아침,
맑은 희망의 나발이었던
고동 소린 오늘 밤,
청춘의 구슬픈 매장의 노래 같아야,

고향의 부두를 밟는
나의 무릎은 얼 듯 차다

긴 밤車가 닿는 곳,
나의 벗들을 사로잡은
차디찬 運命 속에서도,
청년의 자랑은
꺼지지 않는 등촉처럼 밝았으면

아아 이 하나로 나는
平生의 보배를 삼으련다

—『현해탄』

洪水 뒤(3)

하나도 아니었고
둘도 아니었다.

활개를 젓고 건너가
죽지를 늘이고 돌아온
이 항구의 추억은
참말 열도 아니었다.

그러나 굳건하던
작고 큰 집들이
터문도 없이 휩쓸려간
洪水 뒤
황무지의 밤 바람은
너무도 맵고 거칠어.

언제인가 하루 아침
맑은 희망의 나발이었던
고동 소린 오늘 밤
청춘의 구슬픈 매장의 노래 같아야

고향의 부두를 밟는
나의 무릎은 얼 듯 차다.

긴 밤車가 닿는 곳
나의 벗들을 사로잡은
차디찬 運命 속에서도
청년의 자랑은
꺼지지 않는 등촉처럼 밝았으면

아아 이 하나로 나는
平生의 보배를 삼으련다

—『회상시집』

夜行車 속(1)

사투리는 매우 알아듣기 어렵다.
허지만 젓가락으로 밥을 나르기는 어색한 모양은
그 까아만 얼골과 더부러 몹시 낯익다.

너는 내 方法으로 내어버린 벤또를 먹는구나.

숙갈이나 거더가주올게지……
혀를 차는 네 늙은 아버지는
자리가 없어 일어선 채 부채질을 한다.
글세 옆에 앉은 점잔한 사람이 수건으로 코를 막는
구나.

아즉 멀엇는가 秋風嶺은……
그믐밤이라 停車場 標ㅅ말도 안 보인다.
답답워라 山인지 들인지 대체 지금 어디를 지내는지

나으리들 뿐이라 누구한테 엄두를 내어

물을 수도 없구나.

다시 한번 손목 時計를 드려다보고 洋服 쟁이는 모
를 말 지저귄다.
아마 그 사람들은 모든 것을 다 아나보다.
되놈의 땅으로 농사가는 줄을 누가 모르나.
面所에서 준 票紙를 보지 하도 지척도 안뵈니까 그
러치

車가 덜컹 소리를 치며 엉덩방아를 짓는다.
필연코 어제 아이들이 돌멩이를 노코 달아난게다.
. . .
가뜩이나 무거운 짐에 너 그 사이다병은 집어너
허 무얼 할레.
오호 착해라 그래도 누이 시집갈 제 동백기름병을
달라고

怒하지 마라 너의 아버지는 소 같구나
빠가 잠결에 기대인 늙은이내 머리를 밀처도
엄마도 아빠도 말이 없고 허리만 굽히니……
오오 물소리가 들린다 넓고 기인 洛東江에……

대체 어디쯤 가야 이 밤이 새일가
애들아 서 잇는 네 다리가 얼마나 아프겟니
車는 한창 江가를 닫는지 물소리가
몹시 情다웁다.
필연코 故鄕의 강물은 이 꼴을 보고 怒했을게다.
一九三五, 七月 二十七日. 馬山病院에서
—『동아일보』, 1935.8.11

夜行車 속(2)

사투리는 매우 알아듯기 어렵다.
허지만 젓가닥으로 밥을 나러가는 어색한 모양은,
그 까만 얼골과 더불어 몹시 낯닉다.
. .
너는 내 方法으로 내어버린 벤또를 먹는구나.

'젓갈이나 거더 가주 올게지……'
혀를 차는 네 늙은 아버지는
자리가 없어
일어선 채 부채질을 한다.
글세 옆에 앉은 점잔한 사람이 수건으로 코를 막는
구나.

아직 멀었는가 秋風嶺은……
그믐밤이라 停車場 標말도 안 보인다.
답답워라 山인지 들인지 대체 지금 어디를 지내는
지?
. . .
나으리들 뿐이라, 누구한테 엄두를 내어
물을 수도 없구나.

다시 한번 손목 時計를 들여다보고 洋服 장이는 모
를 말을 지저귄다.
아마 그 사람들은 모든 것을 다 아나보다.

되놈의 땅으로 농사가는 줄을 누가 모르나.
面所에서 준 표紙를 보지, 하도 지척도 안뵈니까 그
렇지!

車가 덜컹 소리를 치며 엉덩방아를 찧는다.
필연코 어제 아이들이 돌멩이를 놓고 달아난게다.
. . .
가뜨기나 무거운 짐에 너 그 사이다병은 집어넣
어 무얼 할레.
오호 착해라, 그래도 누이 시집갈 제 기름병을 할라
고……

怒하지 마라 너의 아버지는 소 같구나.
빠가! 잠결에 기대인 늙은이의 머리를 밀처도,
엄마도 아빠도 말이 없고 허리만 굽히니……
오오, 물소리가 들린다 넓고 긴 洛東江에……

대체 어디를 가야 이 밤이 샐가?
애들아, 서 있는 네 다리가 얼마나 아프겠니?
車는 한창 江가를 닫니는지,
물소리가 몹시 情다웁다.
필연코 故鄕의 강물은 이 꼴을 보고 怒했을게다.
—『현해탄』

玄海灘(1)•

바다는 잘 육착한 몸을 뒤척인다
海峽 밑 잠자리는 꽤 거친 모양이다

• 발표 당시의 제목은 「玄海灘」이었으나 시집 『현해탄』에 수
록되면서 「海峽의 로맨티시즘」으로 바뀌었다.

맑게 개인 새파란 하늘
높다란 해가 어느새 한낮의 '카-브'를 꺾는다
물새가 머얼리 날아가는 곳
釜山 埠頭는 벌서 아득한 故鄕의 浦口인가

그의 발 밑
하눌보다도 푸른 바다
太陽이 기름처럼 풀려
뱃전을 치고 뒤로 흘러가니
옷깃이 머리칼처럼 바람에 흣날린다

아마 그는
日本 列島의 기인 그림자를 바라보는 게다
힌 얼골에는 분명히
가슴의 '로맨틕시즘'이 물결치고 있다

藝術 學文 움지길 수 없는 眞理……
그의 꿈꾸는 思想이 높다랗게 구비치는 東京
모든 것을 배워 모든 것을 익혀
다시 이 바다 물결 우에 올랐을 때
나는 슬픈 故鄕의 한 밤
해보다도 밝게 타는 별이 되리라
靑年의 가슴은 바다보다 더 설레었다

바람 잔 바다
무더운 三伏의 고요한 대낮
二千 五百噸의 큰 汽船이
앞으로 앞으로 내닷는 甲板 우
흰 난간 가에 풀어제친 가슴
버얼건 살결에 부듸치는 바람은 얼마나 시원한가

그를 둘러싼 모-든 것
고깃배들을 피하면서 내뽑는 고동 소리도
希望의 港口로 들어가는 군호 같다
나려앉았다 떴다 넘노니는 물새를 따라
그의 눈은 몹시 한가로울 제
뱃머리가 삐-ㄱ 오른편으로 틀어졌다

흰이 틔이는 水平線은 希望처럼 넓구나
오오! 점점히 널린 거믄 그림자
그것은 발서 나의 섬들인가
물새들이 놀라 흩어지고 물결이 높다
海峽의 한낮은 꿈같이 허물어졌다

몽롱한 연기

히고 빛나는 은빛 날개
우뢰 같은 음향
바다의 王者가 호랑이처럼 닥어오는 그 앞을
기웃거리며 지내는 흰 배는 정말 토끼 같다

'반사-이!' '반사-이!' '다이닛……'
二等 캐빈이 떠나갈 듯한 아우성은
感激인가? 협위인가?
旗人발이 '마스트' 높이 기어올라갈 제
靑年의 가슴에는 굵은 돌이 나려앉었다.

어떠한 불덩이가
과연 층계를 나려가는 그의 머리보다도
더 뜨거웠을까
어머니를 부르는 어린애를 부르는
南道 사투리
오오 웨 그것은 눈물을 자아내는가

정말로 무서운 것이……
불붙는 信念보다도 무서운 것이……
靑年! 오오 자랑스러운 이름아
적이 클사록 승리는 크구나

三等 船室 밑
똥그랑 유리창을 내다보고 내다보고
손까락을 입으로 깨물을 때
깊은 바다의 검푸른 물결이 왈칵
海溢처럼 그의 가슴에 넘쳤다.

—『현해탄』 가운데의 하나—

—『중앙』, 1936.3

海峽의 로맨티시즘(2)

바다는 잘 육착한 몸을 뒤척인다.
海峽 밑 잠자리는 꽤 거친 모양이다.

맑게 갠 새파란 하늘
높다란 해가 어느새 한낮의 카브를 꺾는다.
물새가 멀리 날아가는 곳,
釜山 埠頭는 벌써 아득한 故鄕의 浦口인가!

그의 발 밑,
하늘보다도 푸른 바다,

太陽이 기름처럼 풀려,
뱃전을 치고 뒤로 흘러가니,
옷깃이 머리칼처럼 바람에 흩날린다.

아마 그는
日本 列島의 긴 그림자를 바라보는 게다.
흰 얼굴에는 분명히
가슴의 '로맨티시즘'이 물결치고 있다.

藝術, 學文, 움직일 수 없는 眞理……
그의 꿈꾸는 思想이 높다랗게 굽이치는 東京,
모든 것을 배워 모든 것을 익혀,
다시 이 바다 물결 위에 올았을 때,
나는 슬픈 故鄕의 한 밤,
해보다도 밝게 타는 별이 되리라.
靑年의 가슴은 바다보다 더 설레었다.

바람 잔 바다,
무더운 三伏의 고요한 대낮,
二千 五百噸의 큰 汽船이
앞으로 앞으로 내닫는 甲板 위,
흰 난간 가에 버서젲힌 가슴,
벌건 살결에 부디치는 바람은 얼마나 시언한가!

그를 둘러싼 모든 것,
고깃배들을 피하면서 내뽑는 고동 소리도,
希望의 港口로 들어가는 군호 같다.
내려앉았다 떴다 넘노니는 물새를 따라,
그의 눈은 몹시 한가로울 제
뱃머리가 삑! 오른편으로 틀어졌다.

훤히 트이는 水平線은 希望처럼 넓구나!
오오! 점점이 널린 검은 그림자,
그것은 벌써 나의 섬들인가?
물새들이 놀라 흩어지고 물결이 높다.
海峽의 한낮은 꿈같이 허물어졌다.

몽롱한 연기,
희고 빛나는 은빛 날개,
우뢰 같은 음향,
바다의 王者가 호랑이처럼 다가오는 그 앞을,
기웃거리며 지내는 흰 배는 정말 토끼 같다.

'반사이!' '반사이!' '다이닛……'
二等 캐빈이 떠나갈 듯한 아우성은,

感激인가? 협위인가?
깃발이 '마스트' 높이 기어올라갈 제,
靑年의 가슴에는 굵은 돌이 내려앉었다.

어떠한 불덩이가,
과연 층계를 내려가는 그의 머리보다도
더 뜨거웠을가?
어머니를 부르는, 어린애를 부르는,
南道 사투리,
오오! 왜 그것은 눈물을 자아내는가?

정말로 무서운 것이……
불붙는 信念보다도 무서운 것이……
靑年! 오오, 자랑스러운 이름아!
적이 클쑤록 승리도 크구나.

三等 船室 밑
똥그란 유리창을 내다보고 내다보고,
손가락을 입으로 깨물을 때,
깊은 바다의 검푸른 물결이 왈칵
海溢처럼 그의 가슴에 넘쳤다.

오오, 海峽의 浪漫主義여!

—『현해탄』

海峽의 로맨티시즘(3)

바다는 잘 육착한 몸을 뒤척인다.
海峽 밑 잠자리는 꽤 거친 모양이다.

맑게 갠 새파란 하늘
높다란 해가 어느새 한낮의 카브를 꺾는다.
물새가 멀리 날아가는 곳,
釜山 埠頭는 벌써 아득한 故鄕의 浦口인가!

그의 발 밑,
하늘보다도 푸른 바다
太陽이 기름처럼 풀려
뱃전을 치고 뒤로 흘러가니
옷깃이 머리칼처럼 바람에 흩날린다.

아마 그는
日本 列島의 긴 그림자를 바라보는 게다.
흰 얼굴에는 분명히

가슴의 '로맨티시즘'이 물결치고 있다.

藝術, 學文, 움직일 수 없는 眞理……
그의 꿈꾸는 思想이 높다랗게 굽이치는 東京
모든 것을 배워 모든 것을 익혀
다시 이 바다 물결 위에 올랐을 때
나는 슬픈 故鄕의 한 밤,
해보다도 밝게 타는 별이 되리라.
靑年의 가슴은 바다보다 더 설레었다.

바람 잔 바다
무더운 三伏의 고요한 대낮,
二千 五百噸의 큰 汽船이
앞으로 앞으로 내닫는 甲板 위
흰 난간 가에 버서젖힌 가슴
벌건 살결에 부디치는 바람은 얼마나 시언한가!

그를 둘러싼 모든 것,
고깃배들을 피하면서 내뽑는 고동 소리도
希望의 港口로 들어가는 군호 같다.
내려앉았다 떴다 넘노니는 물새를 따라,
그의 눈은 몹시 한가로울 제
뱃머리가 뼉! 오른편으로 틀어졌다.

훤히 트이는 水平線은 希望처럼 넓구나!
오오! 점점이 널린 검은 그림자,
그것은 벌써 나의 섬들인가?
물새들이 놀라 흩어지고 물결이 높다.
海峽의 한낮은 꿈같이 허물어졌다.

몽롱한 연기
희고 빛나는 은빛 날개
우뢰 같은 음향
바다의 王者가 호랑이처럼 다가오는 그 앞을
기웃거리며 지내는 흰 배는 정말 토끼 같다.

'반사이!' '반사이!'
二等 캐빈이 떠나갈 듯한 아우성은,
感激인가? 협위인가?
깃발이 '마스트' 높이 기어올라갈 제,
靑年의 가슴에는 굵은 돌이 내려앉았다.
어떠한 불덩이가
과연 층계를 내려가는 그의 머리보다도 더 뜨거웠을
가?
　어머니를 부르는, 어린애를 부르는,

南道 사투리
오오! 왜 그것은 눈물을 자아내는가?

정말로 무서운 것이……
불붙는 信念보다도 무서운 것이……
靑年! 오오 자랑스러운 이름아!
적이 클쑤록 승리도 크구나.

三等 船室 밑
똥그란 유리창을 내다보고 내다보고
손가락을 입으로 깨물을 때
깊은 바다의 검푸른 물결이 왈칵
海溢처럼 그의 가슴에 넘쳤다.

오오 海峽의 浪漫主義여
—『회상시집』

밤 甲板 위(1)

너른 바다 위엔 새 한 마리 없고,
검은 하늘이 바다를 덮었다.

앞으로 가는지, 뒤로 가는지,
배는 한 곳에 머물러 흔들리기만 하느냐?

별들이 물결에 부디쳐 알알이 부서지는 밤,
가는 길조차 헤아릴 수 없이 밤은 어둡구나!

그리운 이야 그대가 선 보리밭 위에 제비가 떴다.
깨끗한 눈갓엔 이따금 향기론 머리칼이 날린다.
좁은 앙가슴이 비들기처럼 부풀어 올라,
동그란 눈물 속엔 설음이 사모쳤더라.

고향은 들도 좋고, 바다도 맑고, 하늘도 푸르고,
그대 마음씨는 생각할쑤록 아름답다만,
우름 소리 들린다, 가을 바람이 부나 보다.

洛東江 가 龜浦벌 위 갈꽃 나붓기고,
깊은 밤 停車場 등잔이 껌벅인다.

어머니도 있고, 아버지도 있고, 누이도 있고, 아이들
도 있고,
　건넛마을 불들도 반작이고, 느티나무도 거멓고, 앞
내도 환하고,

벌레들도 울고, 사람들도 울고,

기어코 오늘밤 또 移民 列車가 떠나나 보다.

그리운 이야! 기약한 여름도 지나갔다.
밤 바람이 서리보다도 얼굴에 차,
벌써 한 해 넘어 외방 볕 아래 옷깃은 찌들었다.

굶는가, 잃는가, 無事한가?
죽었는가 살았는가도 알 수 없는
靑年의 길은 참말 苛酷하다.

그대 소식 나는 알 길이 없구나!

어느 누군 사랑엔 입맛도 잃는다더라만,
이 바다 위 그대를 생각함조차 부끄럽다.

물결이 출렁 밀려 오고, 밀려 가고,
그대는 고향에 자는가?
나는 다시 이 바다 뱃길에 올랐다.

玄海 바다 저 쪽 큰 별 하나이 우리의 머리 위를
비칠 뿐,
아무 것도 우리의 마음을 모르는 않는다만,
아아, 우리는 스스로 命令에 順從하는 靑年이다.
　　　　　　　　　　　　　—『현해탄』

밤 甲板 위(2)

너른 바다 위엔 새 한 마리 없고
검은 하늘이 바다를 덮었다.

앞으로 가는지, 뒤로 가는지,
배는 한 곳에 머물러 흔들리기만 하느냐?

별들이 물결에 부디쳐 알알이 부서지는 밤,
가는 길조차 헤아릴 수 없이 밤은 어둡구나!

그리운 이야 그대가 선 보리밭 위에 제비가 떴다.
깨끗한 눈갓엔 이따금 향기로운 머리칼이 날린다.
좁은 앙가슴이 비둘기처럼 부풀어 올라
동그란 눈물 속엔 서름이 사못쳤더라.

고향은 들도 좋고 바다도 맑고, 하늘도 푸르고,

그대 마음씨는 생각할쑤록 아름답다만,
우름 소리 들린다, 가을 바람이 부나 보다.

洛東江 가 龜浦벌 위 갈꽃 나붓기고,
깊은 밤 停車場 등잔이 껌벅인다.

어머니도 있고, 아버지도 있고, 누이도 있고, 아이들
도 있고,
건넛마을 불들도 반작이고, 느티나무도 거맣고, 앞
내도 환하고,
벌레들도 울고, 사람들도 울고,

기어코 오늘밤 또 移民 列車가 떠나나 보다.

그리운 이야! 기약한 여름도 지나갔다.
밤 바람이 서리보다도 얼굴에 차,
벌써 한 해 넘어 외방 볕 아래 옷깃은 찌들었다.

굶는가 잃는가 無事한가?

죽었는가 살았는가도 알 수 없는
靑年의 길은 참말 苛酷하다.

그대 소식 나는 알 길이 없구나!

어느 누군 사랑엔 입맛도 잃는다더라만
이 바다 위 그대를 생각함조차 부끄럽다.

물결이 출렁 밀려 오고, 밀려 가고
그대는 고향에 자는가?
나는 다시 이 바다 뱃길에 올랐다.

玄海 바다 저 쪽 큰 별 하나이 우리의 머리 위를
빛일 뿐,
아무 것도 우리의 마음을 모르진 않는다만,
아아 우리는 스스로 命令에 順從하는 靑年이다.
　　　　　　　　　　　　　—『회상시집』

海上에서(1)

가라앉듯 멀리
對馬島 南端은 水平線 위에 스러졌다.

동그란 해가 어느새 붉게 풀려,

南쪽으로 南쪽으로 흐르는 곳,
드문 드문 검은 점들은 流球列島인가?

물새들도 어느새 검은 옷을 입어,
눈 선 나그네를 희롱튯 노니는구나!

아아! 불빛이 보인다.
어렴풋 關門海峽의 저녁 불들이
그 가운데는 붉고 푸른 불들도 있다.

連絡船은 곤두설듯 速力을 돋운다만,
인제 고향은 아득히 멀어졌고,
나는 저 곳 山川의 이름도 못 들었다.

—정녕 이 곳에 고향으로 가지고 갈 보배가 있는가?
—나는 학생으로부터 무엇이 되어 돌아갈 것인가?

가슴을 짚어 보아라,
하얗고 가는 손아,

누구가 이러한 저녁
靑年들의 가슴 위에 얹힌
떨리는 손에 흐르는
더운 脈박을 짐작ㅎ겠는가.

太平洋, 太平洋 넓은 바다여!

일본 列島 저 위
지금 큰 별 하나이 번적였다.

來日 하늘엔 어떤 바람이 붓 것인가?

배는 아직 바다 위에 떠 있고,
인제 겨우 東海道 沿線의 긴 列車는 들어온 듯 하나,

아아! 나는 두 손을 벌리어 하늘을 안고,
目的한 땅 위에 서 물결치는 太平洋을 향하여
고함을 지른다.
—시집 『현해탄』

海上에서(2)

가라앉듯 멀리
對馬島 南端은 水平線 위에 스러졌다.

동그란 해가 어느새 붉게 풀려
南쪽으로 南쪽으로 흐르는 곳
드문 드문 검은 점들은 流球列島인가?

물새들도 어느새 검은 옷을 입어,
눈 선 나그네를 희롱튯 노니는구나!

아아! 불빛이 보인다.
어렴풋 關門海峽의 저녁 불들이
그 가운데는 붉고 푸른 불들도 있다.

連絡船은 곤두설듯 速力을 돋운다면,
인제 고향은 아득히 멀어졌고,
나는 저 곧 山川의 이름도 못 들었다.
—정녕 이 곧에 고향으로 가지고 갈 보배가 있는가?
—나는 학생으로부터 무엇이 되어 돌아갈 것인가?

가슴을 짚어 보아라,
하얗고 가는 손아,

누구가 이러한 저녁
靑年들의 가슴 위에 얹힌
떨리는 손에 흐르는
더운 脈박을 짐작ㅎ겠는가.

太平洋, 太平洋 넓은 바다여!

일본 列島 저 위
지금 큰 별 하나이 번적였다.

來日 하늘엔 어떤 바람이 불 것인가?
배는 아직 바다 위에 떠 있고
인제 겨우 東海道 沿線의 긴 列車는 들어온 듯 하나

아아! 나는 손을 벌리어 하늘을 안고,
目的한 땅 위에 서 물결치는 太平洋을 향하여
고함을 지른다.
—『회상시집』

荒蕪地(1)

도망해 나온 시골 어머니가
밤마다 머리맡에 울더라만,
끝내 나는 고향에 돌아가지 않았다.

어머니는 늙고 병들어 벌써 땅에 묻혔다.
그래야 나는 산소가 어디인지도 모른다.

    ……어머니도, 고향도,
    나에게는 소용없었다.
    나는 젊은 청년이다……

자랑이 가슴에 그뜩하여,
배가 부산 부두를 떠날 때도,
고동 소리가 나팔처럼 우렁만 찼다.

어느 한 구석 눈물이 있을 리 없어,
그 자리에 내 좋아하는 누이나 戀人이 죽는대도,
왼눈 하나 깜작할 것 같지 않았다.

그러나 이 江을 건느는 내 마음은,
웬일인지 少年처럼 흔들리고 있다.

차가 철교를 건느는 소리가 요란이야 하다,
그렇지만 엎어지려는 뱃간에서도,
나는 무릎 한 번 안 굽혔다.

대체 네가 무엇이기에,
아아! 메마른 들 헐벗은 山,
그다지도 너는 내게 가까왔던가!

벌써 江판은 얼어,
너른 구浦벌엔 黃土 한 점 안 보인다.

눈발이 부연 하늘 아래,
나는 기차를 타고 秋風嶺을 넘어,
서울로 간다.
서울은 나의 고향에서도 千里,
다만 나의 어깨의 짐을 풀 곳일 따름이다.

자꾸만 車窓을 흔드는 바람 소린,
슬픈 자장일까? 아픈 신음 소릴가?
—아이들을 기르고 어머니를 죽인,

아아! 오막들도 전보다 얕아지고,
인제 밤에는 호롱불 하나이 없이 산단구나.

荒蕪地여! 荒蕪地여!
너는 아는가?
청년들이 어떤 列車를 탔는가를……

—『현해탄』

荒蕪地(2)

도망해 나온 시골 어머니가
밤마다 머리맡에 울더라만
끝내 나는 고향에 돌아가지 않았다.

어머니는 늙고 병들어 벌써 땅에 묻혔다.
그래야 나는 산소가 어디인지도 모른다.

    ……어머니도, 고향도,
    나에게는 소용없었다.
    나는 젊은 청년이다……

자랑이 가슴에 그뜩하여
배가 부산 부두를 떠날 때도
고동 소리가 나팔처럼 우렁만 찼다.

어느 한 구석 눈물이 있을 리 없어
그 자리에 내 좋아하는 누이나 戀人이 죽는대도
왼눈 하나 깜작할 것 같지 않았다.

그러나 이 江을 건너는 내 마음은
웬일인지 少年처럼 흔들리고 있다.

차가 철교를 건너는 소리가 요란이야 하다.
그렇지만 엎어지려는 뱃간에서도
나는 무릎 한 번 안 굽혔다.

대체 네가 무엇이기에
아아! 메마른 들 헐벗은 山
그다지도 너는 내게 가까왔던가!

벌써 江판은 얼어
너른 龜浦벌엔 黃土 한 점 안 보인다.

눈발이 부연 하늘 아래
나는 기차를 타고 秋風嶺을 넘어
서울로 간다.
서울은 나의 고향에서도 千里
다만 나의 어깨의 짐을 풀 곳일 따름이다.

자꾸만 車窓을 흔드는 바람 소린

슬픈 자장가일가? 아픈 신음 소릴가?
—아이들을 기르고 어머니를 죽인,

아아! 오막들도 전보다 얕아지고,
인제 밤에는 호롱불 하나이 없이 산단구나.

荒蕪地여! 荒蕪地여!
너는 아는가?
청년들이 어떤 列車를 탔는가를……
—『회상시집』

愁鄕(1)[*]

고향은
인제 먼 半島에
뿌리치듯
버리고 나와,

기억마저
희미하고,
옛 일은
생각할쑤록
쓸아리다만,

아아! 지금은 五月
한창 때다.

종달새들이
팔매친 돌처럼
곧장
달아 올라가고,
이슬 방울들이
조으는,
초록빛 밀밭 위,
어루만지듯
微風이 불면,
햇발들은
花粉처럼 흩어져.

두 손을 벌려,
호랑나비를 쫓던

---

[*] 시집 『현해탄』에서는 「愁鄕」으로 되어 있으나 시집 『회상시집』에서는 「鄕愁」로 바뀜.

또랑 가의 꿈이,
아직도
어항 속에
붕어처럼
맑다만.

지금은 五月
한창 때

소낙비가 지나간
都會의 鋪道 위
한줌 물 속에,

아아! 나는
五月의
푸른 하늘을 보며,
허위대듯
잊기 어려운
나비를 쫓고 있다.
—『현해탄』

鄕愁(2)

고향은
인제 먼 半島에
뿌리치듯
버리고 나와,

기억마저
희미하고,
옛 일은
생각할쑤록
쓸아리다만,

아아! 지금은 五月
한창 때다.

종달새들이
팔매친 돌처럼
곧장
달아 올라가고,
이슬 방울들이
조으는,
초록빛 밀밭 위,

어루만지듯
微風이 불면,
햇발들은
花粉처럼 흩어져,

두 손을 벌려,
호랑나비를 쫓던
또랑 가의 꿈이,
아직도
어항 속에
붕어처럼
맑다만.

지금은 五月
한창 때

소낙비가 지나간
都會의 鋪道 위
한줌 물 속에,

아아! 나는
五月의
푸른 하늘을 보며,
허위대듯
잊기 어려운
나비를 쫓고 있다.

—『회상시집』

내 靑春에 받히노라(1)

그들은 하나도
어디 태생인질 몰랐다
아모도 서로 묻지 안코
이야기할랴고도 안햇다

나라와 말과 부모의 다름은
그들의 우정의 한 자랑일 뿐
사람들을 갈라놋는 장벽이
오히려 그들의 마음을
얽어매듯 한데 모하

경멸과 질투와 시기와
미움으로 밖엔
서로 대할 수 없게 만든 하늘 아래

그들은 밤 바람에 항거하는
적고 큰 파도들이
한 大洋에 어울리듯

그것과 맛서는 정렬을 가지고
한 머리 아레 손발처럼 화목하엿다

일즉이 어떤 피일지라도
그들과 같은 우정을 낫치는 못했으리라

높은 예지 새 시대의 총명만이
비로서 낡은 피로 흐릴
정렬을 씨슨 것이다.

오로지 수정 모양으로 맑은 대양이,
환하니 밝은 들판 우를
경주하는 아이들처럼 그들은
곧장 앞을 향하야 뛰어가면 그만이다.

어미를 팔아 동무를 사러 간다는 등
낡은 고향은 그들의 잔등 우에
온갖 추접은 烙印을 찍엇으나
온전히 다른 말들 불으는
단 한 줄기 곡조는,
얼마나 아름다웟느냐?

미여진 구두와 헌 옷 아래
서리발처럼 매운 고난 속에
아 슬픔까지가
자랑스러운 즐거움이엇든
그들 청년의 행복이 잇엇다.

—『동아일보』, 1937.10.22

내 靑春에 바치노라(2)

그들은 하나도
어디 태생인질 몰랐다.
아무도 서로 묻지 않고,
이야기하려고도 안했다.

나라와 말과 부모의 다름은
그들의 우정의 한 자랑일 뿐,
사람들을 갈라놓는 장벽이,
오히려 그들의 마음을

얽어매듯 한데 모아,

경멸과 질투와 시기와
미움으로밖엔,
서로 대할 수 없게 만든 하늘 아래,
그들은 밤 바람에 항거하는
작고 큰 파도들이,
한 大洋에 어울리듯,

그것과 맞서는 정렬을 가지고,
한 머리 아래 손발처럼 화목하였다.

일찌기 어떤 피일지라도,
그들과 같은 우정을 낳지는 못했으리라.

높은 예지, 새 시대의 총명만이,
비로소 낡은 피로 흐릴
정렬을 씻은 것이다.

오로지 수정 모양으로 맑은 태양이,
환하니 밝은 들판 위를
경주하는 아이들처럼, 그들은
곧장 앞을 향하여 뛰어가면 그만이다.

어미를 팔아 동무를 사러 간다는 둥,
낡은 고향은 그들의 잔등 위에
온갖 추접한 烙印을 찍었으나,
온전히 다른 말들이 부르는
단 한 줄기 곡조는,
얼마나 아름다윗느냐?

미여진 구두와 헌 옷 아래
서릿발처럼 매운 고난 속에
아 슬픔까지가
자랑스러운 즐거움이었던
그들 청년의 행복이 있었다.

―『현해탄』

내 靑春에 바치노라(3)

그들은 하나도
어디 태생인줄 몰랐다.
아무도 서로 묻지 않고,
이야기하려고도 안했다.

나라와 말과 부모의 다름은
그들의 우정의 한 자랑일 뿐.
사람들을 갈라놓는 장벽이
오히려 그들의 마음을
얽어매듯 한데 모아,

경멸과 질투와 시기와
미움으로밖엔,
서로 대할 수 없게 만든 하늘 아래,
그들은 밤 바람에 항거하는
작고 큰 파도들이,
한 大洋에 어울리듯,

그것과 맞서는 정열을 가지고,
한 머리 아래 손발처럼 화목하였다.

일찌기 어떤 피일지라도,
그들과 같은 우정을 낳지는 못했으리라.

높은 예지, 새 시대의 총명만이,
비로소 낡은 피로 흐릴
정열을 씻은 것이다.

오로지 수정 모양으로 맑은 태양이,
환하니 밝은 들판 위를
경주하는 아이들처럼, 그들은
곧장 앞을 향하여 뛰어가면 그만이다.

어미를 팔아 동무를 사러 간다는 둥
낡은 고향은 그들의 잔등 위에
온갖 추접한 烙印을 찍었으나,
온전히 다른 말들이 부르는
단 한 줄기 곡조는,
얼마나 아름다웠느냐?

미여진 구두와 헌 옷 아래
서릿발처럼 매운 고난 속에
아, 슬픔까지가
자랑스러운 즐거움이었던
그들 청년의 행복이 있었다.

―『회상시집』

地圖(1)

두 번 고치지 못할 운명은
이미 바다 저 쪽에서 굳엇겟다
바라보이는 것은 한 가닥 길뿐
나는 半島의 새 地圖를 펏다

나의 눈이 外國 사람처럼
서툴리 방황하는 지도 우에
몇 번 새 시대는 제 烙印을 찍엇느냐
꾸긴 地圖를 밟앗다 눗는
손발이 내 억개를 누르는 묵에가
분명히 心臟 속에 파고든다.

이 새 文化의 촘촘한 그물 밑에
나는 전선줄을 끈코 철로길에 누엇든
옛날 어른들의 슬픈 迷信을 추억한다

비록 늙은 어버이들의 앓은 呻吟이나,
벗들의 괴로운 숨소리는
두려운 沈默 속에 잠잠하야
히망이란 큰 首府에 닷는 길이
京府 鐵路처럼 곱다 안할지라도
아…… 별들아 나의 눈은
그대들이 별처럼 훗터저잇는
南北 몇 곳 우에 불똥처럼 밝어니 다고 잇다.

山脈과 江과 平原과 丘陵이여
來日 나의 족으만 운명이 결정될
어늬 한 곳을 집는 가는 손길이
떨리며 가리키는 것이 무엇인지
너는 아느냐

이름도 없는 ― 靑年이 바야흐로
어떤 都市 우에 자기의 이름자를 부쳐
不滅한 紀念을 삼으랴는
엄청난 생각을 품고 바다를 건느든
어느 해 여름 밤을
너는 祝福지 안흐려느냐

나는 大陸과 海洋과 그러고 星辰 太陽과
나의 半島가 만드러진 悠久한 歷史와 더부러
우리들이 사는 世界의 圖面이 만드러진
복잡하고 고단한 내력을 안다.

그것은 무수한 人間의 존귀한 생명과
크나큰 歷史의 구두발이 지내간
넘우나 뚜렷한 발자욱이 아니냐

한 번도 뚜렷이 불녀보지 못한 채
청년의 아름다운 이름이 땅 속에 뭇칠지라도
지금 우리가 일로부터 맨드러질
새 地圖의 젊은 畫工의 한 사람이란 건
얼마나 즐거운 일이냐

三等 船室 밑에 호올로
별들이 찬란한 天空보다 아름다운
새 地圖를 멍석처럼 쫙 펼처 보는
한여름 밤아 光榮이 잇거라.
―『동아일보』, 1937.11.3

地圖(2)

두 번 고치지 못할 운명은
이미 바다 저 쪽에서 굳었겠다.
바라보이는 것은 한 가닥 길뿐,
나는 半島의 새 地圖를 폈다.

나의 눈이 外國 사람처럼
서툴리 방황하는 지도 위에
몇 번 새 시대는 제 烙印을 찍었느냐?
꾸긴 地圖를 밟았다 놓는
손발이 내 어깨를 누르는 무게가
분명히 心臟 속에 파고 든다.

이 새 文化의 촘촘한 그물 밑에
나는 전선줄을 끊고 철로길에 누웠던
옛날 어른들의 슬픈 迷信을 추억한다.

비록 늙은 어버이들의 앓은 呻吟이나
벗들의 괴로운 숨소리는,
두려운 沈默 속에 잠잠하야,
희망이란 큰 首府에 닿는 길이
京府 鐵路처럼 곱다 안할지라도
아! 벗들아, 나의 눈은
그대들이 별처럼 흩어저 있는,
南北 몇 곳 위에 불똥처럼 발가니 달고 있다.

山脈과 江과 平原과 丘陵이여!

來日 나의 조그만 운명이 결정될
어느 한 곳을 집는 가는 손길이,
떨리며 가리키는 것이 무엇인지,
너는 아느냐?

이름도 없는 ― 靑年이 바야흐로
어떤 都市 위에 자기의 이름자를 붙여,
不滅한 紀念을 삼으려는,
엄청난 생각을 품고 바다를 건느던,
어느 해 여름 밤을
너는 祝福지 않으려느냐?

나는 大陸과 海洋과 그리고 星辰 太陽과,
나의 半島가 만들어진 悠久한 歷史와 더불어,
우리들이 사는 世界의 圖面이 만들어진
복잡하고 곤란한 내력을 안다.

그것은 무수한 人間의 존귀한 생명과,
크나큰 歷史의 구두발이 지내간,
너무나 뚜렷한 발자욱이 아니냐?

한 번도 뚜렷이 불려보지 못한 채,
청년의 아름다운 이름이 땅 속에 묻힐지라도,
지금 우리가 일로부터 만들어질
새 地圖의 젊은 畵工의 한 사람이란 건,
얼마나 즐거운 일이냐?

三等 船室 밑에 홀로
별들이 찬란한 天空보다 아름다운
새 地圖를 멍석처럼 쫙 펼쳐 보는
한여름 밤아, 光榮이 있거라.

―『현해탄』

地圖(3)

두 번 고치지 못할 운명은
이미 바다 저 쪽에서 굳었겠다.
바라보이는 것은 한 가닥 길뿐
나는 半島의 새 地圖를 폈다.

나의 눈이 外國 사람처럼
서툴리 방황하는 지도 위에
몇 번 새 시대는 제 烙印을 찍었느냐?
꾸긴 地圖를 밟았다 놓은

손발이 내 어깨를 누르는 무게가
분명히 心臟 속에 파고든다.

이 새 文化의 촘촘한 그물 밑에
나는 전선줄을 끊고 철로길에 누웠던
옛날 어른들의 슬픈 迷信을 추억한다.

비록 늙은 어버이들의 앓은 呻吟이나
벗들의 괴로운 숨소리는
두려운 沈默 속에 잠잠하야
희망이란 큰 首府에 닿는 길이
京府 鐵路처럼 곱다 안할지라도
아! 벗들아, 나의 눈은
그대들이 별처럼 흩어져 있는
南北 몇 곳 위에 불똥처럼 발가니 달고 있다.

山脈과 江과 平原과 丘陵이여!
來日 나의 조그만 운명이 결정될
어느 한 곳을 집는 가는 손길이
떨리며 가리키는 것이 무엇인지
너는 아느냐?

이름도 없는 ― 靑年이 바야흐로
어떤 都市 위에 자기의 이름자를 붙여
不滅한 紀念을 삼으려는
엄청난 생각을 품고 바다를 건느던
어느 해 여름 밤을
너는 祝福지 않으려느냐?

나는 大陸과 海洋과 그리고 星辰 太陽과
나의 半島가 만들어진 悠久한 歷史와 더불어
우리들이 사는 世界의 圖面이 만들어진
복잡하고 곤란한 내력을 안다.

그것은 무수한 人間의 존귀한 생명과
크나큰 歷史의 구두발이 지내간
너무나 뚜렷한 발자욱이 아니냐?

한 번도 뚜렷이 불려보지 못한 채
청년의 아름다운 이름이 땅 속에 묻힐지라도
지금 우리가 일로부터 만들어질
새 地圖의 젊은 畵工의 한 사람이란 건
얼마나 즐거운 일이냐?

三等 船室 밑에 홀로

별들이 찬란한 天空보다 아름다운
새 地圖를 멍석처럼 쫙 펼쳐 보는
한여름 밤아, 光榮이 있거라.
—『회상시집』

어린 太陽이 말하되(1)

아지 못할 새
조그만 太陽이 된
나의 마음에
고향은
멀어갈사록 커젓다

누구 하나
남기고 오지 안헛고
못 잊을
꽃 한 포기 없건만
기적이 울고
大陸에 다은 한 가닥 줄이
最後로 풀어지며
그만 물새처럼
나는 외로워젓다.

잊어버리엇든 고향의
어둔 現實의 무게가
떠 오르랴는 어린 太陽을
바다 속으로 누으를 듯
사나웁다만.

나무 하나 없는
하눌과 바다 사이
구름과 바람을 뚤코,
하룻 저녁
너른 水平線 아래로
아름다이 가라앉는
落日이
나의 가슴에
놀처럼 붉다.

이제는 먼 고향이여
감당키 어려운 괴로움으로
나를 내치고
이내 아픈 신음 소리로
나를 부르는

그대의 마음은
너무나 진망구진
청년들의 運命이구나

참아야 할 苦難은
나의 용기를 도두고
외로움은
나의 용기 우에
또 한가지 光彩를 더햇으면……

아아 나의 大陸아
그대의 말없는 運命 가운데
나는 우리의 무덤 앞에 설
碑石의 글ㅅ발을 읽는다.
—『동아일보』, 1937.6.23

어린 太陽이 말하되(2)

아지 못할 새
조그만 太陽이 된
나의 마음에
고향은
멀어갈쑤록 커졌다

누구 하나
남기고 오지 않았고,
못 잊을
꽃 한 포기 없건만,
기적이 울고
大陸에 닿은 한 가닥 줄이
最後로 풀어지며,
그만 물새처럼
나는 외로워졌다.

잊어버리었던 고향의
어둔 現實의 무게가
떠오르려는 어린 太陽을
바다 속으로 누를 듯
사납다만.

나무 하나 없는
하늘과 바다 사이
구름과 바람을 뚫고,
하룻 저녁

너른 水平線 아래로,
아름다이 가라앉는
落日이,
나의 가슴에
놀처럼 붉다.

이제는 먼 고향이여!
감당하기 어려운 괴로움으로
나를 내치고,
이내 아픈 신음 소리로
나를 부르는
그대의 마음은
너무나 진망궂은
청년들의 運命이구나!

참아야 할 苦難은
나의 용기를 돋우고,
외로움은
나의 용기 위에
또 한가지 光彩를 더했으면……

아아, 나의 大陸아!
그대의 말없는 運命 가운데
나는 우리의 무덤 앞에 설
碑石의 글발을 읽는다.

—『현해탄』

어린 太陽이 말하되(3)

아직 못할 새
조그만 太陽이 된
나의 마음에
고향은
멀어갈쑤록 커졌다

누구 하나
남기고 오지 않았고,
못 잊을
꽃 한 포기 없건만,
기적이 울고
大陸에 닿은 한 가닥 줄이
最後로 풀어지며,
그만 물새처럼
나는 외로워졌다.

잊어버리었던 고향의
어둔 現實의 무게가
떠 올으려는 어린 太陽을
바다 속으로 누를 듯
사납다만.

나무 하나 없는
하늘과 바다 사이
구름과 바람을 뚫고,
하룻 저녁
너른 水平線 아래로
아름다이 가라앉는
落日이
나의 가슴에
놀처럼 붉다.

이제는 먼 고향이여!
감당하기 어려운 괴로움으로
나를 내치고,
이내 아픈 신음 소리로
나를 부르는
그대의 마음은
너무나 잔망궂은
청년들의 運命이구나!

참아야 할 苦難은
나의 용기를 돋우고,
외로움은
나의 용기 위에
또 한가지 光彩를 더했으면……

아아 나의 大陸아!
그대의 말없는 運命 가운데
나는 우리의 무덤 앞에 설
碑石의 글발을 읽는다.

—『회상시집』

故鄕을 지내며(1)

당신의 마을은 이미 잠들었읍니까?
등불 하나이 없이 캄캄하니 답답습니다.

여기 그대 아들이 있읍니다.

부산을 떠난 막차가 환하니 달리지 않습니까?
개 소리 한 마디 들림직 하건만 하늘과 땅이 소리도
없읍니다.

두렵습니다. 누런 수캐란 놈도 혹여 양식이 되지나
않았읍니까?

인젠 돌아오지 않는 아들을 기다림도 속절없다.
주무십니까?
그렇지 않으면 집도 다하고,
기름도 마르고, 기운도 지쳐,

아아, 마음 아픕니다. 죽은 듯 마당에 쓰러지지나 않
았읍니까?

기적이 우니 차가 굴 속에 드나 봅니다.
안타깝습니다. 이제 고향은 눈 앞에 스러지럽니다.

어머님 묻힌 건넛山 위 별들이 눈물 어렸읍니다.

인제 내 하나가 있고, 벼락맞은 수양이 섯고,
그대가 늘 소를 매여 여름이면 파리가 왕왕 끓었읍
니다.

아들이 마을 傳說과 옛 노래를 익힌 곳도 게 아닙니
까?

오는 새벽 비가 내리면, 그대는 또 광이를 잡고, 논
가운데 섭니까?
당신의 굽은 등골의 아픔이 아들의 온 몸에 사모침
니다.

아아! 이길 수 없읍니다. 그대 슬픔은 너무나 큽니다.
그대 정숙한 안해도 이 속에 죽었고,

당신의 청승궂은 자장가로 자란 누이도 이 속에 죽고,

그만 떨치고 일어나, 당신을 받들 먼 날을 그리어
내지로 간 아들의 마음입니다.

그러나 지금 돌아오는 아들의 손엔 아무것도 가진
것이 없읍니다.
그나마 흙방 위에 꼬부리고 누운 그대를 헛되이 눈
감아 생각할뿐,
한 되는 일입니다. 그대 이름 부를 자유도 없읍니다.

곧장 내일 아침 지정받은 어느 곳에 닿하야 합니다.
하나밖에는 아무 것도 허락되지 않는 준엄한 길입
니다.

그대여! 당신은 아들의 길을 축복합니까?

그대 무릎 아래 다시 엎드러 볼 기약도 막막한,
슬픈 길이 北쪽으로 뻗하니 뚫렸읍니다.

그러나 당신은 압니까, 아들의 길이 눈물보다도 영
광의 어린 것을……

아무도 모를 것입니다. 호올로 흐르는 그대의 눈
물이
아들의 타는 마음 속에 기름을 붓는 비밀을.

아아! 아무도 모를 것입니다.

—『현해탄』

故鄉을 지내며(2)

당신의 마을은 이미 잠들었읍니까?
등불 하나이 없이 캄캄하니 답답습니다.

여기 그대 아들이 있읍니다.

부산을 떠난 막차가 환하니 달리지 않습니까?
개 소리 한 마디 들림직 하거만 하늘과 땅이 소리도
없읍니다.

두렵습니다. 누런 수캐란 놈도 혹여 양식이 되지나
않았읍니까?

인젠 돌아오지 않은 아들을 기다림도 속절없다.
주무십니까?
그렇지 않으면 집도 다하고
기름도 마르고 기운도 지쳐

아아, 마음 아픕니다. 죽은 듯 마당에 쓰러지지나 않
았읍니까?

기적이 우니 차가 굴 속에 드나 봅니다.
안타깝습니다. 이제 고향은 눈 앞에 스러지럽니다.

어머님 묻힌 건넛山 위 별들이 눈물 어렸읍니다.

인제 내 하나가 있고, 벼락맞은 수양이 섰고,
그대가 늘 소를 매여 여름이면 파리가 왕왕 끓었읍
니다.

아들이 마을 傳說과 옛 노래를 익힌 곳도 게 아닙니
까?

오는 새벽 비가 내리면 그대는 또 광이를 잡고 논
가운데 섭니까?
당신의 굽은 등골의 아픔이 아들의 온 몸에 사모침
니다.

아아 이길 수 없읍니다. 그대 슬픔은 너무나 큽니다.
그대 정숙한 안해도 이 속에 죽었고,
당신의 청승궂은 자장가로 자란 누이도 이 속에 죽고,

그만 떨치고 일어나 당신을 받들 먼 날을 그리어 멀
이로 간 아들의 마음입니다.

그러나 지금 돌아오는 아들의 손엔 아무것도 가진
것이 없읍니다.
그나마 흙방 위에 꼬부리고 누운 그대를 헛되이 눈
감아 생각할뿐,

한 되는 일입니다. 그대 이름 부를 자유도 없읍니다.

곧장 내일 아침 지정받은 어느 곳에 닿하야 합니다.
하나밖에는 아무 것도 허락되지 않은 준엄한 길입
니다.

그대여! 당신은 아들의 길을 축복합니까?

그대 무릎 아래 다시 엎드려 볼 기약도 막막한,
슬픈 길이 北쪽으로 뻗하니 뚫렸읍니다.

그러나 당신은 압니까, 아들의 길이 눈물보다도 영
광의 어린 것을……
아무도 모를 것입니다. 호올로 흐르는 그대의 눈
물이
아들의 타는 마음 속에 기름을 붓는 비밀을

아아, 아무도 모를 것입니다.
―『회상시집』

다시 인젠 天空에 星座가 있을 必要가 없다

바다, 어둔 바다,
쭉 건너간 水平線 위,

다시 인젠
별들이 깜박일 필요는 없다.

파도 위 하늘 아래,
일찌기 용사이었던.

그러니라……
―뱃머리를 돌려라,
돛을 꼬부리고
南風이다.
에헷! 그물 줄을 늦후고

이마 위에 한 손을 얹고,
하늘을 우럴어 얼굴을 들면,
별들은 꽃봉오리처럼
아름다왔다.
별들은 결코 속이지 않았다.

우리의 가슴은 바다인 듯,
고기들과 조개의 온갖 비밀을 알았고,
銀河 오리온 멀 大熊의
조그만 속삭임 하나,
우리의 귀는 빼놓지 않았다.

우리의 몸은 새보다도
날래고 자유로워,
바람이나 파도는
얼른 우리 앞에 맞서지를 못했다.

거친 파도와 바람이,
우리들의 가슴 속에 묻어 놓은 것은,
自信과 굳은 信念 하나뿐이었다.

그러나 오늘 밤 얼굴의
깊은 주림과 꺼진 눈자위가
밤 하늘보다 오히려 어두워,
타고 있는 조그만 배가
장차 닿을 항구의 이름조차 알 수가 없다.

살림의 물결, 가난의 바람은,
玄海 바다보다도 거세고 매웠던가?

마음과 얼굴에 함부로 파진,
깊고 어둔 골창들은
험한 生涯의 風雨가 물어뜯은
지울 수 없는 상처들.

그 곳에서 흐른
아프고 붉은 이야기가,
고향의 온갖 들과 내 위에
노래가 되여 흐르고 있다.

푸른 잎, 붉은 꽃과, 누른 열매,
가없는 하늘 밑에 들어누운 大陸의
헤아리기 어려운 森林을 기르랴
너무나 비싼 生命들은 노가,

아아! 벌써 한 개 宿命인 얼굴에,
그 메마른 피부 위에
어둔 海峽의 밤바람이 부디친다.

앞에도 뒤에도 얼굴
안낙네, 아이, 어른, 한 줌의 얼굴들

—눈들은 제각각 알지 못할 運命에 초불처럼 떨고
있다.

대체 이런 똑같은 얼굴들이,
아아! 그대들은 다 兄弟인가……
통 통 통 통
국법을 어기는 명백한 음향이
玄海 어둔 바다 하눌 위에 떨린다.

—아아 북구주 해안엔
대체 무엇이 기다린단 말인가!

쳇 쓸데없는 별들이다.
인젠 곱다란 連絡船 甲板 위
盛裝한 손들 머리 위나 빛나거라,

—너희는
그들의 사랑과 축복의 꽃다발이리라.

몇 번 너희들은 이러한 밤,

정말 몇 번
눈 밝은 경비선을 안내했는가?

듣거라, 하눌아!
다시 인젠
바다 위에 星座가 있을 必要는 없다.
—『현해탄』

月下의 對話

몇 時……
두 時.

삐걱! 뱃전이 울었다.

물결이 높지요!
달이 밝습니다.

바다가 설레를 쳤다.

얼마나 왔을가요?
半 넘어 왔읍니다.

아직 朝鮮 半島는 안 보였다.

아버님이……
아니요, 조선이, 세상이,

달이 구름 속에 숨었다.

무서워요,
바다가?……

靑年은 女子를 끌어안았다.

아아! 당신을……
나도 당신을……
둘이 함께 '인생도 없읍니다.'

물결이 질겁을 해 물러섰다.

그 다음
女子가 어찌했는지,
靑年이 어찌했는지,

본 이가 없으니, 울 이도 우슬 이도 없고,
나란히 놓인
男女의 구두가 한 쌍,

甲板 위엔 有名한 春畫가 한 幅 남았다.

　─일봉이 좋기사 좋읍듸더
　─아모덴 와? 없어 병이구마

三等 船室 밑엔 南道 사투리가 한창 곤하다.

어느 해 여름 玄海灘 위,
새벽도 멀고,
마스트 위엔 등불이 자꾸만 껌벅였다.

─『현해탄』

눈물의 海峽(1)*

아기야, 너는 자장가도 없이 혼곤히 잔다.
너는 인제서야 잠이 들었다만,
너무나 오랫동안 보채어,
좁은 목이 칼칼하니 쉬었다.

너는 오늘 밤
이 해협 위에 일어나고 있는
수만흔 일의 단 한 가지 의미도 깨닫지 못하고 잔다.

바람이 지금 바다 위에서 무엇을 저지르고 있는지도
너는 모른다.
물결이 갑판 위에서 무엇을 쓸어가고 있는지도 너는
모른다.
물밑에 魚族들이 무엇을 탐내고 있는지도 너는 모
른다
이따금,
동그란 유리창을 들여다보는 것이 정녕 주검의 검은
그림자인 것도 너는 모른다.

아마 우리를 실은 큰 배가,
水平線 아래로 永遠히 가라앉는 비창한 통곡의 순
간이 온다 해도,
너의 고운 잠은 깨이지 않으리라.

---

* 시집 『현해탄』에서는 「눈물의 海峽」으로 되어 있으나 시집 『회
상시집』에서는 「너는 아직 어리고」로 바뀌었다.

아기야, 너는 오늘 밤,
이 바다 위에 奇蹟의 손길이 미쳐 있는 줄 아느냐?

눈물이 흐른다.
玄海灘 넓은 바다 위
지금 젖꼭지를 물고 누워
뒹굴을 듯 흔들리는 네 두 볼 위에,
하염없이 눈물만이 흐른다.

아기야, 네 젊은 어머니의 눈물 속엔,
무엇이 들어 있는 줄 아느냐?
한 방울 눈물 속엔
일찌기 네가 알고 보지 못한 모든 것이 들어 있다.

이 속엔 그이들이 자라난 요람의 옛 노래가 들어 있
다.
이 속엔 그이들이 뜯던 봄 나물과 꽃의 맑은 향기가
들어 있다.
이 속엔 그이들이 꿈꾸던 청춘의 공상이 들어 있다.
이 속엔 그이들이 갈아 붙인 땅의 흙내가 들어 있다.
이 속엔 그이들이 어루만지던 푸른 보리밭이 있다.
이 속엔 그이들이 안아 보던 누른 볏단이 있다.
이 속엔 그이들이 걸어가던 村 눈길이 있다.
이 속엔 그이들이 나무를 베던 山의 그윽한 냄새가
있다.
이 속엔 그이들이 죽이던 도야지의 悲鳴이 있다.
이 속엔 그이들이 듣던 외방 욕설이 있다.
이 속엔 그이들이 받았던 집행 표지가 있다.
이 속엔 그이들이 작별한 멀리 간 동기의 추억이 있다.
이 속엔 그이들이 떠나온 고향의 매운 情景이 있다.
이 속엔 그이들이 이따금 생각했던 다툼의 뜨거운
불길도 있다.

참말로 한 방울 눈물 속은 이 모든 것이 들어 있기엔
너무나 좁다.
그러므로 눈물은 떨어지면 이내 물처럼 흘러가지 않
느냐?

나의 아기야, 그래도 이 속엔 아직 그들의 탄 배의
이름도 닿을 港口의 이름도 없고,
이 바다를 건너간 많은 사람들의 운명은 조금도 똑
똑히 기록되어 있지 않다.
더구나 바람과 파도와 그 밖에 온갖 악천후에 대하여,
눈물은 다만 하염없을 따름이다.

밝은 날 아침 다행히 물결과 바람이 자서
　우리의 배가 어느 항구에 들어간대도 이내 새 運命
이 까마귀처럼 소리칠 게다.
　나는 그 고이한 소리가 열어 놓는 너의 少年과 靑春
의 긴 時節을 생각한다.
　아기야, 해협의 밤은 너무나 두려웁다.

　우리들이 탄 큰 배를 잡아 흔드는 것은 과연 바람이
냐? 물결이냐?
　아! 그것은 玄海灘이란 바다의 이상한 운명이 아니
냐?
　너와 나는 한 줄에 묶여 나무 토막처럼 이 바다 위를
떠가고 있다.

　아기야, 너는 어찌 이 바다를 헤어가려느냐?
　날씨는 사납고,
　아직 너는 어리고,
　어버이들은 이미 기운을 잃고,
　내 손은 너무 희고 가늘고,
　기적이란 오늘날까지 있어 본 일이 없고,

　그러나, 아끼는 나의 아기야
　오늘 밤 이 바다 위에 흐르는 눈물이,
　내일 너의 젊은 가슴 속에 피여 놓을 한 떨기 붉은
薔薇의 이름을
　아아! 나의 아기야, 나는 안다.

—『현해탄』

너는 아직 어리고(2)

아기야 너는 자장가도 없이 혼곤히 잔다.
너는 인제서야 잠이 들었다만
너무나 오랫동안 보채어
좁은 목이 칼칼하니 쉬었다.

너는 오늘 밤
　이 해협 위에 일어나고 있는
　수 많은 일의 단 한 가지 의미도 깨닫지 못하고 잔다.

　바람이 지금 바다 위에서 무엇을 저지르고 있는지도
너는 모른다.
　물결이 갑판 위에서 무엇을 쓸어가고 있는지도 너는
모른다.
　물밑에 魚族들이 무엇을 탐내고 있는지도 너는 모

른다
　이따금
　동그란 유리창을 들여다보는 것이 정녕 주검의 검은
그림자인 것도 너는 모른다.

　아마 우리를 실은 큰 배가,
　水平線 아래로 永遠히 가라앉은 비창한 통곡의 순
간이 온다 해도,
　너의 고운 잠은 깨이지 않으리라.

　아가야 너는 오늘 밤
　이 바다 위에 奇蹟의 손길이 미처 있는 줄 아느냐?

　눈물이 흐른다.
　玄海灘 넓은 바다 위
　지금 젖꼭지를 물고 누워
　뒹굴을 듯 흔들리는 네 두 볼 위에
　하염없이 눈물만이 흐른다.

　아기야 네 젊은 어머니의 눈물 속엔,
　무엇이 들어 있는 줄 아느냐?
　한 방울 눈물 속엔
　일찌기 네가 알고 보지 못한 모든 것이 들어 있다.

　이 속엔 그이들이 자라난 요람의 옛 노래가 들어 있다.
　이 속엔 그이들이 뜯던 봄 나물과 꽃의 맑은 향기가
들어 있다.
　이 속엔 그이들이 꿈꾸던 청춘의 공상이 들어 있다.
　이 속엔 그이들이 갈아 붙인 땅의 흙내가 들어 있다.
　이 속엔 그이들이 어루만지던 푸른 보리밭이 있다.
　이 속엔 그이들이 안아 보던 누른 볏단이 있다.
　이 속엔 그이들이 걸어가던 村 눈길이 있다.
　이 속엔 그이들이 나무를 베던 산의 그윽한 냄새가
있다.
　이 속엔 그이들이 죽이던 도야지의 悲鳴이 있다.
　이 속엔 그이들이 듣던 외방 욕설이 있다.
　이 속엔 그이들이 받았던 집행 표지가 있다.
　이 속엔 그이들이 떠나온 고향의 매운 情景이 있다.
　이 속엔 그이들이 이따금 생각했던 다툼의 뜨거운
불길도 있다.

　참말로 한 방울 눈물 속은 이 모든 것이 들어 있기엔
너무나 좁다.
　그러므로 눈물은 떨어지면 이내 물처럼 흘러가지 않
느냐?

나의 아기야, 그래도 이 속엔 아직 그들의 탄 배의
이름도,
　닿을 港口의 이름도 없고,
　이 바다을 건너간 많은 사람들의 운명은 조금도 똑
똑히 기록되어 있지 않다.
　더구나 바람과 파도와 그 밖에 온갖 악천후에 대하여,
　눈물은 다만 하염없을 따름이다.

　밝은 날 아침 다행히 물결과 바람이 자서
　우리의 배가 어느 항구에 들어간대도 이내 새 運命
이 까마귀처럼 소리칠 게다.
　나는 그 고이한 소리가 열어 놓은 너의 少年과 靑春
의 긴 時節을 생각한다.
　아기야, 해협의 밤은 너무나 두려웁다.

　우리들이 탄 큰 배를 잡아 흔드는 것은 과연 바람이
냐? 물결이냐?
　아! 그것은 玄海灘이란 바다의 이상한 운명이 아니
냐?
　너와 나는 한 줄에 묶여 나무 토막처럼 이 바다 위를
떠가고 있다.

　아기야, 너는 어찌 이 바다를 헤어가려느냐?
　날씨는 사납고
　아직 너는 어리고
　어버이들은 이미 기운을 잃고
　내 손은 너무 회고 가늘고
　기적이란 오늘날까지 있어 본 일이 없고
　그러나 아끼는 나의 아기야,
　오늘 밤 이 바다 위에 흐르는 눈물이
　내일 너의 젊은 가슴 속에 피어 놓을 한 떨기 붉은
薔薇의 이름을
　아아! 너의 아기야 나는 안다.
—『회상시집』

上陸

電車도 커지고,
自動車도 새로워지고,
三層 四層 洋屋들이 곱다란
이 넓은 길이 어디로 통하는가?

정신을 차려라……

크락숀이 먼지를 풍기며 怒呼한다.
인제 釜山도 옛 浦口가 아니다.
튜럭이 지냈는가 하면,
自動車들이 벌떼처럼 달려든다.

스텁! 하늘엔 旅客機의 通過다.

정녕 나는 連絡船에서 들고 내린,
묵은 가방을 털어 보아야 할가 보다.
몇해 전 가지고 건너갔던
때문은 先入見이 남은 모양이다.

埠頭의 딸가닥 소리가 사람들을 놀랜 것은 벌써 옛
牧歌로구나.

내가 입고 자란 옷,
주절대고 큰 말소린
하나도 찾을 길이 없다.
나는 고향에 돌아온 것 같지도 않고,
아, 고향아!
너는 그 동안 자랐느냐? 늙엇느냐?

외방 말과 새로운 맵시는 어느 때 익혓느냐?

벌렸다 다물고 다물었다 벌리는,
강철 開閉橋 입발 새에
낡은 浦口의 이야기와 꿈은,
이미 깨어진 지 오래리라만,
그렇다고 나는 저 山 위 올망졸망한,
오막들의 고달픈 呻吟 속에,
구태여 옛 노래를 듣고자 원하진 않는다.

나의 귀는 呻吟과 슬픈 노래에 너무나 찌들었다.

비록 오는 날,
나의 祖上들의 외로운 魂靈이
잠시 머무를 한낱 돌이나 나무가 없고,
늘비한 굴뚝이 토하는 煙氣와 끄림에,
흰 모래밭과 맑은 하늘이
기름 걸레처럼 더러워진다 해도,

아아, 나는 새 시대의 맥박이 높이 뛰는 이 하늘 아래
살고 싶다.

煙氣들은 바람에 날리면서도,

끝내 위로 높이만 오르는
저 하늘 한복판에,
나는 오는 날의 큰 별을 바라본다.

行人들아!
그대들은 이 浦口의 흰 모래가
시커멓게 變한 위대한 내력을 아는가?
나는 諸君들 모두의 손을 잡고,
아, 親愛의 정을 베풀고 싶다.

일찌기 저 시커먼 큰 建物들은,
諸君들의 운명을 고쳤으나,
이내 諸君들이 아름다운 港灣의 운명을 開拓할 새
심장이,
또한 저 자욱한 建物들 속에서 만들어짐은 즐거웁지
않으냐.

나의 고향은 이제야, 大陸의 名譽를 이을 미더운 아
들을 낳았구나.

바다에는 旗폭으로 아로새긴 萬國 地圖,
거리엔 새 時代의 王者 金屬들의 비비대는 소리,
牧島 앞뒤엔 黎明이 활개를 치고 일어나는 고동 소리,
이따금 玄海 바다가 멀리서
사자처럼 고함치며 달려오고……

바야흐로 新世紀의 華麗한 祝祭다.

누가 이 새 고향의 讚美歌를 부를 것이냐?
交響樂의 새 곡조를 익힐 樂器는 어느 곳에 준비되
었는가?
大洋, 大洋, 大洋,
실로 大洋의 파도만이 새 時代가 걸어가는
장엄한 발자취에 行進曲을 맞후리라.
——『현해탄』

玄海灘(1)

이 바다 물결은
예부터 높다.

그렇지만 우리 靑年들은
두려움보다 勇氣가 앞섰다,
山불이

어린 사슴들을
거친 들로 내몰은 게다.

對馬島를 지내면
한 가닥 水平線 밖엔 티끌 한 점 안 보인다.
이 곳에 太平洋 바다 거센 물결과
南進해 온 大陸의 北風이 마주친다.
. . .
몬푸랑보다 더 높은 파도,
비와 바람과 안개와 구름과 번개와,
亞細亞의 하늘엔 별빛마저 흐리고,
가끔 半島엔 붉은 信號燈이 내어걸린다.

아무러기로 靑年들이
平安이나 幸福을 求하여,
이 바다 險한 물결 위에 올랐겠는가?

첫 번 航路에 담배를 배우고,
둘째 번 航路에 戀愛를 배우고,
그 다음 航路에 돈맛을 익힌 것은,
하나도 우리 靑年이 아니었다.

靑年들은 늘
希望을 안고 건너가,
결의를 가지고 돌아왔다.
그들은 느티나무 아래 傳說과,
그윽한 시골 냇가 자장가 속에,
장다리 오르듯 자라났다.

그러나 인제
낯선 물과 바람과 빗발에
흰 얼굴은 찌들고,
무거운 任務는
고든 잔등을 농군처럼 굽혔다.

나는 이 바다 위
꽃잎처럼 흩어진
몇 사람의 가여운 이름을 안다.

어떤 사람은 건너간 채 돌아오지 않았다.
어떤 사람은 돌아오자 죽어갔다.
어떤 사람은 永永 生死도 모른다.
어떤 사람은 아픈 패북(敗北)에 울었다.
——그 중엔 希望과 결의와 자랑을 욕되게 내어판 이
가 있다면,

나는 그것을 지금 기억코 싶지는 않다.

오로지
바다보다도 모진
大陸의 삭풍 가운데
한결같이 사내다웁던
모든 靑年들의 名譽와 더불어
이 바다를 노래하고 싶다.

비록 靑春의 즐거움과 希望을
모두 다 땅속 깊이 파묻는
悲痛한 埋葬의 날일지라도,
한 번 玄海灘은 청년들의 눈 앞에,
검은 喪帳을 내린 일은 없었다.

오늘도 또한 나젊은 靑年들은
부지런한 아이들처럼
끊임없이 이 바다를 건너가고, 돌아오고,
來日도 또한
玄海灘은 청년들의 海峽이리라.

영원히 玄海灘은 우리들의 海峽이다.

三等 船室 밑 깊은 속
찌든 寢床에도 어머니들 눈물이 배었고,
흐린 불빛에도 아버지들 한숨이 어리었다.
어버이를 잃은 어린 아이들의
아프고 쓰린 우름에
대체 어떤 죄가 있었는가?
나는 울음 소리를 무찌른
외방 말을 歷歷히 기억하고 있다.

오오! 玄海灘은, 玄海灘은,
우리들의 運命과 더불어
永久히 잊을 수 없는 바다이다.

靑年들아!
그대들은 조약돌보다 가볍게
玄海의 큰 물결을 걷어찼다.
그러나 관문 해협 저쪽
이른 봄 바람은
果然 半島의 北風보다 따스로웠는가?
情다운 釜山 埠頭 위
大陸의 물결은,
정녕 玄海灘보다도 얕았는가?

오오! 어느 날
먼먼 앞의 어느 날,
우리들의 괴로운 歷史와 더불어
그대들의 不幸한 生涯와 숨은 이름이
커다랗게 記錄될 것을 나는 안다.
一八九〇年代의
一九二〇年代의
一九三〇年代의
一九四〇年代의
一九××年代의
……………

모든 것이 過去로 돌아간
廢墟의 거칠고 큰 碑石 위
새벽 별이 그대들의 이름을 비칠 때,
玄海灘의 물결은
우리들이 어려서
고기떼를 쫓던 실내처럼
그대들의 一生을
아름다운 傳說 가운데 속삭이리라.

그러나 우리는 아직도
이 바다 높은 물결 위에 있다.

—「현해탄」

玄海灘(2)

이 바다 물결은
예부터 높다.

그렇지만 우리 靑年들은
두려움보다 勇氣가 앞섰다.
山불이
어린 사슴들을
거친 들로 내몰은 게다.

對馬島를 지내면
한 가닥 水平線 밖엔 티끌 한 점 안 보인다.
이 곳에 太平洋 바다 거센 물결과
南進해 온 大陸의 北風이 마주친다.

몬푸랑보다 더 높은 파도
비와 바람과 안개와 구름과 번개와
亞細亞의 하늘엔 별빛마저 흐리고
가끔 半島엔 붉은 信號燈이 내어걸린다.

아무러기로 青年들이
平安이나 幸福을 求하여
이 바다 險한 물결 위에 올랐겠는가?

첫 번 航路에 담배를 배우고
둘잿 번 航路에 戀愛를 배우고
그 다음 航路에 돈맛을 익힌 것은
하나도 우리 靑年이 아니었다.

靑年들은 늘
希望을 안고 건너가
결의를 가지고 돌아왔다.
그들은 느티나무 아래 傳說과
그윽한 시골 내ㅅ가 자장가 속에,
장다리 오르듯 자라났다.

그러나 인제
낯선 물과 바람과 빗발에
힌 얼굴은 찌들고
무거운 任務는
고든 잔등을 농군처럼 굽혔다.

나는 이 바다 위
꽃잎처럼 흩어진
몇 사람의 가여운 이름을 안다.

어떤 사람은 건너간 채 돌아오지 않았다.
어떤 사람은 돌아오자 죽어갔다.
어떤 사람은 永永 生死도 모른다.
어떤 사람은 아픈 敗北에 울었다.
—그 중엔 希望과 결의와 자랑을 욕되게도 내어판
이가 있다면,
　나는 그것을 지금 기억코 싶지는 않다.

오로지
바다보다도 모진
大陸의 삭풍 가운데
한결같이 사내다웁던
모든 靑年들의 名譽와 더불어
이 바다를 노래하고 싶다.

비록 靑春의 즐거움과 希望을
모두 다 땅속 깊이 파묻는
悲痛한 埋葬의 날일지라도
한 번 玄海灘은 청년들의 눈 앞에

검은 喪帳을 내린 일은 없었다.

오늘도 또한 나젊은 靑年들은
부지런한 아이들처럼
끊임없이 이 바다를 건너가고 돌아오고
來日도 또한
玄海灘은 청년들의 海峽이리라.

영원히 玄海灘은 우리들의 海峽이다.

三等 船室 밑 깊은 속
찌든 寢牀에도 어머니들 눈물이 배었고,
흐린 불빛에도 아버지들 한숨이 어리었다.
어버이를 잃은 어린 아이들의
아프고 쓰린 우름에
대체 어떤 罪가 있었는가?
나는 울음 소리를 무찌른
외방 말을 歷歷히 기억하고 있다.

오오! 玄海灘은 玄海灘은
우리들의 運命과 더불어
永久히 잊을 수 없는 바다이다.

靑年들아!
그대들은 조약돌보다 가볍게
玄海의 큰 물결을 걷어챘다.
그러나 관문 해협 저쪽
이른 봄 바람은
果然 半島의 北風보다 따스로웠는가?
情다운 釜山 埠頭 위
大陸의 물결은
정녕 玄海灘보다도 얕았는가?

오오! 어느 날
먼 먼 앞의 어느 날
우리들의 괴로운 歷史와 더불어
그대들의 不幸한 生涯와 숨은 이름이
커다랗게 記錄될 것을 나는 안다.
一八九〇年代의
一九二〇年代의
一九三〇年代의
一九四〇年代의
一九××年代의
……………
모든 것이 過去로 돌아간

廢墟의 거칠고 큰 碑石 위
새벽 별이 그대들의 이름을 비칠 때
玄海灘의 물결은
우리들이 어려서
고기떼를 쫓던 실내처럼
그대들의 一生을
아름다운 傳說 가운데 속삭이리라.
그러나 우리는 아직도
이 바다 높은 물결 위에 있다.
—『회상시집』

구름은 나의 從僕이다

흰 구름은 하늘에 비끼고,
나는 풀밭에 누워 휘파람을 불고,
공상이란 미상불
고삐를 끊어 던진 흰 말이다.

만일 구름보다 자유로운 것이 있다면,
대체 그것은 무엇일가?

그 놈의 흰 갈기를 부여잡고,
힘을 모아 배때기를 걷어차면,
우박송이처럼 당황하여,
나의 곁을 지내가는 별들을 볼 것이다.

참으로 그 뭉글뭉글한 잔등을 어루만지며,
나는 구름 위에 유유히 앉은 내 모양을 층찬한다.

생각할쑤록 별들이란
겁이 많고 지나치게 영리한 게으름뱅이다.
저렇게 많은 族屬들이
한낱 太陽 아래 박쥐처럼 비겁할 수가 있는가?

그러나 太陽이란 것도
한껏 교만할 따름이지 실상은
앞 산 그림자가 한 발을 더듬기 시작만 하면,
벌써 山頂에 꼬리를 감추는
교활한 老총각이다.

그렇다고 나는
하늘을 휩쓰는 장한 바람이 되어 보고 싶지도 않다.
조그만 숲 하나를 헤어나가려
몸부림을 치고 아우성을 지르고,

법석을 하는 꼴이란
너무나 추졸하다.

한껏 죽지를 벌려 고개를 들고,
높은 山마루에서 화살처럼
하늘을 날아보려던
일찌기 꿈꾸었던 코쓰는,
지금 생각하니 일부러
고운 하늘을 눈알을 흡뜨고 날기도 애석하고,
피곤하여 바위 아래 허덕이며,
숨을 드리는 비장한 순간이란
나의 적들이 볼가 두렵고,

아아, 역시 희고 가벼운 구름아!

네가 오로지 한평생 가도
넓은 하늘이 좁은 줄을 모른다.

山脈처럼 장한 체수건만,
어느 모서리에 부디쳐야,
깨어지는 수도 없고,
아프지도 않고,
솜처럼 자꾸만 피어나가다가,

칵 답답하여
짜증이 날 때도 없고,
아아! 나는 너의 그 無限한 탄力성을 사랑한다.

영맹한 低氣壓과
遠地의 바람이,
우리들의 地上을 향하여,
엄청난 습격을 시험할 때,
너는 잽싸게 검은 煙幕으로 무장을 고쳐,
時急한 防禦 任務에 當하더라.

自在한 둔갑술이여!

이윽고 ×斗가 한창 激然할 때,
한 줄기 소나기가 되어,
마른 남새밭을 발을 구르며 지내면,
나는 草木들과 더불어 손벽을 친다.

生生한 목숨이여!

새들이다.

어린 참새들이다. 제비들이다.
마을 추녀 끝에 물초가 칠 때쯤,
너는 어른처럼 옷깃을 걷어들고
햇볕이 쨍쨍한 하늘 가로
붉은 놀이 되어 스러진다.

善한 決斷力이여! 구름아!
어느 게 너의 自由이고 意志이냐?
너는 不自由도 自由이냐?
그렇지 않으면, 너는 不可能이란 것을 모르느냐?
'나폴레온'이다!

지금 네가 떠있는 곳은 바다이냐, 섬이냐?
하늘이다!

너는 오늘
가벼이 하늘을 거닐고,
사자가 되어 이리를 쫓다가,
바위가 되어 물결을 차다가
강아지가 되어 공을 굴리다가,
어린애가 되어 달음질을 하다가,
너는 遊戱를 즐기는구!

자 듣거라, 구름아!
오늘 나는 너의 主人이다.
휘파람 부는 내 가슴은 줌을 못 넘고,
머리는 땅 위에 한 길을 못 오를 망정,
한 때도 나의 생각은 네 위
너른 하늘을 내려본 일이 없느니라.

從順한 나의 흰 말아!
고삐를 내게 던져라.

—『현해탄』

새 옷을 갈아입으며(1)

젊은 안해의
부드런 손길이 쥐어짠
신선한 냇물이 향그런가

하늘이 높은 가을
송아지 떼가 참새를 쫓는
마을 언덕은
얼마나 아름다운 그림이냐만

고혹적인 흙내가
나의 등골에 電流처럼
퍼붓고 지내간 것은
어째서 고향의 불행한 노래뿐이냐

언제부터 살찐 흙 속에 자라난
나무가지엔 쓴 열매박게
붉은 꽃 한 송이 안 피엇는가
각금 村 사람들이
목을 매고 느러진 잇튼날 아츰
숲 속을 울리든 통곡 소리를
나는 잊지 안코 잇다.

幸福이란 꾀꼬리 우름이냐
푸른 숲에서나 누른 들에서나
한 번 손에 잡히지 안헛고
아……
太陽 아레 자유가 잇다 하나
따 우엔 幸福이 잇지 안헛다.

새 옷을 가라입으며
들창 넘어로 불현 듯
자유에의 갈망을 느끼랴는
나의 마음아
너는 한낫 철없는 어린애가 아니냐

—『동아일보』, 1937.10.24

새 옷을 갈아입으며(2)

젊은 아내의
부드런 손길이 쥐어짠
신선한 냇물이 향그런가?

하늘이 높은 가을,
송아지 떼가 참새를 쫓는
마을 언덕은
얼마나 아름다운 그림이냐만,
고혹적인 흙내가
나의 등골에 電流처럼
퍼붓고 지내간 것은,
어째서 고향의 불행한 노래뿐이냐?

언제부터 살찐 흙 속에 자라난
나뭇가지엔 쓴 열매밖에,

붉은 꽃 한 송이 안 피었는가!
가끔 村 사람들이
목을 매고 늘어진 이튿날 아침,
숲 속을 울리던 통곡 소리를
나는 잊지 않고 있다.

幸福이란 꾀꼬리 울음이냐?
푸른 숲에서나, 누른 들에서나,
한 번 손에 잡히지 않았고,
아……
太陽 아래 자유가 있다 하나,
땅 위엔 幸福이 있지 않았다.

새 옷을 갈아입으며,
들창 넘어로 불현 듯
자유에의 갈망을 느끼랴는
나의 마음아!
너는 한낱 철없는 어린애가 아니냐?

—『현해탄』

새 옷을 가라입으며(3)

젊은 안해의
부드런 손길이 쥐어짠
신선한 냇물이 향그런가?

하늘이 높은 가을,
송아지 떼가 참새를 쫓는
마을 언덕은
얼마나 아름다운 그림이냐만
고혹적인 흙내가
나의 등골에 電流처럼
퍼붓고 지내간 것은
어째서 고향의 불행한 노래뿐이냐?

언제부터 살찐 흙 속에 자라난
나뭇가지엔 쓴 열매밖에
붉은 꽃 한 송이 안 피었는가!
가끔 村 사람들이
목을 매고 늘어진 이튿날 아침
숲 속을 울리던 통곡 소리를
나는 잊지 않고 있다.

幸福이란 꾀꼬리 울음이냐?

푸른 숲에서나, 누른 들에서나
한 번 손에 잡히지 않았고
아……
太陽 아래 자유가 있다 하나
땅 위엔 幸福이 있지 않았다.

새 옷을 갈아입으며
들창 넘어로 불현 듯
자유에의 갈망을 느끼랴는
나의 마음아!
너는 한낱 철없는 어린애가 아니냐?

—『회상시집』

향복은 어디 있었느냐?(1)

두 손을 포케트에 찌른 채,
너는 누런 레인코트를 입고,
하늘을 치어다보는 양 어깨 위엔,
어느새 밤 이슬이 뿌야니 무겁다.

돌아갈 집도 멀고,
걸을 길도 아득한,
나의 젊은 마음아.
외딴 郊外의 푸렛트폼 위
너의 따르는 꿈은 무엇이냐?

첫사랑에 놀랜 조그만 가슴이,
인젠 엄청난 생각을 지녔구나.

기다리던 사람은 누구냐?
아직도 그가 올 시간은 멀었느냐?
시계를 들여다보고,
이따금 별들을 헤어 보고,
너는 달이 밝고,
하늘이 푸르고,
깨어지는 물방울이
진주보다도 아름다운
고향의 바다가를,
어린애처럼 그니느냐?

밤은 깊고,
그는 드디어 오지 않았구나.
구름이 쫓기듯 밀려가,
별빛마저 흐린 동경만 위

어둔 하늘 아래
아아, 너는
아무데고 하룻밤
안식의 잠자리를 구해야겠다.

너의 다섯 자 작은 몸을 누일,
따듯한 지붕 밑은 어디메냐?
자욱한 집들이나,
밝은 길을 가는 뭇 行人은,
너무나 눈 설고,
싸늘한 남들이라,
한낱 두려운 눈알이,
불똥처럼 발개서,
방황하는 너의 뒤를
쏠 듯이 따를 뿐이다.

아아, 만일
기다리던 그는 영영 오지 않고,
돌아갈 집은 자리 밑까지 흐트러져,
모진 운명이 머리 위를
쓸어 덮는다면

나의 마음아!
한 가지 장미처럼 곱기만 했던,
너는 인제
집 잃은 어린 아이로구나!

가이여운 마음아!
소굼기를 머금은
외방 바람이,
스미는 듯 엷은 살결에 차다.
서글픈 밤,
머리에 떠올랐다 스러지고,
스러졌다간 떠오르는,
그리운 사람들 눈동자 속에,
너는 무엇을 보았느냐?

가도 없는 漂泊의 길이
모두 다 따뜻한 요람이었고,
가는 곳마다
그들은 고향을 발견하지 않았느냐?
어느 날 고향의 요람으로
돌아갈 기약도 막막한
영원한 길손의 마음이.
어리우듯 터를 잡지 않았든가,

그 속은 언 호수보다 서글펐으나,
바다 속처럼 깊더라.

참말 그들도, 나도,
도투리 알 같은
어린 때의 기억만이,
고향 山비탈, 들판에
줍는 이도 없이 흩어져,
어쩐지 우리는 비바람 속에 외로운
한 줄기 어린 나무들 같다만,
누를 수 없는 幸福과 즐거움이
위도 아니고 옆도 아니고, 오로지
곤란한 앞을 향하여 뻗어나가는,
아아, 한 가지 정성에 있드구나!

—『현해탄』

幸福은 어디 있었느냐?(2)

두 손을 포케트에 찌른 채
너는 누런 레인코트를 입고
하늘을 치어다보는 양 어깨 위엔
어느새 밤 이슬이 뽀야니 무겁다.

돌아갈 집도 멀고
걸을 길도 아득한
나의 젊은 마음아.
외딴 郊外의 푸랫트홈 위
너의 따르는 꿈은 무엇이냐

첫사랑에 놀랜 조고만 가슴이
인젠 엄청난 생각을 지녔구나.

기다리던 사람은 누구냐?
아직도 그가 올 시간은 멀었느냐?
시계를 드려다보고
이따금 별들을 헤어 보고
너는 달이 밝고
하늘이 푸르고
깨어지는 물방울이
진주보다도 아름다운
고향의 바닷가를
어린애처럼 그니느냐?

밤은 깊고

그는 드디어 오지 않았구나
구름이 쫓기듯 밀려가
별빛마저 흐린 東京灣 위
어둔 하늘 아래
아아, 너는
아무데고 하룻밤
안식의 잠자리를 구해야겠다.

너의 다섯 자 작은 몸을 누일
따듯한 지붕 밑은 어디메냐?
자욱한 집들이나
밝은 길을 가는 뭇 行人은
너무나 눈 설고
싸늘한 남들이라
한낱 두려운 눈알이
불똥처럼 발개서
방황하는 너의 뒤를
쏠 듯이 따를 뿐이다.

아아, 만일
기다리던 그는 영영 오지 않고
돌아갈 집은 자리 밑까지 흐트러져
모진 운명이 머리 위를
쓸어 덮는다면

나의 마음아!
한 가지 장미처럼 곱기만 했던
너는 인제
집 잃은 어린 아이로구나!

가이여운 마음아!
소금기를 머금은
외방 바람이
스미는 듯 엷은 살결에 차다.
서글픈 밤
머리에 떠올랐다 스러지고,
스러졌다간 떠오르는
그리운 사람들 눈동자 속에
너는 무엇을 보았느냐?

가도 없는 漂泊의 길이
모두 다 따뜻한 요람이었고
가는 곳마다
그들은 고향을 발견하지 않았느냐?
어느 날 고향의 요람으로

돌아갈 기약도 막막한
영원한 길손의 마음이
어리우듯 터를 잡지 않았든가
그 속은 언 호수보다 서글펐으나
바다 속보담 깊더라.

참말 그들도 나도
도투리 알 같은
어린 때의 기억만이
고향 山비탈 들판에
줍는 이도 없이 흐터져
어쩐지 우리는 비바람 속에 외로운
한 줄기 어린 나무들 같다만,
누를 수 없는 幸福과 즐거움이
위도 아니고 옆도 아니고, 오로지
곤란한 앞을 향하여 뻗어나가는
아아, 한 가지 정성에 있드구나!

—『회상시집』

바다의 讚歌(1)

장하게
날뛰는 것을 위하야
讚歌를 부르자.
바다에
너의 조용한 달밤을랑,
무덤 길에 슨
老人들의 追憶 속으로
고시란히 선사하고
푸른 비석 우에
어르만지듯
微風을 즐기게 하자
파도여
유쾌하지 안흔가
하눌은 금시로
돌맹이를 굴린
살어름판처럼
빠개질 듯하고,
장대가튼 빗줄기가
야 ……
두 발을 구르며,
동동거름을 치고,
나는
번개 불에

놀래여 날치는
고기 배빠디의
비눌을 해이고
바다야!
너의 기픈 가슴 속엔
思想이 들엇느냐
억센 反抗은
무슨 意味이냐
나는 하늘을 向한
너의 意味보다도
날뛰는 肉體를
사랑한다
詩人의 입에
마이크 대신
자갈이 물려질 때,
노래하는 렬정이
沈默 가운데
최후를 의탁할 때,
바다야!
너는 몸부림치는
肉體의 곡조를
伴奏해라.

―『조선일보』, 1937.6.23

바다의 讚歌(2)

장하게
날뛰는 것을 위하여,
讚歌를 부르자.

바다여
너의 조용한 달밤을랑,
무덤 길에 선
老人들의 追憶 속으로,
고시란히 선사하고,
푸른 비석 위에
어루만지듯,
微風을 즐기게 하자.

파도여!
유쾌하지 않은가!
하늘은 금시로,
돌멩이를 굴린
살어름판처럼

뻐개질 듯하고,
장때같은 빗줄기가
야 ……
두 발을 구르며,
동동걸음을 치고,
나는
번개 불에
놀라 날치는
고기 뱃바닥의
비늘을 세고

바다야!
·
·
·

詩人의 입에
마이크 대신
재갈이 물려질 때,
노래하는 열정이
沈默 가운데
최후를 의탁할 때,

바다야!
너는 몸부림치는
肉體의 곡조를
伴奏해라.

―『현해탄』

바다의 讚歌(3)

장하게
날뛰는 것을 위하여,
讚歌를 부르자.

바다여
너의 조용한 달밤을랑,
무덤 길에 선
老人들의 追憶 속으로,
고시란히 선사하고,
푸른 비석 우에
어루만지듯
微風을 즐기게 하자.

波濤여
유쾌하지 않은가
하늘은 금시로
돌멩이를 굴린
살어름판처럼
뻐개질 듯하고,
장때같은 빗줄기가
야……
두 발을 구르며
동동걸음을 치고
나는
번개 불에
놀래 날치는
고기 뱃바닥의
비눌을 세고

바다여
너의
가슴에는
사상이 들었느냐

詩人의 입에
마이크 대신
자갈이 물려질 때
노래하는 情熱이
沈默 가운데
최후를 의탁할 때

바다야
너는 몸부림치는
肉體의 곡조를
伴奏해라.
一九三六

―『찬가』

안개

지금에야 나는 알았다 너를
마을과 거리에 가득찬 안개의 밀물이어
한자루 허득이는 촛불조차 끄지 못하는 너를

조곰 전 벽력은 산악의 큰뎀이를 구을려
번개의 괴로운 칼을 번쩍 들어
내 잠자는 마을의 집집에서

눈부신 電柱를 끊어갔다

그러나 내 얼굴에 흐르는 기운없는 촛불
이그러진 들창에 희미한 빛같은
긴 거리가 골작 속같이 잠잠한데도
밤새도록 환히 아름답다

안개에 길가는 손들에게서 눈을 뺏어간 너는
골작이 숲 험한 내 그밖에 모든 것을 덮어
그들을 苦難의 길 우에 울리면서도
별빛보다 희미한 들창의 빛갈을
단 하나 훔처가지를 못하는구나

너의 회색빛 어둠을 가리고
안개여 세상의 모두를 가저가거라
허나 우리들 젊은 가슴에
한 개 펄럭이는 希望의 적은 불을 과연 가저갈 수
있겠는가

쓰러저가는 時代의 초라한 집
읽으러진 들창을 붉게 물들인
한낮 등잔의 엷은 빛갈은
未來! 아츰을 向한 단 한 개의 正確한 불빛

안개여…… 휩싸거라
들도 산도 그 우혜 들리는 새소리도
그리고 청년의 마음 속에 슬픈 記憶도
허나 눈물겨웁다! 한點의 별이 來日의 洞穴에서 타
고 있나니!

　七․二○

―『조광』, 1935.11

달밤

주린 늑대가 도야지를 물어갔다
가끔 이런 달 밝은 이튿날 식전엔
발자욱을 더듬어 사람들이 산에 올랐다

넓은 들은
어―ㄴ 바다처럼 히기만 하야
밭 이랑의 차돌 알이
별처럼 깜북인다

재 너머로 흘러가는 구름 뒤
맑게 닦은 네 얼굴은
정말 웨 바람보다도 싸늘하냐

마을이 어디인고 벌서……
다리보다도 기—ㄴ 지겟발이
척 나무 그루에 걸릴적 마다
오오 조그만 무릎엔 핏발이 뻘엏다

무서워하는 아이들의 마음도 모르고
백쥐 너는 나무 그림자에다
산감처럼 벙거지를 씨우는구나

우수수 가랑닢이 궁굴어 가다
머래 넝쿨에 걸려 홰를 친다

엄마! 벼랑 밑으로 구을러 떨어지는
아이들의 아우성 소린
산즘생이라도 마음이 아플 게다

이런 때면 꼭
으슥한 골작 속에서
금테를 두른 이리가
개를 몰고 뛰어 나온다

원망스럽게도 밝은 달아
웨 이런 밤에
너는 그 너른 계수나무 잎을 들어
한 번 얼굴을 가리지도 못한단 말이냐

나무갔든 아이들이 읍내로 몰려갔다
이지음엔 마을 늙은이들이
신작로 버들 밑에서 복장을 두드린다.
　　　　　　　—『신동아』, 1936.4

斷章

希望을 갖는다는 것은 어려운 일이다
더욱이 옳은 希望을 實踐한다는 것은……
　그러나 希望을 버린다는 것은 一層 더 어려운 일이
다.
　비록 죽엄이 一切를 무덤 속에 파묻는 때라도……

卑劣이란
아무 거리김없이 이것을 實行하는 人間이다.
더욱이 그것을 辨明하는 狡智
어떠한 無智도 이보다는 善良하다
　　　　　　　×
凡庸한 詩人만이 恒常 말의 不足을 恨歎한다.
한번도 일흠없는 풀닢이
地上에 나본 일은 없었다.
詩人은 일흠없는 풀에서 일흠을 發見하는 人間이다
그러나 죽은 말은 自然의 生命을 빼앗는다.
　　　　　　　×
길 —
아즉도 모—든 길은 羅馬로 通한다는
蒙昧한 신념을 팔고 있는 詩人이 있다
너에게는 너의 길
나에게는 나의 길
藝術의 길을 것는 모든 市民에게 自由가 있다……
이런 自由 속에는 노예의 自由와 享樂의 自由의 깊
은 矛盾이 숨겨 있다.
　반듯이 길의 一端은 羅馬로
다른 一端은 '에디오피아'로 통하는 것이 정말이다.
　　　　　　　—『낭만』, 1936.11

밤길

바람
눈보라가 친다
앞길 먼 산
한울에
아무 것도
안 보이는 밤

아 몹시 춥다

개 한 마리 안 짖고
등불도 꺼지고
가슴 속
숲이
호올노
흐득이는 소리
독개비라도 만나고 싶다

죽는게
살기보다도

쉬웁다면
누구가
벗도 없는
깊은 밤을……

참말 그대들은 얼마나 갔는가

발자욱을
눈이 덮는다
소리를 하면서
말소리를 듣재도
작구만
바람이 분다

오 밤길을 걷는 마음……
丁丑 一月

―『조광』, 1937.6

사랑의 讚歌

愛人과 더부러
틀님없는 敵을
한꺼번에
사랑할냐는
모―든 詩人들의
머리 우에다
뮤―즈여
그대는
新鮮한
月桂樹를
틀어줄 수가
있는가

미움이 없이
사람을
사랑할 수
없다는 것은
정녕
참을 수 없는
不幸이다
그러나
微笑와 더부러
내미는
부드런 손길을

미친 개처럼
물어뜯는
現實 가운데서
뮤―즈여
과연 그대는
敵에 대한
미움 없이
그대의 愛人을
온전히
사랑할 수가 있는가

나의 마음은
적에 대한
어찌할 수 없는
憎惡 以外의
아무 곳에서도
나의 愛人에 대한
뜨거운 사랑을
찾어볼 수는 없었다

사랑은
죽엄보다도 굿세니라
아……
千萬의 敵 가운데서
이를 악물어
깨무는
두려운 孤獨 속에서
넘처나오는
果汁은
얼마나
향그럽고
맛있는
愛人에의
精誠이냐

사랑하는 것은
미워하기 때문인지
미워하는 것은
사랑하기 때문인지
教義問答은
一切로 승려에게 멕길 일이고
소래는 오즉
王位보다도
貴重한 名譽를
이 가운데서

찾으면 그만이다

그럼으로
사랑은 亦시
죽엄보다도
괴로운 것이
아니냐
온전한
愛情의 幸福이
누리어지는 곳은
뮤-즈여
우리들의 적의
모든 일홈이
地下에 뭇치고
白骨이
자갈이 되어 구르는
아……
그 壯大한
憎惡의 平原이 아니냐

뮤-즈여
아즉도
미움이 아니라
사랑만이
진실로
全人類에 대한
사랑만이
노래의 마음이라면
그렇다
나는 즐거히
月桂冠을
버리는
平凡한 詩人의
한 사람이다.

—『조광』, 1938.4

車中(秋風嶺)

돌아올 날을
기약코
길을 떠난
사람이
하나도 없는
車간은

한숨도 곤하여

누군가
싸우듯
北方의 希望을
言爭하던
시끄런 音聲은
엊저녁 꿈이다.

밤 車가
달리는
먼 길 위에
발자국마다
꿈은 조약돌처럼
부스러져

故鄕의
第一 높다는 山도
인젠
병풍 쪽처럼
뒤를
넘어가고,

밤은
타관에
한창 깊어갔다.

—『맥』, 1938.10

한녀름밤의 꿈(1)*

별과 더부러
長長 긴 밤을
아……
밤마다 새인
깊고 긴 밤이
청년들의
머리 우에 둥그런
아득하고
무연한 하눌가에
어린 별들과
密語를 주고 받든

---

* 발표 당시의 제목은 「한녀름밤의 꿈」이었으나 시집 『찬가』
에 수록되면서 「한여름 밤」으로 바뀌었다.

총총한 눈알들아

銀河를 건너
遊星들이 지내간
길 옆에도
별들이 어지러운
星座 속에
아……
헤메이듯
찾는 것은
언젠가
하롯날에
甘味했든
추억이냐

. .
불행한 포로이엇든
젊은 벗들이
再會를
긔약튼 곳은
어디 쯤인가
별들이 슴맵하는
아……
아름다운 하눌 아래
그들이
나에게 준
편지 속엔
아름다히도
희망의 說話가
장미처럼 붉었다

. . . .
새 쩨네레슌의 신염이
포푸라처럼
무성했든
한 해 여름밤
어늬 다리 우에
내가 처음
그들의 손길을
잡긴
별들이 물결 우에
알알이 부서지든
찬탄할 밤
그들은 낯도 선
웨지생활에서
오래간 만에
도라온 밤이었다.

아……
무르녹을듯
그윽한
고향의 별 아래
우리는
太陽과 달과
地球와 恒星이
運行해가고
未久에
역사가 지내갈
넓은 길에다
‘아스팔트’를
깔지 않했느냐
누구냐
스스로 진였든
정신의 무게가
어늬 날 片石이 되여
우리의 머리통을
깨트릴지
想像이나 했든 것은……

자멸이란 말이
무슨 뜻이냐
하눌은 단순히
푸른 것만도 아니냐
참새들의 고향에
소리개 난 것은
언제 부터냐
별들과 더부러
바람과 비와
평화와 더부러
하날엔 광란이
아……
심연의 杭口에서
헤매이는 벗을 둔 채
그대들은
간 곳이 어듸냐

분노에 끌는
혈관 속에
도도히 흐르는 것은
젊은 포로의
꺼지지 안는 자랑이냐

落日는

比할대 없이
장엄하얏다만
山頂에 숨은
흰 달은
그 태양의 유언을
전달키엔
엄척나게 어렸다

아……
깊은 밤
지리한 밤
尾星이 떠러진 곳은
자유가
파무친 무덤이냐
희망이
가라앉은
물속이냐
어느 곳에
太陽이 임종튼
장대한 전설이
들었느냐
어늬 곳에
희망과 자유가
아름다운 교설을
베풀고 있느냐
밤의 自然은
미욱하냐
별들은 이즉
말조차 익힐 수 없는
어린 애냐

그렇지 않으면
아……
총총한 눈알들아
하날에 빛나는
온갖 별들에게서
그 영롱한 혼백을
빼아섰느냐

태양을 향한
永遠한 사모의 노래로
새이는 밤은
신비롭다만
너무나 괴롭고
답답지 않으냐

가이여운
靑年들아

닭이 울면
도라가는 별들이다
먼 동이 트고
이 한밤
별 아래 남길
碑石 우에
너의들은
무엇을 기록할지
누구가 알야만
너의들은
太陽의 아들이라

밝는 날
생탄할 어린 것들을 爲하여
별이 스러진 뒤
건너 山頂에
오를 것이
무엇인지
웨어칠 큰
소리가 들은
가슴을 푸러놓고
죽어도 죽고
살아도 살고

아……
그 다음 일은
오로지
밝는 날의 운명이니
최후의 순간
自己의 노래를 위하야
잉크 대신
피를 선택한
어떤 詩人의 故事는
총총한 눈알들아
얼마나
아름다운 傳說이냐
(昭和 十二年 七月 於馬山)

　　　　　　　—『조선문학』, 1939.3

한여름 밤(2)

별과 더부러
長長 긴 밤을
아……
밤마다 새인
깊고 긴 밤이
靑年들의
머리 우에 둥그런
아득하고
무연한 하눌가에
어린 별들과
밀어를 주고 받든
총총한 눈알들아

銀河를 건너
遊星들이 지내간
길 옆에도
별들이 어지러운
星座 속에
아……
헤매이듯
찾는 것은
언제인가
하롯날에
甘美했든
추억이냐

불행한 포로이었든
젊은 벗들이
재회를
기약튼 곳은
어듸 쯤인가
별들이 합창하는
아……
아름다운 하눌 아래
그들이
나에게 준
편지 속엔
갈피 갈피
희망의 說話가
장미처럼 붉었다
　　　・・・・
　　새 쩨네레슌의 信念이

　　　・・・
포푸라처럼
茂盛했든
한 해 여름밤
어느 다리 우에
내가 처음
그들의 손길을
잡긴
별들이 물결 우에
알알이 부서지든
讚嘆할 밤
그들은 낯선
外國生活에서
오랫만에
도라온 밤이었다.

아……
무르녹을듯
그윽한
故鄕의 별 아래
우리는
太陽과 달과
地球와 恒星이
運行해가고
未久에
歷史가 지내갈
넓은 길에다
'아스팔트'를
깔지 않었느냐
누구냐
스스로 지녔든
精神의 무게가
어느 날
돌이 되어
우리의 머리를
때릴지
想像이나 했든 것은……

自滅이란 말은
무슨 뜻이냐
푸른 하날엔
별들과 더부러
바람과 비와
平和와 더불어
두려운 狂亂이

숲속에
깃드린 것은
어느 때부터냐
아……
深淵의 杭口에서
헤매이는 벗을 둔 채
그대들은
어데로 갔느냐

憤怒에 끓는
血管 속에
도도히 흐르는 것은
젊은 捕虜의
꺼지지 않는 자랑이냐

落日은
比할 데 없이
장엄하였다만
山頂에 숨은
힌 달은
태양의 유언을
傳達키엔
너무나 어리었다

아……
깊은 밤
지리한 밤
尾星이 떠러진 곳은
自由가
파묻힌 무덤이냐
希望이
가라앉인
물속이냐
어느 곳에
太陽이 臨終튼
壯大한 傳說이
들었느냐
어느 곳에
希望과 自由가
아름다운 敎說을
베풀고 있느냐
밤의 自然은
미욱하냐
별들은 아즉
말조차 익힐 수 없는

어린 아이냐

그렇지 않으며
아……
총총한 눈알들아
하눌에 빛나는
온갖 별들에게서
그 영롱한 혼백을
빼앗었느냐

太陽을 向한
永遠한 思慕의 노래로
새이는 밤은
神秘롭다만
너무나 괴롭고
답답지 않으냐
가이여운
靑年들아

닭이 울면
흩어지는 별들이다
이 한밤
별 아래 남길
碑石 우에
무엇을 記錄할지
누구가 알랴만
너이들은
太陽의 아들이라

밝는 날
生誕할 어린 것들을 爲하여
별이 스러진 뒤
건너 山頂에
오를 것이
무엇인지
웨칠
소리가 드른
가슴을 푸러놓고
죽어도 죽고
살어도 살고

아……
그 다음 일은
오로지
밝는 날의 運命이니

最後의 순간
自己의 노래를 爲하여
잉크 대신
피를 選擇한
어떤 詩人의 故事는
총총한 눈알들아
얼마나
아름다운 傳說이냐
一九三七

―『찬가』

별들이 合唱하는 밤(1)

뭇 별들이
合唱하는 밤
바다 속에 버려진
진주들의 향연이
한창 흥겨워가는 밤

나는 위태로운
海岸線을
로새와 가티 그넌다

아 밤마다
건아한
하날의 密語는 무엇이냐
너의들은 내가
타―레스의 一族임을
손가락질하느냐

아즉도
記憶이 쓰라린
동모들의 무덤 앞을
묵묵히 지내는
나의 발길을 주것느냐

별들을 헤여보다
따우를 돌보지 안흔
슬픈 勇氣의 무덤은
오늘날 벌서
임자도 없는
傳說의 古冢이냐

아 원수가 파노흔

어둔 함정 속에
한 사람의 靑年이
고독히 파무친
두려운 밤 하눌은
이럿케
華麗하지 안엇느냐

도야지와 더부러
땅바닥을 헤매는
오늘날의 지혜가
베푸는 敎說은
별들아 대체
무슨 뜻이냐

亦是 우리들은
하눌을
치어다볼 것이
아니엇느냐

그러나 나는
사람이
덕우나 청년이
墓堀을 팔 냥으로
세상에 나왓다고는
밋지 않는다
별 하날과 더부러
아름다운 空想을
森林 바다와 더부러
크나큰 宮殿을
亦是 우리는
渴望하지 안느냐

이 調和의 世界를 爲하야
별들아 비록
그릇 죽엄을
조급히 하얏다 할지라도
한아의 별이
들판으로 그들을
불럿슬 때
악가움도 업시
내어던진
아름다운 生命을 위하야
무엇 때문에
悔悟가 必要하냐
별도 없고

바람도 죽은
어둔 밤
肉體의 運命이
강아지처럼
물속에 잠기는
不幸한 밤일지라도
아—
한쌍의 눈알이
아즉도
별과 더부러
빛나고 있다는 것은
얼마나
즐거운 일이냐

—『비판』, 1938.5

별들이 合唱하는 밤(2)
李相春君의 외로운 주검을 爲하여

뭇 별들이
合唱하는 밤
바다 속에 버려진
眞珠들의 饗宴이
한창 흥겨워가는 밤

나는 위태로운
海岸線을
노새와 같이 거닌다

아아 밤마다
건아한
하늘의 密語는 무엇이냐
너이들은 내가
타—레스의 一族임을
손가락질하느냐

아즉도
記憶이 쓰라린
동무들의 무덤 앞을
默默히 지내는
나의 발길을 꾸짖느냐

별들을 헤여보다
따우를 돌보지 않은
슬픈 勇氣의 무덤은

오늘날 벌서
임자도 없는
傳說의 古冢이냐

아아 원수가 파놓은
어두운 陷穽 속에
한 사람의 靑年이
孤獨히 파무친
두려운 밤 하눌은
이렇게
華麗하지 않었느냐

도야지와 더부러
땅바닥을 헤매이는
오늘날의 智慧가
베푸는 敎說은
별들아 대체
무슨 뜻이냐

역시 우리들은
하눌을
치어다볼 것이
아니었느냐

그러나 나는
사람이
더구나 靑年이
무단이
墓穴을 팔 양으로
세상에 나왔다고는
믿지 않는다
별과 더부러
크나큰 宮殿을
역시 우리는
渴望하지 않느냐

이 燦爛한
調和의 世界를 爲하여
별들아 비록
그릇 주검을
조급히 하였다 할지라도
하나의 큰 별이
들판으로 그들을
불렀을 때
아까움도 없이

내어던진
아름다운 生命을 爲하여
무엇 때문에
悔悟가 必要하냐

별도 없고
바람도 죽은
어둔 밤
肉體의 運命이
강아지처럼
물속에 잠기는
不幸한 밤일지라도
아아
한쌍의 눈알이
아즉도
별과 더부러
빛나고 있었단 것은
얼마나
즐거운 일이냐

―『찬가』

慟哭

이미 타버려
꺼진
가슴 속에
빛나는 것은
진주 알이냐
별 알이냐
대체 소리가
우러나오는 곳을
나는 알 수가 없다

兄弟여
花園에서
떠나온 것은
어느 때쯤이냐
흐터진 薔薇를
주슬려는 너의 손길이
찾는 것은
지내간 꿈이냐

아……
하눌 가득히

흐터진 것은
絶望의
毒한 花粉이다
땅을 치면
우러나오는 소린
한낱 悲嘆의
높은 音響이다

魂靈도 죽고
奇蹟도 죽고

勝利한
敵의 눈 앞에서
너의 가슴이
彈奏하는
葬送의 곡을 따러
거러가는 앞길에는
무덤 以上의 運命이 있다

兄弟여
나는 이런 때
그대들의 가슴이
한숨에 붓지 않음을
感謝한다
美人일지라도 비록
絶世의 美人일지라도
한숨을 쉰다는 것을
난 싫여한다
차라리
마음의 水門을
탁 여러 놓고
橫溢하는 奔流 속에
운명을 바라보고 싶다

머리채를 푸러 제치고
자기의 運命을
愛人처럼 끄러안는
女人의 마음은 얼마나
간절하고 아름다우냐

戰慄하는 運命의 등 뒤
독개비처럼 우뚝 선 건
아…… 잊기 어려운 敵
슬픈 소리가 부른 것은
바로 원수와의 邂逅가 아니었느냐

憤怒란 靑年의 名譽가 아니나
報復이란 生命의 標的이 아니나

무엇 때문에
慟哭하는 마음이 있느냐
한숨에 어린 가슴 우에
흙덤이가 내려 앉을 때
慟哭하는 마음은
그 우에 피는 . .
한 떨기 아네모네리라

어떤 놈이
慟哭을
埋葬의 노래라
비웃느냐
나는 슬플 때마다
개고리처럼 아우성치며
우러대는 半島人의 子孫이다
나는 우러나오는
제 소리를
감추지 못하는
큰 소리로
우는 詩人이다.

— 『찬가』

밤의 讚歌

능금빛
두 볼보다는
류—마지쓰를
사랑한
옛날 獨逸 詩人은
아니다만
나는
아름다웁다
밤이여
壯快하구나
푸른 꽃이
무성한
어두운 하눌이여
노래하며
마음껏
暗黑의 世界를
사랑하는

한 사람이다
親愛하는 벗이여
깊은 어둠 속에
薄明과 더부러
티어 오는
새벽 地平線을
고요히
瞑想하는 것은
分明히
아름다운 일이고
몇 篇의
간절한 노래가
씨워져
묘할 것이다
그러나
諸君은
발뿌리도
않 뵈는
깊고 깊은
한밤중의 神秘를
일곱 빛
무지개와 더부러
讚嘆하고 싶지 않으냐
山嶽과 大河와
가 없는
바다와 하눌을
푸근히
둘러싼
검은 衣裳은
얼마나
너그럽고
變化하는
모든 것을
한 아름에
부둥킨
넓은 가슴은
얼마나
大膽하냐

나는
시껍은
갈빗대 속에
굼틀거리는
밤의 그
大膽한 意志를

한량없이
사랑한다

아
諸君이여
恐怖에
떨리는 손길을
애써
감출 필요는
어듸 있느냐
大膽히
떨니는 손을
들어
그러나
勇躍하는 마음으로
率直히
壯大한
밤의 讚歌를 부르라

이미
쓰러져 가는 날과
이로부터
生誕하는 날과의
보이지 않는
그러나
불타는 葛藤 속에
아
밤은
얼마나
아름다웁고
神秘로우냐

하나의 가슴이
死者를 위하야
生子의 노래를
生者를 위하야
死者의 노래를
한번에
부름은
얼마나
壯快한 일이냐

벗들이여
諸君은
고요히

새벽에의
思慕를
노래하겠는가

나는
太陽과 더부러
별들을
낮과 더부러
밤 밤을
사랑하고
한밤중
죽어가는
낡은 世界를 위하여
미칠 듯
弔鐘을
亂打한다

아
亦시 나는
밤의 詩人이다.

—『찬가』

한잔 포도주를(1)

찬란한 새 時代의 饗宴 가운데서
우리는 향그런 芳香 우에
火焰같이 붉은 한잔 포도주를 요구한다

새벽 攻擊의 의논이 끝난 뒤 夜營은
뼛속까지 취해야 하지 안느냐

命令一下!

勝利란 싸홈이 부르는 永遠한 眞理다
그러나 나는 또한 敗北를 後悔하지 않는다
勝敗란 자고로 싸움의 어찌할 수 없는 運命이 아니냐

重要한 것은 우리가
疲勞하지 않는 것이다
'彼女'에 대한 미움을 느추지 안는 것이다
멸망을 두려워하지 안는 것이다
智慧 때문에 勇氣를 일치 안는 것이다

最後의 訣別을 爲하야 무엇 때문에

한그릇 冷水로 興奮을 식힐 필요가 잇느냐
벗들아! 결코 慰勞의 노래에
귀를 기우려서는 아니된다

동백꽃은 히고 해당화는 붉고 애인은 그보다도 아름
답고
우리는 故鄕의 團欒과 고요한 安息을 얼마나 그리
워하느냐
아…… 이러한 모든 속에서 떠나온 슯음을
나는 形言할 수가 없다

그러나 한잔 冷水로 머리를 식힌 체
華麗했든 허망과 꿈이 뭇치는
무덤을 차느니 보단
아! 來日 아츰 깨어지는 꿈을 위해 설지라
꽃과 愛人과 승리와 패북과 원수까지를
한 情熱로 讚美할 수 있는 우리 靑春을 爲하야
벗들아! 祝福의 붉은 술잔을 들자.
—『청색지』, 1938.6

한잔 포도주를(2)

찬란한 새 時代의 饗宴 가운데서
우리는 향그런 芳香 우에
火焰같이 붉은 한잔 포도주를 요구한다

새벽 攻擊의 긴 의논이 끝난 뒤 夜營은
뼛속까지 醉해야 하지 않느냐

命令一下!

勝利란 싸움이 부르는 永遠한 眞理다
그러나 나는 또한 敗北를 後悔하지 않는다
勝敗란 自古로 싸움의 엇지할 수 없는 運命이 아니냐

重要한 것은 우리가
疲勞하지 않는 것이다
敵에 對한 미움을 느추지 않는 것이다
滅亡을 두려워하지 않는 것이다
智慧 때문에 勇氣를 잃지 않는 것이다

訣別에 臨하여 무엇 때문에
한그릇 冷水로 興奮을 시킬 필요가 있느냐
벗들아! 決코 慰勞의 노래에

귀를 기우려서는 아니된다

동백꽃은 희고 海棠花는 붉고 愛人은 그보다도 아
름답고
우리는 故鄕의 團欒과 고요한 安息을 얼마나 그리
워하느냐
아 이러한 모든 속에서 떠나온 슬픔을
나는 形言할 수가 없다

그러나 悔恨의 오솔길로
쓸쓸히 거러간 一生을 도라볼
부끄러운 먼 날을 爲하느니보단
아! 차라리 來日 아츰 깨어지는 꿈을 爲해설지라도
꽃과 愛人과 勝利와 敗北와 원수까지를
한 情熱로 讚美할 수 있는 우리 靑春을 爲하여
벗들아! 祝福의 붉은 술잔을 들자
—『찬가』

失題(1)*
벗이여 나는 이즈음 자꾸만 하나의 운명이란 것을
생각고 있다.

자고 새면
異變을 꿈꾸면서
나는 어느 날이나
無事하기를 바랬다

幸福되려는 마음이
나를 여러 차례
죽엄에서 求해 준 恩惠를
잊지 않지만
幸福도 즐거움도
無事한 그날그날 가운데
찾어지지 아니할 때
나의 生活은
꽃 진 薔薇넝쿨이었다

푸른 잎을 즐기기엔
나의 나희가 너무 젊고
더구나 마른 가지를 사랑키엔
더구나 마음이 애뙈

---

* 발표 당시의 제목은 「失題」였으나 시집 『찬가』에 수록되면
서 「자고 새면」으로 바뀌었다.

그만 인젠
살랴고 無事할랴던 생각이
믿기 어려워 恨이 되어
몸과 마음이 傷할
자리를 비어주는 運命이
愛人처럼 그립다
―昭和十三年 十一月 ―

―『문장』, 1939.1

자고 새면(2)

벗이여 나는 이즈음 자꾸만 하나의 運命이란 것을
생각코 있다.

자고 새면
異變을 꿈꾸면서
나는 어느 날이나
無事하기를 바랬다

幸福되려는 마음이
나를 여러 차례
주검에서 求해 준 恩惠를
잊지 않지만
幸福도 즐거움도
無事한 그날그날 가운데
찾어지지 아니할 때
나의 生活은
꽃 진 薔薇넝쿨이었다

푸른 잎을 즐기기엔
나의 나이가 너무 어리고
마른 가지를 사랑키엔
더구나 마음이 애띠어

그만 인젠
살려고 無事하려든 생각이
믿기 어려워 恨이 되어
몸과 마음이 傷할
자리를 비워주는 運命이
愛人처럼 그립다

―『찬가』

九月十二日
一九四五年, 또 다시 네거리에서

朝鮮 勤勞者의
偉大한 首領의 演說이
流行歌처럼 흘러나오는
‘마이크’를 높이 달고

부끄러운
나의 生涯의
쓰라린 記憶이
鋪石마다 널린
서울ㅅ 거리는
비에 젖어

아득한 山도
가차운 들窓도
眩氣로워 바라볼 수 없는
鐘路ㅅ 거리

저 사람의 이름 부르며
偉大한 首領의 萬歲 부르며
개아미 마냥 몽여드는
千 萬의 사람

어데선가
외로이 죽은
나의 누이의 얼골
찬 獄房에 숨지운
그리운 동무의 모습
모두 다 사라오는 날
그 밑에 戰死하리라
노래부르든 旗ㅅ발
작구만 바라보며

자랑도 財物도 없는
두 아이와
가난한 안해여

가을비 차거운
길가에
노래처럼
죽는 生涯의
마지막을 그리워
눈물짓는
한 사람을 위하여

願컨대 勇氣이어라.

— 『찬가』

길(1)
지금은 없는 전사 森[•]에게

호을로 도라가는
길가에 밤비는 차거워
거름 멈추고 도라보니
會館 불빛 멀리 스러지고
집집 門은 굳이 잠겨
길이 멀어 웨로운가
생각하니 말 실행할
義務 묵어워
空腹과 더부러 困함이
등골에 사모친다

말 두렵지 않고

• 김치정(金致廷, 1907~?)을 가리킨다. 평북 박천 출신으로 사회
주의 활동을 하였으며 1930년 3월 '무산자사'에 가입하여 『무
산자』 발행을 주도하였다. 임화와의 관계는 이 '무산자사'의 활
동에서 비롯된 것으로 판단된다.

말 믿이 않이할 것을
나에게 익혀준 그대는
기인 沈默에 살어
어려운 行動에 죽고
진정 웨로운
몇 밤과 날이 달과 해가
不幸과 더부러 흘러간
지리한 밤이 새인 뒤
가는 손을 저으며 나는
제각기 지저귀는
소란 가운데
제각기 내 두르는
각색 旗ㅅ발 가운데
분명 들릴 그대 소리를
정녕 타오를 旗ㅅ발을
지치도록 차저
거리거리에 있엇다

아아 旗ㅅ발 타는 旗ㅅ발
열 수물 또 더 많이 나붓기고
  인민의 旗ㅅ발
  붉은 旗ㅅ발은……
이렇게 시작하는 노래ㅅ소리는
모두 다 그대의 音聲
누구가 그대인지
누구가 그대 안인지
오즉 큰 눈과 넓은 어깨
긴 머리칼을 날리는 그대는
아아 자욱한 사람 속에
있지 안었다

그대는 亦시 분주한 게다
敵이 또 머리를 드는 때문일 게다
다시 戰鬪準備를 시작해야 할 것이다

旗도 내리우고
노래도 잦고
演說도 끚난
밤길을 호을로 나서
처음 나는
비에 저즌 落葉을 밟으며
거기서 거러오는 그대를
내 곁을 스치는 그대를
가다가 도라보는 그대를
종시 말없이 이애기하는 눈을

내 거러가는 길 우
밤 사이 企圖하는 敵의
비열한 陰謀 가운데
별처럼 빛나는 눈을
아아 그대의 남긴 길 우
먼 하놀에 보며
하룻밤 平安히 쉬일
勇氣를 줌이 그대임을
온 몸으로 느긴다

아아 우리의 安息과 勤勉의
永遠한 별이여!

「解放戰士追悼大會」에서 도라오며 ―『자유신문』, 1945.11.15

길(2)
지금은 없는 戰士 金致程 동무에게

호을로 도라가는
길가에 밤비는 차거워
거름 멈추고 도라보니
會館 불빛 멀리 스러지고
집집 門은 굳이 잠겨
길이 멀어 외로운가
생각하니 말 실행할
義務 무거워
空腹과 더부러 困함이
등꼴에 사모친다

말 두렵지 않고
말 믿지 아니할 것을
나에게 익혀준 그대는
기인 沈默에 살어
어려운 行動에 죽고
진정 외로운
몇 밤과 날이 달과 해가
不幸과 더부러 흘러간
지리한 밤이 새인 뒤
가는 손을 저으며 나는
소란 가운데
제각기 내여두르는
각색 旗ㅅ발 가운데
분명 들릴 그대 소리를
정녕 타오를 旗ㅅ발을

지치도록 찾어
거리거리에 있었다
아아 旗ㅅ발 타는 旗ㅅ발
열 수물 또 더 많이 나부끼고
  민중의 旗ㅅ발
  붉은 旗ㅅ발은……
이렇게 시작하는 노랫소리는
모두 다 그대의 톱聲
누구가 그대인지
누구가 그대 아닌지
오즉 큰 눈과 넓은 어깨
긴 머리칼을 날리는 그대는
아아 자욱한 사람 속에
있지 않었다

그대는 亦是 분주한 게다
敵이 또 머리를 드는 때문일 게다
다시 戰鬪準備를 시작해야 할 것이다

旗도 내리우고
노래도 잦고
연설도 끝난
밤길에
호을로 나는
비에 젖은 落葉을 밟으며
저기서 거러오는 그대를
내 곁을 스치는 그대를
가다가 도라보는 그대를
종시 말없이 이야기하는 눈을
내가 거러가는 길 우
밤 사이 企圖하는 敵의
비열한 陰謀 가운데
별처럼 빛나는 눈을
아아 그대의 남긴 길 우
먼 하날에 보며
하롯ㅅ밤 平安이 쉬일
勇氣를 줌이 그대임을
온 몸으로 느낀다

아아 우리의 安息과 勤勉의
永遠한 별이여

「解放戰士追悼大會」에서 도라오며, 一九四五, 十一月
—『찬가』

발자욱(1)

그대들은 정녕
붉은 軍隊 붉은 英雄
방금 滿洲 國境을 넘어왔는가

弱한 民族에 對하여
이리 같었든 軍國主義
주린 滿洲ㅅ 사람과
流浪하는 우리 同胞가
개가치 使役되든 벌판
오만한 將軍이 눈을 부릅뜨고
號令하든 저 點點한 砲壘
우리의 피와 원한의 城廓들이
낯낯이 틔끌처럼 흐터졌는가

말을 타고 戰車를 타고
그대들은 빛나는 旗ㅅ발 날리며
하이랄평원 北滿의 森林
黑龍江 松花江을 건너
아아 피의 젖은 우리의 國土
咸鏡道 平安道로 들어오는가

질거움도 반가움도 모르든 우리 同胞
그대들의 묵어웁게 이끄는 軍靴를 바라보는 우리 同胞
'파씨즘'을 짓밟은 힘찬 발길엔
西歐의 검언 흙이 미처 털리지 않었고
찌드른 軍服 우 불똥처럼 밝안 별은
'레—닌그라—드'의 彈丸 자욱이냐
'모스크바' 郊外의 칼 홈집이냐
아아 勝利와 榮光에 빛나는 '스타—린그라—드'의
勇士도 왔구나

일홈이 그대로 노래인 나라의 軍隊여
일홈이 그대로 希望인 나라의 軍隊여

그대들이 가저오는 것은 우리의 領土인가
그대들이 들고 오는 것은 우리의 旗ㅅ발인가
그대들이 부르고 오는 것은 우리의 노래인가
우리는 어느 것이 그대들의 것인지
어느 것이 우리의 것인지 알 수가 없다

꽃다발을 한 아름 안은
어린 아이들처럼
손에 쥐인 旗ㅅ대를

흔듬 좇아 잇고
저벅저벅 울려오는
그대들의 발자욱 소리
멀리 北方에 드르며
領土보다도 旗ㅅ발보다도 노래보다도
그들의 것이면서 세계의 것이었든
큰 精神이 따뜻하게
우리 옆에 있음을 느끼고 있다
(十一月 □日)

―『적성』, 1946.3

발자욱(2)
붉은 軍隊를 歡迎하기 爲하여

그대들은 정녕
붉은 軍隊 붉은 英雄
방금 滿洲 國境을 넘어왔는가

弱한 民族에 對하여
이리 같었든 軍國主義
주린 滿洲 사람과
流浪하는 우리 同胞가
개같이 使役되든 벌판
오만한 將軍이 눈을 부릅뜨고
呼令하든 저 點點한 砲壘
우리의 피와 怨恨의 城郭들이
낯낯이 틔끌처럼 흩어젓는가

말을 타고 戰車를 타고
그대들은 빛나는 旗ㅅ발 날리며
하이랄평원 北滿의 森林
黑龍江 松花江을 건너
아아 피의 젖은 우리의 國土
咸鏡道 平安道로 들어오는가

질거움도 반가움도 모르든 우리 同胞
그대들의 무거웁게 이끄는 軍靴를 바라보는 우리 同胞
파씨즘을 짓밟은 힘찬 발길엔
西歐의 검언 흙이 미처 털리지 않었고
찌드른 軍服 우 불똥처럼 밝안 별은
레―닌그라―드의 彈丸 자욱이냐
모스크바 郊外의 칼 흠집이냐
아아 勝利와 榮光에 빛나는 스타―린그라―드의 勇
士도 왔구나

일홈이 그대로 노래인 나라의 軍隊여
일홈이 그대로 希望인 나라의 軍隊여

그대들이 가저오는 것은 우리의 領土인가
그대들이 들고 오는 것은 우리의 旗ㅅ발인가
그대들이 부르고 오는 것은 우리의 노래인가
우리는 어느 것이 그대들의 것인지
어느 것이 우리의 것인지 알 수가 없다

꽃다발을 한 아름 안은
어린 아이처럼
손에 쥐인 旗ㅅ대를
흔듬 조차 잊고
저벅저벅 울려오는
그대들의 발자욱 소리
멀리 北方에 드르며
領土보다도 旗ㅅ발보다도 노래보다도
그들의 것이면서 세계의 것이였든
큰 精神이 따듯하게
우리 옆에 있음을 느끼고 있다
(一九四五, 十一月)

―『찬가』

獻詩(1)
全國靑年團體總同盟大會에

죽어도
썩지 않을
하나를 지닌
가슴과 가슴은
공처럼 부푸러 올나

드는 손
마듸마다 매친 피
발을 구르면
따듯이 흘러내려
너른 會場은
온전히 한 心臟

여기 人民共和國의
首都가 있다
노래에도
演說에도
임의 살 길은

明白하고
우리는 단지
죽는 법을 배워
도라가면 그만이다.

—『건설』, 1946.1

獻詩(2)
朝鮮靑年團體總同盟 結成大會에

죽어도
썩지 않을
하나를 지닌
가슴과 가슴은
공처럼 부푸러

드는 손
마듸마다 맺인 피
발을 구르면
따듯이 흘러나려
너른 會場은
온전히 한 심장

여기
人民共和國의
首都가 있다

노래에도
演說에도
이미
살길은 明白하고
우리는 단지
죽는 법을 배워
도라가면 그만이다.

一九四五年 十一月

—『찬가』

學兵 도라오다(1)

묵어운 거름은
날마다 넓은
땅에 있었고
바라다보는

하날의 方向은
밤마다 달렀다

오늘은 南쪽
래일은 北쪽

이르는 곧마다
故鄕의 位置는 바뀌어
正午면 해가
지내가는 天心엔
언제나 별이 가득하였다

외로움이
죽엄보다 무서운 밤

그대들의 敵과
敵의 敵이 널닌
망망한 들 가에
奇蹟처럼
위태로히 서서
絶望 가운데
勇氣를 깨닷는
祖國의 속삭임을
들었으리라

죽음도 삶도 없는
마음의 한가닥 길 우
죽은 사람도 없고
산 사람도 없이
고시란히 그대들은
어머니 아버지 나라로
도라왔다

아아
어린 靈魂들아
젊은 生命들아

그대들의 靑春을
외로움과 죽엄으로
내어몰든
敗亡한 敵과
富裕한 同胞에게
이젠
敬虔한 인사를
드려도 좋을

때가 왔다.

―『혁명』, 1946.1

學兵 도라오다(2)

무거운 거름은
날마다 넓은
땅에 있었고
바라다보는
하눌의 方向은
밤마다 달렀다

오늘은 南쪽
내일은 北쪽

이르는 곳마다
故鄕의 位置는 바뀌어
正午면 해가
지내가는 天心엔
언제나 별이 가득하였다

외로움이
주검보다 무서운 밤

그대들의 敵과
敵의 敵이 널린
망망한 들 가에
奇蹟처럼
위테로이 서서
絶望 가운데
勇氣를 깨닫는
祖國의 속삭임을
들었으리라

주검도 삶도 없는
마음의 한가닥 길 우
죽은 사람도 없이
산 사람도 없이
고시란이 그대들은
어머니 아버지 나라로
도라왔다

아아
어린 靈魂들아

젊은 生命들아

그대들의 靑春을
외로움과 주검으로
내어몰은
敗亡한 敵과
富裕한 同胞에게
이젠
敬虔한 인사를
드려도 좋을
때가 왔다.

一九四五

―『찬가』

招魂(1)

도라오라
　朴晋東　君
　金星翼　君
　李　達　君
외로운 너이의 靈魂은 어느 하날가에 잇나뇨
밤 하날 차운 길에 간단 말도 없이 호을로 나서
너이는 동무도 없이 어듸로 어듸로 거러 가나뇨

어느 同族이 있어 너이들을 죽이되
戰士로써 하지 아니하고
도적의 떼와 가치 어두운 밤 소리도 없이 하엿나뇨

원수의 쪼침에 어린 사슴처럼 죽엄의 따에 이르러서도
조국의 하날을 우러러 보든 눈은 다시 어듸메서 조
국을 바라보나뇨

너이의 靈魂은 아즉도 祖國의 하날에 잇느냐
도라오라 가든 길 멈추어 다시 우리에게 도라오라
(一九四六年 一月 二十二日)

―『자유신문』, 1946.1.28

招魂(2)

一九四六年 一月十九日 새벽 서울 三淸洞
朝鮮學兵同盟會館 戰鬪에서 死沒한 세 勇士의
英靈 앞에 드리노라.

도라오라
　朴晋東
　金星翼
　李　達
외로운 너이의 靈魂은 어느 하눌 가에 있나뇨
밤 하눌 차운 길에 간단 말도 없이 호을로 나서
너이는 동무도 없이 어데로 어데로 거러 가나뇨

어느 同族이 있어 너이를 죽이되 戰士로써 하지 아
니하고
　도적의 떼와 같이 어두운 밤 소리도 없이 하였나뇨

원수의 쫓임에 어린 사슴처럼 주검의 따에 이르러서도
祖國의 하눌을 우러러 보든 눈은 다시 어듸메서 祖
國을 바라보나뇨

너이의 靈魂은 아즉도 祖國의 하눌에 있느냐
도라오라 가든 길 멈추어 다시 우리에게 도라오라.
　　一九四六年, 一, 二二
　　　　　　　　　　　　　　　—『찬가』

三月一日이 온다(1)

언 살결에
한층
바람이 차고

눈을 떠도
눈을 떠도

틧글이
날러 오는 날

봄보다도
먼저
三月一日이
왔다

不幸한
同胞의
머리 우에
自由 대신
「南朝鮮
民主議院」의

旗ㅅ발이
느러진

外國官署의
집웅 우
祖國의 하날이
刻刻으로
나려안는
서울

우리는
흘린 피의
더운 늣김과
가득하엿든
萬歲소리의
記憶과 더부러

人民의 自由와
民主朝鮮의 旗ㅅ발을
가슴에 안고

눈을 떠도
눈을 떠도

틧글이
날러 오는 날

봄보다도
일즉 오는
三月一日 앞에
섯다.
　　　　　　　　—『자유신문』, 1946.2.25

三月一日이 온다(2)

언 살결에
한층
바람이 차고

눈을 떠도
눈을 떠도

틔끌이
날려오는 날

봄보다도
먼저
三月一日이
온다

불행한
동포의
머리 우에
자유 대신
'南朝鮮
民主議院'의
旗ㅅ발이
느러진

外國官署의
지붕 우
祖國의 하눌이
刻刻으로
나려앉는
서울

우리는
홀린 피의
더운 느낌과
가득하였든
萬歲소리의
記憶과 더부러
人民의 自由와
民主朝鮮의 旗ㅅ발을
가슴에 품고

눈을 떠도
눈을 떠도

틔끌이
날려오는 날

봄보다도
일찍 오는
三月一日 앞에
섰다.
1946. 2. 25

—『찬가』

나의 눈은 핏발이 서서 감을 수가 없다(1)
메이데이 頌歌

눈이 부시게 푸른 나무잎 사이로
이따금 구름이 흘러가는 풀밭에
幸福한 짐승처럼 누었으면
微風은 조을 듯 지내가고

아아 나의 눈은 핏발이 서서 감을 수가 없다

저 峨峨한 山들과 보리밭과
點點한 마을과 都市와
끝없이 不幸하였던 同胞들의
피에 젖은 가지가지의 追憶
希望 以外엔 아무것도 아니 갖인
少年들의 빛나는 눈과 적은 손과 가는 다리와
주절거리며 뛰어가는 거름거리를

아아 너이는 또 다시 가져가랴 한다

우리들의 어버이가 미어진 등에 짐짝과 더부러 우리
를 업고 故鄕을 떠날 때
너이들은 어듸에 있었느냐
우리들의 어린 것이 낯선 都市에 와서 호을로 눈물
지며 웨로히 자든 工場에서
너이들은 무엇을 하였느냐
우리들의 동무가 주림과 박해에 못익여
성낸 이리처럼 싸홈에 이러났을 때
너이는 무엇을 하였느냐

너이들은 國外에서 싸우지 않고 승리를 기다렸고
너이들은 우리의 교만한 主人으로 幸福하였고
너이들은 能히 日本軍警의 良友이었다

아아 나의 눈은 단지 잠자듯 감고 싶을 따름이다
꾀꼬리 우는 시내 가에 발을 잠그고
해마다 祖國에 香그런 五月一日이 오면
휘파람 불며 不幸한 同胞의 지내간 이야기를 듣기
爲하야
大韓獨立勞動總聯盟의 병든 家畜을 치는
너이들의 運命을 破滅로 引導해야겠다

아아 나의 눈은 핏발이 서서 감을 수가 없다.

—『현대일보』, 1946.5.1

나의 눈은 핏발이 서서 감을 수가 없다(2)
메이데이를 爲하여

눈이 부시게 푸른 나무잎 사이로
이따금 구름이 흘러가는 풀밭 우
幸福한 짐승처럼 누었으면
微風은 조을 듯 부러오고

아아 나의 눈은 핏발이 서서 감을 수가 없다

저 峨峨한 山들과 보리밭과
點點한 마을과 都市와
끝없이 不幸하였든 同胞들의
피에 젖은 가지가지의 追憶
希望밖엔 아무것도 아니 갖인
少年들의 빛나는 눈과 적은 손과 가는 다리와
주절거리며 뛰어가는 거름거리를

아아 너이는 또 다시 갖어가려 한다

우리들의 어버이가 미어진 잔등에 짐짝과 더부러
우리를 업고 故鄕을 떠날 때
너이들은 어디에 있었느냐
우리들의 어린 것이 낯선 都市에 와서
호을로 눈물지우며 외로이 잠자든 工場에서
너이들은 어떻게 살었느냐
우리들의 동무가 주림과 迫害에 못 이겨
성낸 이리처럼 싸움에 이러났을 때
너이들은 무엇을 하였느냐

너이들은 國外에서 싸우지 않고 勝利를 기다리었고
너이들은 우리의 교만한 主人으로 幸福하였고
너이들은 能히 日本軍警의 良友이었다

아아
모처럼 도라오려는 自由를 차저 旗ㅅ발을 날리는
메이데이
오늘에 또다시 이빨을 갈며 달려드는 너이는 대체
어느 나라 사람이냐

꾀꼬리 우는 시내ㅅ가에 발을 잠그고 해마다 祖國에
香그런 五月 一日이 오면
회파람 불며 불행한 同胞의 지나간 이야기를
사랑하는 우리 어린 것들에게 들려줄 메이데이를 위
하여

大韓의 病든 家畜을 치는
너이들의 運命을 破滅로 引導해야겠다

아아 나의 눈은 핏발이 서서 감을 수가 없다.
(1946.5.1)

—『찬가』

손을 들자(1)
어린이날을 爲하여 三和被服工場 少年工
方□煥君에게

손을 들자
우리 모두
손을 들자

설흔 해 전엔
너이들과 꼭
같었든 나도
두 손을 들마

한짝 손은
동무를 爲하여
또 한짝 손은
어머니보다도
더 좋은
自由를 爲하여
돌을 잡자

薄明을 틈타
낡은 王宮
첨하 기슭에
박쥐와 같이
드나드는
民衆의 敵
늙은 '꼬리아'를 향하여

우리는
붉은 마음
는 가슴을 넓혀
팔매를 치는
永遠히 勇敢한
少年 '따뷔테'가 되자

손을 들자

우리 모두
손을 들자

설혼 해 전엔
너이들과 꼭
같었든 나도
두 손을 들마

—『조선인민보』, 1946.5.5

손을 들자(2)
어린이날을 爲하여 三和被服工場 方少年에게

손을 들자
우리 모두
손을 들자

설혼 해 전엔
너이들과 꼭
같었든 나도
두 손을 들마
동무를 위하여
한짝 손은

또 한짝 손은
어머니보다도
더 좋은
자유를 위하여
돌을 잡자

薄明을 틈타
낡은 王宮
첨하 기슭에
박쥐와 같이
드나드는
民衆의 敵
늙은 '꼬리이어'를 向하여

우리는
붉은 마음
타는 가슴을 버려
팔매를 치는
永遠히 勇敢한
少年 '따뷔테'가 되자

손을 들자
우리 모두
손을 들자

설혼 해 전엔
너이들과 꼭
같었든 나도
두 손을 들마

一九四六.五

—『찬가』

旗ㅅ발을 내리자!(1)

노름꾼과 强盜를
잡든 손이
偉大한 革命家의
소매를 쥐려는
辱된 하날에
무슨 旗ㅅ발이
날리고 있느냐

同胞여!
一齊히
旗ㅅ발을 내리자

가난한 同胞의
주머니를 노리는
外國商舘의
늙은 종(奴隷)들이
廣木과 통조림의
密賣를 議論하는
廢 王宮의
商標를 爲하여
우리의 머리 우에
國旗를 날릴
必要가 없다

同胞여
一齊히
旗ㅅ발을 내리자

殺人의 自由와
掠奪의 神聖이

晝夜로 放送되는
南部朝鮮
더러운 하날에
무슨 旗ㅅ발이
날리고 있느냐

同胞여
一齊히
旗ㅅ발을 내리자
(五月 一九日)

—『현대일보』, 1946.5.19

晝夜로 放送되는
南部朝鮮
더러운 하날에
무슨 旗ㅅ발이
날리고 있느냐

同胞여
一齊히
旗ㅅ발을 내리자
(一九四六.五.一九)

—『찬가』

旗ㅅ발을 내리자(2)

노름꾼과 强盜를
잡든 손이
偉大한 革命家의
소매를 쥐려는
辱된 하날에
무슨 旗ㅅ발이
날리고 있느냐

同胞여!
一齊이
旗ㅅ발을 내리자

가난한 同胞의
주머니를 노리는
外國商舘의
늙은 종들이
廣木과 통조림의
密賣를 議論하는
廢 王宮의
商標를 爲하여
우리의 머리 우에
國旗를 날릴
必要가 없다

同胞여
一齊이
旗ㅅ발을 내리자

殺人의 自由와
掠奪의 神聖이

祭詞(1)

五月六日 죽은 세 學兵의 祭詞로 삼가 이 글을
쓰노라

따우에 누어 이러나지 않이한 세 동무여
그대들의 일홈 부르리니
귀 기우러 드르라

      조선학병동맹원 박진동
      조선학병동맹원 김성익
      조선학병동맹원 이달

자유를 위하여 그대들과 함께 노래부르든
우리의 목소리를 기억하는가?
죽엄의 마당에서 그대들과 더부러 원수와 싸호든
우리의 모습을 외우고 있는가?

소슨 산과 흐르는 물에 침묵이 있고
그대들의 누음에 또한 잠 잠이 있구나
다시 드르라 귀 기우러 다시 드르라

다시 생각함 조차 쓰라린
그대들의 앞은 상처도 어느새 나어
동무들의 부름도 어버이의 기다림도 잇고
여기에 자는 듯 누어 소리도 없는가

아아 가는 세월의 속절없음이어
속삭이는 나무닢 사이로 하날이 푸르러 바다처럼 넓고
얼엇든 강물은 풀려 어듸로 어듸로 흘러간다.

다시 드르라 귀 기우려 다시 드르라
삶에 손 잡고 맹서한 동무는

죽음에 또한 한가지 마음 지니고 이곳에 와서
인민의 영용인 그대들 겨테에 누을 날
다시 맹서하며 절하노라

아아 이곳에 유유히 흘러 가이 없는 물가에
그대들을 생각는 마음 흐르는 물과 같아에 끗치 없는
우리가 여기에 와 있노라
그대들이여 永遠히 우리의 겻테 있으라.
　　　　　　　　　　—『해방일보』, 1946.5.9

人民의 勇士인 그대들 곁에 누을 날
다시 盟誓하며 절하노라

아아 悠悠히 흐르는 저 물 가에
그대들 생각는 마음 물결을 따라 가이 없는
우리가 여기에 와 있노라
그대들이여 永遠히 우리의 곁에 있으라.
　　　　　　　　　　—一九四六,五,六
　　　　　　　　　　　　　—『찬가』

祭詞(2)
一九四六年五月六日 忘憂里 墓地에 假葬한 戰沒
三勇士의 墓祭를 當하여 朝鮮學兵同盟의 委囑으로
一文을 草했노라

따우에 누어 이러나지 아니한 세 동무여
그대들의 일홈 부르리니
귀 기우려 드르라

　　　朝鮮學兵同盟員　朴 晉 東
　　　朝鮮學兵同盟員　金 星 翼
　　　朝鮮學兵同盟員　李　　達

自由를 위하여 그대들과 함께 노래부르든
우리의 목소리를 記憶하는가
주검의 마당에서 그대들과 더부러 원수와 싸호든
우리의 모습을 외우고 있는가

솟은 산과 흐르는 물에 沈默이 있고
그대들의 누음에 오직 잠 잠이 있구나
다시 드르라 귀 기우려 다시 드르라

생각할사록 쓰라린
그대들의 아픈 傷處도 어느새 아무러
동무들의 부름과 어버이의 기다림도 잊고
여기에 누어 자는 듯 소리도 없는가

아아 가는 歲月의 속절없음이어
속삭이는 나무잎 사이로 하눌이 푸르러 바다처럼 넓고
얼었든 江물은 풀려 어데로 어데로 흘러가는가

다시 드르라 귀 기우려 다시 드르라
삶에 손 잡고 맹서한 동무는
주검에 또 한가지 마음 지니고 이곳에 와서

靑年의 六月十日로 가자(1)

손을 잠그면
어른거리는 별 거림자에도
어린 마음은 조리었으나

죽은 王者를 爲해서가 아니라
산 同胞의 自由를 爲하여
싸홈의 뜨거운 씨를 뿌리든

수무해 前 六月十日

抗日戰線의 긴 隊列로
默默히 걸어가든 靑年의 가슴속엔
祖國의 첫녀름 하날이
먼 바다처럼 푸르러

아아 죽엄도
오히려 황홀한 榮光이었든
永遠한 六月十日을 爲하여

南朝鮮 政府의 龍床을 어르만즈며
外國商舘의 늙은 머슴이
꿈꾸는 榮華를 爲해서가 아니라
또 다시 奴隷가 되려는
同胞의 위태로운 自由를 爲하여

젊은 동무여
또 한번 죽어도 오히려 깃거운
靑年의 六月十日로 가자
　　　　　六月 九日
　　　　　　　　—『조선인민보』, 1946.6.10

靑年의 六月十日로 가자(2)

손을 잠그면
어른거리는 별 그림자에도
어린 마음은 조리었으나

죽은 王者를 위해서가 아니라
산 同胞의 自由를 위하여
싸움의 뜨거운 씨를 뿌리든

수무해 前 六月十日

抗日戰線의 긴 隊列로
默默히 걸어가는 靑年의 가슴속엔
조국의 첫여름 하눌이
먼 바다처럼 푸르렀다.

아아 주검도
오히려 황홀한 榮光이었든
永遠한 六月十日이여

外國商舘의 늙은 머슴이
南朝鮮 政府의 龍床을 어루만지며
꿈꾸는 榮華를 위해서가 아니라
또 다시 奴隷가 되려는
同胞의 위태로운 自由를 위하여

젊은 동무여
또 한번 죽어도 오히려 깃거운
靑年의 六月十日로 가자
　　　　　一九四六, 六, 九
　　　　　　　　　　　—『찬가』

桂冠詩人
獄中의 兪鎭五* 君에게

억수로 내리는 陽光 아래
요란히 흔들리는 數萬의 손과
아우성치는 同胞의 高喊 속에
그대는 呼令하는 將軍처럼

노래하였다

祖國의 自由를 爲하여
애낌없이 내어버릴
젊은 生命의 날

피끌른 靑年의 九月一日

인민의 幸福을 위하여
주검의 아름다움을
노래부르든 城東原頭

그대의 떨리는 입술
힌 이마와 거문 머리 우
물결치는 바다는
정녕 정녕 사랑하는 祖國의
永久히 푸른
우리들 모오두의 하눌

아 이 하눌 아래
일즉이 兄弟이였든 한 사람의
捕吏는 그대의 옷깃을 잡었다

사랑하는 詩人이여
돌 層階를 나려스는
그대의 從容한 얼골 우
둥글어니 어리었든 하눌은
비록 橄欖가지와 月桂樹가
붉고 푸르지 않다 하드라도
苦難한 祖國이 詩人에게 주는
榮光의 花冠이었다

아아 祖國의 自由와 더부러
우리들 온 朝鮮 詩人이
제마다 부러워하는
榮光이여 永遠하거라.
　　　　　一九四六.九. 五
　　　　　　　　　　　—『찬가』

우리들의 戰區
勇敢한 機關區警備隊의 英雄들에게 바치는 노래

侵入者를 防禦하라
抵抗하거든 對抗하라

그래도 드러오거든
生命이 있는 限 싸우라

全線 勞動者는 우리에게 이것을 要求하고
鬪爭 司令部는 우리에게 이것을 命令한다

勝利냐 그렇지 않으면 敗北냐

주림과 迫害에 呻吟하는
南朝鮮 人民의 運命이 걸려 있는 總罷業
侵略者와 賣國奴의 跳梁에 抗하여 이러슨
南朝鮮 勞動者의 勝敗를 決하는 이 鬪爭

우리는 實로 참을 수 없는 侮辱에 對한 긴 忍耐와
野蠻스런 迫害에 對한 오랜 受難 끝에 이러슨 것이다
우리들이 사랑하는 鐵道로 하여금
自由의 나라의 大動脈이 되게 하기 위하여
日帝의 惡漢들이 남기고 간 破壞의 痕迹과 營營히
싸우고 있을 때
人民의 원수들은 이 鐵道로 재빨리 親日派와 叛逆
者를 실어다가
人民의 自由를 破壞할 온갖 密議를 여는 데 분주하
였다
우리들이 사랑하는 鐵道로 하여금
새로운 共和國에 文化와 科學을 실어올 大路가 되
게 하기 위하여
밤과 낮을 헤아리지 않고 勤勉하였을 때
人民의 원수들은 이 鐵道로 썩어빠진 專制主義와
파시즘의 毒素를 시러다가
平和로운 祖國에 內亂의 씨를 뿌리려고 陰謀하였다
우리들이 사랑하는 鐵道로 하여금
新生하는 祖國의 富가 集散하는 運河가 되게 하기
위하여
形言할 수 없는 飢餓의 苦痛과 싸우고 있을 때
人民의 원수들은 외방 物資와 虎列刺를 시러다가
苦難한 同胞 가운데 가난과 不幸을 펼쳐놓았다

아아 人民의 永久한 원수들아
드듸여 우리들이 사랑하는 鐵道는 온전히
祖國의 새로운 不幸과 同胞에게 거듭하는 奴隷化를
爲하여 움즉이었고
우리들에겐 다시금 헤어날 수 없는 飢餓와 버서날
수 없는 鐵鎖가
너이들이 飼育한 저 暴力團의 野獸들과 함께
이빨을 갈며 달려들었다

죽엄이냐 그렇지 않으면 싸움이냐

물러슬 길 없는 투쟁의 막다른 길 우
붉은 별 빛나는 鐵道勞動組合의 旗ㅅ발은 어느새
機關庫에 나붓기고
一九四六年九月二十四日午前零時 쩨네·스트로
드러가라
峻嚴한 指令 第一號는 벌서 全線에 나리었다

사랑하는 戰友여 여기는 機關區의 警備線
南朝鮮鐵道總罷業鬪爭司令部가 있는 곳
全線 鐵道勞動者의 온갖 名譽가 걸려 있는
아아 敵과 더부러 싸워서 죽을 榮光이
가는 곳마다 흩어저 있는 우리들의 戰區여

侵入하는 모든 敵에게
殘忍한 運命을 선사하고
발자국 마다를
野獸들의 피의 또랑을 맨들자

機關區는 우리들의 不滅한 城廓이리라.
一九四六年 十月

—『찬가』

높은 山 봉우리마다

밤중이면
짐승들 요란히 울고
낮이래야 이따금 기러이
그 우를 건너가는
山 마루

우리 모두
한 자루 낫을 가러
허리에 차고
丁丁한 소리
나무를 베어 불을 지르면

타오르는 불ㅅ길
걷잡을 수 없어
묌으로 묌으로
高喊치며 몰려가는 밤

더운 피 흘리며 죽은

동무의 소름끼치는 悲鳴
잠결에도 귀에 쟁쟁하여

아아 원수보다도
殘忍한 마음을 지니고

農軍의 두터운 가슴
골작마다에 있고
번개처럼 빛나는
人民抗爭隊의 눈이
南朝鮮 높은 山
봉우리 봉우리에 있구나
　一九四六. 가을

—『찬가』

朴憲永 선생이시어 우리게로 오시라

가슴에 박힌 총彈
불처럼 뜨거워
傷處 부둥켜 안고
쓰러지던 따 우에

朴憲永先生은
우리의 곁에 있었다.

흐르는 피에
붉게 물들어
통곡하던 마음을
원수들이 掠奪하며
橫行하던 치운 밤에

朴憲永先生은
우리의 父母와
兄弟의 곁에 있었다.

또다시 祖國을
짓밟는 民族의 원수를 向하여
우리들이 일어났던
저 三月 二十二日●

朴憲永先生은
서울,釜山,光州
南朝鮮 坊坊谷谷에 있었다.

民族의 앞길에
돌을 던지던
民族 원수들을 물리치고
당신이 가르키신
民主政府가 서려는 오늘

朴憲永先生이시어
우리게로 오시라
우리에게 君臨하시라
(六月 十二日)

—『문화일보』, 1947.6.13

朴憲永先生이시어 『노력인민』이 나옵니다

모든 사람이
당신이고
모든 사람이
당신이 아닌

新綠 푸른
서울 거리에

우리는
바람 결마다
당신의 모습을
느낍니다

밤새 나린
단 비가
모래 알마다
맑게 씨슨

하늘 높은
南朝鮮 따에

● 3월 22일은 '3·22 총파업'을 가리킨다. 서울·부산·광주·인천·부평·대구 등 주요 도시와 공업지대에서 일어난 24시간 시간제 파업으로서 당시 여기서 제기되었던 구호는 다음과 같다. ①3·1절 기념대회에서 만행한 경찰관을 즉시처벌하라. ②노동자의 권리를 보장하고 노동조합운동의 자유를 보장하라. ③박헌영의 체포령을 취소하라. ④허성택 등 전평 간부들을 즉시 석방하라. ⑤진보적인 노동법령을 즉시 실시하라. ⑥좌익신문(『조선인민보』, 『조선중앙일보』, 『해방일보』) 정간을 취소하라.

우리는
숨결마다
당신의 音聲을
呼吸합니다

노력인민은
당신의 모습
노력인민은
당신의 音聲
어즈러운
南朝鮮 하늘에

우리는
갈피마다
祖國의 소리를
듯습니다
(一九四七. 六. 一六)

―『노력인민』, 1947.6.19

그 故鄕이여! 한층 더 아름다워라*
一九四八年 五月 十日 京畿道 長端郡 고랑浦에 서
죽은 金宅周* 동무를 위하여

저기가 바로 어젯밤
隊長을 作別하던 곳이다

개울과 들과
산과 숲이여
흰 구름 떠가는 푸른 하늘이여

나는 수물 한해 동안
아무데도 가지 않고
여기서 자라고 여기서 커서

인제 가서
돌아오지 아니할
高浪里 투표소로 간다

내 가슴엔 불씨가 들은

조그만 수류탄이 있고
그보다 더 큰 불길이 타는
붉은 마음이 있고

아 눈물과 더불어 우리 隊長이
나에게 주던
祖國의 신성한 命令이 들어 있다

물 소리와
微風에 흔들리는 이삭 소리와
참을 수 없이 좋은 들 냄새 풍겨 오는
나의 마을의 아츰 하늘이여

모래알 마다에 나의 발길이 찍혀 있는
故鄕 길이여

祖國의 원쑤들이
나라를 팔려는 저잣거리에
亡國單選이 破綻하는 爆音이 일어나고
우리의 피가 祖國의 땅을 붉게 물드릴 때

故鄕이여 한층 더
아름다워라

저기가 바로 어젯밤
隊長을 作別하던 곳이다

―『한 깃발 아래에서』

兄弟*
一九四八년 五월 十일 서울 光熙町에서 죽은
강홍렬과 김산해* 두 동무를 위하여

살아서 만날
어늬 날도 기약키 어려운
이 밤을 어떻게 잠들어 새울 것이냐

동무여

이렇게 兄弟처럼 나라니 누워

---

* 이 시는 종합시집 『한 깃발 아래에서』(문화전선사, 1950.3)에
수록되어 있다. 이 시의 제목 위에는 "영웅전 가운데서"라는 글
귀가 쓰여 있다.
* 김택주는 1948년 5월 10일에 이루어진 단선을 반대하기 위하
여 개풍군 토성면 고란리투표소를 습격하다가 발각되어 탄환
에 맞아 죽었다.

---

* 이 시는 종합시집 『한 깃발 아래에서』(문화전선사, 1950.3)에
수록되어 있다. 이 시 역시 「영웅전」 중의 하나임이 분명하다.
* 김산해 강홍렬은 1948년 5월 10일 단선을 반대할 목적으로 서
울 광희동 2가 투표소를 습격하였고 경비중이던 경관의 무기를
빼앗아 광희문파출소를 파괴하던 중 경찰의 총에 맞아 숨졌다.

진정 아름다운 우리나라의
첫 여름 밤이 깊어가면

亡國 선거장에 火藥을 지를 五月十日
祖國의 自由를 위하여 죽어도 좋은
아침이 온다
아아 우리 오직 단 하나를 念願하여
붉은 피 뿌릴 祖國의 땅이여
잘 있으라 그 우에 永遠할 祖國의 하늘이여

동무여

窓을 열자
이렇게 황홀한 靑春의
마지막 밤을 어떻게 잠들어 새울 것이냐
　　　　　　　　　　　　—『한 깃발 아래에서』

汽笛 울리는 竹嶺 고개에*

一九四八年 十二月 十九日 慶北 榮州에서 銃殺 된 丁奎鳳,
鄭厚鎭, 金제룡, 權寧찬, 權병모, 丁을진 外의 한 동무를 위하여

죽엄의 威脅이
肉體의 苦痛이
삶에의 誘惑이

누구에게서나
마음의 굳은 決心을
함부로 뽑을 수 있다고
믿는 원쑤를 생각할 때

동무들이여 어찌 우리가 아직
죽지 않고 살아 있음을
후회할 것이냐

참을 수 없는 痛苦와 박해와
刻刻으로 엄습하던 지난 몇 週日
죽엄보다 殘酷한 순간 속에서도
가슴마다 도도히 흘러
끄니지 아니 한 것은 무엇이었는가

귀 기울이면 슴여드는
동무들의 가뿐 숨결

---

* 이 시는 종합시집 『한 깃발 아래에서』(문화전선사, 1950.3)에 수록
되어 있다. 이 시 역시 「영웅전」 중의 하나임이 분명하다.

어둠 속에 떨어지는 흰 눈송이
다시 들려오는 무거운 신음

우리는 十月 英雄들의 黨의 黨員이다
우리는 五·一 ○ 勇士들의 黨의 黨員이다

아 이 단 하나를 위하여
全力으로 살 수 있는 순간은
얼마나 황홀한 것이었더냐

인제 車가 고개를 넘어 비탈을 내리면
숲 그윽한 줄浦 마을과
四時로 물소리 맑은 上줄 部落이 좌우로 널려 있고
洛東江 긴 물줄기 쉬지 않고 흘러가는
山 기슭에 이를 것이다

그러면 놈들은
가슴에 銃을 겨누고 우리의 얼굴에서
죽엄의 두려움을 찾으려 가까이 올 것이고
사랑하는 祖國의 따 우에 우리들이
이마를 부비고 넘어지면 또 다시
우리의 죽엄을 믿으려 허리를 굽힐 것이다

그러나 우리의 눈이 감기기 전
恐怖에 떠는 놈들의 얼굴을 볼 것이며
놈들의 굽혔던 허리가 펴지기 전
저 이깔 덮인 골작에
포푸라 늘어선 냇가에
울음소리 들리는 마을 마을에
저 눈 덮인 小白山 도솔峰
汽笛 울리는 竹嶺 고개에

우리들의 怒한 눈이 앞으로 앞으로
발을 구르며 銃을 메고
이리로 올 것이고

우리들의 핏줄 어린 따 우엔
해마다 오곡이 우거져
不幸하였던 동포를 위하여
물결처럼 이삭질 것이다

동무들이여 어찌 우리가 아직
죽지 않고 살아 있음을
후회할 것이냐
　　　　　　　　　　　　—『한 깃발 아래에서』

눈이 나린다[*]

형제들이여 인민유격대를 도웁자!

태백산 지리산
높은 준령들엔
벌써 흰 눈이 나려

물소리 맑은 골작은
두터운 어름에 잠기고
락엽 진 밀림엔 호올로
매운 바람이 울어
언 산정엔 새들도
나려 앉지 않는 치운
겨울이 왔다

지둥치는 바람이여
앞을 가리는 눈보라여
어디선가 주림과 추위에
몸부리쳐 오는 짐승들이여

눈 익은 길들은 모두 다
깊은 눈 속에 묻히고
헤아리기 어려운 험한 길
위태로운 벼랑에
엷은 옷 언 손으로
어름보다 찬 총을 들고
불길마냥 뜨거운 입김 뿜으며
앞으로 내닫는 저 용사들의
가쁜 숨결소리를 듣는가

이 용사들이 두고 온 마을이여
이 용사들이 사랑하는 어머니 아버지여
이 용사들이 그리워하는 누이와 동생이여

핏발 얼른거리는 원쑤들의 눈
독기 흘러 날카로운 총구들
으르렁거리며 이빨을 가는
황량한 산아에
다만 하나의 조국을 위하여
둘도 없는 목숨을 바쳐
싸우는 우리 빨찌산들을 생각하여
얼마나 가슴 메여질 듯 앓았는가

어름 바다과 눈 자리에
밤새도록 자지 않는 용사들과
뼈와 살을 같이한 형제들이여
찬 눈우에 더운피 뿌리며 오이려
그대들 잊기 어려워 눈 감을 수 없는
인민유격대와
하늘과 땅과 나라를 같이한 동포들이여

우리가 누은 봉당 집웅 우에
우리가 옷깃을 여미고 총총히
걸어가는 논구렁 밭이랑에
눈은 나려 길길이 싸이고
바람은 불어와 살을 어이는
삼동 긴 겨울이 왔다.

무엇을 애낄 것인가 어머니 아버지들이여
무엇을 겁낼 것인가 누이와 동생들이여
무엇을 서슴을 것인가 동포 형제들이여

비록 원쑤의 총칼이 가슴을 막고
어둠과 눈보라 길을 덮어도
우리는 빨찌산의 어머니 아버지다
우리는 빨찌산의 누이와 동생이다
우리는 빨찌산의 동포와 형제다

일어나자 인민유격대를 도웁기 위하여
일어나자 인민유격대를 지키기 위하여
일어나자 인민유격대와 손을 잡고
동포들이여 원쑤를 무찔러 일어나자
(노력자 十二월 十일부에서 전재)

—『노동신문』, 1950.1.12

대숲 어득히 흔들리는 거기[*]

1949년 11월 9일 전라남도 장흥군 유치면 전 투에서 전사한
호남전구 서남부 유격대 총사령 최현[*] 동무를 위하여

---

[*] 이 시는 양남수란 이름으로 『노동신문』 1950년 1월 12일에 발표
되었다. 해주에서 발간하여 남쪽으로 배포되었던 『노력자』 12월
10일부에 발표되었던 것을 『노동신문』에서 다시 실은 것이다.

[*] 이 시는 원래 「영웅전」이란 이름으로 『노동신문』 1950년 3월
21일자에 실렸다. 이 작품의 부제는 「대숲 어득히 흔들리는
거기」였는데 『영웅전』은 연작의 전체 이름이므로 부제를 제
목으로 취하였다. 『노동신문』에 실릴 때 지은 사람의 이름이
양남수(楊南樹)로 되어 있다.

[*] 최현은 본명이 최성우로서 1915년 충청도에서 출생하여 일
제에 맞서 싸웠다. 8·15 이후 ML연구소에서 사업을 하다가
1948년 남로당 간부 심사과정의 책임을 맡았다. 1948년 10월
여순사건이 일어나자 전남 서남부 지대를 거점으로 하여 빨
치산을 조직하였다. 1949년 11월 9일 장흥군에서 토벌대에
의해 35살의 나이로 사망하였다.

풍파 고요한 물 우에
안개가 거치면
섬들 그림처럼 떠오르는
다도해 바닷가
모래 흰 강변을 노래부르자

탐진강 영산강 물줄기
맑게 흐르는 호남평야
푸른 구릉들 점점하고
대숲 어득히 흔들리는 거기

영용한 남조선 인민유격대
호남전구 서남부 빨찌산의
용맹스런 지휘자가
목숨을 바쳐 사랑한 전구였던

이 야산과 목화밭과
포푸라 느러슨 시냇가와
해 저므는 제방과
물기 먹음原 논이랑 밭두덩과
참새 지저귀는 숱한 마을들을
소리높여 노래부르자

찬 겨울비가 투닥 투닥
건너 대숲에 뿌리던
1949년 2월 어느날
그가 촌사람마냥 짜른 주의에
때문은 수건을 두르고
우리 앞에 나타난 그때로부터

소내기 총탄처럼
들판을 두다리고 지내가는 여름
먼 하늘가에 우뢰가
비껴가는 가을 황혼을

우리는 길녁에
뚫어넘기는 개구리 소리를 들으며
옷깃을 스치는 벼이삭의
향그런 방향을 맡으며

라주 함평 무안의
넓은 벌판과
보성 장흥 강진 해남의
긴 바닷가를
원쑤를 찾어

즐거운 싸움 속을
그를 따라 전전하였다

우리 얼마나
최현 전구의 유격대임을 자랑하였고
우리 얼마나
최현동무의 휘하임을 자랑하였느냐

높은 산과 깊은 숲이 아니라
낮은 언덕과 무연한 벌판에도
빨찌산은 있을 수 있고
빨찌산은 있어야 하며

싸움만이 오직
인민들에게 자유를
농민들에게 토지를
가져올 수 있음을

대나무 그루에 발을 찔리며
발자욱마다를 피로 물들이며
우리에게 아르켜 준 이 지휘자를
어찌 인민들이 자기들의 장군이라
사랑하며 일커르지 아니하겠는가

최현 총사령이여!
최현 장군이여!

아름다운 호남산야와 더부러
끝이 없을 이름이여
살진 농토와 더부러
영구히 인민의 것일 이름이여

우리 이제 그의
부대임을 소리높이 웨치며
우리 이제 그의
복쑤자임을 총칼에 맹세하며
날마다 대창 비끼고
읍으로 읍으로 몰려가는
농민들의 선두에서
호남전구 서남부 빨찌산은
최현 병단의 불패한 전렬을

언제나 허리에
긴 단포를 차고
조용한 눈으로 우리를 부르며

묵묵히 걸어가는 그를 따라
오늘도 또한
원쑤를 무찔러
산을 넘고 물을 건는다

노래부르자 사람들이여
불멸할 인민의 장군을
노래부르자 동무들이여
빨찌산 가운데 빨찌산인
우리들의 총사령을
노래부르자 전우들이여
영예로운 최현전구를
노래부르자 노래부르자
(『노력자』 제167호에서 전재)
—『노동신문』, 1950.3.21

노력하자 투쟁하자 五·一절이다

천만 사람의
가슴 그득한 자랑
물결 치는 우리나라의
五월 하늘은 바다보다 푸르고
흰 구름은 나뭇닢 사이로
강물처럼 흘러간다

수풀로 나붓기는 기빨이여
파도 쳐 밀려오는 노래ㅅ소리여

누구나 부르고자 하는 노래
마음껏 부를 수 있는 이 태양 아래
누구나 두르고 싶은 기빨
마음대로 처드는 이 하늘 아래

우리 모두 성곽처럼
철벽마냥 굳게 뭉쳐
구리ㅅ빛 얼골 돌같은 손
바우 같은 가슴 불타는 눈
밟으면 산악도 무너질 듯
큰 발자욱
소리치면 대양도 일어 설 듯
우렁찬 목소리

자랑스런 우리 공화국을 노래하며
영광스런 우리 국토를 찬양하며

장대한 우리 민주건설을 구가하며
무적한 우리 인민의 단결과 위용을
시위하며 우리는

　평화를 향하여
　자유를 향하여
　통일을 향하여
앞으로 나아간다

우리의 고귀한 로력과 풍요한 성과 우에
전쟁의 불씨를 던지려는
'월가' 장거리의 강도들과
우리의 아름다운 국토 우에
노예의 철쇄와 내란의 검은 연기 뿜으려는
강도의 졸도들과
우리의 행복한 노래와
찬란한 기빨을 어지럽히려는
강도의 졸도의 졸도들에게

파멸과 죽엄과 종국과
영구히 소생할 수 없는 마지막을
선사하기 위하여

강철인 우리
인민의 위력한 대렬은
승리인 우리
조선민주주의인민공화국의
장엄한 전렬은 앞으로 나간다

나날이 푸르러 가는
무연한 벌판과 높은 산들이여
날마다 죽순처럼 돋아나는
숱한 마을과 공장들이여

온 세계인류가 우러러보는
항상 영명하고 위대하시며
언제나 인류의 구성이신
쓰탈린 대원수 그 분이 지휘하시는
영웅의 군대 이 땅에 이르자
인민들은 나라의 주인이 되였고

머리 우에 우러러 받든 우리의 수령이신
김일성 장군께서
인민들을 령도하시여
우리들은 비로소 노력과 창조의

새로운 기빨 아래로 즐거이 나아갔다

쓰러졌던 공장은 일어나
멎었던 기계는 돌아가고
거친 땅은 닦이여
수로는 열려 물은 흘러왔고

일어선 공장 옆엔
　다시 공장이
움즉이는 기계 옆엔
　다시 기계가
거인처럼
　그 거인의 피끓는 심장처럼
일어서고 맥박 쳐

우리들의 메말렀던 생활 속엔
즐거운 이애기 소리와
단란한 웃음소리가
모란처럼 꽃피기 시작하였으며

삼천만 조선 인민이
한 사람과 같이
그 분의 주위에 뭉쳐

아
둘도 없는 우리 조국은
영광스런 조선민주주의인민공화국은
황해바다 동해바다
남해바다의 거센 물결을
거더차며 일어섰다

저
불꽃 나르는 작업장에서
이리로 모여드는
영예로운 부리가다들이

저 기빨 든 손마디가
옹이 같은 농민들이

기적과 같은 온갖 건설의 창조자들이며
우리의 평화와 자유의 방위자들이며
부강한 우리 공화국의 건설자들이다

친애하는
공화국의

자유로운 공민들이여

기억하라!

승리는 결코 저절로
오는 것이 아니였고
행복은 결코
노력 없이 오는 것은 아니였다

메-데-라고 불러지던
十년전 二十년전 옛날로부터
五월 一일은 만국 근로자의 전투력과
단결력을 시위하고 검열하는
투쟁의 날

아직도 우리 앞엔
물러가지 않은 미제국주의 도적과
천추만대의 망국역적
리승만 도당이 남아 있어

도적과 원쑤들은
남쪽 하늘 아래서
사랑하는 우리 동포와 형제들을
악독하고 무도한 발길 아래
짓밟고 유린하나

슬기로운 우리 동포와 형제들은
거센 파도처럼 폭풍처럼
아름다운 조국의 산하를 주름잡아 달리며
원쑤를 소탕한다
피 풍기고 살 튕기는 싸움 속에서

우리와 어깨를 겯고 발 맞추며
불패한 조선 인민의 철벽의 단결로
닥쳐오는 승리를 확신하며
五월 一일을 맞이한다

어찌 이 날을 우리가
노력하고 싸우는 인민의 명절이라 아니할 것이며
어찌 이 날을 우리가
소리 높은 승리의 말로 노래하지 아니할 것인가

행복된 로력 속에서
고난한 싸움 속에서 우리는
서로 격려하고 고무하며

서로 사랑하고 자랑하여 다만
승리를 향하여 전진한다

부리가다들이여
농민들이여
병사들이여
근로하는 모든 인민들이여

노력하자 투쟁하자

이 고마운 땅 우에서 어찌 우리가
한포기 곡식을 소홀히 할 것이며
보배로운 공장에서 어찌 우리가
한낱의 못과 한 오리 실을 허술히 할 것이며
남반부 형제들이 잠결에도 잊지못하는
이 행복한 생활에서 어찌 우리가
한 초의 시각을 헛되이 할 것이며
그들이 목숨을 건 싸움의 진정한 보루가 되어 있는
이 공화국 북반부의 건설을 위하여 어찌 우리가
노력과 헌신을 애낄 것이냐

용광로에 더 세찬 불을 다루자
자유로운 전원에서 식량을 더 많이 내자
인민무력을 더 강화하자
二개년 인민경제계획의
방대한 숫자는
우리의 노래의 악보다
그 숨 가쁘도록 큰 보고는
우리의 노래의 아름다운 시다

더욱 행복하기 위하얀 더욱 노력해야 한다
더욱 승리하기 위하얀 더욱 투쟁해야 한다

우리의 한 초 한 분의 건설이
싸우는 우리 동포와 형제들에게 주는
하나 하나의 용기이고 힘이며
우리들의 한 호흡 한 방울 땀이
사랑하는 우리 국토 우에서
도적과 원쑤를 소탕박멸하는
한방 한방의 포탄이며
우리들의 한 걸음 한 발자욱이
승리에로 가는 대로 우의 한 메—터 한 메—터임을
누구가 모를 것이냐

노력하자

투쟁하자
五·一절이다
시위하자 어떠한
힘도 막을 수 없는
필승할 우리 인민의 강대한 전렬을……
(一九五〇·五·一)

—『노동신문』, 1950.5.2

전선에로! 전선에로! 인민의용군은 나아간다*

단 하나의
조국을 위하여
피끓은 천만의 가슴들을
화산처럼 부푸러
노한 눈 가쁜 숨결
들먹이는 어깨에 총을 메고
전선으로 전선으로 나아간다

영용한 인민군대의
장엄한 포성은 임의
자랑스런 우리 조국 수도에 울려
한 여름 태양 찬란한 서울 하늘에는
공화국의 싱싱한 기빨 나부끼고
백절불굴한 영용한 인민유격대들
벌써 패주하는 원쑤를 무찔러
길목마다 산모롱이마다
섬멸의 포화를 퍼붓는 오늘
어느 강도들이
다시 멸망하는 원쑤를 도아
평화로운 우리들의 하늘에
더러운 나래를 펼쳐
단란한 촌락과 도시들을
함부로 허무르고 불사르며
사랑하는 우리 부모 형제들의
가슴을
총탄으로 뚫어
물 맑고 모래 흰
우리조국 강토를 또 다시
신성한 피로 적시려하느냐
참을 수 없는 일이어
참을 수 없는 일 가운데도

---

* 이 시는 『해방일보』 1950년 7월 8일자에 발표되었다. 연 구
분이 제대로 되어 있지 않아 그대로 옮겼다.

진실로 참을 수 없는 일이어
조국통일의
빛나는 기치를 앞에 세우고
인민의 원쑤와
외적의 손에서
해방한
남반부의 강토는
조국의
우수한 아들딸들의
존귀한
피의 대가로 어더진 것이며
조국은
우리들의 하늘의 둥그런 태양이
오즉 하나인 것처럼
모든 사람들에게 둘도 없는 것
이 조국의
영광스런 기빨이
남조선 방방곡곡에 휘날리고
악독한 원쑤의 발굽 아래
유린되던 우리들이
통일된 공화국의 자유로운 공민으로
해방되는 기쁨과 감격을
무력으로 위협되는 지금
무엇을 애끼며
무엇을 주저하랴
패망하는 리승만 반역도당을
완전히 소탕 박멸하기 위하여
오만한 미국 강도배들을
완전히 구축 분쇄하기 위하여
전선에로!
전선에로!
대전 대구로!
부산 목포 려수로!
영웅의 섬 제주도로!
가슴엔 오즉 증오를
손엔 오즉 무기를 들고
인민의용군의 대렬은 나아간다
우리는 영웅적 인민군대의 우군이다
우리는 영용한 인민유격대의 우군이다
우리는 영명한 우리 김일성 장군께서
손수 령도하시는 조선민주주의인민공화국의
영예로운 공민의 군대다
패주하는 반역도당들이 다라날
한가닥 길과 다리도 없이 하기 위하여 미제국주의
강도배들이 머리 둘

한 조각의 하늘도 없이 하기 위하여 전선에로!
전선에로!
원쑤를 무찔러
인민의용군의 대렬은
앞으로 나간다
七月 七日

—『해방일보』, 1950.7.8

서울(1)

남은
원쑤들이 멸망하는
전선의 우룃소리는
남으로 남으로 멀어가고

우리 공화국의 영광과
영웅적 인민군대의
위훈을 자랑하는
무수한 기빨을

수풀로 나부끼는
서울 거리는
나의 고향

잔등에 채찍을 맞으며
가슴에 총창을 받으며
사랑한 우리들의 수도다

악독한 원쑤들이 비록
아름다운 산하를 더럽혀
그림 같은 락산 마루 위에는
나무 하나이 없고

골작마다 물소리 맑든
삼각산 인왕산 기슭에는
흙이 붉어 황량하나

종남산 넘어가면
한강수 용용하고
바다 같은 창공엔 언제나
북한연산 장엄한
여기는

슬기로운 우리 조상들이

주검으로 외적을 물리쳐
자랑스러운 도시
용감한 우리 선진자와 전우들이
조국의 자유를 위하여
피흘려 싸운 영광의 거리

이 자랑스럽고
영광스러운 서울이
이 아름다웁고 수려한
우리들의 수도가

흉악한 미제국주의
침략자의 발굽 아래서
간악한 리승만 역도들의
피 묻은 손아귀 속에서

우리 인민에게로
우리 조국에게로
돌아왔다

一九五〇년

六월 二十八일
무적한 인민군대의
영예로운 땅크병이

오랫동안
사람들의 눈물과 피와
한숨으로 어리웠던
종로 거리를
앞으로 앞으로 달려

원쑤들의
수치스러운 소굴이었던
경복궁 넓은 마당에
오각별 뚜렷한 기빨을 날리던
그 순간으로부터

서울은 영구히
우리 인민의 거리로 되었고
서울은 영구히
우리 조국의 움즈기지 않는
수도로 되었다

어떠한 원쑤가

감히 또 다시 이 거리에
흙을 밟을 수 있으며
어떠한 도적이
감히 또 다시 이 거리에
한 조각 지붕과
한 오리 골목을 엿보아
나들 수 있겠는가

무심한 섬돌 하나 하나에
용사들의 피가 젖었고
일홈 없는 골목 구비 구비에
우리들이 존경하는
김삼룡 리주하 두 동무와
자유를 위하여 싸운
무수한 전우들의
옷깃이 스친 곳

악독한 원쑤를 무찌르고
이 아름다운 거리와
불행한 인민들을
침략자의 마수로부터 해방한
영웅적 인민군대의
불멸할 위훈으로 하여

서울은
더욱 자랑스럽고
더욱 영광스러운
우리들의 거리다

미국 강도배들의
추악한 무리는
날러 오려면 오라
멸망한 리승만 역도들의
망령은 떠돌려면 떠돌라

아아한 북한연산과
용용한 한강수와
쇳물로 끓는 백만의 심장과
철벽의 인민군대가
불패한 성곽으로 뭉쳐 있는
서울 거리는

모든
원쑤와 도적들이
사멸로 운명지워져 있는 하늘

모든
침략자와 강도배들이
멸망으로 가는 길

다만
조국의 영광과
인민의 승리가
산악처럼 강물처럼
불변한 곳

어떠한 일이 있어도 영구히
서울은 우리 인민의 거리이고
어떠한 먼 미래에도 또한 영구히
서울은 우리조국의 수도이다

아 아름다웁고 영광스러우며
자랑스러운 우리들의 서울이어!
　　　　　　　　—『해방일보』, 1950.7.24

서울(2)*

남은
원쑤들이 멸망하는
전선의 우뢰소리는
남으로 남으로 멀어가고

우리 공화국의 영광과
영웅적 인민군대의
위훈을 자랑하는
무수한 깃발들

수풀로 나부끼는
서울 거리는
나의 고향
잔등의 채찍을 맞으며
가슴에 총칼을 받으며
사랑한 우리들의 수도다

악독한 원쑤들이 비록
아름다운 산하를 더럽혀

---

* 이 시는 『해방일보』 1950년 7월 24일자에 처음 발표되었다. 이
후 조선인민군 전선사령부 문화훈련국에서 펴낸 시집 『영광을
조선 인민군에게』(1950.8)에 수록되었다가 1951년 임화의 시
집 전선문고 『너 어느곳에 있느냐』에 다시 실렸다.

그림 같던 락산 마루 위에는
나무 하나이 없고

골짝마다 물소리 맑던
삼각산 인왕산 기슭에는
흙이 붉어 황량하나

종남산 넘어가면
한강수 용용하고
바다 같은 창공엔 언제나
북한연산 장엄한
여기는
슬기로운 우리 조상들이
죽엄으로 외적을 물리쳐
자랑스러운 도시
용감한 우리 선진자와 전우들이
조국의 자유를 위하여
피흘려 싸운 영광의 거리

이 자랑스럽고
영광스러운 서울이
이 아름다웁고 수려한
우리들의 수도가

흉악한 미제국주의
침략자의 발굽 아래서
간악한 리승만 역도들의
피 묻은 손아귀 속에서
우리 인민에게로
우리 조국에게로
돌아왔다

一九五〇년
六월 二十八일
무적한 인민군대의
영예로운 땅크병이

오랫동안
사람들의 눈물과 피와
한숨으로 어리웠던
종로 한 거리를
앞으로 앞으로 달려

원쑤들의
수치스러운 소굴이었던

경복궁 넓은 마당에
오각별 뚜렷한 깃발을 날리던
그 순간으로부터

서울은 영구히
우리 인민의 거리로 되었고
서울은 영구히
우리 조국의 움직이지 않는
수도로 되었다

어떠한 원쑤가
감히 또 다시 이 거리에
흙을 밟을 수 있으며
어떠한 도적이
감히 또 다시 이 거리에
한 조각 지붕과
한 오리 골목을 엿보아
날을 수 있겠는가

무심한 섬돌 하나 하나에
용사들의 피가 젖었고
이름 없는 골목 구비 구비에
우리들이 존경하는
김삼룡 리주하 두 동무와
자유를 위하여 싸운
무수한 전우들의
옷깃이 스친 곳

악독한 원쑤를 무찌르고
이 아름다운 거리와
불행한 인민들을
침략자의 마수로부터 해방한
영웅적 인민군대의
불멸한 위훈으로 하여

서울은
더욱 자랑스럽고
더욱 영광스러운
우리들의 거리다

미국 강도배들
추악한 무리는
날러 오려면 오라
멸망한 리승만 역도들의
망령은 떠들려면 떠들라

아아한 북한연산과
용용한 한강수와
쇳물로 끓는 백만의 심장과
철벽의 인민군대가
불패한 성곽으로 뭉쳐 있는
서울 거리는

모든
원쑤와 도적들이
사멸로 운명지워져 있는 하늘
모든
침략자와 강도배들이
멸망으로 가는 길

다만
조국의 영광과
인민의 승리가
산악처럼 강물처럼
불변한 곳

어떠한 일이 있어도 영구히
서울은 우리 인민의 거리이고
어떠한 먼 미래에도 또한 영구히
서울은 우리조국의 수도이다

아, 아름답고 영광스러우며
자랑스러운 우리들의 서울이여!
(一九五〇·七)

—『너 어느 곳에 있느냐』

원쑤와의 싸움에 더욱 용감하라

친애하는 사람들이여
어디로 가는가를 묻지 말라
우리들이 가는 길은 오즉 하나

리승만 잔당들을 소탕하며
미국강도배들을 무찔러
남으로 남으로 간다!

여름밤 은하가 강물같은 들판을 지나
八월의 태양이 불타는 언덕을 넘어

우리는 다만

원쑤에 대한 어찌할 수 없는 증오와
조국에 대한 간절한 사모로
작구만 뛰는 가슴을 안고

이 도시를 허무르고 불지른
원쑤와의 복수의 싸움터로
사랑하는 우리 부모 형제를
참을 수 없는 죽엄 속에 숨지우게 한

악독한 원쑤의 절멸을 위하여
우리들 인민군대는
인민의용군은
어린 간호병과 학생과
아무것도 가지지 않았으나
몸으로라도 조국에 바치기 위하여
모두다 일어선 인민들의 대렬은

화약보다도 폭탄보다도 강철보다도
더욱 뜨거웁고 무서우며 간고한
한마음을 가슴 속에 지니고

분노와 증오 속에서도
새로운 공화국의 대전을 위하여
밤낮으로 근면한 당신들의
도시를 지나 오늘도 우리는
남으로 남으로 부산으로 진해로 간다.

반드시 우리의 것일 승리를 위하여
원쑤와의 싸움에 더욱 용감하라
대전이여
반드시 승리를 가져올 신성한
전쟁을 위하여
더욱 전진하라 우리들의 형제여!
—「노동신문」, 1950.8.19

전진이다! 진격이다!(1)*
락동강 전선 ○○지점에서

우러르면 닦은 듯 맑은
팔월의 밤 하늘에

---

*발표 당시의 제목은 「전진이다. 진격이다」였으나 시집 『너
어느 곳에 있느냐』에 수록되면서 「밟으면 아직도 뜨거운 모
래밭 건너」로 바뀌었다.

은하는 머리 우에 비껴 둥그렇고
유유한 칠백리 락동강 물줄기는
우리의 발아래를 흘러
남으로 남으로 굽이쳤다

동무여

밟으면 아직도 뜨거운 모래밭 건너
그림자 어득한 저 산마루가
우리들이 맨 먼저 탈취할 자랑스런
고지
그 아래 산굽이를 돌아 .
서남으로 뻗어간 저 공로가
우리의 사랑하는 땅크대가
우렁우렁 용감한 심장을 울리며
왜관으로 왜관으로 돌진할 승리의 길

진격명령은 어느때나 나리는것이냐

귀 기울이면 들려오는
전우들의 가쁜 숨결 소리
돌아보면 무성한 풀숲속
칠같은 어둠에 불똥으로 빛나는
동무들의 총총한 눈동자

절망한 원쑤들의 황겁한 포화 총화는
물 우에 어즈러이 날을대로 날으라

인제 조금 더 시각이 가서
우리 '아바이'의 시계바눌이
정각 아홉시를 가르치면
너희들이 끊어놓은 철교 옆으로부터
몇 날 몇 밤 주야로 폭탄 포탄을 퍼붓던
이 대암리 온 마을과 벌판과 숲과
그 사이를 점점이 첩첩히 널려
우리들의 등뒤 발밑에 이르는
30리 락동강 연안의 숫한 고지와 산언덕이
일시에 노한 사자처럼 몸을 떨고
불을 토하며 일어설것이다

전우여
조국은 우리에게 총을 맡겼고
인민들은 우리에게 승리를 부탁하였으며
경애하는 우리의 김일성 장군께서는
조선인민군 최고사령관의 이름으로써

리승만 매국역도의 잔당들과 미국강도배들을
하나도 남김 없이 우리 조국 강토에서
소탕 구축하라는 신성한 임무를
우리의 엄숙한 전투명령으로 주셨다

감히 어떠한 원쑤가 우리 앞에 맞설 것이며
어떠한 산과 물이 우리의 전진을 막을 것이냐

모밀꽃 바람에 향그럽고
집웅마다 흰 박이 달처럼 둥그런 우리의
그리운 고향을 위하여   ．．．
새벽바람 옷깃에 수며드는 추풍령 마루 우와

이루 헤아릴 수 없이 숱한 골짝과 들판에
피흘리고 쓰러진 무고한 형제들을 위하여
재와 흙데미로 돌아간
우리들의 피와 땀 로력과 투쟁
공화국 남북반부의 수많은 도시와 마을들을 위하여

우리들은 놈들의
사단과 련대와 대대와 중대와 소대와 분대와
그 밖에 아무리 적은 무리의 머리 우엘지라도
포탄의 빗발을 퍼부어야겠고
놈들 한놈 한놈의 목줄대와 앙가슴엔
총탄과 날창을 박아주어야겠으며
비록 죽엄이 미구에 박두하여 버둥대든
어느 한놈의 골팍과 가슴 우에라도 우리의
三十二톤짜리 땅크를 밀어야겠다

아 불빛이 비친다 푸른 불이……
신호탄이다 진격이다

자랑스런 군단포야 소리치라
사랑하는 지스뜨리야 용맹한 직사포야
건너 산허리를 잘러 원쑤들을
돌팍과 흙속에 묻으라
고요한 락동강아 일어서 파도치라
영광의 이름 자랑찬 ○○사단의 도하전진이다
              ．．． ．．．
우리는 영예로운 기계화 보병련대……

앞으로 앞으로   ．．
락동강을 건너 왜관을 지나
나가자 동무들아 다만 앞으로
앞에는 대구 그 다음엔 부산

또 ，그．다음엔 원쑤들이 처박힐
현해탄의 물결 높고 험한 바다
그 우에 떠오른 찬란한 아침 태양과 더불어
우리의 영광스런 기빨을 휘날리기 위하여
전우들아! 전진이다 진격이다.

—『노동신문』, 1950.9.6

밟으면 아직도 뜨거운 모래밭 건너(2)
락동강 북부전선 ○○지점에서

딱은 듯 맑은
팔월 밤 하늘에
은하는 머리 위에 비껴 둥그렇고
유유한 칠백리 락동강 물줄기는
우리의 발아래를 흘러
남으로 남으로 구비쳤다

동무여

밟으면 아직도 뜨거운 모래밭 건너
그림자 어득한 저 산마루가
우리들이 맨 먼저 탈취할 자랑스런 고지
그 아래 산구비를 돌아

서남으로 뻗어간 저 공로가
우리의 사랑하는 땅크대가
우렁우렁 용감한 심장을 울리며
왜관으로 왜관으로 돌진할 승리의 길

진격명령은 어느때나 나리는것이냐

귀 기우리면 들려오는
전우들의 가뿐 숨결 소리
돌아보면 무성한 풀숲속
칠같은 어둠에 불똥으로 빛나는
동무들의 총총한 눈동자

절망한 원쑤들의 황겁한 포와 총화는
물 위에 어즈러이 날을대로 날으라

인제 조금 더 시각이 가서
우리 '아바이'의 시계바늘이
정각 아홉시를 가르치면
너희들이 끊어놓은 철교 옆으로부터

몇 날 몇 밤 주야로 폭탄 폭탄을 퍼붓던
이 대암리 온 마을과 벌판과 숲과
그 사이를 점점이 첩첩히 널려
우리들의 등뒤 발밑에 이르는
30리 락동강 연안의 숱한 고지와 산언덕이
일시에 노한 사자처럼 몸을 떨고
불을 토하여 일어설것이다

전우여
조국은 우리에게 총을 맡겼고
인민들은 우리에게 승리를 부탁하였으며
경애하는 우리의 김일성 장군께서는
조선인민군 최고사령관의 이름으로써
리승만 매국역도의 잔당들과 미국강도배들을
하나도 남김 없이 우리 강토에서
소탕 구축하라는 신성한 임무를
우리의 엄숙한 전투명령으로 주셨다

감히 어떤 원쑤가 우리 앞에 맞설 것이며
어떠한 산과 물이 우리의 전진을 막을 것이냐
모밀꽃 바람에 향그럽고
지붕마다 흰 박이 달처럼 둥그런
우리의 그리운 고향을 위하여
새벽바람 옷깃에 스며드는
추풍령마루 위와

이루 헤일 수 없이 숱한 골짝과
들판에 피흘려 쓰러진 무고한 형제들을 위하여
재와 흙데미로 돌아간
우리들의 피와 땀 로력으로 이루어진
수많은 도시와 마을들을 위하여

우리들은 놈들의
사단과 연대와 대대와 중대와 소대와 분대와
그밖에 아무리 적은 무리의 머리 위일지라도
포탄의 빗발을 퍼부어야겠고
놈들 한놈 한놈의 목줄대와 앙가슴엔
총탄과 날창을 박아주어야겠으며
비록 죽엄이 미구에 박두하여 버둥대든
어느 한놈의 골팍과 가슴 위에라도
우리의 32톤짜리 땅크를 밀어야겠다

아, 불빛이 비친 푸른 불이……
신호탄이 아니냐 진격명령이 아니냐

자랑스런 군단포야 소리치라
사랑하는 지스뜨리야 용맹한 직사포야
건너 산허리를 잘러 원쑤들을
돌팍과 흙속에 묻으라
고요한 락동강아 일어서라 파도치라
영예로운 근위 제 105땅크 사단의 도하작전이다
우리는 영예로운 기계화 보병련대……

앞으로 앞으로
락동강을 건너 왜관을 지나
나아가자 동무들아 다만 앞으로
앞에는 대구 그 다음엔 부산
또 그 다음엔 원쑤들이 처박힐
현해탄의 물결 높고 험한 바다
그 위로 떠오르는 찬란한 아침과 태양과 더부러
우리의 영광스런 깃발을 휘날리기 위하여
전우들아! 전진이다 진격이다.
(一九五〇.八)

—『너 어느 곳에 있느냐』

한번도 본일 없는 고향땅에……(1)
오득천 소대장 이하 六명의 돌격조 용사들을
위하여……

한번도
본일이 없어
외방처럼 서투룬
고향땅에 나는 오늘

사랑하는 자동총을
탄환 가득 쟁여 등에 메고
그중 굵은 수류탄을 골라 량 손에 든채
미운 원쑤들의 검은 그림자가
나무 그늘에 얼른거리는
풀섶을 헤치며

한걸음 한걸음
마룻턱에 오르면. .
거제도 바다와 진동길이
눈앞에 보인다는 고지를 향하여
가슴 울렁거리며 오르고 있다

나의 늙은 아버지가
등골이 휘도록 돌을 고르고 지심을 매든

제3부_ 시 원문 499

논이랑 밭두던은 어디쯤이며
나의 불행한 어린 누이가
죽은 어머니를 그리여 석양마다
바라보든 뫼 언덕은 어디쯤이냐

앞에는 다만
첩첩한 어둠
머리 우에는 쉴새 없이
나라오는 원쑤들의 포탄
윙윙거리는 비행기의 폭음

미친듯 란사하는 원쑤들의
중기 경기와 따꿍총들의
탄환 빗발치는 속을
다섯사람의 전우와 나는
우리들 여섯명의 젊은 돌격병은

종일토록 우리를 괴롭히든
원쑤들의 포병진지와 중기화점을 찾어
그 밑에 웅크리고 앉었을
미국강도단을 일거에 소탕하고
영예로운 ○○련대의 군기가
마산으로 진해로 전진하는 돌격로를
피로써 헤치고저

      · ·

처음으로 밟는 령남땅
고향 마을로 가는 길을
걸음마다 숨결 삼키며
복보전진하고 있다

저 먼 끝으로부터
고국길을 걸어 몇 백리
무도하게도 우리 조국강토에 뛰여든
흉악하고 악독한 미국 야수를 무찔러
다시 천여리
이제 패망한 원쑤들의
마지막 발판으로 되여 있는
나의 고향땅에서
영예롭고 고귀한 조국의 명령을
목숨으로 수행함은
얼마나 즐거운 일이냐

밤마다 꿈꾸든 조국 산천이여
어느 때도 잊지 않았던 고향 산하에

나의 탄환은
나의 수류탄은
나의 전우는

사랑하는 조국의 자유와
그리운 고향의 행복을 위하여
원쑤들의 웅거한 산과 포와 인종들을
불과 흙속에 파묻고
우리들의 자랑스런 련대기와
영예로운 우리 ○사단이
밀물처럼 앞으로 나아가기 위하여
불꽃으로 흩어져
늦인 여름밤 하늘을
찬란히 비칠 것이다

     · · ·

언제나 우리의 것인 야반산이여
진동마을이여 거제도 바다여

어느때나 그대에게 충실하였든
어느때나 그대에게 충성된
여섯 사람의 다정한 전우를 위하여
원쑤의 머리 우에 원쑤의 발 아래
억수로 내리는 불비가 되거라
화산으로 터지는 불길이 되거라
(락동강 남부전선 ○○지점에서)
―『노동신문』, 1950.9.18

한번도 본일 없는 고향땅에……(2)

오득천 소대장 이하 6명의 돌격조 용사들을
위하여……

한번도
본일이 없어
외방처럼 서투룬
고향땅에 나는 오늘

사랑하는 자동총을
탄환 가득 쟁여 등에 메고
그중 굳은 수류탄을 골라 량손에 든채
미운 원쑤들의 검은 그림자가
나무 그늘에 얼른거리는
풀섶을 헤치며

한걸음 한걸음

마루턱에 오르면
거제도 바다와 진동길이
눈앞에 보인다는 고지를 향하여
가슴 울렁거리며 오르고 있다

나의 늙은 아버지가
등곬이 휘도록 돌을 고르고 지심을 메든
논이랑 밭두던은 어디쯤이며
나의 불행한 어린 누이가
죽은 어머니를 그리여 석양마다
바라보는 뫼 언덕은 어디쯤이냐

앞에는 다만
첩첩한 어둠
머리 위에는 쉴새 없이
날아오는 원쑤들의 포탄
윙윙거리는 비행기의 폭음

미친듯 란사하는 원쑤들의
중기 경기와 따꿍총들의
탄환 빗발치는 속을
다섯사람의 전우와 나는
우리들 여섯명의 젊은 돌격병은
종일토록 우리를 괴롭히던
원쑤들의 포병진지와 중기화점을 찾아
그밑에 웅크리고 앉았을
미국강도단을 일거에 소탕하고
영예로운 ○○련대의 군기가
마산으로 진해로 전진하는 돌격로를
피로써 헤치고저

처음으로 밟는 령남땅
고향 마을로 가는 길을
걸음마다 숨길 삼키며
포복전진하고 있다

저 먼 동북으로부터
고국길을 걸을 몇 백리
무도하게도 우리 조국강토에 뛰여든
흉악하고 악독한 미국 야수를 무찔러
다시 천여리

이제 패망한 원쑤들의
마지막 발판으로 되여 있는
나의 고향땅에서

영예롭고 고귀한 조국의 명령을
목숨으로 수행함은
얼마나 즐거운 일이냐

밤마다 꿈꾸는 조국 산천이여
어느 때도 잊지 않았던 고향 산이여

나의 탄환은
나의 수류탄은
나의 전우는

사랑하는 조국의 자유와
그리운 고향의 행복을 위하여
원쑤들의 웅거한 산과 포와 인종들을
불과 흙속에 파묻고
우리들의 자랑스런 연대기와
영예로운 우리 제6 사단이
밀물처럼 앞으로 나아가기 위하여

불꽃으로 흩어져
늦은 여름밤 하늘을
찬란히 비칠 것이다

언제나 우리의 것인 야반산이여
진동마을이여 거제도 바다여

어느때나 그대에게 충실하였던
어느때나 그대에게 충성된
여섯 사람의 다정한 전우을 위하여

원쑤의 머리 위에 원쑤의 발 아래
억수로 내리는 불비가 되거라
화산으로 터지는 불길이 되거라
(락동강 남부전선 ○○지점에서 ―九五○. 八)
　　　　　　　　　　―『너 어느 곳에 있느냐』

너 어느 곳에 있느냐
사랑하는 딸 혜란에게

아직도
이마를 가려
귀밑머리를 땋기
수집어 얼굴을 붉히던
너는 지금 이

바람 찬 눈보라 속에
무엇을 생각하여
어느 곳에 있느냐

머리가 절반 흰
아버지를 생각하여
바람 부는 산정에 있느냐
가슴이 종이처럼 얇아
항상 마음 아프던
엄마를 생각하여
해 저므는 들길에 섰느냐
그렇지 않으면
아침마다 손길 잡고 문을 나서던
너의 어린 동생과
모란꽃 향그럽던
우리 고향집과
이야기 소리 귀에 쟁쟁한
그리운 동무들을 생각하여
어느 먼 곳 하늘을 바라보고 있느냐

사랑하는 나의 아이야
벌써 무성하던
나무 잎은 떨어져
매운 바람은
마른 가지에 울고
낯익은 길들은
모두 다 눈 속에 묻혀
귀 기우리면 어데선가
들려오는 얼음장 터지는 소리

아버지는 지금
물소리 맑던 락동강가에서
악독한 원쑤들의 손으로
불타고 허물어진
숱한 마을과 도시를 지나
우리들의 사랑하던
서울과 평양을 거쳐
절벽으로 첩첩한 산과
천리 장강이 여울마다 우는
자강도 깊은 산골에 와서
어데메에 있는가 모를
너를 생각하여
이 노래를 부른다

사랑하는 나의 아이야

은하가 강물처럼 흘러
남으로 비끼고
영광스런 우리 군대가
수도를 해방하여
자유와 승리의 노래
거리마다 가뜩 찼던
아름다운 여름 밤
전선으로 가는 길 역에서
우리는 간단 말조차
나눌 사이도 없이
너는 전라도로
나는 경상도로
떠나갔다

이 동안
우리들 모두의
고단한 시간이 흘러
너는 남방 먼 곳에
나는 아득한 북방 끝에
천리로 또 천리로 떨어져
여기에 있다 그러나
들으라

사랑하는 나의 아이야

이러한 도적의 침해에
우리 조선인민이 어느
한번인들 굴해본 적이 있으며
한사코 싸워 물리치지
아니한 때가 있었는가
보라 우리 영웅적 인민군대는
벌서 청천강을 건너
평양을 지나
다시금 남으로 남으로 내려가고
형제적 우리 중국인민지원부대는
폭풍처럼 달려와
미구에 너의 곳에
이를 것이다
기다리라

사랑하는 나의 아이야

엷은 여름옷에
삼동 겨울바람이
칼날보다 쓰라리고

진동치는 눈보라가
연한 네 등에 쌓여
잠시를 견디기 어려운
몇 날 몇 밤일지라도
참고 싸우라
악독한 야수들의
포탄과 총탄이
눈을 뜰 수 없이
퍼부어 내려도

사랑하는 나의 딸아

경애하는 우리 수령은
무엇이라 말하였느냐
한치의 땅
한뼘의 진지일지라도
피로써 지켜내거라
한목음의 물
한톨의 벼알일지라도
원쑤들에 주지 않기 위하여
너의 전력을 다하거라
원쑤가 망하고 우리가
승리할 때까지 싸우라
그리하여 만일

사랑하는 나의 아이야

네가 죽지 않고 살아서
다시금 나와 만날 수 있다면
나부끼는 조국의 깃발 아래
승리의 기쁨과 더불어
우리의 만냄을
눈물로 즐길 것이고
불행히도 만일
네가 이미 이 세상에 없어
불러도 불러도 돌아오지 않고
목메어 부르는 나의 소리를
영 영 듣지 못한다면
아버지의 뜨거운 손이
엄마의 떨리는 손이
동생의 조그만 손이
동무들의 굳은 손이
외딴 먼 곳에서
아버지를 생각하여
엄마를 생각하여

동생을 생각하여
동무를 생각하여
고향을 생각하여
조국을 생각하여
외로이 흘린 너와
너희들의 피를
백배로 하여
천배로 하여
원쑤들의 가슴파기
최후로 말라 다할 때까지
퍼내일 것이다.

사랑하는 나의 아이야

한 밤중 어느
먼 하늘에 바람이 울어
새도록 잦지 않거든
머리가 절반 흰 아버지와
가슴이 종이처럼 얇아
항상 마음 아프던
너의 엄마와
어린 동생이
너를 생각하여
잠 못 이루는 줄 알어라

사랑하는 나의 아이야

너 지금
어느 곳에 있느냐
(一九五〇. 十二)

—『너 어느 곳에 있느냐』

한 전호속에서
청년들의 단결은 무적하다

삼동 긴 밤의
살을 어이는 한기가
뼛속 깎아 스며들어
참을 수 없는 밤

우리 이렇게
한 전호속에
형제처럼 나라니 누어
언뜻 움직이지 않은
높은 하늘의 총총한

별들을 바라보면

동무여

누가 우리를
다른 나라에 나서
같지 않은 부모들 아래
서로 통하지 않는 말을
주절거리며 자라난
이국청년이라 말하겠는가

너의 고향은
여기서 한달 길
나의 고향은
여기서 열흘 길
남북으로 수륙이
천리에 아득하다

너는 위대한 령수
모택동 주석의 령도
나는 영명한 수령
김일성 장군의 훈도 밑에
조국에의 충성과
인민에의 헌신을 배운
지혜로운 민주청년
세계의 평화와
인민들의 행복을 위하여
어느 때나 즐거이
목숨을 버릴 수 있는
자랑스런 청춘이다

동무여

어찌 나의 나라를
피로 피로 물들임을
너의 나라를 침범하고
아세아를 유린함으로써
새 전쟁의 불씨를
전 세계에 퍼치려는

흉악한 미국
강도떼를 항거하여
진행하는 정의의 전쟁에
어찌 우리들 피끓는 민주 청년이
불길로 일어나지 아니할 것이며

자랑스런 우리의 청춘을
애낌없이 바치지 아니하겠는가

이제
바람부는 산령에
은하가 절반 기울면
사랑하는 우리 우군들이
패주하는 미국 야수떼를
폭풍처럼 몰아
이 벼랑길 험한
골짝으로 들어설 것이고
우리들의 손에
굳게 쥐어져
다만 그 순간을 기다리고
숨 죽이고 있는
수류탄과 따발총이
당황한 원쑤들의 머리 위에
벼락으로 억수로
쏟아져 나릴 것이다

동무여

너는 벌써 3년째
어머니보다도 누이보다도
사랑하는 사람보다도
더욱 좋은 동무를 따라
찬란한 인민 중국의 깃발 아래
료동벌 황하수
넓은 강남땅을 전진하여
여기에 왔고
나는 이미 반년째
늙은 어머니도 어린 누이도
사랑하는 사람마저
원쑤의 폭격에 잃어버리고
다만 복쑤에 타는
한 목숨을 조국에 바쳐
호남벌 한강수
먼 령남땅을 전진하여
여기에 와서
짐승도 잠든
이 깊은 밤
이름 모를 령마루 위
얼음보다 찬 전호 속에 있다

뉘라서 강철이

녹지 않는다고 말하였느냐
뉘라서 돌이
타지 않는다고 말하였느냐

이 불보다 뜨거운
우리들의 심장 앞에
이 철석도 녹일
우리들의 타는 의지 앞에—

어떠한 도적도
반드시 패망하리라
어떠한 원쑤도
반드시 멸망하리라

어떠한 도적도
반드시 조중량국청년의
단결의 무적함을 알리라
(1950.12.13, 강계에서)
—『너 어느 곳에 있느냐』

평양(1)

강물 풀려
얼음장 내리나
이른 봄 바람이
아직도 차서
옷깃에 스미는 밤

전선으로 가는
차 위에
가슴 아퍼
바라볼 수 없는 이 폐허가
우리들의 도시

즐거운 로력
조국 위하여 애낌 없고
청춘의 노래
수령 위하여 죽엄도 즐겁던
우리들의 평양이다

흰 성애
꽃처럼 피어
가지마다 구름 같은
모란봉 위에

달이 뜨면

릉라도
강 기슭
꿈속처럼
아름다운
밤이어

강토가 짓밟혀
피에 젖었고
형제들의 죽엄이
섬돌마다 사모쳐
가시지 않는 이 거리에

아, 어느 누가
죽엄과 패망으로
원쑤를 멸하기 전
살아 다시
여기에 도라오리

피 흘린
강토의 아픔과
죽은
형제들의 원한이
백배로 천배로 풀리는 날

그날에야 우리는
수령의 이름 부르며
사랑하는 우리
평양 거리로
도라오리라 도라오리라
(一九五一, 二, 二六. 평양)
—『문학예술』, 1951.4

평양(2)[•]

강물 풀려
얼음장 내리나
이른 봄 바람이

• 이 시가 발표되었던 『문학예술』 1951년 4월호에는 시를 창
작한 시점이 1951.2.26로 되어 있다. 그러나 단행본 시집 『너
어느 곳에 있느냐』에는 1951년 12월로 되어 있는데 이 시집
이 나온 것이 1951년 5월임을 감안할 때 이는 명백히 오자이
다. 잡지에 병기된 시점이 옳은 것으로 보인다.

아직도 차서
옷깃에 스미는 밤

전선으로 가는
차 위에서
가슴 아퍼
바라볼 수 없는 이 폐허가
우리들의 도시

즐거운 로력
조국 위하여 애낌 없고
청춘의 노래
수령 위하여 죽음도 즐겁던
우리들의 평양이다

흰 성애
꽃처럼 피어
가지마다 구름 같은
모란봉 위에
달이 뜨면

릉라도
강 기슭
꿈속처럼
아름다운
밤이여!

강토가 짓밟혀
피에 젖었고
형제들의 죽엄이
섬돌마다 사모쳐
가시지 않는 이 거리에

아! 어느 누가
죽엄과 패망으로
원쑤를 멸하기 전
살아 다시
여기에 돌아오리─

피 흘린
강토의 아픔과
죽은
형제들의 원한이
백배로 천배로 풀리는 날

그날에야 우리는

수령의 이름 부르며
사랑하는 우리
평양 거리로
돌아오리라 돌아오리라
(一九五一, 二, 二六. 평양)

─『너 어느 곳에 있느냐』

바람이여 전하라

전하라 바람이여
물결소리 들리는 듯
먼 남방 해양을 불어오는
이른 봄 바람이여

오늘도
초연 자욱하고 황진 일어
눈을 뜰 수 없는
천장 얕은 하늘을 지나

총탄 빗발처럼
씽씽 머리 위를 날으고
포화 함부로 쏟아지는
여러 산맥들을 넘어

상기도
얼음 녹지 않아
찬 바람 겨울처럼
강위를 스쳐가는 먼 고향

해 저므는 저녁
달 지는 새벽에
불타 허물어진 폐허 위를
외로이 걸어갈

우리 사랑하는
머리 흰 분들에게
그 애처러운 사람들에게
반드시 전하라 우리의 마음을─

밤마다 당신들의
따뜻한 손길 어르만지던 흰 이마는
이미 비와 바람과 눈발에
돌처럼 찌들었고

원쑤의 피와 죽엄과

마지막 비명 소리를
노래처럼 그리워하여
돌과 쇠로 굳어졌으나

어찌 꿈엔들
송아지 울던 우리 시골의
버들숲과 앞내 물소리와
종다리 울음을 기억하지 않으며

그속에 나서
그속에 커서
스무해를 자란 당신들의
향그런 품을 잊을 수 있는 가고—

산을 넘어
들을 지나 강을 건너
어느 곳에나 자유로이
불어가는 바람이여

악독한 원쑤의 손에
사랑하는 남편과 어린것들과
그밖에 살아 있는 모든 것을 잃어
홀로 망현한 어머니들에게

불붙는 휘발유와
쏟아지는 총탄 폭탄 속을
집과 낟가리와 마을까지를 잃고
바람 속에 섰는 어머니들에게

또한 참을 수 없는 오욕 속에선
차라리 죽엄을 결심한
우리 순결한 어머니들에게
반드시 반드시 전하여 달라

눈 비 뿌리는
야영의 찬 자리에서나
화약을 안고 원쑤를 찾아가는
풀 깊은 언덕에서나

언제나 우리의 두
당신들의 따뜻한 입김은
복수의 새로운 불길을
우리의 가슴속에 타오르게 하며

끊임없이 들려오는 당신들의
간절한 가슴의 고동 소리는

죽엄도 두렵지 않은 우리들의
용기의 영원한 원천이라고—

가까워 오는 봄
다가오는 승리 속에
불어 끊이지 않는 이른 봄
바람이여, 전하라

너무나 많은 슬픔과
이길 수 없는 원한과 분노에
머리 더욱 희고 가슴 더욱 앓아진
우리 사랑하는 어머니들에게

아들의 돌아옴을
그보다도 더 반드시 승리할 것을
밤낮으로 념원하여 잠 못 이루는
우리 조국의 충실한 어머니들에게

원쑤의 죽엄과 멸망과
사모친 원한의 보복을 위하여
전사처럼 싸우는
우리 용감한 어머니들에게
눈물 대신에
저주를
한숨 대신에
불을 뿜으시라고—
그리하여 영예와 승리가
모든 산과 들과 숲과
온갖 마을과 도시들에
태양으로 나는 날

당신들의 아들들은
당신들의 딸들은
반드시 그리운 고향으로
돌아가리라 전해달라
(1951.2, 평양)

—『너 어느 곳에 있느냐』

흰눈을 붉게 물들인 나의 피 위에

一九五〇年 十二月 二十五日 황해도 신계부근
六〇二고지 전투에서 적화점을 몸으로 막아
전사한 김창권 동무를 위하여

찬 바람
산 허리에 부디쳐

요란히 울고
눈보라 하늘에 다어
머리를 덮는 험한 벼랑애

우리의 전진을 가로 막는
원쑤의 화점을 소멸하고
구분대의 전진을 보장하라

이미 엄격한
조선인민군대의
전투명령은 나렸고
사랑하는 조국은 우리를
신성한 싸움에로 부른다

눈 밟는 소리는
나의 발길이 분명
앞을 향하여 나아가는
틀림 없는 흔적인가

언 하늘을 찢는
모진 소리는 아직도
우리 전우들의 가슴을 노리여
머리 위를 날어오는
원쑤의 탄환 소리인가
우러르면
둥그런 하늘이여
팔 벌리면
가슴 부듯한 땅이여

비록 고지가
절벽으로 높되
五十메―터의 지척이
이렇듯 천리로 멀 수 있으며
원쑤의 포화가 비록
머리를 들 수 없이 퍼부어 내리되
어찌 조선인민군대의 전진을
이렇듯 오래 막을 수 있으랴

죽엄을 두려워하지 말어야 한다
나는 인민의 아들이다
시각을 지체하지 말어야 한다
나는 전투명령을 받은
조선인민군대의 영예로운 병사다

불의 뜨거움을 믿는

원쑤에게 조선청년의 피가
불보다 뜨거움을 알게 하라
석벽의 두터움을 믿는
원쑤들에게 조선청년의 가슴이
석벽보다 두터움을 알게하라
강철의 굳음을 믿는
원쑤들에게 조선청년의 결심이
강철보다 굳음을 알게 하라

원쑤의 죽엄과 패망 가운데서
우리의 복수와 승리 가운데서
미국 강도배들로 하여금

불굴한 조선인민의
한 아들이
죽엄을 겁내지 않고
돌진하는 앞길엔
불도 석벽도 강철도
한낱 티끌
천리의 멀음도
눈앞에 지척임을
사모쳐 느끼게 하라

눈발 부현 하늘
어느 곳에서 조국은
나의 가는 길을 바라보고 섰느냐
종일토록 울어 끊지 않는
바람 속 어느 곳에서 어머니는
나의 마지막 숨결소리를
들으려는 것이냐

인제 가서
돌아오지 아니할 六〇二고지
눈 덮인 절정 위

나의 젊은 피가
꽃잎처럼 흩어져
발악하던 원쑤의 포화가
최후로 침묵하거든

전우들이여
내가 나고 자라서 큰
은혜로운 조국의 땅이여
그것을 위하여 싸우고
목숨 바치려던

그리운 모든 것이여
잘 있으라

그리하여
나의 손
나의 머리
나의 가슴이
원쑤의 포대를 안고
돌처럼 굳어 움직이지 않거든
아
나의 소대야
우리 동무야
흰 눈을 적신
나의 붉은 피 위에

사랑하는 조국의
깃발을 꽂으라
영예로운 우리 인민군대의
찬란한 군기를 휘날리라
경애하는 우리 수령의
만세를 불러 드리라

조선인민군대의
엄격한 전투명령이
얼마나 지중하였으며
우리 조국의 신성한 부름이
얼마나 굳세였는가를
낱낱이 놈들에게 알려달라

원쑤의 가슴에 박히는
우리의 총창의 날카로움으로
원쑤의 머리 위에 나려지는
복수와 죽엄의 공포로……

그리고 만일
어느 훗날
즐거운 노래와 함께
그대들이 다시 이
신계 고을로 돌아오거든
잊지말라
六〇二고지의 옛 전우를……

그대들이 만일 또한
옛 전우를 잊지 않었거든
기억하라 그의 먼 고향에

외로운 한 어머니가
살어 있었음을……

그리하여
당신의 아들은
당신의 말씀대로
용감히 싸워 죽었노라고
전해달라

용감히 싸워
우리는 이겼노라고
슬퍼하는 그를
위로해달라
(1950.3, 「영웅전」 가운데서)
　　　　　　　　—『너 어느 곳에 있느냐』

모쓰크바[*]

불빛
휘황하여
낮같이 밝은 밤

씨레니 꽃
향그러운 그늘 아래
만나는 사람마다
형제처럼 반가운
이 거리는
나의 고향에서
천리로 또 만리로 먼
모쓰크바
잔등에 채찍을 맞으며
가슴에 총탄을 받으며
불굴한 나의 전우들
꿈결에도 그리던 거리
목숨으로 사랑한 도시다

높은
크레물리 첨탑에
장엄한 종소리 울리던
붉은 별

---

[*] 1951년 4월 22일 쏘련 대외 문화 연락 협회 초청으로 5·1절 경축 조선 대표단 일행이 모쓰크바를 향하여 출발하였는데 조쏘문화협회의 부위원장이었던 임화 역시 이 방문단에 참가하였고 이 시는 이 때에 지어진 것이다.

홍보석으로 찬란한 밤이여

여기에
우리들의 일리이치
누워 계시고
여기에
우리들의 쓰딸린
태양으로 불멸하여
살아계시는 모쓰크바

나는
五월에 아즉도
눈비 뿌리던 태백산 골짝
원쑤의 뜨거운 탄환을
맨몸으로 막으며
이 도시를 노래하던
슬기로운 조선인민유격대의
이름으로 모쓰크바를 노래한다.

나는
잡초 우거진 험한 벼랑에
자기의 가슴으로
원쑤의 화구를 막으며
모쓰크바를 생각하고
조국을 방어하던
영예로운 우리
조선 인민군대의 이름으로
이 도시를 노래한다.

산과 들이
헤아릴 수 없이 첩첩하고
하늘은 그보다도
더 아득하였으나
모쓰크바는 항상

위대한 레닌
쓰딸린과 더부러
우리의 지척에 있었고
크레물리의 붉은 별은
유량한 시계소리와 함께
싸우는 조선 인민의
머리 우에 있었다.

자유를 위하여 싸우는
민족들의 희망인 모쓰크바여

평화를 위하여 투쟁하는
인민들의 태양인 모쓰크바여

이곳에로
모든 사람들의 운명이
바다로 가는 강물처럼 흐르고 있으며
여기에로
모든 나라들의 인류의 장래가
한결같이 닿어 있음을
누구가 막을 것이냐

폭탄은
도시와 집을 허물을 수 있고
총탄은
사람들의 가슴을 뚫을 수 있으나
모쓰크바로 향한
수억만 사람들의 뜨거운 마음은
허물을 수도 깨칠 수도 없을 것이다

나는
물에도 불에도
굴치 않는 나의 형제
폭탄에도 포탄에도
불패한 나의 조국
어떠한 원쑤라도 물리쳐
승리하는 영웅적인 우리
조선 인민들의 이름으로
이 모쓰크바를 노래한다

도시 가운데서도 도시인
　　모쓰크바
수도 가운데 수도인
　　모쓰크바
아름다운 것 가운데 아름다운 것인
　　모쓰크바
평화로운 것 가운데
평화로운 것인 모쓰크바
위력한 것 가운데
위력한 것인 모쓰크바

아
모쓰크바
모쓰크바
모쓰크바

―『젊은 투사의 깃발』

인민의 날개

매야 젊은 매야
너는 불 속에서 나서
불 속에서 자랐다

그리운 고향 마을들이
잿 속에 묻히던 불
사랑하는 형제들의
아우성 소리가
가슴을 찌르던 불

그 불보다
백배나 뜨거운
인민들의 가슴속
황황히 타오르는
복수의 불길 속에서

너는 나고 너는 자라
이제——
불에도 철에도
타지 않고 꺾이지 않을
불사의 나래를 펼쳐

첫눈 나리는
아름다운 강산이
눈 앞에 흘러가는
조국의 창공 우리는
원쑤를 찾아 높이 떴다

굽어 보면
원쑤들이 저즐은
죄악의 랑자한 흔적
귀 기울이면 그 속에서 죽어간
형제들의 간절한 부름소리

조국의 하늘
어느 구석에
원통히 죽어간 우리 형제들의
외로운 령혼이
떠있지 않는 곳이 있으며

조국의 땅 우
어느 구석에
불탄 집들과 죽은 동기들을 생각하여

밤에도 잠들 수 없는 눈알들이
반짝이지 않는 곳이 있으랴

별보다 총총한
이 눈알들이
생시보다 뚜렷한
이 모습들
선연한 자태가

명령보다 두려운
이 부름 소리
목숨보다 지중한
이 하늘과 땅이
너를 보내고
너를 지킨다

날러라 높이 용맹한 새야
달려라 빨리
날쌘 매야

너는 산악도 태울
조선 인민의 복수의 일념
너는 강철도 뚫는
조선 인민의 불굴한 의지
너는 불패한 인민의 날개

구름을 지나
별을 지나
태양이 가까운
그곳까지 높이 날러
빨리 달려

만나는 원쑤들 마다의
터럭 싯누런 가슴팍에는
뜨거운 포탄을 앵겨주고
눈깔 우묵한 그
이마빡에는

사랑하는 우리 어느 시인이
피로써 노래한 것처럼
보석을——
앙칼진 기관총탄의
굳은 보석을 박아주자

그리하여 놈들이

우리 땅에서 지른
몇 십 몇 백배의 불을
우리 사람들에게 뿌리게 한
몇 백 몇 천배의 피를

공중에서
륙지에서 바다에서
억수로 토하게 하라
폭포로 쏟게 하라
폭포로!

이는 죽어간 너이의
전우와 형제들의 간절한 부탁
이는 폐허로 된 너이의
고향 산하의 어길 수 없는 당부
이는 조국의 신성한 명령

침략자들이 멸망하는
불과 피의 바다 속에서
미국 짐승들이 사멸하는
단말마와 아우성의
건아한 교향악 속에서

너이들의 자랑스런
도시들은 일어설 것이고
너이들의 사랑하는
마을들은 소생할 것이며
너이들의 잊을 수 없는 동지

전우와 형제들의
거츠른 무덤 우에는 비로서
삼동에도 아름다운 꽃이 피고
조국 강산에는 사시로
승리와 영광의 태양이 빛나리라

용감하다 슬기로운 새
불 속에서 나서 불 속에서 자란
조선 인민의 마음의 날개야
（一九五一, 十二 평양）

— 『청년문예써클 자료집』

기지로 돌아가거든

먼 북방 찬 성에가

눈처럼 내리는 새벽
먼동이 터오나 상기도
어두운 밤 하늘을

기러기처럼 날개 가즈런히
고대하던 전우들 손저어 맞는
기지로 돌아가거던 이르라
용맹스런 조국의 매들아

흉포한 도적이 강토를 짓밟아
산과 들이 남북에 아득하고
포성 울리는 전선의 저 쪽과 이 쪽이
비록 천리로 멀어

소리쳐도 들릴 길 없고
목메어 불러도 그 소리 이를 길 없으나
우리의 머리 우 하나로 둥그런
조국의 하늘은 언제나 변함 없고

이 무궁한 하늘 아래
초목처럼 같은 땅에 나서
한 공기를 호흡하고 자란
우리들의 마음 우리들의 단결은

이제 악독한 원쑤와의
생사를 다투는 간난한 싸움에서
피로써 다져졌고
철석으로 굳어졌다

산은 포로 허무를 수 있고
물은 칼로 가를 수 있을지 모르나
싸우는 조선 인민의 의지와 단결을
깨칠 무기는 아무 데도 없고 어느 때도
있을 수 없는 것

벌써 겨울은 깊어 눈 내려 쌓이고
강물은 얼어 이슥한 밤이면
짐승들의 울음 얼음장 터지는 소리
잠 이룰 수 없는 시각

밤 하늘을 찢는 총소리
아낙네의 울음
원쑤들의 부르짖음
먼 촌 개들의 요란히 짖는 소리

다시 포 소리 울리고
밤하늘에 비껴오는 피비린내 포연 내음새
아 또 어느 원쑤가 기여드는 것이며
어느 형제가 다시금 목숨을 버리는 것이냐

한 밤중 마른 하늘의 벽력처럼
강점자들의 가슴을 때리고
고난한 인민들의 앞길에
희망과 용기의 등불을 켜준 조국의 매들아

조선 인민이 영원히 하나이며
우리의 강토가 영원히 나뉠 수 없음을
또한 우리의 사랑하는 조국을
어떠한 원쑤도 정복할 수 없음을

우리의 눈앞에 력력히 보여주고
우리의 귀에 똑똑히 들려준
그대들의 날개의 슬기로운 모습
그대들의 기관의 웅장한 소리

아직도 언 강판과
산악들을 덮어 가득하고
눈 쌓인 산림과 계곡에 울려
주야로 그칠 사이 없다

조선 인민의 자랑스런 날개의
크나큰 그림자 대지를 끌고
조선 인민의 뜨거운 심장의
우렁찬 고동 산하를 울리리

그리운 그리운 우리 공화국
찬란한 깃발 바람에 나붓기고
신호탄 쌀류트처럼 오르는
기지로 돌아가거던 이르라

일찌기 강철 부대 동해 병단의
전통 용맹스럽고 오늘도
남도부 부대의 이름 령남땅을 진감시키는
동해 전구의 이름으로

5병단 7병단 1군단
김생 김달삼● 리호제● 박치우● 서득은

여러 슬기로운 지휘관들의 피
아직도 눈 위에 림리하고

청옥산 태기산 일월산
국망봉 백암산 준령들의 산정 우
피바람 불어 끊이지 않는 저
험준한 태백산 전구의 이름과

김달삼 이덕구●의 이름과 함께
영웅적 제주도 인민 유격대의
피묻은 깃발 지금도 한라산 산봉 우
휘날리는 영웅의 섬의 이름으로

용감하고 친애하는
'최현' 동무의 이름 아직도
사람들 노래처럼 외우는
아름다웁고 광활한 호남전구의 이름과

김지회● 홍순석● 사령의 위훈
리현상● 부대장의 용맹이
우뢰처럼 떨치는 백절불굴한
지리산 전구의 이름으로

후 1949년 8월 남하하여 인민유격대 제3병단인 태백산지구 사령
관이 되었다. 1950년 3~4월경 사살된 것으로 알려져 있다.
● 이호제는 보성전문을 졸업하였다. 1945년 12월에 결성된 조선
청년총동맹의 위원장으로 피선된 바 있다. 월북하여 강동정치
학원을 수료 후 인민유격대 제1병단을 인솔.
● 박치우는 함북 성진에서 태어나 경성제대 철학과 졸업. 『조선
일보』 사회부 기자 역임 『현대일보』 주필을 역임. 월북 후 강동
정치학원 정치부장으로 일하다가 월남하여 남도부의 인민유격
대원으로 활약 중 1949년경 사살당함
● 이덕구는 4·3 항쟁시 무장대 사령관이었다. 1949년 6월경 사
살된 것으로 알려져 있다.
● 김지회는 육사 3기 출신으로 여수 14연대 대전차포 중대장을
맡고 있다가 4·3 진압군으로 출병하는 것을 반대하면서 군반
란의 책임자로 나섰다. 이후 지리산으로 들어갔다가 1949년 4
월 9일 지리산 뱀사골에서 사살되었다.
● 홍순석은 육사 3기 출신으로 순천 소재 14연대의 선임중대장으
로 근무하다가 여수에서 군반란이 일어나자 이에 합세하였다.
이후 지리산으로 들어갔다가 1949년 4월 9일 지리산 뱀사골에
서 사살되었다.
● 이현상은 1906년 전북 금산에서 출생. 1928년 제4차 조공 사건
으로 투옥되었다가 1932년에 출옥. 1933년 이재유 그룹 검거
사건으로 7년간 복역. 1940년 경성콤그룹에 참가하여 인민전
선부를 맡았다. 1945년 조공 결성에 참여. 1948년 남로당의 군
사정치학교인 강동정치학원에서 3개월간 교육을 받고 지리산
으로 들어가 빨치산 활동을 한다. 1951년 5월 남한 6도 도당위
원장 회의를 주재하고 남한 빨치산 총책이 된다. 1953년 9월 지
리산 빗점골에서 사살되었다.

● 김달삼은 제주 4·3 항쟁을 주도하다가 1948년 8월 해주 인민대표
자회의에 참석하기 위하여 월북. 강동정치학원에서 교육을 받은

그리고 남조선 방방곡곡에
깨알로 흩어져
원쑤들에게 죽음과 공포를 주는
인민 복수자들의 무수한 소조의 이름으로

경애하는 우리의 수령에게
자랑스런 우리 인민 군대에게
친애하는 중국 전우들에게
그리운 우리 형제들에게

우리의 가슴에 불로 새겨져
타고 있는 2·8절의 뜨거운 인사를
조국에 바치는 우리들의
전투적 맹세를 전하라

품속에는 비록
공민증을 지니지 아니했으나
조국의 태양과 별들이 머리 우에 둥그런 한
우리는 자랑스런 공화국의 공민

몸에는 비록
군복을 입지 아니했으나
손에 무기를 잡은 한
우리는 영예로운 인민의 군대

공화국은 영광스런 기치 밑에
수령의 엄격한 명령 아래
목숨으로 조국의 자유를 지키리라고
전하라 용맹스런 하늘의 전우들아
—『인민의 날개』에서

—『노동신문』, 1952.2.7

四○년
김일성 장군 탄생 四○년에 제하여

머리를 들면 채찍이 이마에 부딪쳐
흐르는 피에 눈을 들 수 없었던
혹독한 운명의 심연 속에서
우리들이 헤여날 수 없는 흙탕 밭을
돌 멍에를 지고 노예의 수레를 끌던 날
당신은 혜성처럼 이 세상에 나서
매운 총소리로 야반의 어둠을 깨쳤고
조국의 하늘을 덮었던 불행의 흑운은
북방 평원을 울린 포성의 우뢰로

산산이 흩어졌다

어렵고 긴 四○년 당신은
기쁨도 휴식도 모르는 고역의
비참한 감옥이였던 우리 세상을
즐거운 노력의 공화국으로 만들었으며
자유를 위한 투쟁의 횃불을 던져
조선 사람으로 하여금 영웅의 족속
용사의 겨레로 만들었다.
어느 나라에 가나 어느 세상에서나
우리 대대손손의 영예일 당신은—

략탈자들의 포탄이 우박으로 쏟아지는 산고지
해토하는 습기가 폐부에 스며드는 땅굴 속
물기 먹음은 봄달이 원쑤들의 폭연으로
핏빛 어리운 하늘 아래
우리의 자유와 행복의 창조자인 당신의
오늘 이 날을 무엇으로 기념하며 어떻게 감사할 것
인가
四○년 동안 당신의 심장 속에 살았고
무궁한 앞날에까지 당신의 기치 아래 자랑스러울 조
선 인민이—

그러나 우리는 알고 있다. 당신이
짐승도 들기 힘든 백두산 밀림에서
전우와 더불어 살 부비며 밝히던 그 날로부터
꺼져가는 난로 옆 딱딱한 의자 위에
앉은 채로 잠드셨던 그 많은 새벽들과
눈 쌓인 전선 불 붙는 폐허에서
한 가슴으로 만 사람의 아픔을 느끼시는 오늘에 이
르기까지
당신을 따라 승리하고 당신을 우러러 행복된 우리는
그것이 무엇인가를—

나리는 뗏목 위에 구슬픈 노래로
불리우던 압록강
우리의 불행한 조상과 형제들의
피와 눈물로 찌들은 경상도 전라도
바닷가에 이르는 온 강토에
조국의 깃발을 하늘 가득 펼쳐 있게 하라
그리하여 당신의 태양 아래
오곡 무르익고 백화 란만케 하라
이것을 위하여 무엇이 필요한가를 왜 모르겠는가
당신의 사람인 우리들 조선 인민이
그것이 당신에의 복무, 조국에의 충성임을—

지내온 四〇년과 같이 四억년의 무궁한 앞날에 이르
기까지
 원쑤의 마지막 가슴팍에 우리의 총창이 꽂힌 후
 풍파 고요한 조국 바다에
 천만번 해가 뜨고 달이 질 때까지
 (一九五二, 四)

—『문학예술』, 1952.4

부록

해방전사의 노래

1

전사들아 일어나거라
영웅들아 일어나거라
압박의 사슬은 끊어지고
자유와 희망의 새날이 왔다
일어나거라 전사들아
아— 해방조선은 인민의 나라

2

서백리아 바람 찬 벌판
현해탄의 거친 파도여
한 많이 쓰러진 수없는 생명
깃발은 벌거니 피에 젖었다
잊지 말아라 혁명 동지를
아— 해방조선은 인민의 나라

3

등불도 없이 걸어오던
눈물도 없이 울어오던
어둔 밤 우리의 머리 우 높이
호올로 빛나는 그대들 이름
높이 들어라 전사의 깃발
아— 해방조선은 인민의 나라

4

전사들아 눈을 감아라
영웅들아 눈을 감아라
몽매에 못 잊던 그대의 나라
자유와 해방의 새날은 왔다
높이 들어라 자유의 깃발
아— 해방조선은 인민의 나라

국군행진곡

압제의밤 물러서가고
희망의날 동터왔도다
발맞춰라 우리는가자
인민조선 기발아래로

우리국군 나와가는곳
대적할자 그가누구냐
물러가라 인민의적은
해방조선 인민의 나라

인민의기 나붓기는곳
우리국군 강철같도다
물러서라 우리의적은
인민자유 자유의나라

추도가

1

검은 무덤이 바람에 스치고
찌들은 묘목은 달 아래 떨어도
그대는 지상의 별

2

피묻은 가난과 왜적의 칼날에
한번도 굴함이 없이 굳세게 싸우던
혁명의 투사여

인민의 소리

1

들어라 벽람碧藍의 푸른 하늘을
유랑히 울리는 고함 소리를
우리는 단연코 요구한다
모든 권력은 인민에게로

2

압제의 사슬은 끊어져가고
빼앗긴 산천이 돌아오는 날
우리는 단연코 요구한다
모든 권력은 인민에게로

3

잃었던 노래가 들여오는 날
죽었던 이름이 살아오는 날
우리는 단연코 요구한다
모든 권력은 인민에게로

4

해방된 조선의 자유를 위해
건설의 조선의 행복을 위해

우리는 단연코 요구한다
모든 권력은 인민에게로

인민항쟁가

1

원수와 더불어 싸워서 죽는
우리의 죽음을 슬퍼 말아라
깃발을 덮어다오 붉은 깃발을
그 밑에 전사를 맹세한 깃발

2

더운 피 흘리며 말하던 동무
쟁쟁히 가슴 속 울려온다
동무야 잘 가거라 원한의 길을
복수의 끓는 피 용솟음친다

3

백색 테러에 쓰러진 동무
원수를 찾어서 떨리는 총칼
조국의 자유를 팔려는 원수
무찔러 나가자 인민유격대

남조선형제 잊지 말아라

1

짐승들 요란히 우는 깊은 밤
남조선 높은 산 봉오리마다
기한에 떨면서 용감히 싸우는
남조선형제를 잊지 말아라

2

눈보라 날리는 어둔 골짝
야수들보다도 잔인한 원수
총칼과 더불어 용감히 싸우는
남조선형제를 잊지 말아라

민애청가

1

피끓는 우리의 젊은 청춘을
조국은 부른다 두 손을 들어
지키여 나가자 조국의 자유
한 목숨 바치자 끝날 때까지

2

인민의 나라를 세워달라고
부탁고 죽어간 동무의 유언
지키여 나가자 민주 청년들
우리의 가슴속 불길이 탄다

3

어느 곳 별 아래 묻힐지라도
마음에 맹세한 조국의 자유
죽어도 썩지 않고 빛나리로다
영원히 영원히 빛나리로다

빨치산 행진곡

1

원수와 싸움에 피로서 뭉쳐
생사를 맹세한 전우들아
우리는 항쟁의 불길 속에서
강철로 자라난 빨치산이다 빨치산이다

2

달리는 원수의 가슴팍에는
정의의 날창을 꽂아주고
잔인한 원수의 머리 우에는
섬멸의 포화를 퍼부어주자 퍼부어주자

3

짓밟힌 남조선 넓은 땅 우에
피흘려 쓰러진 전우들아
산악과 철벽도 뚫고 나가는
우리는 용감한 빨치산이다 빨치산이다

탱크병의 노래

1

우렁찬 강철의 심장이 나가는 언덕에 들판에
맞설자 누구냐 그 누구 정의의 포화는 터진다
우리들의 자랑 인민의 성벽 탱크병 용감한 탱크병
나가자 나가자 앞으로

2

이마 위 한떨기 오각별 조국을 위하여 붉었고
가슴속 설레는 붉은 피 복수를 위하여 끓는다
우리들의 자랑 인민의 성벽 탱크병 용감한 탱크병
나가자 나가자 앞으로

3

어떠한 원수의 포탄도 인민의 성벽은 못뚫어
무적의 공화국 탱크병 강도배 무찔러 나간다
우리들의 자랑 인민의 성벽 탱크병 용감한 탱크병
나가자 나가자 앞으로

근위대의 노래

명령일하 앞을 다투어 우리들은 나간다
높은 산과 거치른 파도 무찌르며
나간다 싸움을 위하여 승리를 위하여
터럭보다 가벼운 목숨 강철의 대열
빛나는 깃발 우리들은 나간다
인민조선의 승리를 위하여

인민의용군의 노래

1

불타는 우리의 심장은 누구를 위하여 뛰는 것이냐
조국의 자유와 인민의 행복을 피로서 지키는 정의의 싸움이다
나가자 동무야 원쑤 무찔러 우리는 인민의 의용군이다

2

피흘려 쓰러진 부모 형제와 불탄 마을과 무너진 도시
우리를 부른다 복수의 땅에 피끓는 인민의 아들딸이다
나가자 동무야 원수 무찔러 용감히 나가자 인민의용군

3

미국 강도배 멸망하리라 분화는 터져 붉은 하늘에
오각별 찬란한 조국의 깃발이 앞으로 나아가며 휘날린다
나가자 동무야 원수 무찔러 우리는 인민의 의용군이다

개선행진곡

1

높이 날려라 영광에 빛나는 승리의 기 높은 산 넓은 들 넘고 건너서
날려라 인민의 자유의 깃발 조국의 하늘 아래
오 내나라 오 내나라 이 찬란한 승리의 깃발을 날리자 인민의 깃발을

2

앞으로 나가자 우리를 막을자 그 누구랴 우리는 영예론 인민의 군대
김일성 장군의 강철의 군대 인민의 무력이다
오 내나라 오 내나라 이 찬란한 승리의 깃발을 날리자 인민의 깃발을

3

인민조국의 원수를 무찔러 여기 왔다 영광에 빛나는 조국의 땅에
들어라 우렁찬 승리의 노래 영용한 용사들아
오 내나라 오 내나라 이 찬란한 승리의 깃발을 날리자 인민의 깃발을

『현해탄』, 후서後書

이 책 속엔 이때까지 발표된 내 작품의 거의 대부분이 수록되었다. 그 중엔 발표된 가운데서도 부득이 빼지 않을 수 없었던 것도 있으며, 또한 미발표대로 들어간 것도 있으나, 내가 작품 위에서 걸어온 정신적 행정을 짐작하기엔 과히 부족됨이 없을 줄 안다.

실상은 지난 가을에 처음 어느 친구로부터 이때까지 쓴 작품을 모아 출판했으면 어떻겠느냐는 즐거운 권유를 받았을 때, 비로소 사산四散된 구고들을 모으기 비롯하여 한 권이 되었으나, 그간의 여러 가지 형편으로 초지를 이루지 못하고 새 작품을 쓰기 시작했었다.

현해탄이란 제題 아래 근대 조선의 역사적 생활과 인연 깊은 그 바다를 중심으로 한 생각, 느낌 등을 약 2,30편 되는 작품으로 써서 한 책을 만들어 볼가 하였다.

이 가운데 맨 뒤에 실린 바다가 많이 나오는 일련의 작품이 그것이다. 그러나 재능의 부족과 생각의 미숙 등 외의 여러 가지 곤란에 부닥쳐, 끝까지 써나갈 용기와 자신을 다 잃어 버렸다. 그래 할 수 없이 그전에 한 권에 모았던 가운데서 얼마를 빼고 새로 쓴 작품과 어울러서

• 동광당서점, 1938.2.

이 책 한 권이 된 셈이다.

편순編順은 대략 연대순으로 하였는데 그렇다고 반드시 발표 년월을 고사考查하여 차례를 매지도 않았다. 이 중엔 약간 그런 의미의 연대는 어긋나는 곳이 한두 군데 있으나 전체로서 이해를 방해할 만한 정도에는 이르지 않았다.

단지 「네거리의 순이」로부터 「세월」에 이르는 동안 내 작품 경향 발전상 한 개 새 시대였다고 볼 수 있는 몇 작품이 들지 않았다. 그 밖에도 「네거리의 순이」 한편으로 그때 내 정신과 감정 생활의 전부를 이해해달라 함은 좀 유감되나 할 수 없는 일이고, 「세월」에서 「암흑의 정신」 그리고 「주리라 네 탐내는 모든 것을」에 이르는 한 시기로부터 그 뒤의 한두 번 변한 내 작품 경향을 이해하기엔 충분한 작품이 거의 전부 모여 있다. 맨 끝에 실린 「바다의 찬가」는 이로부터 내가 작품을 쓰는 새 영역의 출발점으로서 특히 넣었다고 할 수 있다. 한편 더 어린 경향의 작품을 넣으려 하였으나 혈頁수도 너무 많고 하여 일후日後 다행이 다시 작품집을 하나 더 가질 수 있다면 하는 요행을 바라고 욕심을 덮어두어버렸다.

자꾸 변명 같아서 구구하지만 하나 더 미진한 점을 말하면 「네거리의 순이」 이전 내 전향기의 작품과 그보다도 전 어린 따따이스트이었던 시기의 작품을 넣고 싶었다가 구할 수도 없고 초고도 상실되어 못 넣은 것이다. 이것은 내 지나간 청춘과 더불어 영구히 돌어오지 않는 희망일지도 모른다.

그러나 결국 생각하여 쓸 때에 그렇게 열중했던 소위 노력의 소산이란 것이 뒷날 돌아보면 이렇게 초라한가를 생각하면 부끄럽다느니보다도 일종 두려움이 앞을 선다. 내 자신이 이럴 바에야 하물며 인연 없는 독자에게 있어선 이 가운데 단 한편이라도 나의 이름과 더불어 기억되리라고는 차마 믿을 수가 없다. 단지 바라는 것은 나의 앞날을 위하여 매운 비판의 휘차리로 이 작품들이 읽혀짐을 열망할 따름이다.

　끝으로 일년 넘어 이 책의 탄생을 위하여 노력해 주신 동광당 이남래
李南來 형과, 일산逸散된 원고들을 모아준 젊은 우인友人들에게, 정성을 다
하여 감사의 말씀을 드린다. 이이들 없이는 이 책이 세상에 나올 수가
도저히 없었을 것이다.
　또한 난잡한 글을 일일이 한글로 고쳐주신 이극로李克魯 씨에게 삼가
후의를 감사하는 바이다.

정축丁丑 동지달, 합포合浦에서

네거리의 순이

세월

암흑의 정신

주리라 네 탐내는 모든 것을

나는 못 믿겠노라

옛 책

골프장

다시 네거리에서

낮

강가로 가자

들

가을 바람

벌레

안개 속

일년

하늘

최후의 염원

주유의 노래

적

『찬가』, 소서

이 시집의 제1은 해방 이후의 소작이요 제2는 이전의 구고다. 『현해탄』이래 둘째 번 시집이다. 바다의 찬가를 쓰면서 다음 시집은 이러한 작품들을 모아 이름하리라 마음먹은 일이 있었기에 그대로 책제로 삼았다.

1946년 7월

제1

9월 12일

길
발자욱
헌사
학병 돌아오다
초혼
3월 1일이 온다
나의 눈은 핏발이 서서 감을 수가 없다
손을 들자
깃발을 내리자
제사
청년의 6월 10일로 가자
계관시인

우리들의 전구
높은 산 봉우리마다

제2

바다의 찬가
한 여름 밤
별들이 합창하는 밤
통곡
밤의 찬가
한잔 포도주를
자고 새면

『회상시집』, 소서

　　서사書肆의 부탁으로 구간 시집 가운데서 24편을 모아 일서一書를 만들며 제하여 회상시집이라 하였다. 구작이 본시 재간에 값하지 아니하매 스스로를 위로하여 이렇게 이름한 데 불외하다. 대방大方의 용납하는 바 되면 망외의 즐거움 일일 따름이다.

1946년 9월

1부_ 내 청춘에 바치노라

해상에서
행복은 어디 있었느냐
해협의 로맨티시즘
밤 갑판 위
어린 태양이 말하되
향수
내 청춘에 바치노라
너는 아직 어리고
지도
고향을 지나며
황무지
홍수 뒤
현해탄

2부_ 너 하나 때문에

『너 어느 곳에 있느냐』

서울
한번도 본 일 없는 고향 땅에
밟으면 아직도 뜨거운 모래밭 건너
넌 어느 곳에 있느냐
한 전호 속에서
평양
바람이여 전하라
흰 눈을 붉게 물들인 나의 피 위에